dtv

Das Schicksal scheint es gut zu meinen mit Stephan Kuggler, dem verhinderten Schriftsteller, als er einen Verlagslektor kennenlernt und von ihm Einblicke in die skandalösen Gepflogenheiten des Verlagswesens erhält. Obwohl er sich ständig vehemente Absagen der Verlage einhandelt, beginnt Kuggler immer neue vielversprechende Romananfänge: von der Lebensgeschichte eines jungen Mannes, dessen Vater der letzte Henker war, über die Memoiren einer Exhibitionistin bis hin zu den tragischen Lebenserfahrungen eines Gorillas. Doch dann wird Kuggler eines Tages aufgefordert, die Biographie eines Konsuls als Ghostwriter der Ghostwriterin zu verfassen. Er entwickelt sich zum Kurzzeit-Promi, widmet sich ganz der »Soßeijetie« und wird in obskure Ereignisse verstrickt, die ihn abrupt zum Untertauchen zwingen.
»Eine Gesellschaftssatire allerersten Güte … Boshaft, witzig, subtil, geistreich und mit einer Doppelportion Grant karikiert der Wahlsüdtiroler das Verlagswesen und die Spaßgesellschaft.« (Oberösterreichische Nachrichten)

Herbert Rosendorfer, am 19. Februar 1934 in Bozen geboren, ist Jurist und Professor für bayerische Literatur. Er war Gerichtsassessor in Bayreuth, dann Staatsanwalt und ab 1967 Richter in München, von 1993 bis 1997 in Naumburg/Saale. Seit 1969 zahlreiche Veröffentlichungen, unter denen die ›Briefe in die chinesische Vergangenheit‹ (dtv 10541 und 25044) am bekanntesten geworden sind. Alle seine Bücher sind auch als Taschenbücher bei dtv erschienen.

Herbert Rosendorfer

Der Hilfskoch

oder wie ich beinahe Schriftsteller wurde

Roman

Deutscher Taschenbuch Verlag

Winfried Brüseken
in alter Freundschaft gewidmet

Ungekürzte Ausgabe
Oktober 2007
Deutscher Taschenbuch Verlag GmbH & Co. KG,
München
www.dtv.de

Umschlagkonzept: Balk & Brumshagen
Umschlagbild: ›Books on Books‹ (2003) von Jonathan Wolstenholme
(Bridgeman Giraudon)
Satz: Filmsatz Schröter, München
Druck und Bindung: Druckerei C. H. Beck, Nördlingen
Gedruckt auf säurefreiem, chlorfrei gebleichtem Papier
Printed in Germany · ISBN 978-3-423-21020-1

»Denn keine Zeit und keine Maus zerstückelt
Geprägte Form, die lebend sich entwickelt.«
(Goethe)

1

Ich habe Herrn – beinahe hätte ich seinen Namen hingeschrieben, aber das darf ich, glaube ich, nicht, ich werde also in dem ganzen Buch keinen und keine mit wahrem Namen nennen (nur mich selbst, das schon, ja – und vielleicht den einen oder anderen, den ich nicht mag, oder ehrend, wie zum Beispiel den Wim) und muß mir also die Mühe, die zusätzliche Mühe machen, die Namen alle zu erfinden, soweit notwendig – ich habe also den Lektor gefragt, wie viele unverlangt eingesandte Manuskripte sein Verlag – es ist nicht *sein* Verlag, er ist nur dort angestellt, aber eben in dem Sinn *sein* Verlag – durchschnittlich vorgeschüttet bekommt und wie viele davon er drucken, also in Bücher verwandeln läßt? Ungefähr, hat der Lektor gesagt, im Jahr eintausend Romanmanuskripte von dem Verlag ungeläufigen, auch anderwärts unbekannten Autoren. Da diese, meinte der Lektor, aber noch nichts zwischen Buchdeckeln aufweisen können, seien sie in lektorischen Augen nicht eigentlich als Autoren, vielmehr nur als Menschen zu betrachten.

»Von solchen Menschen, also eintausend pro Jahr, circa, dabei«, so der Lektor, »sind wir noch nicht einmal ein eigentlicher Großverlag. Eintausend pro Jahr, durchschnittlich. Das sind pro Arbeitstag, wobei ich den Samstag mitrechne, Sie wissen gar nicht, wie oft ich am Samstag hier an meinem Schreibtisch sitze, eben wegen der Masse von unverlangt, wie Sie richtig sagen, dem Verlag vorgeschütteten Manuskripten, also pro Arbeitstag circa drei bis vier Stück. Ich möchte nicht wissen, welche Massen bei Großverlagen eingehen.«

»Und werden alle Manuskripte gelesen?«

»Da würden wir wahnsinnig«, sagte der Lektor, »es ist ja sowieso schon fatal. Zwangsläufig liest doch ein Lektor mehr literarischen Schrott als gute Manuskripte, weil es eben mehr Schrott als gute Manuskripte gibt. Die guten Manuskripte brauchen wir, also ich, der Cheflektor, die Lektoren im Haus und die Außenlektoren, eigentlich gar nicht zu lesen, die kommen ja von Autoren, die wir kennen, und da brauchen die Korrektoren in der Herstellung eigentlich nur die Kommafehler zu korrigieren. Sie ahnen ja nicht, wie heftig selbst die berühmtesten Autoren, sogar Nobelpreisträger, mit den Kommagesetzen auf Kriegsfuß stehen, das nebenbei; eigentlich also beschäftigen wir Lektoren uns ausschließlich mit dem Schrott, und da besteht, muß ich zugeben, die Gefahr der Verbildung, der Geistes- und Geschmacksverbiegung. Wenn Sie dauernd Schrott lesen, wird Ihr Hirn zwangsläufig zu Schrott. Das ist die Lektorenkrankheit. Ich kenne Lektoren, ich will keine Namen nennen ...«

Ich nenne auch keine Namen, wie gesagt. Der Lektor klagte weiter in der angedeuteten Art, und als er einmal Atem schöpfte, warf ich ein, daß ich das alles nicht so richtig bedacht hätte bisher, und daß es mir nunmehr leid tue, ihm auch noch meine Manuskripte *Das Öl des Vatican* und *Wenn der Tod stirbt* zugemutet zu haben.

»Nein, nein«, sagte der Lektor, »auf eins mehr oder weniger kommt es nicht mehr an, und außerdem ist es so, Gott sei's geklagt, ich werde dafür bezahlt. Doch um auf Ihre Frage zurückzukommen, es gibt da so eine Technik: Wir lesen die erste Seite, und dann lesen wir die letzte Seite, und dann lesen wir drei, vier Seiten in der Mitte, und dann ist meistens alles klaro.«

»Klaro?« fragte ich.

»Klaro heißt, es ist Schrott.«

»Meistens klaro?«

»Meistens. In, sagen wir, zehn Prozent der Fälle ist es nicht klaro, und da geben wir das Manuskript einem freien Mitarbeiter, das ist so ein Würstchen, ein hoffnungslos promovierter Germanist, der irgendwie als Nachtportier herumkrebst, und der verdient sich ein paar Euro damit, daß er den Schrott Seite für Seite durchliest.«

»Also den Schrott«, erlaubte ich mir zu sagen, »bei dem es noch nicht klaro ist, daß er Schrott ist.«

»Korrekto«, sagte der Lektor, »und dann stellt sich fast immer heraus, daß der Schrott doch Schrott ist.«

»Der Prozentsatz …«, seufzte, ja, seufzte ich, doch der Lektor ließ mich gar nicht ausseufzen, weil er wußte, was ich fragen wollte.

»*Ein*mal«, sagte er und betonte die erste Silbe überdeutlich, »*ein*mal haben wir bei den, wie lang gibt es den Verlag? Lassen Sie mich nachrechnen, dreiundzwanzig Jahre, also gut zwanzigtausend Romanmanuskripten, mit denen wir angefüllt worden sind, einmal haben wir nach Stichprobe und Lektorierung durch einen freien Mitarbeiter erwogen, hören Sie, *erwogen*, das Manuskript zu drucken, das Buch zu machen. Wir haben den Autor, oder besser gesagt: noch Mensch, künftigen Autor, zu uns gebeten, und der unselige Esel hat gleich unaufgefordert in einem schwarzen Kunstlederkoffer, ich erinnere mich genau, mit hellbrauner Kantenverstärkung seine sage und schreibe vierzig anderen Romanmanuskripte mitgeschleppt und gemeint, das würde jetzt alles gedruckt. Und alle anderen waren Schrott. Das eine, das wir erwogen haben, war das Korn, das dieses blinde Huhn gefunden hatte.«

»Ja, dann«, sagte ich.

»Klaro«, sagte er.

Er gab mir den Rat, daß ich, wenn ich auch nur einen Funken von Aussicht haben wollte, ein Manuskript von mir gedruckt zu sehen, autobiographisch schreiben müsse. Das und nur das sei der Trend der Zeit, alles andere Schrott.

»Schrotto«, sagte ich frech, da ohnedies, wie man sich denken kann, nun hoffnungslos.

»An und für sich sind natürlich auch Autobiographien

Schrott, denn wen interessiert schon die Autobiographie, sprich«, so der Lektor, »sprich: das mehr oder weniger verkorkste Seelenleben eines kaufmännischen Angestellten und sein gebrochenes Verhältnis zum Vater? Komischerweise interessiert das die Leute doch, und wenn autobiographisch, dann ist es mehr oder weniger wursto, ob die Consecutio temporum stimmt oder nicht, und es wird verkauft, also das Buch, der autobiographische Roman wird verkauft, schlecht verkauft zwar, doch zumindest verkauft, zwar nur eine Saison lang, dann verschwindet das Zeug meistens samt Autor …«

»Immerhino«, sagte ich.

»Wie bitte?«

»Immerhin«, sagte ich.

»Korrekto«, sagte er.

Und so schreibe ich also meinen autobiographischen Roman. Das ist das, was hier auf dem Papier steht, mein autobiographischer Roman. Meine beiden Romane, die offenbar Schrott sind, der eine heißt, wie schon erwähnt, *Das Öl des Vatican*, der andere heißt *Wenn der Tod stirbt*, solle ich trotzdem nicht wegwerfen, weil möglicherweise, *wenn* mein autobiographischer Roman ein über die Saison hinausragender Erfolg werden sollte, es nicht ausgeschlossen sei, daß man dann den Schrott, den ich vorher geschrieben habe, hinterherdruckt.

2

Wie fängt man eine Autobiographie oder, noch besser, wie jener Lektor formuliert hat, einen autobiographischen Roman an? Ich habe keine Erfahrung. Ich bin kein alter Hase, wahrscheinlich bin ich nicht einmal ein Hase mittleren Alters. Ich bin ein blutjunger Hase, und in den Tagen nach jenem Besuch bei dem Lektor, dem ich meine beiden Romane *Das Öl des Vatican* und *Wenn der Tod stirbt* vorgelegt hatte, war ich nahe daran, die Flinte ins Korn und die Romane zum Altpapier zu werfen. Doch ein Hase hat keine Flinte, die er ins Korn werfen kann ... mir fallen laufend Titel für Bücher ein, leider nicht die dazugehörigen Bücher: *Der Hase, der die Flinte ins Korn wirft* ... Wahrscheinlich ist das eher der Titel für einen Lyrikband, und mit lyrischen Gedichten habe ich es nicht. »Ist auch besser«, hat der Lektor gesagt, »Lyrik ist beschisso – verkaufsmäßig gesehen. Wenn Sie wüßten, wieviel Lyrik bei uns im Lager vor sich hinrottet.«

»Sie haben sie immerhin gedruckt?«

»Ja, ja«, sagte der Lektor leise, fast nur pfeifend, »leider. Weil der Verleger ... oder andersrum gesagt, weil die Lyrikerin dem Verleger eine Zeitlang nahestand.«

»Sehr nahe?«

»Kann man sagen. Und da mußten wir den lyrischen Schrott drucken. Zweitausend. Vierzehn sind verkauft worden. Die Sache ist dann auch auseinandergegangen. Also die Sache mit dem Verleger und der Lyrikerin, und da hat sich der Alte die Zahlen geben lassen und hat geseufzt: Wir wären kalkulatorisch besser dran gewesen, wenn wir die Gedichte per Hand abschreiben hätten lassen. Dabei hat er, der Verleger, es damals sogar eingefädelt, daß die Dichterin ...«, er nannte den Namen, *ich* nenne ihn nicht, »... den hmhmhm-Preis bekommen hat; hat auch nichts geholfen. Ich habe dann vorgeschlagen, daß wir auf der Buchmesse für sie eine Lesung veranstalten und die Lyrikerin ihre Gedichte nackt vortragen solle. Die Lyrikerin hätte es gemacht, doch der Verleger wollte nicht. Damals nicht. Später schon, aber da wollte *sie* nicht mehr. Ich glaube auch nicht, daß wir danach viel mehr von dem Buch verkauft hätten.«

»Höchstens, wenn Sie die Photos von der Lesung beigelegt hätten.«

»Hm, vielleichto«, sagte der Lektor, »gar nicht blödo«, und pfiff wieder, blickte zur Decke. »Sie haben offenbar Ideen. Vielleicht sollten Sie besser in die Werbebranche gehen. Aber«, wandte er sich wieder zu mir, »für jene Sache ist es längst zu spät. Ist ja Jahre her. Schado.«

Also eine Autobiographie. Mit dem *Auto* habe ich keine Schwierigkeiten, aber mit der Biographie. Ich habe nämlich noch keine. Ich bin achtundzwanzig Jahre alt, und wer hat in dem Alter schon groß eine Biographie? Ich solle autobiographische Romane lesen, hat der Lektor gesagt. Zum Beispiel: *Auf der Suche nach der verlorenen Zeit*, hat mir den Namen vom Autor aufgeschrieben: Marcel Proust. (Alle, die schon tot sind, nenne ich mit richtigem Namen. Ist doch schon tot, dieser Proust?) Ich bin in eine Buchhandlung gegangen und habe nach dem Buch gefragt. Sechs Bände! Erstens war mir das zu teuer, und zweitens: wann soll ich das lesen, und wann werde ich es ausgelesen haben! Und ich will doch meinen autobiographischen Roman in absehbarer Zeit schreiben.

Gut. Die Buchhändlerin – sie hatte eine sehr dünne Bluse an und einen fast durchsichtigen Be-Ha darunter, und wie sie sich gebückt hat, weil *Proust* ganz unten stand, also regalmäßig gesehen, literarisch gesehen, hat die Buchhändlerin gesagt, steht er ihrer Meinung nach ganz oben, wie sie sich also gebückt hat, ist ihr Hosenbund gerutscht, und ich habe gesehen, daß sie einen String-Tanga trug – so was sehe ich sofort, nur ob ich das in meinen autobiographischen Roman hineinschreiben soll? Ich weiß nicht. Ich möchte nicht den Lektor nochmals belästigen, jedenfalls nicht, bevor ich den autobiographischen Roman fertig habe – die Buchhändlerin hat also gesagt, ich könne die Bände auch einzeln kaufen, und es gebe eine preiswerte Ausgabe davon, doch den wahren Genuß, sagte sie, dabei wurden ihre Sterne unter dem Be-Ha ganz spitz, hätte ich nur, wenn ich das Werk im französischen Original läse.

»Ich lese nicht wegen Genuß«, sagte ich – abgesehen davon kann ich so gut Französisch wie ein taubstummer Maulesel – »nicht wegen Genusses« – man sieht, ich befleißigte mich da schon gehobenen Genitivs – »sondern mehr aus kollegialem Interesse. Ich schreibe nämlich selbst an einem autobiographischen Roman.« Das stimmte, wie man weiß, damals noch nicht ganz und eigentlich überhaupt nicht, es sei denn, man rechnet das Nachdenken über den Roman auch schon zum Schreiben.

»Oh!« sagte sie, »ich liebe autobiographische Romane. Und wie weit sind Sie schon?«

»Hundert Seiten«, log ich.

»Und haben Sie schon einen Verlag?«

»So gut wie«, sagte ich. »Aber ...«

»Sie wollen die Sache nicht verreden«, sagte sie, »ich verstehe. Aber den Titel verraten Sie mir vielleicht?«

Ich überlegte, während ich dieses literarische Gespräch führte, gleichzeitig – ich kann sowas ohne weiteres, vielleicht prädestiniert mich das zum Schriftsteller –, wie wohl die Beine der Buchhändlerin beschaffen sind. Sie hatte ja leider, wie erwähnt, Hosen an. Ich hasse Hosen bei Frauen, weil ... Nun, das auszuführen hebe ich mir für den autobiographischen Roman auf. Wenn die Beine, überlegte ich, die gleiche Qualität haben wie der fast sichtbare Busen, dann würde es sich lohnen ... nur hatte ich im Augenblick kein Geld, jedenfalls nicht so viel, daß ich sie einladen hätte können. Wohin lädt man eine Buchhändlerin ein? Ich muß mich ja in der Richtung kundig machen, weil ich später, wenn mein autobiographischer Roman einmal erschienen ist, öfters mit Buchhändlerinnen zu tun haben werde. In die Disko? Wohl eher nicht. Wahrscheinlich zum Essen – in Restaurants mit zwei roten gekreuzten Löffeln im Restaurant-Führer, weil den lesen sie ja, wenn keine Kunden da sind, habe ich den Verdacht. Eher als autobiographische Romane. Ob ich sie zu einem Spaziergang in die Natur einladen soll? Ich bin zwar kein Naturbursche, eher ein Kulturbursche, aber als Dichter … die Natur … *Wenn du eine Rose schaust, sag' ich laß sie grüßen*, hab ich aus der Schule noch in Erinnerung. All dies erübrigte sich dann leider, denn der Kerl, der vom oberen Stock herunterkam, war ihr Mann, wie sich herausstellte.

»Harald«, sagte sie, »der Herr schreibt an einem autobiographischen Roman«, und zu mir: »Das ist mein Mann.«

»So, so«, sagte Harald ziemlich kalt, »fast jeder schreibt einen autobiographischen Roman.«

»Das ist nicht wahr«, sagte sie und lachte, und wieder zu mir: »Und wie heißt er? Ich meine Ihr Roman?«

Ich bin das, was man etwas feiner *Legastheniker* nennt. Weniger fein ausgedrückt: Ich lese alles nur schlampig und oberflächlich. Jahrelang bin ich an einem Firmenschild vorbeigefahren, auf dem stand: *Erzeugung von Kurzhaxen*. Die gleichen Jahre lang habe ich mir den Kopf darüber zerbrochen, was *Kurzhaxen* sind und warum, wenn schon, man nicht normale Haxen erzeugt. (Ich dachte an Prothesen. Kurzhaxen. Entsetzlich. Ich wage es kaum niederzuschreiben, was ich vermutete: Prothesen für beinamputierte Liliputaner. Eine Marktlücke?) Eines Tages sah ich jedoch, daß es nicht *Kurzhaxen*, sondern *Kunstharze* hieß. Und als mich die Buchhändlerin nach dem Titel meines autobiographischen Romans fragte, machte ich, wenn man so sagen kann, von meinen legasthenischen Fähigkeiten Gebrauch, fuhr kurz mit dem Blick über die naturgemäß reichlich vorhandenen Bücherrücken und las: *Eingang für Riesen.*

»*Eingang für Riesen*«, sagte ich.

»Ein guter Titel«, sagte sie.

Harald, ihr Mann, sagte gar nichts, schaute mich mit einem Blick an, der ungefähr besagte: Wenn du noch länger auf den Busen meiner Frau starrst, greife ich zum *Handbuch des effektiven Hinauswurfs.* Ich wendete also meinen Blick von den Brüsten ab, zahlte das Taschenbuch des Autors Marcel Proust und ging. Ich wagte keinen weiteren Blick und weiß daher nicht, wie der Titel des Buches, den ich legasthenisch als *Eingang für Riesen* las, wirklich lautete. Vielleicht ist das für den autobiographischen Roman auch gar nicht wichtig. Ich werde ihn übrigens bestimmt nicht *Eingang für Riesen* nennen. Ich bin kein Riese, im Gegenteil, leider.

Ich kann mich nur an ein anderes Buch erinnern, dessen Titel ich dort falsch gelesen habe. *Der Schmarrn* las ich.

»*Der Schmarrn?*« fragte ich die Buchhändlerin, »ein Kochbuch?«

»Nein«, sagte sie, »ein Bestseller. *Der Schwarm* und nicht *Der Schmarrn.* Es ist eine, wie soll ich sagen … Apokalypse. Sowas ist literarisch absolut in. Mehr vielleicht noch als autobiographische Romane. Im Moment.«

3

Die *Suche nach der verlorenen Zeit* hat mir wenig gebracht. Ich bin über die ersten fünfzig Seiten nicht hinausgekommen. Diese fünfzig Seiten handeln davon, daß der *ich* in dem Buch aufwacht. Er wacht fünfzig Seiten lang auf. Genauer gesagt: da er nach fünfzig Seiten immer noch nicht richtig aufgewacht war, vom Aufstehen gar nicht die Rede, weiß ich nicht, ob er nicht womöglich erst auf Seite hundert aufwacht. Ich schlafe auch gerne, und schon als Pfadfinder seinerzeit habe ich gesagt (*mir* gesagt, dem Pfadfinderführer durfte man das nicht sagen), die tägliche gute Tat verrichte ich schon dadurch, daß ich aufstehe. Ich überwinde jeden Tag in der Früh den bekannten, weitverbreiteten inneren Schweinehund. Im Grunde genommen bin ich unfähig, aus dem Bett aufzustehen, offenbar so wie jener *ich* in dem Buch von Marcel Proust, aber es hilft nichts. Ich muß. Ich überwinde den inneren Schweinehund. Wenn ich ihn überwunden habe und aufgestanden bin, ist es nicht empfehlenswert, mich anzureden, denn da verwandelt sich für mindestens eine Stunde der eben überwundene innere Schweinehund in den äußeren solchen. Aber ich weiß nicht, ob das für den Anfang meines autobiographischen Romans geeignet ist. Außerdem gehört da schon allerhand literarisches Sitzfleisch dazu, fünfzig Seiten nur darüber zu schreiben, daß man aufwacht oder konträr nicht aufwacht. Ich glaube nicht, daß ich dieses Sitzfleisch schon habe. Vielleicht später, wenn ich meine Alterswerke schreibe, doch da habe ich ja mit meinen achtundzwanzig Jahren noch einige Zeit hin. Oder soll ich alle verarschen … nein, das Wort *verarschen* darf ich in meinem autobiographischen Roman nicht verwenden. Ich werde mich einer gesitteten Sprache befleißigen. *Vergesäßen*. Die Welt vergesäßen und mit achtundzwanzig Jahren ein Alterswerk hinpfeffern ... Mit fünfzig, nein hundert, nein zweihundert Seiten übers Einschlafen? Und das sperre ich weg und gebe es erst heraus, wenn ich achtzig bin?

Hoffe nur, daß ich übers Schreiben nicht einschlafe.

Der Proust hat mir also gar nichts geholfen. Es war mir damals nicht möglich, noch und noch autobiographische Romane zu kaufen, das konnte ich mir als Aushilfstaxifahrer nicht leisten und jetzt als Hilfskoch auch nicht. Als Zwischenzeitprominenter hätte ich das Geld gehabt, nur leider eben auch andere Gedanken, was man damit anfängt.

Damals, das ist jetzt vier Jahre her, war ich also Aushilfstaxifahrer. Es gibt Schlimmeres. Als, sagen wir, Bauhelfer kriegst du nicht einmal Trinkgeld. Obwohl sie in diesen heutigen Zeiten so gut wie kein Trinkgeld geben, die Herren und Damen Fahrgäste. Ja, die Fahrgäste. Vielleicht ist das autobiographisch interessant. Es gibt zweierlei: solche, die sind stumm wie die Fische, sagen nur die Adresse und machen dann den Mund nicht mehr auf, bis sie sagen: »Eine Quittung« und das Geld nebst kargem Trinkgeld hinlegen. Und dann diejenigen, die reden. Von denen gibt es wieder zwei Unterarten: solche, die fragen mich, ob mir das Taxi gehört. – »Nein.« – Ob ich nur Taxifahrer bin? – »Nein, Aushilfe.« – Was ich sonst mache? – »Dies und das.« – Und warum ich Taxifahrer bin und wie alt und wie man sich fühlt und so fort. Dann die andere Unterart, die quasselt von sich. Da gibt es welche, die erzählen dir vom Stachus bis zur Münchner Freiheit ihre gesamte Lebensgeschichte nebst Abriß der Krankheiten seit den Masern, und wenn's zum Flughafen geht, auch noch den Sums von der näheren und ferneren Verwandtschaft. Leider war nie ein sozusagen berufsmäßiger Schriftsteller dabei, den ich fragen hätte können, wie man am besten und so weiter. Das heißt, möglicherweise war schon einer dabei, gehörte jedoch zur ersten Sorte, zu denen, die den Mund nicht aufmachen. Vielleicht gehören berufsmäßige Schriftsteller überhaupt und immer zu dieser Sorte, weil sie kein Wort von sich geben, nicht gesprochen und nicht gedruckt, ohne daß sie dafür bezahlt werden.

Ob ich, um Schriftsteller kennenzulernen, vielleicht zu einem PEN-Kongreß fahren solle, habe ich damals jenen Lektor gefragt.

»Die lassen Sie nicht hinein, logo, alles nicht öffentlich, nur für Mitglieder. Außerdemo zwecklos. Die wirklichen Schriftsteller gehen nicht zum PEN-Kongreß, auch wenn Mitglied, weil sie sich zu schön dazu sind.«

»Und wer geht dann hin?«

»Die Gschaftlhuber und die Würstchen. Ich meine: die Funktionäre und diejenigen, die sich einmal im Jahr als Schriftsteller vorkommen wollen.«

»Und die Funktionäre sind ...«

»Ehemalige Würstchen, die das Schreiben aufgegeben haben und Funktionäre geworden sind. Wenn sie überhaupt je was geschrieben haben. Haben ja keine Zeit, weil sie die Funktionärsgeschäfte bestreiten müssen. Leicht zu capito, oder? Von keinem PEN-Präsidenten oder Funktionär hat noch je ein Mensch eine Zeile gelesen.«

Man ahnt ja sowas nicht als Außenstehender. Dennoch ließ ich mich von meinem Ziel nicht abbringen: Ich wollte Schriftsteller werden. Halt! Ich war es ja schon, hatte zwei Romane geschrieben, auch wenn sie wahrscheinlich Schrott sind und nie gedruckt werden, außer mein künftiger autobiographischer Roman würde ein Erfolg.

Nur wie sollte ich anfangen? Nur wie?

Ich konnte doch nicht simpel damit anfangen: Ich heiße Stephan Kuggler, Stephan mit P-H und Kuggler mit zwei G und bin abgebrochener Student, war Aushilfstaxifahrer und bin Hilfskoch.

Wie sollte ich dann anfangen?

I

Es ist meine früheste Erinnerung oder jedenfalls eine der frühesten, sie stammt noch aus der Zeit, bevor ich in die Schule ging. Ich erinnere mich, daß ich mit meinem Vater einen finsteren Gang entlangschlich. Es war sehr früh am Tag, eigentlich noch in der Nacht. Die Mutter mußte mich aus dem Bett zerren, und ich war so müde, daß ich nicht einmal meinen geliebten übersüßen Kakao hinunterbrachte. Erst auf der Fahrt in der Trambahn wachte ich auf, obwohl es draußen fast noch finster war. Mein Vater schritt feierlich, war ganz in Schwarz gekleidet. Ich versuchte mich anzupassen. »Du sollst *es* sehen, Stephan«, sagte mein Vater, »damit du dich langsam daran gewöhnst.« Am Ende des Ganges gesellten sich weitere vier oder fünf schwarzgekleidete Männer zu uns, besser gesagt, wir gesellten uns zu ihnen. Sie hatten schon gewartet. Dann kamen wir in einen kahlen Saal, wie eine Turnhalle, nur ohne Geräte – bis auf das eine, das in der Mitte stand.

Niemand sagte ein lautes Wort, nur ab und zu wurde geflüstert, wohl die notwendigsten Mitteilungen, nicht mehr. Auf den Wink eines der schwarzen Männer öffnete sich eine eiserne Tür, und ein Mann wurde von zwei Uniformierten hereingeführt. Seine Hände waren auf den Rücken gefesselt, und er schrie wie am Spieß. Die schwarzen Männer redeten ihm zu, doch er hörte nicht auf zu schreien und sich zu winden, sogar mit den Füßen zu stoßen. Da wurden ihm auch die Füße gefesselt. Mit den Uniformierten und dem Gefesselten war auch ein weiterer Schwarzer hereingekommen, der hatte jedoch keinen Anzug an, sondern eine Kutte. Er hielt dem Schreier ein Kreuz hin. Direkt vor die Nase. Der kümmerte sich allerdings nicht darum und schrie weiter.

Der eine Schwarze, der vorhin den Wink gegeben hatte, zuckte mit den Schultern und sagte: »Dann eben so.« Daraufhin las ein anderer der Schwarzen aus einem Buch, das er aus seiner ebenfalls schwarzen Aktentasche genommen hatte, etwas vor. Ich verstand es nicht, schon weil der Gefesselte weiter schrie, obwohl er schon heiser war. Dann gab der andere Schwarze wieder einen Wink, und daraufhin ging es blitzschnell. Die zwei Uniformierten schnallten den Gefesselten auf ein Brett, das Brett wurde gekippt, etwas vor zum Gerät geschoben, mein Vater zog an einer Kette, ein Eisen raste herunter, es krachte, und der Gefesselte schrie nicht mehr. Ein Schwarzer, der bis dahin weiter hinten gestanden war, kam nun zum Korb, hob den Kopf hervor und sagte: »Ich stelle den Tod fest.« Daraufhin gab der eine Schwarze wieder einen Wink, und wir gingen den dunklen Gang zurück.

»Sechs Sekunden ab dem Ende der Urteilsverlesung«, sagte mein Vater nicht ohne Stolz.

Mein Vater war Henker. Schon sein Vater war Henker, der Großvater auch, ebenso ein Onkel von mir und ein Vetter meines Vaters. Der sehnlichste Lebenswunsch meines Vaters war, daß ich einst in seine Fußstapfen treten würde. Ich bekam daher bei Schulbeginn eine kleine Guillotine, mit der ich weiße Mäuse und Meerschweinchen köpfen lernte. Später, im Alter von etwa zehn Jahren, bekam ich eine größere Guillotine, mit der köpfte ich Hasen und kleinere Hunde. Katzen zu köpfen lehnte ich ab, weil ich Katzen liebe. »Hm, hm«, sagte mein Vater, »einerseits darf ein Henker keine solchen Sentimentalitäten an den Tag legen, er muß auch das köpfen, was ihm lieb ist. Anderseits muß gerade der Henker ein zartfühlendes Gemüt haben, gerade der Henker.«

Ich lernte auch das Aufknüpfen, wurde in die Anfangsgründe des Elektrischen Stuhls eingewiesen und so weiter. Allerdings stand mein Vater diesen Geräten und den Giftspritzen, Gaskapseln und so fort, wie sie in Amerika üblich sind, ablehnend gegenüber. Er betrachtete das als verweichlichte Entartung. »Die gute alte Handarbeit ...«, seufzte er oft. Eigentlich hätte er am liebsten noch mit dem Beil geköpft. »Ein glatter, sauberer Hieb ...« Er lehrte es mich. Ich solle die alten Techniken beherrschen, auch wenn sie nicht mehr angewendet würden. »So wie«, sagte er, »Offiziere oft noch einen Säbel tragen, obwohl damit längst nicht mehr gekämpft wird. Genauso halte ich mein Beil in Ehren.«

Auch interessierte sich mein Vater für die ebenso außer Gebrauch gekommene – wie er sagte »elegante« – Garrotte, das spanische Würgeisen, dann fürs gute, alte Rädern und warf auch fachmännische Blicke auf das Vierteilen und auf das Schinden, »geheiligt«, wie er sagte, »durch Apollos Handhabung des Marsyas«. Auch dem Aufschichten der Scheiterhaufen für Hexenverbrennungen galt seine jedoch naturgemäß theoretisch-historische Aufmerksamkeit, und besonders betrauerte er, daß die »eigenwillige« (so seine Rede) Exekutionsart nicht mehr üblich ist, deren sich die päpstliche Justiz bedient hatte: das Schädelzertrümmern zwischen zwei Eisenhämmern.

Ich köpfte dann, da war ich siebzehn, mit dem Beil oder mit einer sozusagen erwachsenen Guillotine große Hunde, und aber – ja. Kurz bevor ich meine erste eigene Exekution durchführen sollte, unter Assistenz und Aufsicht meines Vaters, wurde die Todesstrafe abgeschafft. Das überlebte mein Vater nicht lang, und ich mußte mich wohl oder übel einem anderen Beruf zuwenden.

4

Es gibt noch günstige Zufälle. Ich war damals, wie erwähnt, nur Aushilfstaxifahrer, hatte keine feste Anstellung. Wenn der alte Grieche, dieser knausrige Gauner, dem ein paar Taxis gehörten, einen Fahrer brauchte, rief er mich an, und ich ging dann in die Hellas-Garage in der Entenbachstraße und übernahm einen Wagen. Meistens in der Nacht. Das hat Vor- und Nachteile. In der Nacht, womöglich bei schlechtem Wetter zu fahren ist unangenehm. In der Nacht sind mehr Gauner unterwegs als am Tag. Doch in der Nacht gibt's auch weit mehr Besoffene als am Tag, was in der Natur der Sache, das heißt des Saufens, liegt. Und Besoffene geben mehr Trinkgeld. Und Besoffene wissen gar nicht, wohin sie wollen, und lassen sich kreuz und quer durch die Stadt fahren, und es kommt mehr zusammen auf dem Taxameter. »Fahrensemichheim«, lallte einmal einer. »Wohin?« »H-h-h-heimm«, lallte er. Gut, dachte ich, fuhr ein paar Mal um die Blöcke, bis dreißig Euro beisammen waren – nein, Mark; Mark waren es damals noch, und dann setzte ich ihn wieder vor der Kneipe ab, aus der er vorhin getorkelt war. »Da«, sagte ich, »jetzt sind Sie daheim.« Er gab mir einen Fünfziger, sagte: »Schon gut, sollst auch nicht leben wie ein Hund« und stolperte glücklich wieder in die Kneipe hinein. Vielleicht war er da wirklich daheim, im übertragenen Sinn.

So besoffen war der, den mir der glückliche Zufall zuführte, nicht, aber gut geladen hatte er schon. War komplett aufrecht, kaum merklich schwere Zunge, kein Rülpsen, Kleidung auch fast ganz in Ordnung, mag sein, das Sakko falsch zugeknöpft, sonst tadellos. Ein geübter, intelligenter Säufer. Nur ein Taxifahrer durchschaut das. Und ich erkannte ihn auch sofort. Ob er von Natur aus zu den maulfaulen Fahrgästen gehörte oder nur im Rausch – wohlüberlegt – sich maulfaul hielt, weiß ich nicht. Er setzte sich nach hinten und schwieg. »Wohin?« Er gab ein großes Hotel in der Innenstadt an. Aha. Offenbar will er weitersaufen. Ich fuhr los und beobachtete ihn im Rückspiegel. Er schlief nicht.

»Sie sind«, sagte ich laut, »Verlagslektor.«

»Kennen Sie mich?« strahlte er.

»Nein«, sagte ich, »ich bin Hellseher.«

Er schüttelte den Kopf und zwickte die Augen zusammen. Er war nicht so besoffen, daß er alles glaubte.

»Das stimmt nicht«, sagte er, »wenn Sie ein so guter Hellseher wären, müßten Sie nicht den Taxifahrer machen.«

»Grad deswegen bin ich Taxifahrer«, sagte ich, »weil mir meine Hellsehung hellgesehen hat, daß ich heute einen Verlagslektor als Fahrgast haben werde, dem ich mein autobiographisches Romanmanuskript zeigen werde, und er wird begeistert sein und wird es drucken.«

»Halten Sie einmal an, und drehen Sie sich um.«

Ich fuhr an den Straßenrand, hielt an, drehte mich um und lachte. »Erinnern Sie sich nicht mehr?«

»Sie waren wahrscheinlich einmal bei mir und haben mir ein Manuskript angeboten. Nein, ich erinnere mich nicht mehr. Es kommen so viele, und ich habe ein schlechtes Gedächtnis für Gesichter.«

Nun gut, mein Besuch bei ihm lag damals einige Monate zurück.

»*Das Öl des Vatican*«, sagte ich, »und *Wenn der Tod stirbt.*«

»Jetzto!« sagte er, »korrekto, daran erinnere ich mich. Dafür habe ich ein gutes Gedächtnis.«

Ich fuhr ihn dann zum Hotel. Er sagte, ich solle mein Taxi abstellen, er lade mich ein. »Ich warte hier noch auf eine Dame«, sagte er, »und Ihr Bluff mit dem Hellsehen gefällt mir. Bis die Dame kommt, trinken wir noch einen.«

»Die Dame ist wahrscheinlich eine Schriftstellerin?«

»So kann man auch sagen«, sagte er. Wir setzten uns in die Halle, und er bestellte Champagner.

»Nobel geht die Welt zugrund«, sagte ich, »ein Verlagslektor scheint nicht schlecht zu verdienen.«

»Ach wo«, sagte er, »beschisso. Alles beschisso, die ganze Branche.«

Er erzählte mir dann von der Branche und wie teuer das Papier sei und die Druckfarbe, und wie blöd die Buchhändler sind und wie heimtückisch die Vertreter und wie geizig und geldgierig der Verleger und wie trottelhaft die Kritiker – und erst die Autoren. »Wenn man von dem …«, er nannte einen ganz, ganz berühmten Namen, aber ich nenne den Namen nicht, »… von dem das Buch so drucken würde, wie er es geschrieben hat, gäbe das eine Katastrophe. Die Rechtschreibung! Die Interpunktion! Doch davon red' ich gar nicht – die Logik im Buch – Kraut und Rüben, kein roter Faden, unmögliche Zusammenhänge … Schrott, Schrott! Dessen Bücher muß ich praktisch selbst neu schreiben, damit sie lesbar sind. Und der …«, er nannte wieder einen von denen, die im Fernsehen über Bücher reden, ich nenne ihn aber nicht, »… sagt dann …«, und der Lektor machte die bekannt näselnde Redeweise von demjenigen nach, »… ein großes bewegendes Werk, das als herausragendes Epos aus unserem Jahrhundert bestehen wird. Hat der eine Ahnung! Nicht *ein* Satz in dem Käse ist ganz vom Autor. Sondern von mir! Und hinterher kommt womöglich der Kerl, also der Autor, und mault herum, weil ich sein Werk verwässert hätte. Merkt naturo nicht, daß es vorher, bevor ich darübergegangen bin, Schrott war.«

Dann bestellte er noch Champagner und war dann doch schon so besoffen, daß er mir solche Geheimnisse verriet, wie man es manipuliert, daß ein Buch in die Bestsellerliste kommt, wie man einfädelt, daß ein Autor den XY-Preis oder den YZ-Preis kriegt und so fort. Unter dem Siegel der Verschwiegenheit. Er hätte in seinem Suri am nächsten Tag sicher nicht mehr gewußt, daß er mir das alles verraten hat, auch, zum Beispiel, was es bedeutet, wenn im Verlagsprospekt steht: *Erstauflage 100 000*. Das bedeutet 800 Stück. Das schreibe ich hin, doch bei allem anderen, was er mir verraten hat, halte ich mich – trotzdem, wie gesagt – an das Siegel der Verschwiegenheit. Das ist nämlich ebenfalls eine Tugend des Taxifahrers. Daran halte ich mich, auch wenn ich inzwischen, da ich dies schreibe, zum Hilfskoch abgesunken bin. Oder aufgestiegen?

Inzwischen war es zwei Uhr geworden, und wir hatten die dritte Flasche Champagner vor und bald in uns. Der Lektor schaute plötzlich auf und sagte dann: »Ungeheuro. Die Schlampe scheint tatsächlich nicht zu kommen. Eine Unverschämtheit. Wie spät ist es? Zwei. Wieviel Champagner? Drei. Unverschämt. Die Schlampe. Wie spät? Zwei. Das ist zwei Stunden darüber – um zwölf Uhr wollte sie hiersein.« Das alles schon etwas lallend, wenngleich noch verständlich. »Wieviel Champagner? Drei Flaschen. Teuflo. Und wie soll ich das absetzen? Wenn sie nicht kommt, ist das kein Arteibs … also Arbeits …«

»Arbeitstrinken«, half ich.

Er lachte. »Sehr gut. Arbeitstrinken. Ja – aber, wenn sie nicht kommt, darf ich den Champagner glatt selbst bezahlen. Hier in dieser gastro … gastro … gastro …«

»Gastronomisch«, half ich wieder.

»… nomischen Räuberhöhle … drei Flaschen Champagner. Ein halbes Monatsgehalt!«

Er stockte.

Er schaute mich groß an.

Seine gelblichen Augen erhellten sich. »Haben Sie Ihr Manuskript dabei?«

»Ich habe immer mein Manuskript dabei«, sagte ich, lief hinaus zu meinem Taxi und holte es.

»Dann soll der Ober noch einen Champagner bringen«, schrie er, »he! Ober, es ist ein Unglück passiert!« Der Ober eilte herbei. »Die Flasche ist leer. Haben Sie zufällig noch eine gleiche, aber voll?« Der Lektor deutete auf die Flasche und lachte weltmännisch.

Scherzboldo, dachte ich.

Er las die paar Seiten vom Henker und von mir, dem Henkerlehrling. Offenbar war er ein so versierter Lektor, daß er selbst im Vollrausch – bei diesem Pegelstand befand er sich jetzt – lesen konnte.

»Dollo!« sagte er, »das ist der Anfang Ihres autobiographischen Romans?«

»Ja«, sagte ich.

»Fulminanto«, sagte er, »wenn Sie so weiterschreiben, mache ich das Buch. Wir müssen nur einen guten Titel finden.«

»*Ein Kopf mehr oder weniger*«, sagte ich.

»Weiß noch nicht. Hm … Aber … Sie sind doch –«, lallte er, ich verstand ihn nur noch, weil ich mich sukzessive an seine immer undeutlichere Redeweise herangewöhnt hatte, »sind doch – doch nicht so – sind doch noch nicht so alt, und die Stodesstra-, die Strades-, die …« Ich will jetzt hier nicht seine Suffstotterei wiedergeben. Er meinte: Ich sei doch noch nicht so alt, und die Todesstrafe sei in Deutschland doch seit dem Krieg abgeschafft.

»Das Ganze ist auch«, sagte ich, »nicht wahr.«

Der Lektor lachte, verschluckte sich, lachte weiter. »Macht nichts, macht nichts«, lallte er, »geben Sie's mir mit, dann muß der Alte die Spesenrechnung schlucken. Fahr mich heim.«

Die Adresse wußte er immerhin noch.

5

In meiner Naivität hatte ich angenommen, mein neuer Freund würde mich bald in den darauffolgenden Tagen anrufen. Ich sagte eben: mein neuer Freund und meine den mehrfach erwähnten Lektor, Herrn Dr. – »Scheiß auf den Doktor«, meinte der auf der Heimfahrt, als er, vielleicht durch die Zugluft im Auto (er öffnete alle Fenster) etwas nüchterner wurde, »ich heiße Hermann, wie heißt du?«

»Stephan«, sagte ich, »steht auf dem Manuskript. Mit P-H.«

»Manuskript mit P-H?«

»Stephan mit P-H.«

Er dachte lange nach. »Ach so. Stephan mit P-H. Ja, dann.«

Er nannte mich auf der ganzen Fahrt allerdings *Udo*. Er erzählte mir nämlich weiter allerhand, auch als wir schon vor seiner Haustür hielten, im Auto sitzend. Er redete so viel, daß ich mich an Einzelheiten nicht erinnere. Immer aber sagte er *Udo* zu mir.

»Stephan heiße ich«, sagte ich ein paar Mal dazwischen. Er blieb bei *Udo*. Er redete ziemlich schnell, und wenn einer von Einzelheiten seines Berufes quatscht, von dem man wenig oder nichts versteht, bleibt einem alles dunkel. Er redete über verschiedene Autoren seines Verlages oder solche von anderen Verlagen, die er kennt oder gekannt hat. Daran, daß er Thomas Bernhard erwähnte, erinnere ich mich. Den hat er auch gekannt. Wie schon öfters gesagt, nenne ich grundsätzlich keine Namen, ich mache nur Ausnahmen bei Leuten, die schon tot sind. »Thomas Bernhard«, sagte er, »im Grunde genommen ein Faschist. Er war zu jung, um am *Heldenplatz* mitgejubelt zu haben. Lies zwischen den Zeilen, Udo, lies zwischen den Zeilen! Ein verkappter Faschist. *Der mißmutige Hofrat der deutschsprachigen Literatur.*« Er lachte in sich hinein. Offenbar war ihm eben etwas gelungen, was er für einen Aphorismus, oder wie man das nennen soll, oder Bonmot hielt. »Der mißmutige Hofrat der deutschsprachigen Literatur. Unter uns gesagt, Udo.«

»Ich heiße Stephan.«

»Pardon. Pardon.« Ich erinnere ihn, sagte er, an einen Autor seines Verlages, der habe Udo geheißen (den Familiennamen nannte er auch, habe ihn jedoch vergessen), ich könne »praktisch der Zwillingsbruder von Udo« sein, so ähnlich sähe ich dem. Auch meine Sprechweise, alles, »praktisch der zweite Udo«. Es kamen ihm die Tränen. »Udo. Ein Freund. Und schon tot. Als Autor – einer von den Schrottisten, trotzdem ... haha, oder grad deshalb alle erreichbaren Preise abgeräumt. Und Stadtschreiber da und Burgschreiber dort. Alles Schrott. Heute vergessen, mit Recht. Aber menschlich«, wieder kamen ihm die Tränen, »ein Freund. Ach, Udo ...«

»Ich heiße Stephan«, sagte ich. Es half nichts. Er blieb bei *Udo*, bis er endlich durch seine Haustür verschwand. Es war vier Uhr.

»Hermann«, sagte ich vorher noch, »entschuldige, wenn ich dich unterbreche, es ist zwar interessant, was du da erzählst, nur ich habe morgen Schwierigkeiten mit meinem Chef. Du warst mein einziger Fahrgast, und ...«

»Verstehe, Udo, verstehe vollkommen. Da!« Er schob mir einen Hunderter hin. »Gib mir eine Quittung. Werde sagen, ich mußte dich zum Flughafen bringen. Juble ich auch noch dem Chef unter.«

»Dann ist es besser, ich quittiere sechsundneunzigfünfzig. Einen krummen Betrag. Sieht besser aus.«

»Wenn du meinst, Udo.«

Er wackelte wieder bedenklich, nahm die Quittung und stolperte hinein. Ob der heil die Stiege hinaufkommt? Meine Sache ist es nicht. Ich stieg in mein Taxi und fuhr in die Garage. Ich hatte sicher auch schon meine Promille, doch einen

Taxifahrer kontrolliert die Polente nicht, läßt nicht blasen. Polente und Taxifahrer sind aufeinander angewiesen, nebenbei gesagt, weil ohne die Tips von uns könnten die Kriminaler ihr Gewerbe aufstecken. Verbrecher fahren nämlich immer Taxi, und wenn du lange genug Taxifahrer warst, kriegst du einen Riecher. Aber das ist eine andere Geschichte, und die will ich ja nicht erzählen, jedenfalls jetzt nicht. Ich fuhr also in die Garage, pennte auf der Rückbank, bis die Tagschicht kam, und der Tagschichtler fuhr mich nach Hause.

Ich dachte mir, wie gesagt, daß mich mein neuer Freund Hermann demnächst anrufen würde. Er hatte ja mein Manuskript. Nichts dergleichen. Ich wartete einen Monat, dann rief ich an. Man sagte mir, Herr Doktor – ich will seinen wahren Namen nicht nennen, wie gesagt – sei nicht zu sprechen.

»Wann ist er denn zu sprechen?«

»Herr Doktor ... ist im Moment ... es ist äußerst schwierig zu sagen ...« Das Mädchen an der Vermittlung stotterte herum. Es kam mir merkwürdig vor.

»Ist er im Urlaub?« fragte ich.

Erleichtert sagte sie schnell: »Ja. Gehen Sie davon aus, daß er im Urlaub ist.«

Merkwürdig. Nicht: »Er ist im Urlaub«, sondern so gewunden: »Gehen Sie davon aus, daß ...«

Nun gut. Mehr als einen Monat wird er nicht Urlaub haben, dachte ich, wartete also noch einen Monat und telephonierte dann gar nicht erst, sondern fuhr hin. Ich hatte Tagschicht, fuhr also, da ich keine Fuhre hatte, mit meinem Taxi. Vom ersten Besuch her wußte ich, wo der Verlag war – noch ist, nehme ich an –, in einer Villa in einer besseren Gegend der Stadt. Gleich unten neben dem Eingang steht ein Schreibtisch, und dahinter saß damals eine hübsche Verlags-Empfangs-Dame. Jetzt saß wieder eine hübsche, womöglich noch hübschere Verlags-Empfangs-Dame da, allerdings eine andere. Ich nannte meinen Namen und sagte, ich möchte zu

Herrn Doktor … und fügte in meiner Unschuld hinzu: »– meinem Freund Hermann. Es ist privat.«

»Zu *wem* wollen Sie?«

Ich wiederholte den Namen.

»Kenne ich nicht. Gibt es nicht bei uns.«

»Aber ich war doch schon einmal bei ihm, und er hat ein Manuskript von mir.«

»Wie hieß der Herr?«

Ich wiederholte nochmals.

»Nein. Hat es nie gegeben.«

»Ich habe ihn doch selbst …«

»Hat es seit vergangenem Ersten nie gegeben.«

»Ja, gut, aber vorher …«

»Das weiß kein Mensch mehr. Ich bin erst seit vergangenem Ersten hier und alle anderen auch.«

»Ach …«

»Kann ich sonst noch was für Sie tun?«

Ich ging ziemlich betrepst hinaus. Es war Juni, ein schöner, warmer Sommertag. Ich hatte mein Taxi vor dem Haus quer ins Halteverbot gestellt. Taxifahrer dürfen das – das heißt, dürfen nicht, aber die Bullen sagen nichts … siehe oben. Ich stand blöd blickend da, wie bestellt und nicht abgeholt, da kam von hinten ein Mann in Arbeitskleidung ums Haus, einen Gartenschlauch hinter sich herziehend. Offenbar wollte er die Rosen bewässern. Er sah mich und dann das Taxi.

»Sollst du jemand abholen?«

»Ich weiß nicht, komisch …«

»Wer hat dich denn bestellt?«

Ich nannte, obwohl es nicht stimmte, des Doktors Namen.

Der Gärtner lachte. »Nicht gut möglich. Den gibt's nicht mehr.«

Im ersten Moment dachte ich, schon auch, weil vor einem Monat die Telephonvermittlerin so komisch geredet hatte, daß mein Freund Hermann damals womöglich doch nicht die Stiege geschafft hat, übers Geländer gestürzt ... in den Luftschacht gefallen oder was ...

»Ist er ...«

»Gefeuert«, sagte der Gärtner leise. Er trat nahe zu mir her. »Der Alte hat alle gefeuert. Alle. Bis auf mich.«

»Alle Mitarbeiter auf einmal? Warum?«

»Es sollen bei dem einen oder anderen Unregelmäßigkeiten bei Spesenabrechnungen vorgekommen sein, dir kann ich's ja sagen von Kumpel zu Kumpel. Da hat der Alte gleich glattrasiert. Nur mich nicht. Lektoren und Sekretärinnen und sowas findest du wie Sand am Meer. Einen Top-Gärtner wie mich nicht.«

»Und wo ist er hin? Der Doktor, meine ich?«

»Keine Ahnung.«

»Ich müßte es unbedingt wissen.«

Er lachte. »Aha! Verstehe. Schuldet er dir was?«

Ich sagte »ja«, weil er mir doch tatsächlich mein Manuskript sozusagen schuldete. Der Gärtner meinte natürlich Geld. Ich dachte, ich lasse ihn besser in dem Glauben, denn von Geld hält der Gärtner mehr als von meinem Manuskript. Wahrscheinlich ist er es, nehme ich an, der alle Vierteljahre die nicht abgeholten Romane durch den Reißwolf jagt.

»Komm morgen um die Zeit vorbei«, sagte er, »ich will es versuchen.«

Und tatsächlich steckte er mir am nächsten Tag einen Zettel zu, auf dem der Name des Verlages stand, bei dem mein Freund Hermann jetzt arbeitete, und die Adresse.

6

Der Verlag, in dem mein Duzfreund Hermann nun arbeitete, saß in einem sehr großen, neuen Haus in der Innenstadt, und ich dachte schon beim Anblick dieses Tempels: Oho, da hat sich Hermann verbessert, da ist er aus seinem alten Verlag die Stiege hinaufgeflogen. Es erwies sich jedoch als Pleite.

(Pleite – ich glaube, ich muß mich feineren Stils befleißigen. Sie sehen mein Bemühen schon an diesem Satz: mich befleißigen mit elegantem Genitiv. Statt Pleite also: die Enttäuschung war groß. Nein: beträchtlich.)

Das Ganze hing wieder einmal mit meiner Legasthenie zusammen, oder besser, daß ich so unaufmerksam lese.

Schon der Eingang im ersten Stock: Sandsteinportal. Mucksmäuschenstille. Teppichböden wie Moospolster. Der Klingelknopf war eine Medusa, das Klingelzeichen drinnen ein förmlich ätherischer Harfenton. Dann ein leises Klicken, ich konnte die Tür aufdrücken. Nirgendwo Bücher oder gar von Büchern überquellende Regale wie im alten Verlag, dafür ein Duft, den ich nicht identifizieren konnte. Riecht Moschus so? Einmal ist jener kindergesäßgesichtige Fußball-Casanova mit seiner parfümierten Habergeiß in meinem Taxi gefahren. Sie wissen schon, der, ohne den im Partyleben nichts geht. Er und seine Geiß rochen so, wie es jetzt in dem Verlag roch. Eine, es ist nicht anders zu sagen, atemberaubende Blondine in Schwarz mit einem einesteils steinseriösen Hosenanzug, dessen Jacke jedoch so weit klaffte, daß man aprikosenfarbene Venusäpfel nahezu unverpackt sehen konnte, schwebte herein und hauchte: »What can I do for you?«

»Sie können für mich tun«, sagte ich verdattert und mit größter Mühe ihr ins Gesicht blickend, »mich bei ...« Ja, jetzt ist es soweit. Ich muß aus Gründen, die Sie gleich sehen werden, für Freund Hermann einen Namen erfinden, wenn ich nicht seinen wahren verraten will, und bei dem Grundsatz, keine Namen zu nennen, möchte ich bleiben. Hermann hatte zwar keinen ausgesprochenen Allerweltsnamen, aber einen Namen, der nicht ganz selten ist. Sagen wir: Werner. »Hermann« weiß der Leser ja schon. Also: Dr. Hermann Werner.

»… mich bei Herrn Dr. Werner zu melden.«

»In welcher mätter?«

»In welcher was?«

»Warum Sie nach Konsul Werner searchen?«

Wau! dachte ich. Der ist wirklich die Leiter hinaufgeschleudert worden. Konsul.

»Es ist praivät«, sagte ich, »Hermann ist ein Freund von mir. Mein Name ist Kuggler mit zwei G; Stephan mit P-H.«

Es gibt Zufälle. Die sind nicht einmal selten. So ein Zufall war es, daß bei der noblen Firma mit der Medusa an der Tür und der unverpackten Aprikosenbrüste-Biene auch ein Dr. Hermann Werner saß, Konsul Dr. Hermann F. Werner. Ein Konsul hat selbstverständlich einen Buchstaben mit Punkt zwischen Vor- und Familiennamen. Vielleicht lege ich mir auch einen zu, nur welchen? Meine Damen und Herren Eltern haben beim Standesamt gespart und mir keinen zweiten Vornamen gegeben, den ich *mitteinitial* abkürzen könnte. Vielleicht nehme ich K. für *Können mich* …

Das war der erste Zufall. Seltener selbstverständlich ist, daß gleich zwei Zufälle haarscharf aufeinandertreffen, und so war es in dem Fall, daß Herr Konsul Hermann F. Werner nämlich tatsächlich einen kannte, der zwar nicht Kuggler, aber Zugger mit zwei G hieß und ausgerechnet auch Stephan und *auch* mit P-H. Die Aprikosenoffenbarerin mit ihrem halbenglischen Getue sagte meinen Namen vermutlich so undeutlich, daß Herr Konsul offenbar erfreut die Puppe sofort wieder aus der lindgrün gestylten Doppeltür herausschickte, um mir zu sagen – was sie um eineinhalb Grade verbindlicher tat – »Herr

Konsul hat noch ein appointment, das sehr short ist, und Sie sollen, bitte, seat taken, und ich bringe Ihnen immediately ein Schampain.« Ja. Wenn sie ihre Jacke etwas weiter aufgeknöpft hätte, hätte man das auch gesehen. Schambein.

Bitte um Entschuldigung für diese Entgleisung.

Ich bekam also einen Schampain; und zwar stellte die Hochbeinmaus gleich die ganze Flasche im Kühler hin und flötete: »Cheers«. Ich trank, nachdem das Edelgetränk – *Heidsieck* – schon dastand, drei Gläser und sah dann das Folgende durch einen Schleier aus Glasperlen, der die Sache womöglich noch grotesker machte, als sie schon war. Ich wartete so etwa zwanzig Minuten, dann kam die schwarzgehüllte Honigfee wieder und sagte: »Herr Konsul lassen bitten.« Was jetzt kam, konnte ich mir erst im nachhinein erklären, als ich erfuhr, daß der Konsul stark kurzsichtig war, Kontaktlinsen nicht vertrug und eine Brille nicht zu seinem »zum lebenden Kunstwerk gestylten Image« paßte. (So wörtlich später der Journalist Gottlieb, den ich damals noch nicht kannte.) Bis die Tür aufging, hatte ich immer noch nicht geschnallt, daß ein großer Irrtum vorlag, wie der Leser längst vermutet. Ich stutzte, als ich hinter einem großen Schreibtisch, der einer Zimmerkathedrale Marke Art-déco glich, einen Herrn im taubengrauen Anzug sitzen sah, der ohne jeden Zweifel nicht mein Duzfreund Hermann war. Das erste, was ich sah, war, daß von der Gegenseite gleichzeitig einer durch die Tür trat. Das war noch einmal ich. Hinter dem Schreibtisch war nämlich die ganze Wand ein einziger Spiegel, vier Meter hoch, wenn nicht fünf. »Hier wird auch«, dachte ich sofort, »Schwarzgeld abgeschrieben.« Ein Taxifahrer kennt sich aus, weil er ja manche Gespräche mithört, und merkwürdigerweise meinen selbst abgefeimte Finanzganoven, daß Taxifahrer taub sind. Oder Ausländer, was allerdings meistens der Fall ist.

»Das ist eine große Freude, Old Grenadier«, schrie der Konsul. Er trug eine hochgeknöpfte Weste, und ein Kragen von dem weißesten Weiß, das ich je gesehen habe, schoppte sich zum Kinn und bis zu den Ohren. Er hatte vorn wenig Haare, dafür hinten einen Zopf. »Verzeih, wenn ich sitzenbleibe. Ich habe praktisch keine Bodenhaftung. How are you, alter Kürassier?«

Da ich das mit der Kurzsichtigkeit noch nicht wußte, und durch die schnell getrunkenen drei Gläser *Heidsieck* benebelt, verwurstelten sich meine Geistesdimensionen, und ich hielt es im Moment für nicht ganz ausgeschlossen, daß ich auf geheimnisvolle Weise tatsächlich ein Freund auch dieses Hermann Werner war.

»Danke, gut«, sagte ich.

»Du hast dich not at all verändert, alter Husar«, sagte er.

»Man tut, was man kann«, sagte ich.

»Ich kann sorry nicht aufstehen, dich umarmen und küssen, alter Dragoner«, sagte er, »ich habe praktisch keine Bodenhaftung.«

»Ich nehme den Kuß als genossen, danke«, sagte ich und überlegte, ob die rätselhafte Bodenhaftung zu meiner neuen Bewußtseinsdimension gehört, in der ich Duzfreund von zweifelhaften Konsuln bin.

Er redete ziemlich viel. Das war auch die einzige Ähnlichkeit, die er mit dem anderen, dem für mich sozusagen echten Dr. Hermann Werner hatte. Er redete von Dingen, von denen ich keine Ahnung habe. Stark durchsetzt mit Ausdrücken, die er für englisch hielt. Sehr oft kam das Wort *handling* vor, auch erwähnte er mehrfach, er sei »everytime bemüht, inhaltlich zu denken«, was immer das ist. Grade sei der Marchese Alicudi bei ihm gewesen, ein Muster inhaltlichen Denkens. »Alicudi – sagt dir doch etwas? Marchese!«

»Es gibt in ganz Italien fast keinen, der nicht Marchese ist«, sagte ich.

Der Konsul lachte. »Stephan, der alte Zyniker!« Wenigstens, dachte ich, redet er mich nicht mit *Udo* an.

Da hieb er mit Wucht auf die Gegensprechanlage und brüllte hinein: »Patricia!«, so laut, daß sie es wahrscheinlich auch durch die geschlossene Tür gehört hätte. »Patricia!«, er betonte es englisch: »O Dio mio! Eine Katastrophe ist happened!« Tatsächlich: *Dio mio* – er *konnte* also offenbar auch noch Italienisch.

Patricia stürzte herein, und zwar so schnell, daß der linke, sehr sehenswerte Busen aus dem tiefen Jackenschlitz schoß. »Um Gottes willen«, schluchzte sie, stopfte den Busen wieder hinein, »was ist passiert?«

Der Konsul deutet auf das Glas, das auf seinem Schreibtisch stand: »Das Glas ist leer.«

(Hatte ich sowas nicht schon vom andern Hermann gehört?)

Patricia blies Luft von sich: »Sie machen auch immer Tschoks«, stöhnte sie, »und was, Chef?«

»Du trinkst«, er schaute zu mir her, »wenn ich mich recht erinnere, Cognac?«

»Bevor du ihn wegschüttest«, sagte ich.

So brachte Patricia also zwei Cognacschwenker und eine Flasche, auf der irgendwas von *VVVSOP* oder so etwas und, glaube ich, *1954* stand. Nach zwei Gläsern begannen die Gegenstände vor mir zu verschwimmen, und ich gab es auf, nach weiteren Erklärungen für die Rätsel der Welt zu suchen.

»Aber ich rede die ganze Zeit von mir«, sagte der Konsul, ich hörte es durch angenehme Bewußtseinsschlieren hindurch, »ixkiusmi, was machst denn du so alles? Was für News gibt es bei dir?«

Ich erinnerte mich dunkel daran, weshalb ich in dieses Haus gekommen war. »Ich habe ein Buch geschrieben – also: so gut wie. Und wegen des Manuskripts bin ich eigentlich hier.«

»Ein Manuskript, hochinteressant«, sagte er in einem Ton, der verriet, daß ihn nichts weniger interessierte als Manuskripte.

»Ja«, sagte ich.

»Du geschrieben?« fragte er.

»Ja.«

»Und wovon handelt das Ding?«

Es schoß aus mir heraus, ohne daß ich geistig etwas dazu tat: »Von der Bodenhaftung.«

Der Konsul schaute wie einer, dem ein Knick in die Logik gefahren war, aber nicht wußte, woher. Er zog es offenbar dann vor, meine Antwort zu übergehen, auch kam Patricia wieder herein (die Brüste diesmal – leider – ordnungsgemäß verstaut) und flüsterte ihrem Chef etwas zu: »Dear me!« rief der Konsul, »mein Aeroplan. Ich muß ja nach London. Fliegst du mit? Hast du Zeit?«

(Eine Zwischenbemerkung, oder, um im Zusammenhang hier zu bleiben, eine Remarque. Ich erfuhr es später von Gottlieb, dem Journalisten: kein Mensch, der etwas auf sich hält, spricht, wenn er per Luft verreist, vom Flugzeug. Das ist hoffnungslos überaltert. Eine Zeitlang hieß es: »Meine Maschine fliegt um … et cetera.« Doch das ist auch nicht mehr *in*. Später dann sagte der Dazugehörer: »Mein Flieger …«, bis vor kurzem, jetzt, so lernte ich vom Konsul, heißt es »Aeroplan«.)

»Leider nein«, sagte ich – mit Mühe, gebe ich zu –, »ein anderes Mal gern. Ich habe hier zu tun.« Das stimmte, klar, ich hatte Nachtschicht, und bis dahin mußte ich den Champagner und den Cognac einigermaßen herausgeschlafen haben.

»Also dann«, sagte der Konsul, stand auf, und schon glitt er wie auf Schlittschuhen an mir vorbei, stürzte hintenüber und prallte gegen die Wand; zum Glück nicht gegen die mit dem Spiegel.

»Ihr Höllenhunde«, schrie der Konsul, »neue Schuhe, Maßschuhe natürlich, und der gnadenlose Unmensch von Schuster hat die Sohlen nicht aufgerauht.« Patricia und ich halfen ihm auf. »Habe im Moment nicht mehr daran gedacht …«

»Haben Sie sich verletzt?« fragte Patricia.

»Sie fragen auch blöd«, sagte der Konsul und wischte mit einem erstklassig gestylten Taschentuch das Blut von seiner Stirn. »Telephonieren Sie London ab, und holen Sie den Notarzt.« Zu mir winkte er nur müde herüber und sagte: »Auf bald. Und hoffentlich nicht wieder erst in zehn Jahren.« Dann legte er sich aufs Sofa, und ich ging.

Draußen bemerkte ich, soweit war ich noch fähig, daß der Verlag, in dem mein wahrer Hermann arbeitete, vom zweiten Stock an aufwärts angesiedelt war. Ich verschob angesichts meines Zustandes meinen Besuch dort.

II

Als mein Vater Timoleon sein fünfundsechzigstes Lebensjahr erreicht hatte, beabsichtigte er, seine schon unübersichtliche Nachkommenschaft mittels Zyankali und sich selbst dann durch Schlucken einer Eierhandgranate aus der Welt zu schaffen.

»Ist das nicht ein guter Anfang für einen autobiographischen Roman, Herr Dr. Werner?«

Doch es gelang nicht. Die aus dem Zweiten Weltkrieg stammende Eierhandgranate war unbrauchbar geworden und außerdem zu groß zum Schlucken, und das Zyankali, das man meinem Vater angedreht hatte, war mit Bittermandelessenz versetztes Milchpulver. So blieb der Welt also unser fluchbeladenes Erbgut erhalten.

»Klingt nicht schlecht, Udo.«

Mein Vater hatte mit drei Frauen dreizehn Kinder gezeugt: eins mit der ersten, sie hieß Lore, neun mit der zweiten, die hieß auch Lore, drei mit der letzten, die hieß Sigrid, meine Mutter. Ich bin das mittlere Kind aus der dritten Ehe. Im Alter von elf Jahren wurde ich von meiner ältesten Halbschwester Ella verführt. Ella war das einzige Kind aus der ersten Ehe meines Vaters und ziemlich dick. Sie war damals schon zweimal verheiratet gewesen, zweimal geschieden und lebte mit ihren drei Kindern, die alle älter waren als ich, wieder bei uns im Haus. Ella kam ins Badezimmer, als ich in der Wanne duschte. Sie war fett und nackt bis auf einen dicken Rollkragenpullover. Sie stieg zu mir in die Wanne, achtete nicht darauf, daß der Pullover dadurch naß und schwer wurde. Ein mir bis dahin unbekanntes Lustgefühl ergriff mich, als sich Ella umwälzte, ihren Hintern hochreckte, die Beine spreizte, soweit das in der Wanne möglich war, und mich in sich schob. Ich begann zu (ich erfinde das Wort) wrüzeln, sie sang den Stoß-Damenjodler, obwohl sie, bei Licht besehen, keine Dame war. Dann durchströmte mich heißes Glück. Sie bekam danach in der von der Natur vorgesehenen Frist Zwillinge, ich Schläge.

Die Zwillinge wurden einer in Donauwörth verheirateten Cousine meiner Mutter zur Adoption gegeben. Die Cousine hatte schon sieben Kinder, so kam es auf zwei weitere nicht an. Ein Problem war nur, daß der Mann jener Cousine der Bischof der Neuapostolischen Gemeinde von Donauwörth war, mein Vater dagegen der Bischof der Altapostolischen hierorts.

»Das wird doch wohl keinen großen Unterschied machen, *Alt-* oder *Neu-* – Wichtig ist *apostolisch«,* sagte Ella, »und daß die Rangen weg sind.«

Mein Vater war Musiker und im Hauptberuf Organist und Kantor der evangelischen *Auferstehungskirche,* obwohl Bischof der Altapostolischen Gemeinde. Nur durfte das der evangelische Pfarrer selbstverständlich nicht wissen.

Wenn ich sagte, daß mein Vater dreizehn Kinder zeugte, so meine ich die legitimen Kinder. Ein weiteres Kind zeugte er mit seiner Lieblingstochter Sarah, dem zweiten Kind seiner zweiten Frau. Es sei völlig unabsichtlich geschehen, sagte mein Vater, er sei mit Sarah bei einem Skiausflug ins hintere Yrwental für eine Woche in einer Almhütte eingeschneit gewesen. Ohne Fernseher, ohne Radio, ohne Bücher, nicht einmal ein *Mensch-ärgere-dich-nicht* oder *Halma,* praktisch also keine andere Unterhaltung. Und finster.

Sarah fügte dem Vater später viel Leid zu, weil sie zu den Sieben-Tages-Adventisten übertrat.

Ähnlich unabsichtlich kam Leonarda zustande, die Tochter meines älteren Bruders Oswald, die er irrtümlich mit der Schwester meines Vaters zeugte. Die Schwester, Dora hieß sie, war mit einem einbeinigen Major verheiratet, der bereits schwachsinnig war. Tante Dora sollte Oswald von der Ferienkolonie der Arbeiterwohlfahrt an der Ostsee abholen. Beim ersten Umsteigen wurde ihnen alles Gepäck und Geld gestohlen, und sie mußten schwarz weiterfahren, das heißt, sie verbargen sich in einem, das gab es damals noch, Postwagen zwischen Säcken. Leider verwechselten sie in der verständlichen Eile, Hektik und Versteckerei mehrfach die Züge, und so waren sie drei Tage und zwei Nächte unterwegs. In der zweiten Nacht bemerkten sie, daß auch andere blinde Passagiere sich zwischen den Postsäcken verbargen, und Oswald glaubte, es sei die andere Frau, mit der er sich dann beschäftigte, es war aber die Tante.

Leonarda, die aus diesem Irrtum hervorging, heiratete dann einen gewissen Strizius. Er war Wächter im Paläontologischen Museum in, ich glaube, Köln. Er verdiente sich ein Zubrot dadurch, daß er ab und zu einen Zahn oder einen kleinen unauffälligen Knochen aus den Sauriern herausbrach und verkaufte. Als es herauskam, hängte er sich in einem Mammutskelett auf. Danach kam auch heraus, daß Strizius der Sohn der anderen Schwester meines Vaters, Cora, war, den er mit ihr auf der Überfahrt im Schiff von Ancona nach Patras gezeugt hatte. Die See war stürmisch gewesen, das Schiff, ein rostiger alter Topf, habe wie wild geschaukelt. Die Passagiere in den ohnedies engen Kabinen seien fürchterlich hin- und hergebeutelt worden. Er sei seekrank gewesen und nicht mehr Herr seiner Sinne. Ebenso Cora. Und da müsse es passiert sein. Er könne sich an nichts mehr erinnern.

Tante Cora verbarg aus Scham ihre doppelt peinliche Schwangerschaft und schob das Kind einem entfernten Vetter unter, mit dem sie heimtückisch einige Ferientage auf jener schon erwähnten Alm im Yrwental zubrachte, nicht im Winter, sondern im Sommer. Der Vetter, er hieß Eisenstekken, war Almhirte, hatte im Sommer kaum geschlechtliche

Unterhaltung und war deshalb froh um die Abwechslung. Später adoptierte dann ein Strizius den Buben und gab ihm so seinen Namen. Erst auf dem Totenbett, auf dem des sich erhängt habenden Strizius' Totenbett, wenn man unter diesen Umständen von Totenbett reden kann, also angesichts des zwischen den Mammutrippen hängenden, veruntreut habenden Wächters Strizius gab die Tante Cora ihr Geheimnis preis. Die sechs Kinder aus Leonardas Ehe mit Strizius wurden später Mormonen.

Es gab auch nicht-inzestuöse …

»Sagt man dann, Herr Doktor: *zestuöse*?«

»Ach so, Sie meinen wie indirekt – direkt …? Kann sein. Aber weil Sie jetzt schon unterbrechen: das ist ja grandios. Leider habe ich einen Einwand dagegen, einen einzigen Einwand, aber einen gewaltigen. Ich werde ihn Ihnen später sagen. Aber lies weiter, Udo.«

… zestuöse Bastarde in meiner Familie. So zum Beispiel von meinem Bruder Albert und seiner Biologielehrerin. »Sie war im Gesicht«, sagte mein Bruder – er war eins der Kinder aus Vaters zweiter Ehe – »häßlich wie die Hühnerpest, hatte jedoch eine erstklassige Figur. Sie war heiß wie ein Hochofen und scharf wie ein Samurai-Schwert.« Ihre nicht im ursprünglichen Text vorgesehene, nahe dem Nackttanz angesiedelte Einlage beim weihnachtlichen Krippenspiel begeisterte zwar einen Teil (den männlichen) des Kollegiums und der zuschauenden Eltern, veranlaßte allerdings das Ministerium, als es dort zu Ohren kam, zu einem Disziplinarverfahren, das versandete, nachdem Frau Dr. Schlipfer eine längere Unterredung mit dem Ministerialrat unter vier Augen gehabt hatte. Die, wenn man so sagen kann, Affaire zwischen Frau Dr. Schlipfer und meinem Bruder Albert ereignete sich auf der Abiturfahrt nach Uelzen … Ich glaube, die Klasse besichtigte Externsteine oder so irgend etwas …

»In Uelzen gibt es keine Externsteine.«

»Oder irgend etwas. Was kann man in Uelzen besichtigen, Hermann?«

»Gar nichts. In Uelzen kann man absolut nichts besichtigen. Ich kenne die Gegend.«

»Irgend etwas müssen sie besichtigt haben …«

»Ist ja auch unwichtig, Udo. Lies weiter.«

… und was einer Biologielehrerin nicht unterlaufen dürfte, einer Lateinlehrerin vielleicht, einer Religionslehrerin vielleicht gerade, einer Biologielehrerin jedenfalls nicht: Sie wurde schwanger. Schon aus eigenem Interesse vertuschte Frau Dr. Schlipfer die Sache. Auch das dürfte einer Biologielehrerin schon gar nicht unterlaufen, daß sie es zu spät bemerkte, zu spät zur Abtreibung. Also vertuschte sie, trug weite Kleider und brachte meine Nichte Tilla in den Faschingsferien zur Welt.

Das war in der Zeit, als mein Vater einen heftigen Prozeß gegen die abgespalteten Neuapostolischen führte. Es ging nicht so sehr um theologische Inhalte als darum, wer die Kohlenrechnung für den ehemals gemeinsamen Andachtsraum zahlen soll. Dadurch kam diese mit einem leichten Hieb ins Komische gefärbte Sache in die Presse und auch mein Vater als altapostolischer Bischof, und so erfuhr das der evangelische Pfarrer der *Auferstehungskirche*, und mein Vater wurde entlassen. Er trug es ganz gut. Es gelang ihm, bei einem Privatfernsehsender als Fern-Hellseher einzusteigen. Die Leute konnten anrufen und mußten ihr Geburtsdatum, ihre Schuhgröße, ihren Blutdruck und alles mögliche angeben, und dann mußten die Leute daheim die Handflächen auf den Bildschirm legen, und Vater las irgendeinen Schwachsinn von seinem Laptop ab. Und die Hälfte von solchem Schwachsinn stimmt ja erfahrungsgemäß immer, und so wurde mein Vater in gewisser Weise sogar zeitweilig prominent.

Doch zurück zu Tilla. Sie war nacheinander Quäkerin,

dann Bahà-i, dann noch irgend etwas, und zuletzt wurde sie Zeugin Jehovas. Von Beruf war sie Angestellte in einem Reisebüro, und die bekommen einmal im Jahr eine Gratisreise, und Cousine Tilla …

»Cousine?« sagte Dr. Werner.

»Ach so –«

»Eher Nichte, oder?«

… ja, und Nichte Tilla wählte Rom und lernte dort den Erzbischof Segenteufel kennen …

»Einen Erzbischof Segenteufel gibt es nicht, kann es nicht geben. Einer mit dem Namen Segenteufel kann es, selbst wenn er zur Priesterweihe zugelassen wird, nie zum Erzbischof bringen.«

»Und doch«, sagte ich, »ich wollte eigentlich keine Namen nennen, auch Segenteufel nicht, er ist mir so herausgerutscht.«

»Segenteufel – unmöglich, Udo.«

»Es hat, das ist historisch, einen Bischof von Graz gegeben, der hat Schoiswohl geheißen. Wieso soll dann nicht einer, der nur Segenteufel heißt …«

»Schoiswohl?«

»Historisch. Kannst nachschauen. Ich möchte nicht wissen, wie der unter seinem Namen gelitten hat. Hat ihn wahrscheinlich als permanente Prüfung erduldet. War vielleicht ein großartiger Mann.«

»Also gut, Segenteufel.«

… kennengelernt, ausgerechnet den Propräfekten der Kongregation für Exorzismus. Sie blieb in Rom und wurde seine Geliebte – offiziell Privatsekretärin. Man munkelte. Aber im Vatican … was man so hört … Es wurde darüber hinweggesehen. Tilla gelang es, den Erzbischof zum Zeugen Jehovas zu bekehren. Das hielt Segenteufel zwar geheim, er mußte jedoch, wie jeder Zeuge Jehovas, ab und zu mit dem *Wachtturm* in der Hand an einer Straßenecke stehen. In

Rom! Der Erzbischof verkleidete sich zwar, nur fuhr einmal zufällig der Papst mit seiner Kolonne vorbei, ließ halten, weil er in einer toleranten Laune den Fremdgläubigen – aber immerhin Gläubigen – segnen wollte. Segenteufel raffte seine *Wachttürme* zusammen und wollte fliehen. Die Schweizergarde hielt ihn jedoch fest, und was erkannte der Papst unter der Maske des *Wachtturm*-Mannes? Seinen Propräfekten der Exorzismus-Kongregation.

Es soll dann im Vatican ein sehr heftiges Gespräch zwischen dem Papst und Erzbischof Segenteufel gegeben haben. Ein theologisches Streitgespräch erster Ordnung, auf höchster geistiger Ebene. Eine Zeitlang, flüsterte man, sei es auf Messers Schneide gestanden, ob Segenteufel in den Schoß der Kirche zurückkehren oder ob der Papst Zeuge Jehovas werden würde. Es kam dann doch so, daß Segenteufel klein bei – und der Zeugenschaft Jehovas den Laufpaß gab. Das war dann das Ende seiner Beziehung zu Tilla. Sie trat zur *Heilsarmee* über.

7

Als ich mich von dem irrtümlichen Empfang bei dem ebenfalls irrtümlichen Werner und der leidigen Nachtschicht danach, die ich, wie man sich denken kann, nicht gerade taufrisch antrat, körperlich und seelisch erholt hatte, ging ich also nochmals in jenes große Bürohaus, und wer kam mir entgegen? Die Champagner-Puppe, diesmal hochgeschlossen in einem weißen Kleid, das jedoch so dünn war, daß man deutlich sah, was sie darunter trug: nichts als so ein herzerfrischendes Höschen, dessen nächstkleinere Möglichkeit zwei Spagatschnüre gewesen wären.

»Hei-hi!« sagte sie, »ich wollte zwar grad einen Walk machen, aber ich bringe Sie noch quickly upstairs.«

»Danke«, sagte ich, »diesmal habe ich weiter oben zu tun. Aber wie geht's …«, ich schluckte, »… Hermann?«

»Er hat alle Schuhe an den Sohlen aufrauhen lassen.«

»Na, dann«, sagte ich.

»Sii you läiter, Mr. Zugger«, winkte sie, »und Sie kriegen demnächst eine Einvitäischen. Zu einem Iwänt.« Offenbar nahm sie an, daß alle englischen Wörter, die mit I anfangen, mit Ei gesprochen werden. *Mr. Zugger* sagte sie? Aha, dachte ich, daher die Verwechslung, und daher wußte ich, daß er einen *Zugger* kannte. Damit mich die Einvitäischen ja erreicht, wer weiß, wofür's gut ist, beschloß ich, gleich nachher an meiner Tür ein zusätzliches Schildchen *Zugger* anzubringen.

(Die Adresse, und zwar meine richtige Adresse, nur unter *Zugger*, hatte die Champagnermaus in ihrer Däitenbänk. Sie hatte mich nämlich ganz am Anfang nach ihr, der Adresse, gefragt: »Geben Sie mir Ihre Card?« Hatte keine, habe heute noch keine. Sie war etwas pikiert, als ich ihr meine Adresse nur diktierte. »Man hat heutzutage keine Karten mehr«, hatte ich frech gesagt.)

Mein Duzfreund, der Lektor Dr. Hermann (ohne Mittelbuchstaben) Werner war, wie ich schnell feststellte, nur im topographischen Sinn die Stiege hinaufgefallen. Er saß in einem besenkammergroßen Büro im sechsten Stock jenes Hauses. Ein unscheinbares Mädchen, vielleicht eine auszubildende Junglektorin in der mundaustrocknenden Allerweltskleidung: T-Shirt und Jeans, dieser weiblichen Garderobepest, kein Vergleich mit der Champagner-Aprikosigen unten, führte mich zu Hermanns Büro, klopfte und rief hinein: »Der Herr, der Sie sprechen will.«

Hermann stand auf und trat einen Schritt auf mich zu. Mehr Schritte wären in dem Büro nicht möglich gewesen. Er sagte mit förmlich angeekelter Miene: »Sie wurden mir als ein Herr Kuggler gemeldet, mit zwei G, der wegen eines Manuskriptes komme. Sie bringen also, Gott sei's geklagt, ein solches.«

Er will mich nicht mehr kennen, dachte ich. Oder kennt er mich wirklich nicht mehr? Wie immer, beschloß ich, ich werde dir's geben, Bursche. Lektor!

»Nein«, sagte ich forsch, »das Manuskript ist bei dir, lieber Hermann, wenn du dich, bitte, an die Nacht erinnerst, in der wir so lang ... *geplaudert* haben.«

Seine Augen verengten sich. Er wirkte auf den Schlag so hilflos, daß er mir jetzt leid tat.

»Manuskript – in der Nacht? – geplaudert? Ich habe ein wahnsinnig schlechtes Gedächtnis für Gesichter ...«

Ich wollte ihm auf die Sprünge helfen: *»Udo!«* sagte ich, *»Udo!«*

»Udo ist doch schon lange tot«, sagte er.

»Jener Udo schon, ich nicht.«

»Sie heiß ... du heißt Udo?«

»Nein. Ich heiße Stephan, mit P-H, doch du hast mich permanent mit Udo angeredet.«

»Sie haben nicht die geringste Ähnlichkeit mit Udo!«

»Seltsam«, sagte ich, »da muß entweder ich mich oder sich Udo posthum geändert haben.«

»Und ein Manuskript?«

»Ja, doch. Der Anfang meines autobiographischen Romans.«

»Soll *ich* haben?«

»Ja, es war doch – weil die andere Dichterin nicht gekommen ist, und wegen der Spesenabrechnung ...«

»Langsam dämmert mir etwas.«

»Der Romananfang mit dem Henkerslehrling.«

»Henkerslehrling, Henkerslehrling«, murmelte er und begann, in einem Berg von Papier herumzustochern, der sich neben seinem Schreibtisch türmte. »Habe keine Hoffnung, daß ich das noch finde. Bedauro.«

»Ja, macht nichts«, sagte ich, »erstens habe ich eine Photocopie daheim und zweitens hast – haben Sie's sowieso eher als Alibi mitgenommen.«

»Es war eine schwere Zeit damals. Ich werde nicht gern daran erinnert. Echto.«

Konnte ich mir aucho denken. Wahrscheinlich war diese Alibispesenabrechnung das Tüpfelchen auf dem i des Wortes *fliegen*.

»Ich habe ein anderes Manuskript dabei. Einen anderen autobiographischen Roman. Hat noch keinen Titel. Darf ich es vorlesen?«

»Vorlesen«, er war völlig verblüfft. »Das hat noch kein Autor angeboten.«

»Um deine Augen zu schonen«, sagte ich. In Wirklichkeit, damit er nicht auch noch dieses Manuskript verschlampt, wenn ich es ihm dalasse. Also las ich: »Als mein Vater Timoleon sein fünfundsechzigstes Lebensjahr erreicht hatte ...«

Als ich fertig war, schwieg er eine Weile und schaute zur Decke.

»Und?« fragte ich.

»Schon nicht ganz schlecht.«

»Danke. Sie haben noch einen gewichtigen Einwand?«

»Du mußt weiter weg von der Realität, Udo«, sagte er. »Bei der Sache mit dem Henkerslehrling, ich erinnere mich jetzt wieder –« (aha!) »die Erinnerung ist mir wiedergekommen, während du gelesen hast –« (aha – aha!) »– bei jener Sache bist du zu weit weg von der Realität geblieben. Hier bist du zu nahe dran. Du mußt es fiktivieren.« (Oh, welch schönes Wort.) »Weg von der Realität, mehr Aussage, die Irreparabilität des Daseins. Irgendwie ... Du willst ja keine *Autobiographie* schreiben, sondern einen *autobiographischen Roman*.«

»Was ist denn da der Unterschied?«

»Eine Autobiographie von einem wie du interessiert kein Schwein, ein autobiographischer Roman schon. Vielleichto.«

»Also werde ich's nochmals umschreiben. Aber du meinst, es ist im Ansatz gut?«

»Kann man sago.« Nein, »sago« sagte er nicht. Das habe jetzt ich dazuerfunden.

Als ich mich dann verabschiedete, lud er mich ein, mit ihm abends zu einer Dichterlesung ins Literaturhaus zu gehen. Ich sei doch noch Taxifahrer und könne ihn abholen? »Klaro«, sagte ich und dachte: Du kannst dich an alles ganz genau erinnern, du Lump, trotz deines Rausches damals.

8

So holte ich also abends Hermann ab. Er wohnte inzwischen woanders. Ich hatte, nachdem ich von seinem Hinauswurf aus dem Verlag erfahren hatte, auch versucht, ihn in dem Haus anzutreffen, wo ich ihn seinerzeit im Vollrausch abgesetzt hatte. Dort war er jedoch nicht mehr gewesen.

Es ergab sich an dem Abend der Dichterlesung günstig. Ich hatte Tagschicht gehabt, und der Kollege, dem ich den Wagen für die Nachtschicht übergab, fuhr uns noch schnell zum Literaturhaus. Wir waren spät dran. Das lag nicht an mir, sondern an Hermann, der offenbar nicht fertig geworden war.

»Es ist praktisch ein weltberühmter Autor«, sagte er, »leider nicht in unserem Verlag, wo er eigentlich hingehört. Aber das ist kompliziert. Zu kompliziert jetzt. Praktisch weltberühmt. Wir hätten eigentlich eine Stunde früher da sein sollen.«

Der Kollege fuhr uns also zum Literaturhaus. Hermann war nervös. »Normalo kommt zu einer Dichterlesung keine Sau. Da habe ich schon erlebt, daß … ach was, du brauchst den Namen nicht zu wissen. Zwölf Leute. Mit mir dreizehn. Und wir hatten einen Saal für vierhundert gemietet. Aber bei dem da heute … ich hoffe, daß mir Simone einen Platz aufgehoben hat.«

Simone hatte einen Platz aufgehoben, allerdings nur für Hermann, nicht für mich. Die Leute knäuelten sich nur so. Stühle wurden hereingeschleppt. »Das schönste Geräusch für einen Schriftsteller«, sagte Hermann eben noch, dann verschwand er in der Menge. Es gab einen Seitenraum, in den die Veranstaltung per Video übertragen wurde. Selbst dort fand ich nur noch mit Mühe einen Platz. Es mußte wohl wirklich ein ganz berühmter Dichter sein.

Vielleicht hätte ich ihn drüben im Hauptsaal gar nicht so

genau gesehen wie hier auf dem großen Videoschirm. Er sah ungefähr aus wie Stalin. Schnurrbart und niedrige Stirn. Er hatte eine Pfeife im Mund, auch wie Stalin. »Aber«, sagte Simone später, »die raucht er nur, wenn er photographiert wird oder bei so Gelegenheiten wie heute. Sonst ist er Zigarettenraucher. Kette.« Auch wie Stalin, dachte ich.

Der Dichter war ganz in Braun-Beige gekleidet. Sein Anzug war allerdings erstklassig zerknittert geschneidert. Sozusagen Safari-Smoking. Das Manuskript nahm er aus einem Rucksack, den er dann neben das Pult stellte.

Er las lang. Er las undeutlich. Ich verstehe nichts davon, vielleicht gehört das so, nur wenn wir in der Schule die Redeübung *so* gehalten hätten, wäre das ein Sechser gewesen. Er las eine Stunde und knapp eine halbe am Stück. Es war sehr langweilig und handelte irgendwie von einer Butterblume.

»Der Text war gar nicht von ihm«, sagte Simone später, »der Text war von Alfred Döblin. Kennen Sie Döblin?«

»Nein, leider«, sagte ich.

»Haben Sie nichts versäumt. Maßlos überschätzt. Spätexpressionistischer Klugschwätzer.«

»Und warum liest er einen fremden Text vor?«

»Die eigenen hält er für zu kostbar.« Sie lachte giftig.

Nach der Lesung wurde es noch hektischer als zuvor. Der Autor signierte Bücher. »Seine eigenen? Oder auch nur die von dem Döblin?«

»Nein, nein«, sagte Simone, »schon seine eigenen. Da sieht er doch drauf. Haben Sie noch nie etwas von ihm gelesen? Sollten Sie. Man muß es ihm leider lassen, dem unsympathischen Bartfrosch, er schreibt gut.«

Simone war auch Lektorin. Bengerlein hieß sie. »Nicht Doktor, nur Magister«, sagte sie, als mich Hermann ihr vorstellte, und zwar, so erkannte ich danach, um mich für den Abend loszuwerden, denn er wollte sich ganz dem Herumschwänzeln um den weltberühmten Autor widmen. So lernte ich also Frau Bengerlein kennen. Hermann stellte mich als »erfolgversprechendes Talento« vor, und ich traf sie nachher im Gewühl wieder.

»Autor in *seinem* Verlag?«

»Noch nicht direkt«, sagte ich. Danach entwickelte sich das eben geschilderte Gespräch, und dann wurde es mit der Zeit ruhiger, denn nur ein »innerer Kreis« (so Frau Bengerlein) war zu einem Umtrunk geladen.

»Da gehöre ich nicht dazu«, sagte ich.

»Wenn Sie mit mir gehen, schon«, sagte sie.

Der Umtrunk war ziemlich mager. Er fand in kleineren Räumlichkeiten im oberen Stock statt. Es gab Weißwein von der Sorte, die nur als Gefahrengut transportiert werden darf, und kümmerliche belegte Brötchen mit falschem Kaviar und Salami.

»Daß wir uns richtig verstehen«, sagte Simone, »ich nehme Sie nicht mit, daß Sie mich anbaggern. Ich habe drei Mal einen Autor über mich drübergelassen, und noch jedesmal konnte ich in dessen nächstem Buch die Beschaffenheit meiner Brustwarzen nachlesen. Seitdem gilt bei mir der Grundsatz, nie mehr mit einem Autor.« Dabei hatte ich nicht mit dem kleinsten Finger Anstalten dazu gemacht.

Simone war sicher eine gescheite Frau. Was ihr Äußeres anbelangt – ich will nicht unhöflich sein und wähle daher die Formulierung: ihre Aura reichte nicht weit. Anders ausgedrückt: beim Wettbewerb um den Titel *Miss Deggendorf* hätte sie nicht mehr als den zweiten Platz belegt. Ich überlegte also, ob es sie beleidigte, wenn ich sagte: »Ihre Warnung ist völlig überflüssig.« Nein, dachte ich, und ich sagte: »Ich respektiere das, Frau Bengerlein.«

Der Umtrunk war bald vorbei, vor allem, weil der Meisterautor sich sehr schnell verdrückt hatte. Wahrscheinlich ist er besseren Wein gewöhnt.

»Wie war gleich Ihr Name?« fragte dann Simone.

»Kuggler, mit zwei G, Stephan mit P-H.«

»Ich habe den Namen leider noch nie gehört. Haben Sie schon veröffentlicht?«

»Ist das schlimm, wenn ich sage: nein? Ich schreibe an meinem ersten Roman. Ein autobiographischer Roman.«

»O je«, sagte sie. »Gehören Sie auch zu der Sorte, denen nichts anderes zum Schreiben einfällt als die eigenen Seelenwürste?«

»Hermann meint, es wäre ...«

»Ja, ja. Ich weiß. *Der Autor hat die Höhen und Tiefen seiner Kindheit* oder schlimmer *die Problematik seiner Vaterbeziehung in seinem Buch aufgeschlüsselt;* hören Sie mir auf.«

Ich sagte nichts. Wir saßen in einem der Räume ganz allein. Wie immer bei Umtrunken (oder sagt man Umtrinken? Umtrünken?) hatten sich Klumpen gebildet, größere und kleinere, schwätzten in anderen Räumen, bröckelten langsam ab. Wir, Simone und ich, waren der kleinste Klumpen. Ich sagte nichts.

»Sie schauen ziemlich betrepst?« sagte sie.

»Es scheint schwer zu sein mit der Literatur.«

»Das können Sie laut sagen.«

»Der Meister«, sagte ich, »der Meister da von heute abend, der gehört nicht zu denjenigen, die nur die eigenen Seelenwürste ...«

»Der nicht«, sagte sie, »dem fällt genug ein.«

»Obwohl er so widerwärtig ist?«

»Das hat gar nichts miteinander zu tun.«

»Es wäre ja wohl auch ungünstig«, sagte ich, »wenn der einen autobiographischen Roman schriebe, wo er so widerwärtig ist. Da käme er in seinem eigenen Buch ganz schlecht weg.«

Sie lachte. »Da ist noch keiner draufgekommen. Das wäre wirklich ganz neu. Einer, der sich in seinem eigenen autobiographischen Roman als blaugesottener Spulwurm schildert.

Aber nein – es ist wahrscheinlich so, daß sich niemand selbst als widerwärtig empfindet. Oder wie stehen Sie sich selbst gegenüber?«

»Ich könnte ja«, sagte ich, »nur ein Vorschlag, dem Meister da, hinter seinem Rücken, seine Autobiographie schreiben. Sie fängt an: *Ich bin ein Schwein ...*«

»Das schlagen Sie Hermann vor.«

»Ihnen, Ihrem Verlag nicht?«

»Meinem Verlag? Dem, bei dem ich arbeite? Ha. Haa. Sagt Ihnen der Schmultz Verlag etwas? Nein? Sie Glücklicher.«

Sie weihte mich dann – wir hatten unser Gespräch inzwischen in mein bevorzugtes Café, die *Kulisse*, in der Nähe verlagert – in weitere Geheimnisse der Literatur ein.

Das Hauptproblem des ganzen Buchgewerbes sei es seit Gutenberg, sagte sie, daß Bücher nicht weniger werden, also das Buch, das einzelne Buch nicht weniger wird, sich nicht abnützt wie Schuhe etwa, sondern verdammt lange vorhält. Ein Buch können Dutzende, ja Hunderte lesen, und es steht danach immer noch alles drin wie am Anfang. Wenn Glühbirnen in ähnlicher Weise »benutzungsresistent« (so Simone wörtlich) gemacht würden, und das wäre technisch längst möglich, würde die Firma *Osram* alt aussehen. Bei Büchern war man jahrhundertelang sogar noch so kontraproduktiv, daß man sie auf besonders dauerhaftes Papier gedruckt, mit Ewigkeitszwirn geheftet, in Schweinsleder gebunden hat und so fort, sodaß solche Bücher heute noch existieren. Erst relativ spät ist man draufgekommen, die Bücher schlampiger herzustellen, sodaß sie wenigstens nach einigen Jahren an Benützung zerfleddern. Das war die bekannte Errungenschaft des Taschenbuches. Doch selbst das bringt à la longue gesehen nicht viel, weil Leser und Bücherfreunde selbst mit Taschenbüchern sorgsam umgehen und weil solche Leute die für den Buchmarkt ungesunde Scheu davor haben, Bücher wegzuwerfen. »Aber!« sagte sie, »aber!« mit Ausrufezeichen, »es gibt doch Nischen, zwei Nischen genauer gesagt, die in diesen Wall eingemeißelt sind, und beide besetzt der Schmultz Verlag, eine davon praktisch exklusiv. In der ersten Nische hält sich diejenige Literatur auf, die ihrer Art nach ihre eigenen buchmäßigen Ressourcen erneuert, das heißt, das sind Bücher, die hoffnungslos oft schon nach einem Jahr zur Unbrauchbarkeit veralten. Das sind, doch da ist ein anderer, hochseriöser Verlag führend, juristische Kommentare, Gesetzessammlungen und so Zeug. Da werden Tonnen über Tonnen jedes Jahr Makulatur, was drinsteht, muß aufgrund neuer Gesetze, neuer Entscheidungen und so fort umgearbeitet und ergänzt werden – und neu gedruckt und neu *ge-* bzw. *verkauft*! Und ähnlich medizinische, zahnmedizinische, die Chemie betreffende Veröffentlichungen, Physik, überhaupt die wissenschaftlichen Dinge, von der galoppierenden Informatik ganz zu schweigen. Und da ist der Schmultz Verlag so dick drinnen, daß er es sich leisten könnte, anständige Literatur zu drucken, doch das tut er nicht, sondern hat seine Finger in der zweiten Nische, und das ist die sogenannte Wegwerf-Literatur, Lese-Fast-Food, die von Autoren ausgeschwitzt wird, die sich Griesgram nennen oder so ähnlich. Der ist jedoch in der Regel nicht einmal der Autor, denn das Zeug sondert ein Team von gnadenlos geknebelten Schreibknechten ab, die pro Seite einen Kick erfinden müssen, und der Griesgram steht nur auf dem Umschlag. Ob die nochmals tiefere Sorte die noch schlimmere ist, vermag ich nicht zu entscheiden. Das sind die Promi-Memoiren. Promis sind Leute, die sich so lang und so penetrant für wichtig halten, bis die Medien und davon abhängend zwangsläufig die schweigende, das heißt die durch *BLÖD* verbildete Menschheit es glauben. Und dann kommt unweigerlich der Tag, an dem der Promi das nicht mehr zu unterdrückende Gefühl bekommt, seine Memoiren schreiben zu müssen. Er kann jedoch nicht schreiben, hat schon in der ersten Klasse Volksschule nicht aufgepaßt. Also engagiert er einen oder eine, die des schriftlichen Ausdrucks einigermaßen mächtig ist, und die oder der schreiben dann mit und versuchen aus dem, was der Promi stottert, wenn schon nicht vernünftige, so doch lesbare oder druckbare Sätze zu machen. Da der Promi selbst nicht lesen kann, wird ihm dann das Ergebnis vorgelesen, und er krittelt ein wenig daran herum, und dann druckt es der Schmultz Verlag. Und ein halbes Jahr lang geht der Oberbrunz wie wild, dann hat er seine Schuldigkeit getan und kommt dahin, wo er eigentlich von vornherein hingehört: in den Müll. Und schon steht der nächste Promi mit seinen Memoiren auf der Matte, und zum Glück verwelken ja Promis an sich auch sehr schnell, und neue wachsen nach …«

»Und in so einem Verlag arbeiten Sie?«

»Was wollen Sie machen bei der Lage auf dem Arbeitsmarkt?«

»Ich kenne auch einen Promi«, sagte ich, »jedenfalls nehme ich an, daß er einer ist. Konsul Professor Hermann F. Werner.«

»Wau«, schrie sie. »Dieses Gesäß mit Ohren kennst du?«

»Duzfreund von mir. Demnächst bin ich wieder auf einem Inkaunter bei ihm.«

»Der will seine Memoiren schreiben? Der muß in unseren Verlag. Nimmst du mich mit?«

»Dachte ich es doch, daß ihr hier seid«, sagte Hermann. »Udo, fährst du uns heim?«

»Gib mir dein Handy«, sagte ich. Ich rief den Kollegen aus der Nachtschicht an, ob er grad eine Fuhre habe. Hatte er nicht, und so fuhr er uns nach Hause.

»Ich dachte«, sagte Simone, »er heißt Stephan?«

»Ich meinte ja Stephan.«

»Und er ist Autor?«

»Noch ist er Taxifahrer.«

»Mitten im Leben«, sagte ich, »mitten in meiner Autobiographie.«

III

Ich bin ein Schwein. Ich bin schon als solches geboren. Wir waren Zwillinge, doch der eine davon ist im Mutterleib abgestorben. Die altbekannte Frage in solchen Fällen, die gar nicht so selten sind: Bin ich nun ich oder bin ich der andere?, hat mich nie berührt. Und ich bin sicher, daß ich, der ich dann eben *ich* wurde, den anderen umgebracht habe, weil ich ihm seinen Anteil an der künftigen Muttermilch nicht gegönnt habe. Äußerlich gesehen war ich ein hübsches Kind mit blonden Locken, wenn auch etwas großen Nasenlöchern und einer hellen Haut, die nicht zu den Lokken paßte – *paßt,* denn ich habe diese helle Haut noch immer. Die blonden Locken auch, obwohl ich Waldemar heiße. *Er heißt Waldemar/und hat schwarzes Haar,* nein, ich habe blondes Haar.

Als ich sieben Jahre alt war, zündete ich am 3. Januar mithilfe des nicht ganz ohne mein Zutun unstabilen und daher brennend umfallenden Christbaumes das Haus an. Es war dies nicht meine erste Untat und wird nicht die letzte sein, wenngleich ich zur Zeit, als ich das niederschreibe, keine oder nur wenig Gelegenheiten zu Untaten habe. Ich enthalte mich hier auch der Untaten und sonstigen bei mir, muß ich annehmen, genetisch bedingten Schweinereien, weil ich hoffe, infolge guter Führung das letzte Strafdrittel erlassen zu bekommen. An jenem 3. Januar wollte meine Mutter nochmals weihnachtliche Stimmung verbreiten und zündete also die Kerzen am Weihnachtsbaum an, der ja dann zu Dreikönig abgeräumt und entsorgt werden sollte – er wurde entsorgt, und wie! –, und legte die Schallplatte mit weihnachtlicher Krippenmusik auf, gesungen vom Fanderl Wastl und seinen Spießgesellen, nein, das habe *ich* so genannt, in Wirklichkeit war das so etwas wie der *Mangfalltaler Viergesang,* die *Fischbachauer Hirtinnen* oder ähnliche Greuel. Mein Vater sagte: »Quatsch«, er habe genug von der Weihnachtlichkeit, die seit dem 24. Dezember im Haus vorgeherrscht habe, und ging in seinen Hobbykeller, um irgendeinen unnötigen, sozusagen *geborenen* Plunder zu basteln, seine Lieblingsbeschäftigung, außer dem Streicheln seines Hundes *Munter.* Den hatte ich jedoch vorausplanend in die altdeutsche Truhe im oberen Flur gesperrt und den Schlüssel weggeworfen. Infolge des Fanderl-Wastl-Gesanges oder dessen der Fischbachauer oder welcher Dirndl mit Hackbrett- und Zitherbegleitung hörte meine Mutter das Jaulen des Köters länger nicht, ich mußte nachhelfen und sagte: »Ich glaube, *Munter* heult.« Sie ging nachschauen, fand ihn allerdings nicht, da sie ihn nicht in der Truhe oben vermutete. In der Zeit, in der sie suchte, warf ich den Christbaum um. Der Vorhang fing sofort Feuer, danach die Sofakissen. Als meine Mutter mit dem Ruf: »Jetzt brandelt's auch noch ...« die Suche nach dem Hund unterbrach und ins Zimmer stürzte, begann sie laut zu schreien. »Waldemar! Waldemar!« schrie sie und sank in das grad noch nicht brennende Fauteuil, »warum hast du nicht gerufen?« Ich machte meinen Mund stumm auf und zu, deutete in den Mund und zuckte mit den Schultern. Ich tat also, als sei ich vor Schreck taubstumm geworden. Daß sowas vorkommt, hatte ich in einem, wie man sieht, lehrreichen Kinderbuch gelesen. »Ruf den Vater«, schrie sie, rannte hinaus, wieder herein, rettete ihr Strickzeug, dann: »Die Feuerwehr! die Feuerwehr! Was muß man für eine Nummer wählen? 111? Oder 108? Oder was? Mein Herr des Himmels und Meister ...«, und sie schrie wieder nach meinem Vater, der endlich alarmiert heraufkam, doch da brannte praktisch schon alles. Ich rettete meine wertvolle Sammlung von Zündkapseln, meine Mutter bekam vor dem Haus einen Nervenzusammenbruch und mußte von den Neugierigen, die sich bald ansammelten, weggetragen werden. Ich hatte richtig kalkuliert. Mein Vater wollte vor allem seinen Hund retten. Trotz Warnung – in der Ferne hörte man bereits das Signal der heranrasenden Feuerwehr – lief mein Vater ins brennende Haus zurück, hörte den Hund jaulen, wußte natürlich nicht, wo er war, lief dem Jaulen nach, als er ihn fand – so stelle ich mir das vor, es ist ja dann alles nicht aufgekommen –, war der Schlüssel der Truhe weg, er suchte dann vielleicht kurz nach dem Schlüssel, den er selbstverständlich nicht fand, versuchte dann wohl, die Truhe mit Gewalt aufzusprengen. Das geht bei einem so massiven Möbelstück aus dem 19. Jahrhundert nicht, gediegene, wenngleich falschgotische Handwerksarbeit, dann wird er versucht haben, die Truhe mit dem Hund herauszuschleppen. Die Feuerwehr spritzte schon, der Kommandant schrie: »Kommen Sie heraus! Bevor das Stiegenhaus brennt!« – »Nicht ohne den Hund!« Das waren seine letzten Worte.

So löste ich meinen persönlichen Generationenkonflikt. Sechs Wochen hielt ich die Taubstummheit durch, dann wurde ich durch ein Wunder geheilt.

*

Ich kam ins Internat. Unser Religionslehrer, Pater Hildefons, war allgemein beliebt. Das störte mich schon. Er gab mir öfter ein Bonbon und sagte: »Bist ein braver Bub.« Ich werde dir schon den *braven Buben* geben. Er war, wie gesagt, allgemein beliebt, war schon eher alt und hatte einen weißen Bart. Einmal brachte er uns seinen Wellensittich mit in die Religionsstunde. Der konnte den Anfang von *O Stern im Meere* pfeifen. Ich fragte den Pater einmal, was denn da so Besonderes dran sei, wenn man Ostern im Meere feiert. Als Tümmler? Oder wie? Der Pater lachte und sagte: »Dann singen wir das nächste Mal: *Pfingsten im Meere …«*

Ich war etwas über vierzehn, da ging ich zur Beichte. Wir waren ein sehr frommes Internat. Auch der Direktor war ein Pater. Ich beichtete beim Pater Seraph, den ich, ich weiß nicht mehr, warum, besonders gestrichen hatte. Deshalb beichtete ich immer allen möglichen Blödsinn. Zum Beispiel, daß ich in der Nacht oft aufwache und dann fluche. Daß ich damals unser Haus angezündet habe, beichtete ich zur Vorsicht nicht. »Ich weiß nicht«, sagte ich zum Pater Seraph, flüsterte vielmehr durchs Beichtgitterchen, »ob das eine Sünde ist und unter welches Gebot das fällt, aber der Pater Hildefons greift mir immer in die Hose.«

Obwohl ich den Pater Seraph nur als Schatten in der Beichtstuhldunkelheit sah, merkte ich sein Entsetzen. »Und du«, sagte er dann, »empfindest du … Befriedigung dabei?«

»Nein, Herr Pater.«

»Dann ist es von dir aus keine Sünde. Aber …« und dann murmelte er etwas vor sich hin. Endlich, zum Schluß, sagte er, ich solle niemandem etwas davon sagen und Pater Hildefons aus dem Weg gehen, wenn ich allein bin.

Er war selbstverständlich in einer von mir genau kalkulierten Zwickmühle. Dank des vorzüglichen Religionsunterrichtes kannte ich mich in puncto Beichtgeheimnis aus. Er, Pater Seraph, konnte nicht zu seinem Mitbruder Hildefons gehen und sagen: »Hören Sie einmal, da hat mir der Waldemar gebeichtet…« und so fort. Er mußte den Mund halten und konnte höchstens den Pater Hildefons sozusagen überwachen, was dieser merken würde, und bald würde Zwietracht zwischen den beiden sein, was mich freute. Es ist ja nichts langweiliger als Harmonie. (Höchstens, wenn der Kalauer erlaubt ist, das Harmonium, auf dem der Pater Augustinus am Sonntag bei der Messe quäkte.)

Aber mir genügte das nicht. Ich ging in die Sprechstunde

zum Pater Direktor und sagte, ich wolle bei *ihm* beichten. Er erlaubte das selbstverständlich, und ich beichtete: »Der Pater Hildefons greift mir immer in die Hose. Ich habe das Pater Seraph gebeichtet, und der hat gesagt, ich solle niemand etwas davon sagen, und ich habe mich daran gehalten und betrachte das als schwere Bürde.«

Der Pater Direktor hatte offenbar eine etwas andere Auffassung vom Beichtgeheimnis. Es gab einen Skandal. Der Pater Seraph verschwand aus dem Internat, und der Pater Hildefons erhängte sich in seiner Zelle und wurde außerhalb des Friedhofes begraben. Ohne jede Feierlichkeit, ohne Teilnahme seiner Mitbrüder. Ich holte seinen Wellensittich aus seiner Zelle und ging mit dem Käfig zur Beerdigung. Der Vogel pfiff noch einmal *O Stern im Meere*, dann nahm ich ihn aus dem Käfig, drehte ihm den Hals um und warf ihn ins Grab.

*

Als ich zweiundzwanzig Jahre alt war, verliebte sich Gerdalore in mich. Ich verliebte mich in sie nicht. Sie war so reizvoll wie ein Grottenolm. Sie tat alles für mich, kaufte mir unter anderem ein Auto (MG-Spider mit automatischem Klappverdeck) und finanzierte mir einen Urlaub auf Kreta, den ich allerdings mit Ingrid verbrachte. Gerdalore erzählte ich, es sei ein Familienurlaub mit Frau und Kleinkind. Ich sagte nämlich, daß ich verheiratet sei. Ich kaufte mir sogar einen Ehering. Das war komisch, weil der Juwelier nicht verstand, warum ich nur *einen* Ehering wollte. Die Wahrheit konnte ich ihm nicht gut sagen, mir fiel jedoch ein: »Stellen Sie sich vor, ich habe meinen Ehering vor dem Besuch bei … hm, einer Dame, Sie verstehen, heruntergenommen, und nach dem Besuch … hm, etwas geschwächt wieder dranstecken wollen, schon auf der Straße auf dem Weg zum

Auto, da ist er mir hinuntergefallen und in den Gully gerollt... genauso einer war es, wie dieser hier ...«

Gerdalore sagte ich, daß ich schon achtundzwanzig Jahre alt sei. Man glaubte es mir ohne weiteres, denn von meiner Volljährigkeit an, als mir niemand mehr etwas vorschreiben konnte, hatte ich mich meinem Hobby gewidmet: Ich öffnete Flaschen. Und wenn sie schon einmal offen waren, trank ich sie aus. Und dann war ich immer neugierig darauf, was hinter den Türen los war, über denen *Feuchte Oase* oder *Dracula-Keller* oder *Pub One* stand. Auch die Arbeitsplätze in der Tabakbranche ließ ich nicht verkommen. Und ab und zu lief ein Streifen Schnee oder sowas mit. Gerdalore hätte es auch geglaubt, wenn ich gesagt hätte, ich bin vierzig, so habe ich ausgesehen.

Auch Gerdalore fuhr damals nach Kreta, war nicht abzuhalten, wollte wenigstens in meiner Nähe sein, »wenn es mich auch schmerzt, wie ich daran denke, daß du mit deiner Frau ...« Ich seufzte bedauernd. »Gut«, sagte ich, »aber höchste Vorsicht!« Nun, sie zahlte immerhin alles, was wiederum Ingrid nicht wissen durfte. Ging sie ja wohl auch nichts an. Gerdalore bezahlte auch das Mietauto. Ihre Eltern waren stinkreich. Kreta also. Ich und Ingrid wohnten in einem Fünfsternigen weiter im Osten, Gerdalore in einem ähnlichen ganz im Westen. War gut, weil so weit auseinander, aber auch schlecht. Ab und zu mußte ich Gerdalore besuchen, das war ich ihr schuldig, wo sie schon alles bezahlte, und man ist schließlich kein Unmensch. Nur die Entfernung: immer ein Tagesausflug. Es war schwierig, Ingrid zu verklickern, daß ich allein ins Museum nach Heraklion fahren wollte. Zum Glück interessierte sie sich nicht für Museen, blöd allerdings war, daß sie sich mein neuestes Interesse dafür nicht erklären konnte. Ich wußte natürlich auch nie im voraus, wann ich mich von Ingrid loseisen konnte, und so mußte Gerdalore eben warten. Sie wartete.

Immerhin war ich zweimal in den drei Wochen bei ihr, denn es kam erschwerend hinzu, daß ich Persiphoni kennenlernte, in Deutschland aufgewachsen, daher deutsch sprechend. Fremdsprachlich, sofern nicht diese beherrschend, ist anbaggern sehr mühsam. Ich mußte also auch Persiphoni einbauen. Und erholen wollte ich mich ja schließlich auch. Du brauchst schon eiserne Nerven, wenn du ein richtiger Mann sein willst.

Zum Glück kam Scheidung nicht in Frage. Daß man es recht versteht: für Gerdalore kam *meine* Scheidung – die Scheidung der Ehe, die es nicht gab, hihi – nicht in Frage. Genauer gesagt: für Gerdalores Eltern kam kein geschiedener Mann für ihre Tochter in Frage. Der Vater nicht nur CSU- und sogar Opus-Dei-Mitglied, sondern Päpstlicher Geheimkämmerer oder was in der Richtung und schwer in vaticanischen Finanzen tätig und so fort. Gerdalore sagte: »Es ist schwer zu verzichten, doch wenn es eben sein soll … Nur heiraten werde ich nie, da können die Eltern nichts dagegen machen. Es kommt kein anderer Mann für mich in Frage als du. Ich bin dir treu bis in den Tod.« Und, fügte sie hinzu, sie erbe dereinst die Hälfte des irrsinnig großen Vermögens (die andere Hälfte ihr Bruder), und die vermache sie testamentarisch mir.

Nun ja, dachte ich. So ein bleicher, gesunder Grottenolm wird womöglich hundert Jahre alt. Ich vielleicht auch, nur ich bräuchte das Geld früher. Also lenkte ich so langsam, langsam die Gesprächsschiene in Richtung gemeinsamer Selbstmord. Auf Mallorca dann, nach einem Vierteljahr, hatte ich es geschafft. Ich kannte die Stelle, weil Gerdalore mir und meiner Familie – in dem Fall Alexandra – einen Nobelurlaub im Hotel Formentor finanziert hatte, das Jahr zuvor. Die Stelle heißt Mirador de Colomar. Es geht, schätze ich, von dem Aussichtspunkt fünfzig Meter hinunter, wenn nicht siebzig. Genug jedenfalls. Wir verbrachten drei tränenreiche Tage in einem Fünfsternigen (darunter tu' ich es ungern) bei Alcúdia. »Hast du das Testament gemacht?« fragte ich so nebenbei. »Jaja, alles in Ordnung«, sagte sie, »notariell.« Nachzutragen wäre, daß ihre Eltern ihr zwar nicht den ganzen, aber einen erheblichen Teil ihres künftigen Erbteils aus steuerlichen und weiß was für Gründen schon überschrieben hatten. »Sollen wir einen gemeinsamen Abschiedsbrief schreiben?« fragte sie. »Nein«, sagte ich, »jeder für sich, aber gleichlautend. Du schreibst: Weil ich dem Mann, den ich liebe, nicht angehören kann, und ich: Weil ich der Frau ... und so weiter.«

Und so geschah es. Weil dort beim Mirador de Colomar normalerweise immer tausend Touristen herumwatscheln, beschlossen wir, uns um fünf Uhr früh vom Felsen zu stürzen. Da ist noch niemand unterwegs. »Außerdem im Angesicht der aufgehenden Sonne«, schwärmte Gerdalore. Es war jedoch die falsche Seite, nämlich Westen. Die Sonne ging hinterm Berg auf, als Gerdalore sagte: »Leb wohl, Waldemar, so Gott will, werden wir in einer besseren Welt vereint.« Dann half ich ihr auf das Mäuerchen, das sich dort direkt am Abgrund hinzieht, und gab ihr einen finalen Schubs. Ob *sie* schrie oder ob es eine Möwe war, weiß ich nicht.

Das Auto ließ ich wohlweislich stehen. Ich hatte heimlich ein zusammenklappbares Fahrrad gekauft und in den Kofferraum getan. Mit dem Rad fuhr ich zurück ins Hotel. Zum Glück ging es fast immer bergab. Noch außer Sichtweite des Hotels warf ich das Fahrrad in einen Fluß oder Kanal oder was das war. Dann schlenderte ich ins Hotel zurück. Es war inzwischen sieben Uhr geworden und im Hotel lebendig, aber man brauchte dort wie in den besseren Hotels nicht mehr am Portier vorbei und so fort, und so kam ich in unser, nunmehr allein mein Zimmer, legte mich hin und schlief noch eine Runde. Ich hasse das frühe Aufstehen. Frühstück gab es bis elf Uhr. Nachmittags legte ich mich an den Strand, abends kam dann die Polizei. Ich will es kurz machen, ist ja auch nicht sehr interessant. Touristen, die über die Mauer hinunterschauten, hatten die – wie sagt man: ehemalige? weiland? – Gerdalore liegen sehen und die Polizei verständigt. Vom Meer her wurde sie dann geborgen. Die Polizei wartete, bis der Parkplatz leer war bis auf ein Auto und so weiter. Ich spielte Trauer: Nach einem Zerwürfnis habe Gerdalore das Zimmer und das Hotel verlassen. Unser Zimmer wurde durchsucht, ich gestattete das gern auch ohne Durchsuchungsbefehl, denn dabei wurde Gerdalores Abschiedsbrief gefunden. Daß ich meinen vorher entsorgt hatte, brauche ich wohl nicht zu sagen.

Doch so gut ich das alles geplant hatte, hatte ich einen ganz saudummen, entscheidenden Denkfehler gemacht. Gerdalore hatte in ihrem Testament nicht mich, sondern meine Tochter Clara, die es ja gar nicht gab, zur Universalerbin eingesetzt. Freilich, sie hatte angenommen, daß ich gleichzeitig mit ihr springen würde. Zu blöd. Was ich nicht alles fälschte – Geburtsurkunden, Heiratsurkunden, mietete für einige Tage ein Kind aus dem Waisenhaus, das zwar nicht Clara hieß, sondern Iris, führte es dem Gegenanwalt vor … Es half alles nichts. Ich mußte ja auch vorsichtig sein, konnte mich Gerdalores Familie gegenüber nicht auf alle Hinterbeine stellen, nur auf eins, verständlicherweise. Ich ging leer aus.

So ist Gerdalore ganz umsonst gestorben. Aber wahrscheinlich ist das für sie besser, als mit mir verheiratet zu sein.

*

Im Lauf der Zeit kam ich in Verbindung mit Leuten, die man vielleicht *gewisse Kreise* nennt. Ich habe schon erwähnt, daß ich eine Zeitlang, dumm ist man ja in der Jugend, so

Zeug schnupfte. Wenn man mich fragt, warum ich den Schnee inhaliert habe, muß ich antworten, daß ich es nicht weiß. Ob ich es damals gewußt habe? Jedenfalls habe ich mir eingebildet, es zu wissen: Bewußtseinserweiterung. Schneckenarsch mit Rollen dran. Gar nichts hat sich erweitert. Es ist nicht viel anders, als wenn du dir mit Bier die Birne vollschüttest. Vielleicht ein bißchen mehr und schneller gedreht hat sich das Hirn danach, und ein bißchen schlechter ist dir am Tag darauf. Nur, es war halt wahnsinnig *in* bei den gewissen Kreisen, und außerdem war es verboten, der hauptsächliche, vielleicht der einzige Reiz. Aber ich bin nicht ganz blöd, und wenn ich auch eine, wie ich behaupte, angeborene Scheu vor Schule, zumal vor Prüfungen und derart überflüssigem Zeug gehabt habe, bin ich kein Trottel, und ich habe nicht so viel geschnupft, daß das Hirn vertrocknet ist. Ich habe rechtzeitig erkannt, daß du in den gewissen Kreisen genauso als Kerl dastehst, wenn du auf die andere Seite überwechselst: Statt selbst zu kiffen, verkaufst du den anderen Blindschleichen den Stoff, den du nicht mehr anrührst – ja, holla, schon anrührst, aber in anderem Sinn: anrührst, mit dem Löffel. Zwei Teile echter Stoff und drei Teile Milchpulver. Wenn der Kunde schon ganz gehirnerweicht ist, kannst du auf eins zu fünf, sogar eins zu sieben gehen. Da kommst du schon langsam in die Zone Umsatz ist gleich Gewinn. Woher ich den Stoff bezog? Aus Italien. Mithilfe eines EU-Parlamentariers, der im Hauptberuf Hunde züchtete. Den Hunden wurden Kapseln mit Stoff zum Schlucken gegeben. Es geht schwer, aber es geht. Du wirst es nicht glauben: Die Hunde kamen hierher per UPS, wurden dann geschlachtet, die luftdichten Pakete aus dem Darm geschnitten ...

Trotz allem höchst gefährlich. Die Kiffer, die Geld brauchen, begehen allen möglichen Blödsinn, um daranzukommen. Da kann es passieren, daß so ein Typ einer Oma am hellichten Tag das Täschchen wegreißt, und noch bevor er den Inhalt untersucht, samt Täschchen zu dir rennt und die Polente hinterher. Nein. Ich wollte mich von der ganzen Szene lossagen und was Anständiges, Seriöses suchen und nicht so kleinweis und immer wieder, sondern mit *einem* Schlag aussorgen. War auch ein hervorragender Plan.

Ich baute eine – na ja, ich gebrauche selbst jetzt nicht, nachher, den Ausdruck: Bande – ich baute einen Freundeskreis auf. Sechs Mann, mit mir sieben. Ich selbst war damals für die Kripo noch ein völlig unbeschriebenes Blatt. Ich war zu intelligent, um erwischt zu werden. Nur Deppen werden erwischt. Die meisten Ganoven sind Deppen, daher werden die meisten Ganoven irgendwann erwischt. Wenn einer kein Depp ist, braucht er eigentlich nicht Ganove zu werden. Daher ist unter Ganoven einer, der wirklich Hirnbenutzer ist, selten. Ich, zum Beispiel. Also baute ich den Freundeskreis auf: sechs Ganoven beziehungsweise Deppen. Keiner unter seinen zehn, fünfzehn Jahren Knast brutto, das heißt ohne Drittel Straferlaß. Keiner mit mehr Hirn als zwei Erbsen, dafür mit Muskeln. »Leute«, sagte ich, »Banküberfall. Aber schlauer.«

An der einen Seite der Leuchtenberg-Unterführung gibt es ein großes Eckhaus, in dem ist unten eine Bank, und in den fünf Stockwerken darüber sind lauter kleine Wohnungen, deren Besitzer sozusagen täglich wechseln. Gastarbeiter oder andere Türken und so Zeug. Ich mietete zwei Monate vorher dort eine Wohnung. Verhielt mich völlig ruhig. Dann kam der Tag. Ich hatte meinem Freundeskreis meinen Plan in ihre Soft-Gehirne eingehämmert, und es ging auch hervorragend.

Daß es das perfekte Verbrechen nicht gibt, weiß man. Auch *mein* Ding, das ich mit Hilfe des Freundeskreises drehte, war kein perfektes Verbrechen, aber, so bilde ich mir ein, und so lief es dann auch, ich schraubte den nötigen

Glücksanteil zum Gelingen ziemlich weit herunter und vielleicht schon in die Nähe knapp oberhalb des perfekten Verbrechens. Der Trick war in meinem Fall der, daß ich die sechs Minderhirne mit der üblichen Ausstattung, Masken, Maschinenpistolen, in die Bank schickte, die Angestellten und grad anwesenden Kunden als Geiseln nehmen und eineinhalb Millionen verlangen ließ. Wie nicht anders zu erwarten, erschien die Polente und belagerte. Ich schaute vom vierten Stock in aller Seelenruhe zu. Dann wurde freier Abzug mit der Penunze und einer Geisel vereinbart, und die sechs Ganoven rannten nebst Geisel durch den Hinterausgang der Bank in den Hof zum Auto, das dort die Polizei bereitstellen hatte müssen. Den Sack mit dem Geld legten die braven Oberdeppen innerhalb der Hintertür nieder, und dorthin gelangte ich unbemerkt, weil das der allgemeine Zugang zu den Mülltonnen war. Ich nahm den Sack und trug ihn ruhig hinauf und hörte mir im Lokalfunk, der sich inzwischen *live* eingeblendet hatte, die weitere Entwicklung an.

Ich hatte den Ganoven vorgegaukelt, es warte an der Ramersdorfer Kirche ein Fluchthubschrauber. Als der nicht dort war, schossen die Sportsfreunde ein wenig um sich, die Polizei schoß zurück, einer der Blödiane entschwebte zum Großen Manitu, der Rest wurde kassiert. Das Geld blieb verschwunden. Freilich, niemand ahnte, daß es nur wenige Meter über der Bank deponiert war, von wo ich allerdings nebst Geld sehr rasch verschwand.

Die Oberdeppen – also die restlichen fünf – plauderten dann natürlich alles aus. Alles, was sie wußten. Doch was wußten sie? Einen falschen Namen von mir. Und auch die Wohnung hatte ich unter falschem Namen gemietet, und die Ganoven wußten nicht einmal, welche Wohnung. Ich hatte schon die nötige Distanz walten lassen.

Ja – nur wie schnell zerrinnt eine und eine halbe Million, wenn man es sich im Leben etwas nett machen will.

Und ich habe auch nicht gewußt, daß das Leben in St. Moritz so teuer ist. Ich war eines Tages so blank wie die frischen Teller im *Badrutts Palace,* und *da beschloß ich, Politiker zu werden.*

Ich hatte in St. Moritz eine Menge sogenannter VIPs kennengelernt, freilich, weil ich mit Geld um mich warf. VIPs sind wichtige Leute, die völlig unwichtig sind. Sie halten sich nur für wichtig, und zwar so lang und so laut, bis die andern und vor allem die Journalisten sie für wichtig halten. Und dann erscheinen die VIPs auf den Seiten der *Bunten* mit– meist eher beschissenem – Bild. Die wirklich wichtigen Leute werden sich aus guten Gründen hüten, mit Bild in der *Bunten* aufzutauchen oder in *Madame* oder sonstwo. Die wirklich wichtigen Leute halten sich, wie man so sagt, bedeckt. Die Grenzen sind jedoch fließend. Ich habe genug VIPs beobachtet. Bei näherem Hinschauen fragt man sich, warum die VIP sind. Meistens haben sie Schulden – wie sagte man früher? – wie Stabsoffiziere. Ich weiß nicht, ob heutige Stabsoffiziere Schulden haben, ich war nur kurz beim Bund. Wäre für einen wie mich noch schöner, wenn er sich nicht vom Bund zu drücken verstünde. Außer vor ihren Gläubigern davonzulaufen, sind die VIPs damit beschäftigt, den Journalisten nachzujagen. Ich habe da eine schon etwas abgehalfterte VIP kennengelernt, sozusagen *gehobenes liegendes Gewerbe,* wie die dem Photographen nachkeift, bis der sie endlich mit Ehemann und Ständigem Begleiter abgelichtet hat und sie dann in der *Bunten* als *Society-Lady* mit der Unterschrift *Beim Shopping in St. Moritz* im Schrilloutfit abgebildet war.

Immerhin habe ich durch diese VIP-Wachtel einen in Maßen wirklich wichtigen Mann kennengelernt. Wie gesagt, die Grenzen sind fließend. Politiker. Er war Kunde der Wachtel. Von ihm weiß ich den Preis pro Nacht: zweitausend Euro. Inzwischen mußte sie heruntergehen, habe ich gehört. Der Politiker litt an der Politikerkrankheit. Er hatte schon dreimal einen totgefahren im Suff. Es wurde in allen Fällen günstig geregelt. »Wenn«, sagte mir mein Politikerfreund ganz offen, »alle das bekämen, was andere für sowas bekommen, würde keiner mehr in einem Parlament sitzen. Alle im Knast.«

Irgendwie mußte ich also, nachdem ich blank in St. Moritz saß, versuchen, den Kopf wieder über Wasser zu bekommen. Und da hatte mein Politikerfreund auch noch eine weitere Vorliebe: Siebzehn und vier. Es war ein tiefverschneiter Abend kurz nach Neujahr, da nahm ich ihn aus wie die Weihnachtsgans, die wir wenige Tage zuvor miteinander gegessen hatten. Er verlor hundertfünfzigtausend Euro. Ich hatte eben die besseren Karten. Nämlich die, die ich zuvor ein wenig präpariert hatte. Zum Schluß gehörte ihm sozusagen nicht einmal mehr seine Unterhose, und da setzte er seinen sicheren Listenplatz bei der nächsten Europawahl. Und verlor natürlich. Seinen Anzug und seine Unterhose schenkte ich ihm, und die hundertfünfzigtausend gab ich ihm als Parteispende. Den Listenplatz behielt ich, und so wurde ich Politiker.

Es ging mir sehr gut. Es ging mir besser, als wenn ich die hundertfünfzigtausend behalten hätte. Ich mußte natürlich der betreffenden Partei beitreten. Ich nenne die Partei nicht. Ich nenne auch den Namen meines Politikerfreundes nicht. Ich lasse ihn erst auffliegen, wenn ich aus dem Gefängnis wieder draußen bin und im Europaparlament in Straßburg sitze, denn daß ich dort sitzen werde, ist mit meinem sicheren Listenplatz ausgemacht. Das heißt: viel und oft sitzen werde ich dort nicht. Man weiß ja inzwischen, daß man da nur hingeht, das Sitzungsgeld abholt und wieder heim oder noch besser nach Paris fährt. Mein Politikerfreund hat gesagt, das sei auch gut so, denn die Europaparlamentarier, die schwänzen, machen wenigstens keinen Unsinn. Es machen die wenigen, die bei den Sitzungen anwesend sind, genug Unsinn. Nur die Bankette besucht man selbstverständlich. »Soviel gefressen wie auf dem Schlußbankett der Welthungerhilfe habe ich selten«, sagte mein Politikerfreund, »und so viele Vollräusche wie nach dem Schlußbankett der Konferenz für Suchtbekämpfung habe ich bei Wahlparties nicht gesehen, und das will was heißen. Du darfst *ja* kein Bankett auslassen.« Das brauchte er mir nicht zu sagen.

Meine derzeit unterbrochene Karriere als Politiker begann ich als etwas, was man vielleicht als Kurier oder Geheimbotschafter bezeichnen kann. Ich will derzeit nichts Näheres von mir geben, nur soviel: Ich hatte viel in der Schweiz, in Südamerika und auf Cypern zu tun. So kam ich oft wieder in das liebe St. Moritz, wo sich im *Badrutts Palace* die breithüftigen, mit kiloweise Gold behängten vormaligen Traktoristinnen tummeln, deren immer noch leicht nach Schmieröl stinkende Männer oder Söhne die Geschäfte abwickeln, die wirklich zukunftsorientiert sind. Ob die Speisekarte im *Badrutt* schon russisch ist, weiß ich nicht. Die Getränkekarte jedenfalls schon.

Das machte ich ein Jahr, den zugesicherten sicheren Listenplatz für die Europawahl leicht unter dem Hintern spürend, und mein Sparstrumpf war schon recht schön prall geworden, da erfuhren wir, mein Politiker- und nunmehr auch Parteifreund und ich, daß eine gewisse Parteifreundin (nicht eine von den anderen, nein, eine der eigenen, die sind viel schlimmer) einen Karton voll Material gesammelt hatte, das ausgereicht hätte, um die gesamte Fraktion in die Luft zu jagen. Wir kamen ihr zuvor und verbrannten den Karton. Leider verbrannten dabei auch das Haus der Parteifreundin und sie selbst, als sie ihr Pferd retten wollte. Wie sich die Dinge wiederholen. Ich hatte das Pferd mit einer Kette sozusagen gesichert und den Schlüssel zum Vorhängeschloß der Kette entsorgt.

Es kam nicht alles auf, und selbst von dem, was aufkam, wurde mehreres günstig unter verschiedene Teppiche gekehrt. Was blieb, war fahrlässige Brandstiftung, und die nahm ich auf – durch zwei glatte Millionen Euro gestützte – dringende Bitte meines Freundes auf mich, obwohl ich, ehrlich!, die Bude nicht angezündet habe.

Ich muß also meinen sicheren Listenplatz wohl für die übernächste Europawahl aufheben. Das wurde mir auch eidlich zugesichert. Drei Parteifreunde schworen einen dahingehenden Eid bei der Muttergottes von Altötting. Zur Bekräftigung verlangte ich eine bedingte Selbstverfluchung für den Fall, sie hielten ihren Eid nicht. Die Selbstverfluchung lautete auf lebenslänglichen Brechdurchfall.

Ich führe mich gut, wie schon erwähnt. Der Gefängnisdirektor, ein Parteifreund, behandelt mich eher wie einen Gast. Das Essen lasse ich mir von Restaurants nicht unter drei gekreuzten Kochlöffeln bringen, und wenn ich herauskomme, wechsle ich die Seite zur anderen Partei, bin schon im geheimen Kontakt und reiße meinen bisherigen Parteifreunden den Hintern bis zum Genick auf, bildlich gesprochen. Es sei denn, die zahlen mehr als die anderen.

So ein Schwein bin ich.

Und ich habe noch eine schlechte Eigenschaft: Ich lüge wie gedruckt.

9

Ein Taxifahrer kennt sich auf nahezu allen Gebieten aus, weil er ja zwangsläufig mit allen Schichten des Volkes, um nicht zu sagen: der Menschheit zusammenkommt. Wie oft habe ich Leute zu Parties gefahren, sogar zu solchen, die ein sogenanntes Iwänt sind. Eine Party, die kein Iwänt ist, kannst du in den Kreisen Konsul Werners, meines Duzfreunds, vergessen. Wenn du zu so einer Party gehst, bist du für die Iwänt-Gesellschaft gestorben. Ich weiß also, weil ich ja nicht wie manche stumpflämmernden Kollegen nur so vor mich hin oder auf die Straße stiere, sondern meine Augen nach allen Richtungen offen halte, weiß ich also, was man für so ein Iwänt anzieht. Illustrierte kaufe ich nicht, oft genug lassen Fahrgäste solche jedoch liegen, und wenn sie nicht zu unappetitlich sind, lese ich die Käsblätter danach. Daher weiß ich, was der König von Schweden auf der Yacht anhat oder bei der Nobelpreis-Verleihung oder wenn er incognito mit seiner aus tiefster Bürgerlichkeit heraufgehobenen Frau Königin Sommerlatte in New York einkaufen geht.

Aber, das sagte mein Freund Wim, ein Schlauer, der alles weiß, der König ist selbst auch nur halb-adelig, weil sein Urgroßvater Bernadotte nur ein zum General aufgestiegener Klohäuslputzer war, der mehr oder weniger durch Zufall König von Schweden geworden ist. Das war nämlich so, sagt Wim, daß dazumal der grad aktuelle König von Schweden langsam, aber sicher verblödete, so stark zum Schluß, daß es sogar für einen König nicht mehr tragbar war, und da haben ihn die Schweden wegkompostiert. Sie wollten dann einen Prinzen aus irgendeinem hochadeligen Geschlecht zum König erheben, doch einen blöden wollte man nicht, und die schlaueren haben aus Angst abgewunken, daß sie womöglich auch demnächst verschrottet werden, wenn einem von denen ihre Nase nicht mehr paßt oder was. Hat sich nur jener Bernadotte gemeldet. Es kann sein, sagte der Wim, daß der nicht Klohäuslputzer, sondern immerhin Tabakhändler war, im Kiosk vielleicht, und auch Getränke und Erfrischungen und Leberkässemmeln, in Zellophan eingewickelt, verkauft hat – so in der Richtung, später dann General unter Napoleon und noch später König von Schweden. Darauf also braucht sich der Carl Gustaf nicht viel einzubilden, sagte der Wim.

Ich schreibe das alles hin – dies ist eine Parenthese, die mit dem Folgenden nichts zu tun hat –, obwohl ich befürchten muß, daß, wenn ich den Nobelpreis bekomme, der König, welcher den Preis zwar nicht zahlt, aber überreicht, mich plötzlich ins Auge faßt und sagt: »Sie?! Der das vom Klohäuslputzer geschrieben hat?« Und steckt den Nobelpreis wieder ein, und ich habe mir die Spesen für den geliehenen Frack umsonst gemacht. Man nimmt nämlich den Nobelpreis im Frack entgegen. Auch das weiß ich aus den Illustrierten.

Doch erstens rechne ich nicht damit, daß der König Carl Gustaf dieses mein Buch liest, und zweitens, daß ich höchstwahrscheinlich den Nobelpreis nicht so schnell bekomme. Oder ich bekomme, drittens, den Nobelpreis womöglich überhaupt nicht. Ende der Parenthese.

Oder der Prinz August. Sie wissen schon, der sich eigentlich nur die Nase rot anzumalen braucht, dann kann er als *Grock* auftreten. Den habe ich sogar selbstpersönlich gefahren. Er war schon stockblau, obwohl es erst halb zehn Uhr vormittags war. Vielleicht war er *noch* stockblau. Wer weiß. Ich mußte ihn zu einem Ferrari-Iwänt fahren. Ja – »Ferrari-Iwänt«, hat er gegrunzt, wie er im Sheraton eingestiegen ist. »Wo ist das, bitte?« habe ich, die Form wahrend, gefragt. »Wass? Du …« Ja: *du* hat er zu mir gesagt. Soll ich jetzt behaupten, der Krawallprinz August, dieser August sei mein Duzfreund? »Wass? Du weißt nicht, wo das Ferrari-Iwänt ist?« Keine Debatte mit

Fahrgästen ist mein Grundsatz, mit besoffenen schon gar nicht. Ich habe ihn zur Müllverbrennungsanlage gefahren. Unterwegs ist er eingeschlafen, aber ich glaube, er hätte auch wacher nichts gemerkt. Er hat dann brav gezahlt, auch Trinkgeld, tip-top in Ordnung, beim Hinauswälzen hat er gesagt: »Was stinkt denn da so?« – »Der Ferrari«, habe ich gesagt.

Übrigens muß man bei Prinzen und so höllisch aufpassen. Fünfzig Prozent, sagt Wim, sind unecht, das heißt, nur adoptiert. So einen Adoptivprinzen habe ich auch einmal gefahren. Man muß wissen, daß mein Chef, der gaunerhafte Grieche, nicht nur einige sozusagen ordinäre Wagen hat, sondern auch zwei, wie er es nennt, *Sondernummern,* das sind ein *Jaguar* und ein *Mercedes XXX.* Die stehen eigentlich nur für besondere Gelegenheiten in der Garage, nur ab und zu ergibt es sich, daß das Geschäft auch diese *Sondernummern* zum momentanen Einsatz erfordert, weil zwei ordinäre in der Werkstatt sind oder beim TÜV, und dann bekomme *ich* die *Sondernummer,* weil ich noch nie einen Unfall gebaut habe im Gegensatz zu den anderen Fahrern. Und so feine Herrschaften, *fein* meine ich jetzt andersherum, sich für fein haltend – den wirklich feinen ist es wurst, in welches Taxi sie steigen – ziehen solche *Sondernummern* vor, steigen nicht in jedes Taxi. Und weil ich eben ab und zu mit dem *Jaguar* oder dem *Mercedes XXX* fahre, bekomme ich oft solche *feinen* Herrschaften. Zum Beispiel ebenjenen Grafen Hanswurst von Saltymbockow, der naserümpfend an den ersten Taxis vorbeigegangen ist am Flughafen bis zu mir mit dem *Jaguar.* Da ist er dann eingestiegen. Dabei ist er ein geborener Hans-Jürgen Brunzhuber oder so ähnlich. Er hat sich von einer auch schon nicht mehr ganz echten gräflichen Halbdame adoptieren lassen. Und ausgerechnet er schnatterte während der Fahrt dann davon, wie schwer das Leben ist, wenn einem Generationen von Ahnen schultersitzisch zuschauen.

Immerhin weiß ich von diesem Prinzen von und zu Brunzhuber, was man für ein Iwänt vom Zuschnitt Konsul Werner trägt. So ein Brunzhuber muß ja wie der Schießhund aufpassen, daß er garderobistisch nicht nur auf dem laufenden, sondern sogar eine Idee voraus ist. Sonst: wehe. Da ist er bunt-illustriertermaßen weg vom Fenster. Also muß man nur achtgeben, was so einer trägt, und schon ist man *in.*

In dem Fall habe ich meine *Blue Jeans* gewaschen und gebügelt – ja! Sie staunen? Doch *Blue Jeans,* dazu aber, habe ihn von meinen Chef ausgeliehen (er ist da nicht so, in manchen Dingen kann man durchaus Gutes über ihn sagen), einen zweireihigen Blazer mit Wappen. Wie ich Simone dann abgeholt habe, ist mir eingefallen, daß ich kein Einstecktüchlein habe. Simone ist noch einmal hinauf in ihre Wohnung, hat jedoch nichts anderes gefunden als einen kleinen weißen Slip von ihr. Ist auch gegangen bei geeigneter Faltung. Leider war Simone selbst in ihrem schottisch karierten Kostüm und flachen Schuhen nicht ganz auf der Höhe der für dieses Iwänt erforderlichen Etage. »Die weibliche Anatomie«, hat sie gesagt, »ist nicht für Schuhe mit hohen Absätzen gemacht, und ich sehe nicht ein …« Mich ging es ja nichts an, ich hatte keine Aspirationen auf Simone, obwohl ihre Figur mindestens Güteklasse Römisch Drei obere Grenze ist. Warum ist der Wunschtraum jedes Mannes eine Frau, die *gern* Schuhe mit hohen Absätzen trägt?

Das muß ein Geheimnis der männlichen Gen-Zusammensetzung sein, das selbst bei mir Fehlriesen wirkt, wo ich doch eigentlich ein Verehrer flachen weiblichen Schuhwerks sein müßte. Doch in dem Moment war keine Zeit, darüber nachzudenken, denn wir mußten schauen, daß wir uns durch den Abendverkehr zum Ort des Iwänts würgten.

(Habe ich da eben »Fehlriese« hingeschrieben? Ist es zulässig, wenn man sich in seiner Autobiographie um zehn Zentimeter größer macht? Ich werde Simone fragen.)

Patricia, die die Gäste empfing, hatte großartige Absätze

unter ihren Schuhen: quasi aus Glas mit etwas Gold. Sonst war sie nackt. Das heißt, sie war nicht nackt, nur auf den ersten Blick aus der Entfernung. Bei näherem Hinsehen: ein rosarot-lachsfarbener Schlauch. »Hei, Mister Zugger«, sagte sie, »Mister Consul awaitet Sie schon.«

»Hat er feste Bodenhaftung?« fragte ich.

»Wie bitte?«

»Nichts, nichts«, sagte ich, »ich wollte nur wissen, wie es ihm geht.«

»Es könnte nicht bessergehen«, sagte Patricia.

*

Das Iwänt fand aus Anlaß des Besuches eines Freundes von Konsul Werner aus New York statt. Es handelte sich um eine, wie ich kurz danach erfuhr, *Stilikone*, und zwar männlichen Geschlechts, was allerdings nicht auf den ersten Blick erkennbar war. *Ikone* ist derzeit die höchste Stufe, die man erreichen kann. Allerdings droht schon eine Ikoneninflation diesen Status zu entwerten, habe ich doch neulich von einer *Ikone des Bierflaschenverschlusses* gelesen. Übrigens blamierte ich mich fast mit *Ikone*, als mir mein Freund Hermann mit der Bodenhaftung diese vorstellte oder besser gesagt: mich ihr vorstellte. Ich hielt sie für eine Angehörige eines Indianerstammes, weil ich *Ikone* mit *Irokese* verwechselte. Dazu kam, wie gesagt, daß ihr Geschlecht nicht ohne weiteres erkennbar war, auch nicht von ihrem Namen abzuleiten. Er, denn das war sie, hieß Milbie F. Milbie.

»May I introduce to you my dear old friend, Commander Zugger, Stephan T. Zugger«, sagte die Bodenhaftung. Der Stilirokese schaute glasig durch mich hindurch und murmelte etwas von »glad to see you«, und ich sagte blöderweise: »I am a great admirer of the Indian people ...« Da schaute er noch glasiger und kurz zu Werner hin, und der fing die Sache zu meinem Glück auf: »The commander – always good for a joke.«

Milbie F. Milbie trug einen knöchellangen Herrenrock und als einziger im Saal einen Hut, der ihm, schien mir, zu klein war und schräg auf dem Kopf saß. Dort, wo der Hut den Kopf frei ließ, sproß ein Haarbüschel hervor, sehr dünn und erdbeerrot gefärbt.

Ich erfuhr alles über Milbie F. Milbie von Terena. »Nicht Teresa – *Terena*«, sagte Terena. Milbie F. Milbie war in den Strudel des Iwänt-Geschehens zurückgesunken, Simone hatte sich, einigermaßen erfolgreich, wie sich später herausstellte, an die Bodenhaftung geklammert. Ich hatte das Glück, auf Terena zu treffen. Sie trug ein papageienbuntes Kleid, das offenbar aus flatternden Stoffresten dünner Seide zusammengenäht war. Es war lang und hochgeschlossen, aber so geschlitzt und ausgeschnitten hinten und vorn, daß man sich wunderte, wie das Ding zusammenhielt, und so durchsichtig, daß man jede gynäkologische Untersuchung an Terena vornehmen hätte können, ohne daß sie das Kleid hätte ausziehen müssen. Und selbst der Orthopäde hätte den ersten Überblick nehmen können, denn auch ihre Schuhe waren klarsichtig.

»Mister Milbie«, sagte ich, »schaut der immer so glasig? Bekifft oder nur besoffen?«

Terena kannte sich aus: »Weder noch, Milbie trinkt nur Wasser, jedenfalls hier.« Ich erfuhr, daß der Irokese der absolute *hip* seit etwa zwei Saisonen in New York ist und es wohl noch für zwei weitere schaffen würde. Irgendeine Party, irgendein Inkaunter, sei es Ausstellungseröffnung, Modeschau, Filmpremiere, ohne Milbie ist hoffnungslos unten durch.

»Und was tut er da?«

»Nichts. Er ist nur *da*. Derzeit kriegt er sechstausend Dollar, wenn er eine Stunde kommt, das Doppelte, wenn er auch mit den anderen Gästen redet. Und der Preis ist noch im Steigen begriffen.« An sich bewege er sich nicht aus New York fort. Nur Miami und gewisse Straßenzüge in *Eläi* seien für ihn noch tragbar. »Was Hermann the Consul bezahlt hat, daß er sowohin wie hierher kommt, ist rätselhaft. Mag sein, gar nichts, weil irgend etwas anderes dahintersteckt.«

Terena wußte, wie gesagt, Bescheid. Sie war dabei, als der Irokese am Flughafen abgeholt wurde. Er machte da ein Gesicht, als mute man ihm zu, auf Kuhfladen zu gehen. Das Stück bis zur Super-Limousine mußte ihn sein Freund und Ständiger Begleiter, ein junger Neger, tragen. Den Hut, wußte Terena, hat er auf, um die Quelle seines größten Kummers zu verbergen: Es fallen ihm die Haare aus, und die, die nicht ausfallen, werden immer dünner. Deshalb läßt er die Haarreste aufplustern und nach einer Seite trimmen, und auf die andere Seite setzt er einen seiner Hüte. Er hat dem Vernehmen nach über zweihundert. Noch nie hat ihn jemand ohne Hut gesehen.

»Und warum in aller Welt so kleine Tupfhütchen?«

»Damit sein Gesicht nicht beeinträchtigt wird.«

Täglich verwende er gut zwei Stunden für seine Körperpflege. Er beschäftige allein für seine Achselhaare einen eigenen Friseur. Er betrachte – mit dieser Information begnadete er die Welt in einem Interview – seinen Körper als Kunstwerk, das er jeden Tag neu schaffe. Die selbstverständlich der Jahreszeit angepaßte Auswahl des Anzugs erfolgt nach Mondhoroskop, aktuellem Blutdruck und Befragung eines Talmud-Experten in Eläi. Das Ergebnis wird Tag für Tag photographisch dokumentiert. »Vor einigen Monaten«, sagte Terena, »hat Milbie einem Photographen eine Seschn gestattet, ich weiß im Moment nicht mehr, welchem, jedenfalls einem weltberühmten Starphotographen. Der durfte als Serie das Makeup photographieren. Auftragen der Lidschatten – besonders wichtig für den Ausdruck der Punkt unter den Augen, eine starke Seite seines Gesichts –, Schneiden der Haare in den Ohren, Anbringen eines Hauches von Lippenstift und so fort. Der Bildband nach dieser Serie wurde ein Bestseller. Mit Vorwort von Kurt Vonnegut.«

»Und auf allen Photos hatte er sein Hütchen auf?«

»Selbstverständlich.«

Es gibt Leute, pflegte meine Großmutter in solchen Fällen zu sagen, die sind wie die Grießknödel, nur nicht so rund.

»Und warum trinkt er hier nur Wasser?«

»Ich habe doch schon erwähnt, die Erdoberfläche außerhalb New Yorks, einiger gewisser Straßenzüge in Eläi, das heißt der *Rodeo Drive* und etwas drumherum, und Miami ist für ihn indiskutabel. Er weigert sich, hier etwas anderes zu sich zu nehmen als Wasser. Er hat zunächst sogar versucht, nicht zu atmen. Das ging allerdings nicht.«

»Also«, sagte ich, »er fühlt sein existentielles Imätsch entweichen. Deshalb schaut er so glasig.«

Außer vorhanden zu sein, übt der Irokese, erfuhr ich, noch die Tätigkeit eines *PR-Beraters* für verschiedene große Disseiner-Firmen aus. Was immer das ist. Ich stelle es mir so vor: Mister Milbie F. Milbie schwebt in die Chefetage von *Donna Karan* oder wird von seinem Leibneger getragen, und Donna Karan fragt händeringend: »Milbie! Was sollen wir pi-ahr-mäßig tun?« Milbie denkt nach und sagt dann: »Sie müssen eine Anzeige in der *New York Times* aufgeben.« So berät Milbie. Und der Leibneger trägt ihn wieder hinaus.

Nach allem, was ich von der Irokesen-Ikone gehört habe, muß es also eine ungeheure Anstrengung von der Bodenhaftung gewesen sein, die Lifestyle-Made hierherzubekommen.

»Das können Sie laut sagen«, meinte Terena.

»Oder ist es womöglich ein Zeichen, daß Milbie schon auf dem absteigenden Ast sitzt?«

»Auch möglich«, sagte Terena.

Das Buffet war, muß der Neid lassen, einsames Matterhorn. Freund Konsul hatte nicht gespart. Kaviar war so viel da, daß ein anderer, wie ich erfuhr, selbsternannter Konsul, der allgemein »der Schöne« genannt wurde, unbemerkt nur von mir bemerkt – löffelweise davon in ein Plastiksäckchen schaufeln und in die Tasche stecken konnte. Der habe es inzwischen nötig, sagte Simone, als ich sie im Lauf des späteren Abends wieder traf, denn er sei hoffnungslos *out* und werde nicht mehr eingeladen.

»Wie kommt er dann herein?«

»Er hat noch alle Domestikentürschlüssel von seiner besseren Zeit her.«

Ich war zwar vorsichtig, dennoch konnte ich dem Champagner nicht gut widerstehen. Ganz nüchtern war ich nicht mehr, als Konsul Hermann zu mir herrutschte.

»Hei! Bodenhaftung, alter Legionär – tolle Installation!« sagte ich.

Doch er sagte: »Pst – bist du noch etwas nüchtern?«

»Trocken wie's Heu«, log ich.

»Milbie ist verschwunden«, flüsterte er.

»Ich werde den Verlust überwinden«, sagte ich.

»Quatsch nicht, hilf mir, wir müssen ihn finden. Grad kommt die Television.«

»Du kannst auf mich zählen, Bodenhaftung«, sagte ich und wankte los. Doch zuerst – und so begann mein leider nur zeitweiliger Aufstieg – ging ich aufs Klo. Der viele Champagner, klar. Dort hörte ich ein merkwürdiges Geräusch, eine Art Zikadenzirpen. Nachdem ich mein Geschäft erledigt hatte, ging ich dem Geräusch nach und stellte fest, daß es durch eine Lüftungsöffnung von drüben aus der Damentoilette kam. Ich ging hinaus und außenherum und öffnete unter Überwindung des bekannten Tabus die Tür zu *Ladies*. Das Geräusch wurde lauter, unterbrochen von stoßweisem Weinen. Ich überwand ein weiteres Stück Tabu und ging hinein. Der Raum war leer, auch der Tisch und der Stuhl der Klofrau waren unbesetzt. Die war wohl schon nach Hause gegangen. Alle

Türen zu den Kabinen waren offen bis auf eine. An der horchte ich, und richtig kam aus dieser Kabine das Weinen und das Zirpen.

»Ist da jemand?« schrie ich.

»Mayday! Mayday!« schrie es aus der Kabine. Was? dachte ich, Maientag? Da fiel mir ein, daß das der SOS-Ruf im Flugjargon ist. Ein *Aeroplan* in der Damentoilette des *Münchner Hofes* notgelandet?

An der Klinke wurde gerüttelt. Sie klemmte. Ich probierte außen. Sie klemmte.

»Ich hole Hilfe«, schrie ich und lief hinaus. Ich traf Bodenhaftung.

»Hast du ihn?«

»Nein, nur in der Damentoilette hat sich eine eingesperrt und zirpt.«

»Zirpt?« fragte er aufgeregt.

»Ja, zirpt«, sagte ich und machte es ungefähr nach.

»Das ist er«, rief er, winkte einem vom Hotel, einem höheren Kellner oder was er war, und wir liefen zur Damentoilette. Unterwegs alarmierte der höhere Kellner, oder war er schon ein unterer Manager, den Hausmeister per Handy.

»Er?« fragte ich im Laufen, »auf der Damentoilette?«

»Er benutzt grundsätzlich nur die Damentoilette«, sagte Hermann.

Und so war es. Wir konnten den zirpenden Milbie befreien, das Tiwi hatte gewartet, alles wieder im Lot. Ich wurde von Bodenhaftung feierlich vereidigt, ja nichts von dem Ganzen verlauten zu lassen, vor allem nicht das nur wenigen bekannte Geheimnis von der Damentoilette.

»Ich werde dir das nicht vergessen«, sagte Bodenhaftung, und selbst Milbie sah mich um einen halben Stock weniger glasig an.

10

Ich hätte selbstverständlich gern die tiefen Einblicke, die Terena darbot, in privatem Rahmen noch vertieft, doch da war *es* wieder einmal. *Sie* stand auf, *ich* stand auf. Sie wäre barfuß nicht ganz einen Kopf größer als ich gewesen, mit ihren waffenscheinpflichtigen Klarsicht-Stilettos eineinhalb Köpfe aktuell. Mein altes Problem. Liegt es daran, daß meine Mutter nicht lang genug gestillt hat? Ich bin ein Schrumpfgermane. Die einzige Freude, die ich mit meiner Größe oder besser der mangelnden solchen jemandem gemacht habe, war bei der Musterungskommission. »Endlich wieder einer für die Panzer!« schrie der Major. In Panzern ist wenig Platz, deshalb sind die Angehörigen der Panzerregimenter lauter solche Wurzelgnome wie ich. Einmal hat ein geistreicher Mensch, der zwei Meter lang war, so über mich drübergeschaut, die Nase gerümpft und gesagt: »Es riecht nach Zwergen.« Ich bin jedoch nicht weniger geistreich und habe geantwortet: »Das kommt von meinem vollen, schönen Haar.« Er, der Zweimetriot, hatte nämlich eine Glatze.

»Du bist charmant, mein Kleiner«, hat Terena gesagt, von oben herab – nur im tatsächlichen Sinn von oben herab, im übertragenen Sinn gar nicht, nämlich eher freundlich, »aber – du verstehst …«

Ja, ich verstand. Neulich habe ich eine Annonce gelesen, da werden Wunderschuhe angeboten, mit denen wird man unsichtbar bis zu zehn Zentimeter größer. Wie viele Leute wohl solche Wunderschuhe tragen? Womöglich der New Yorker Stilirokese? Und auch Freund Konsul Hermann? Läßt sich ja seine Schuhe, bei denen manchmal die Bodenhaftung fehlt, speziell anfertigen! Wer weiß also …? Blöderweise habe ich die Zeitung mit dem erwähnten Inserat nicht aufgehoben, habe auch vergessen, wie die Firma heißt. Jetzt, wo ich drauf und dran war, in die große Welt, sprich Soßeijetie einzusteigen, wäre es vielleicht nicht schlecht, auf solche Schuhe zurückzugreifen. Ich werde im Internet nachschauen – nur worunter? Unter: *Wunderschuhe für Zwerge*?

Halt – soll ich meinen autobiographischen Roman so nennen: *Wunderschuhe für Zwerge*? Ich muß Hermann fragen, Hermann den Lektor, nicht Hermann den Konsul. Oder, das wäre auch eine Möglichkeit: *Es lag an der Muttermilch*? Oder es ist dies der erste Satz des Romans. »Sehr viel«, hat mir Simone gesagt, »kommt auf den ersten Satz eines Romanes an. Zum Beispiel«, hat Simone gesagt, »der Satz: *Ich war froh, in dem Zug, in dem sechshundert Nonnen eine Wallfahrt nach Lourdes antraten, noch einen Sitzplatz zu bekommen.* Das zieht einen in den Ärmel hinein. Da kann der darauffolgende Roman das literarische Krautgemüse sein, da kann der Leser nicht aufhören.«

»Was ist das für ein Roman?« habe ich gefragt.

»Das habe ich leider vergessen«, hat sie gesagt, »ich habe mir nur den ersten Satz gemerkt.«

Dieses Gespräch ist sozusagen eine Rückblende, hat nicht bei dem Irokesen-Iwänt stattgefunden, sondern früher, gelegentlich in der *Kulisse,* wo ich, wie der Leser, glaube ich, schon weiß, gerne weile. *Weilt* ein Aushilfstaxifahrer? Oder sitzt er nur so da? Wahrscheinlich eher letzteres. Ich hatte damals Simone auch gefragt, es ist mir nicht leichtgefallen, habe die Frage tief aus meinem Seelenleben heraufgehievt:

»Ist es denkbar, Simone … Ich darf doch Simone sagen? Daß ich … Sie sehen ja leider durch Augenscheinlichkeit meine Körpergröße, oder besser gesagt die nicht oder nur spärlich vorhandene solche …«

»Im Sitzen wirken Sie gar nicht so klein«, unterbrach sie mich.

»Danke«, sagte ich, »was ich fragen wollte: Ob ich mich

eventuell in meinem autobiographischen Roman etwas, ich denke da an fünf Zentimeter, höchstens zehn ...«

Sie lachte. »Sie wollen Ihren Roman anfangen mit: *Es hat auch Nachteile, wenn man als Riese durch die Welt stapft, weil man alles nur von oben sieht*?«

»Auch zehn Zentimeter plus bin ich noch kein Riese, ich könnte mich jedoch stärker über hohe Absätze der Damen freuen.«

»Ich glaube«, sagte sie, »das würde den inneren Blickwinkel verändern. Das kratzt an der Authentizität.«

Gut, gut. Sogar auf dem Papier bleibe ich nur eine unbedeutende Bodenerhebung. Nun, vielleicht ist es ohnedies besser, ich stilisiere meine innere Größe nach oben.

Ich fühle es heute noch, wie ich damals mental einen halben Meter über dem Boden, genauer gesagt, dem Parkett des *Münchner Hofes* schwebte, wie so eine gewaltige Veränderung in mein Leben eingebrochen ist. Jetzt, habe ich gedacht, jetzt beginnt eigentlich erst meine Autobiographie. Alles vorher war Banalität. Höchstens daß ich das mit der Muttermilch erwähne. Meine Mutter hat mich sehr lang gestillt, sogar noch, als ich schon Zähne hatte. Habe ihr, sagt sie, immer in die Brustwarzen gebissen, und da hat sie mich abgestillt und auf *Alete* umgestellt und also in Kauf genommen, daß ich kleinwüchsig bleibe.

Doch dieser Rausch der Veränderung. Ich spüre das Gefühl heute noch. Ja, gut, auch der Champagner hat da etwas mitgespielt, aber dennoch, dennoch. Der Stilirokese ist nach der Panne mit dem Damenklo sehr bald verschwunden, nach und nach die andern auch. Simone stand da und lehnte sich an ein Geländer. Ganz nüchtern, dachte ich, ist die auch nicht mehr. Ich liebe leicht angetrunkene Frauen, ich liebe auch Frauen, die Zigaretten rauchen (ich selbst rauche nicht) – bin ich da schon pervers? Männer, die betrunken sind, werden entweder blöd oder albern oder ordinär oder unappetitlich. Frauen mit einem Stich – ich rede nicht vom sturzbesoffenen Zustand, das ist wieder etwas anderes, da nähern sich die Geschlechter wieder einander, ich rede von so einem gewissen blauen Stich, da sinkt eine Frau in eine Art Poesie des Daseins … Und sie ziehen sich lieber und schneller aus, und ich habe schon erlebt, daß da eine förmlich von innen aprikosisch zu leuchten begonnen hat …

Still. Ein Rest muß ungesagt bleiben.

Freund Konsul Bodenhaftung legte seinen Arm um mich, ergriff mit der anderen Hand Simone, zog uns zu einer Sitzgruppe. Fast niemand mehr war da. Halbvolle Gläser standen herum, am Buffet verwelkten die grünen Dekorationsgarnierungen.

»Kinder«, sagte Bodenhaftung, »das Leben ist schön. Setzen wir uns hin und stoßen noch mit einem Whisky auf.« Er winkte dem Kellner. »Wissen Sie«, fragte er ihn, »wann der Papst geboren ist?«

»Bedaure«, sagte der Kellner, »ich bin protestantisch.«

»1920«, sagte Bodenhaftung, »und genau so einen Whisky bringen Sie uns.« Und als der Whisky kam: »Auf Woytiłas Gesundheit!« und »Ich werde dir das mit dem pst, pst, du weißt, nie vergessen. Du hast eine Katastrophe abgewendet. Er hat«, seine Zunge war schon etwas schwer, sagte es zu Simone, »eine Katastrophe abgewendet.« Warum grad Besoffene alles zweimal sagen? Auch ein ungeklärtes Rätsel des Weltgeschehens.

Noch war Simone in der Lage, geradeaus zu denken. »Herr Konsul«, sagte sie, »könnten Sie sich vorstellen, Ihre Memoiren bei uns, dem Schmultz Verlag, zu veröffentlichen?

»Ich schreibe ja gar keine Memoiren!«

»Sollten Sie aber.«

»Hm«, sagte Bodenhaftung.

Simone zog einen fertig ausgefüllten Verlagsvertrag, klein zusammengefaltet, aus ihrem Täschchen, faltete ihn auseinander und hielt ihn Bodenhaftung hin.

»Was meinen Sie?«

»Kinder«, sagte Bodenhaftung, »das Leben ist ...« Er stockte. »Was wollte ich sagen?«

»Schön«, sagte ich.

Er unterschrieb.

*

Wenn ich nicht das Taxi dabeigehabt hätte – mit einem sozusagen ungesicherten Wagen wäre ich bei dem Alkoholpegel nicht mehr gefahren. Ganz sicher ist man jedoch auch als Taxifahrer nicht. Vor allem darfst du nicht zu korrekt fahren. Ein Taxler, der um zwei Uhr in der Nacht ganz rechts und mit nur fünfzig fährt, der sich um Linksabbiegeverbote und Einbahnstraßen kümmert, fällt der Polente zwangsläufig auf. So einer ist besoffen und verstellt sich als Korrekti und promillos, und schon lassen sie dich blasen. Aber natürlich auch nicht *zu* frech gefahren ... Eine Gratwanderung. Und das mit einer Simone im Auto, die nach dem günstigen Vertragsabschluß noch mehr als einen Whisky vom Papstjahrgang gekippt hatte und sich der freizügigen Großartigkeit näherte.

Als ich am Wittelsbacher-Brunnen vorbeifuhr, wußte ich, daß sich Simone hinten auf den Rücksitzen splitternackt ausgezogen hatte und nun begann, Teile ihrer Garderobe aus dem Fenster zu werfen. Ich bremste. Simone öffnete, noch bevor ich ganz angehalten hatte, die Tür und kugelte hinaus. Bekanntlich haben Betrunkene einen besonders tüchtigen Schutzengel, auch wenn sie nackt sind. Außer wahrscheinlich ein paar blauen Flecken, die morgen sichtbar werden würden, trug sie keine Verletzungen davon. Sie stand auf und stolperte in den Brunnen, wo sie zu planschen und zu spritzen anfing. Der Anblick war nicht ohne Reiz. Das fand auch die Funkstreife, die vorbeikam, während ich Simones Kleider aufsammelte. Die beiden Bullen diskutierten miteinander, ob sie eingreifen oder zuschauen sollten, entschieden sich fürs Zuschauen.

»Ist das dein Fahrgast?« fragte der eine.

»Ja«, sagte ich, »ich hab's nicht verhindern können.«

»Bekifft oder besoffen?«

»Besoffen«, sagte ich.

Ich merkte, daß Simone sich im Brunnen schlafen legen wollte. »Ich glaube …«, sagte ich. »Ja«, sagte der eine Polizist. Wir stiegen in das kniehohe Wasser, und ich sagte: »He, Sie!?« Ich wollte sie nicht mit Namen anreden. Das wäre den Polizisten komisch vorgekommen, und sie hätten auch mich näher anvisiert. Ich mußte mir ohnedies Mühe geben …

Simone schaute mich ungefähr so glasig an wie der Stilirokese. Sie schlief, scheint's, mit offenen Augen.

»Weißt du, wohin sie eigentlich wollte?« fragte der Bulle.

»Ja«, antwortete ich, »sagte sie mir beim Einsteigen.«

»Dann!« sagte der Bulle, wir trugen Simone ins Taxi, und ich fuhr sie nach Hause. Es war, das ist nachzutragen, eine lauwarme Sommernacht, zum Glück.

So ein Leichtgewicht, daß ich sie allein tragen hätte können, war Simone nicht. Ich versuchte sie also zu wecken, als wir vor dem Haus angekommen waren, in dem sie wohnte. Ob sie wirklich im Wortsinn aufgewacht war, weiß ich nicht, bezweifle es. Immerhin machte sie ihre Augen einen Schlitz auf, bemerkte irgendwie, daß jetzt was geschehen mußte, und stieg langsam aus. Ich überlegte kurz, ob ich sie anziehen sollte, gab ihr dann jedoch nur ihre Handtasche. Vorher fand ich darin ihren Schlüssel, sperrte auf, lenkte sie ins Stiegenhaus und zum Lift und schob sie hinein.

Kurz überlegte ich, ob ich nicht … Ich war ja inzwischen wieder, wie soll ich sagen, nicht gerade nüchtern, aber etwas angenüchtert. Ich überlegte also – ihr Gesicht, das ohnedies nicht zur Topklasse gehörte, war vom Whisky aufgeschwollen. Ihre Figur war allerdings gut und gern Extra Cuvée Gran Riserva Flaschengärung, allerdings ihr Hintern zu breit und, aha, dachte ich, die typischen Querrillen – sie ist früher geritten. Kenne ich. Und außerdem … Ob das nicht schon praktisch kriminell ist bei einem solchen Zustand von ihr? Ich fragte: »Wievielter Stock?« Nach einiger Zeit hauchte sie mühsam: »Zdrei.« – »Zwei oder drei?« Sie hob drei Finger. Ich drückte auf den Knopf, und sie entschwebte nackt im Lift nach oben.

Irgendwie mußte sie dann in ihre Wohnung gekommen sein, denn sie war, als ich ihr am nächsten Abend nach meiner Schicht ihre Kleider brachte, angezogen und nüchtern, wenn auch groggy.

»Wie kommen Sie zu meinen Kleidern?« fragte sie.

Ich machte den Mund auf, um alles zu berichten, da sagte sie schnell: »Erzählen Sie nichts, und ich hoffe, Sie sind so anständig und erinnern sich nicht. Ich fürchte auch, ich habe die Fahrt nicht bezahlt. Was bin ich schuldig?«

»Das haben Sie, Frau Bengerlein, wenn man so sagen kann, durch Naturalien abgegolten.«

Ihre Augen verdüsterten sich: »Waren Sie in meiner Wohnung hier?«

»Soweit sind die Naturalien nicht gegangen. Sie endeten am Lift.«

»Sind Sie sicher?«

»Ganz sicher.«

»Ich weiß nicht, ob Sie das etwas angeht, ich sage es dennoch. Ich bin normalerweise keine Exhibitionistin.«

IV

Ich bin Exhibitionistin. Ich heiße Darah. Darah, die Exhibitionistin. Wenn Sie in einer klaren, warmen Juli-Mondnacht oder an einem sonnigen August-Sonntag-Morgen eine nackte Frau in den Wittelsbacher-Brunnen steigen und dort herumspritzen sehen, so bin das ich, Darah, die Exhibitionistin. Viel lieber täte ich's an einem belebten Sommer-Werktag-Nachmittag. Nicht die Blößehaftigkeit an sich reizt mich, das könnte ich in meinen vier Wänden ausleben, mich reizen die Blicke der Leute auf meinen Körper, auf meinen unverhüllten Körper. Es sind nicht nur die Blicke der Männer – mein Exhibitionismus ist geschlechtsneutral, wenngleich ... doch davon vielleicht später.

Ich bin jetzt sechsundfünfzig Jahre alt. Ich gebe bei Gelegenheit dieses für den Leser meines autobiographischen Romans vielleicht enttäuschende Eingeständnis, daß die in diverser Exhibition begriffene Erscheinung meines entblößten Körperleibes in früheren Jahren erfrischender gewesen sein mag. Dennoch kann er, der Körperleib, sich durchaus und immer noch sehen lassen, und vor allem: *Ich* lasse ihn sehen.

Selbstverständlich schlafe ich unbekleidet. Ich habe, seit ich – und das war sehr früh – dem elterlichen Unverstand, von dem noch zu reden sein wird, entflohen bin, auch nicht das kleinste, dünnste Nachthemd oder gar Pyjama auf mir geduldet. Der Mensch schläft, heißt es, ein Drittel seines Lebens, also war ich, sechsundfünfzig dividiert durch drei: achtzehn zwei Drittel Jahre allein schon aus diesem Grund im körperlichen Urzustand. Von den verbleibenden knapp vierzig Jahren war ich bestimmt die Hälfte der Zeit *blutt,* wie der Eidgenosse sagt. Dabei muß ich jedoch rechnerisch jene

Zeiten bis zum sechzehnten Lebensjahr ins Kalkül ziehen, in denen ich unter der Knute meiner bigotten, spießigen und verklemmten Eltern stand. Die obige Rechnung wäre also zu korrigieren, doch dazu bin ich jetzt, da mir dieser autobiographische Roman aus der Feder fließt, zu stark beschäftigt. *Aus der Feder fließt* ist im übertragenen Sinn gemeint. Ich schreibe am Computer, sitze vor dem Bildschirm, oben und unten *ohne* selbstverständlich.

Der Winter ist, wie man sich leicht ausmalen kann, mein Feind, obwohl ich es auch schätze, an einem klaren, sonnigen Wintertag im hohen Schnee mich bis auf die modischen Moon-Boots zu entkleiden. Und so habe ich oft auf dem Hahnenkamm in Kitzbühel oder auf dem Muotas Muragl meine Brüste, Schenkel und Hinterbacken dem Hochgebirgsozon und den teils erstaunten, teils erschreckten, teils begeisterten Skifahrern preisgegeben. Die Bekanntschaft mit einem meiner Zeitweiligen Ständigen Begleiter, dem Prinzen von W., verdanke ich so einer Enthüllung.

Ich weiß selbstverständlich, dies fällt mir ein, weil ich erwähnt hatte, daß ich bei jener schon fast schicksalhaften Begegnung mit Seiner Durchlaucht Prinz von W. Moon-Boots trug, also nicht vollkommen nackt war, daß ich mir auch und gerade des exhibitionistischen Potentials der partiellen Ver- bei weitgehender Enthüllung bewußt bin. Zur Vollblöße nur einen Hut, nur Schuhe oder Stiefel, einen glitzernden Gürtel, überhaupt Schmuck erhöht nicht nur die exhibitionistische Ausdruckskraft, sondern auch den angenehmen Schauer, der mich immer umweht. Ja, heute noch ... wenn ich auch immer öfter der unabwendbar heranrückenden Zeit der Verhüllung gewärtig sein muß.

Meine Eltern waren, ich streifte das schon – oh, wie gern *streife* ich ... ab, natürlich ... schon gewisse Wörter, wie man sieht, fahren wohlig in mich hinein –, waren spießig, verklemmt und bigott. Mein Vater war Omnibusfahrer, Nebenberufshausmeister und im Vorstand des Trachtenvereins *Edelweiß-Gmoa.* Das sagt alles. Jedes einzelne, Omnibusfahrer, Hausmeister, Trachtenvereinsmitglied, schon für sich gesehen quasi von Natur aus ein Bündel an Verklemmung – und erst in der Kombination! Meine Mutter lehrte in der Volkshochschule Häkeln, Salzteiggestaltung und Kräutertee-Kunde. Ich brauche wohl nicht mehr zu sagen. Daß sie dem St.-Pudentiana-Gebetskreis angehörte, der die Erdspaltenverschlingung aller FKK-Strände zu erflehen nicht müde wurde, füge ich nur als Ergänzung hinzu. Selbst unter der Dusche mußte ich Badeanzüge tragen. Mir wurde eingetrichtert, daß, wenn man nackt in den Spiegel schaue, einem der Teufel entgegengrinse. Mir wurden jene lusttötenden Unterhemden angezogen, die, vom Träger abwärts verstärkt, in Strapsen mündeten, an denen die Wollstrümpfe zerrten. Solche Hemden – zum Glück war das ein Aberglauben, wie Sie an meiner Figur sehen können, vor allem sehen hätten können; ich hoffe, der Verlag druckt auf den Umschlag eine Aktphotographie von mir, es gibt genug, ja, es gibt, wenn ich recht bedenke, *nur* Aktphotographien von mir – solche Hemden sollten die Busenentwicklung bei Mädchen hemmen.

Als ich fünfzehn Jahre alt war, meinen ersten, wenngleich heimlichen Z St B (= Zeitweiligen Ständigen Begleiter) hatte, den ich, sobald wir allein waren, mit sofortiger Ganzenthüllung erfreute, hatte ich oft genug nackt in den Spiegel geschaut, um zu wissen, daß mir keineswegs der Teufel entgegengrinste, vielmehr ein sprossender Leibkörper, ein gelungenes Werk der Natur, das mir zu schade erschien, um hinter Textilien verborgen zu bleiben.

Das Weihnachtsfest wurde bei uns, wie nicht anders zu erwarten, mit besonderer Innigkeit gefeiert. Meine Mutter hatte im Lauf der Zeit eine Krippe mit Salzteigfiguren in Lebensgröße gefertigt. Die wurde, raumfüllend, im Wohnzimmer aufgestellt, kaum daß noch der Christbaum Platz hatte. Man schwelgte in Bratäpfeln. Vater griff zur Zither und ließ alpenländische Weihnachtsweisen entblähen. Selbstverständlich hatte er sich mit seiner Festtagstracht umtucht. Habe ich schon erwähnt, daß ich das einzige Kind meiner Eltern bin? Bei der Persönlichkeitsstruktur meiner Eltern ist mir selbst dies, also ich, meine Entstehung, ein Rätsel. Dies nebenbei und also zurück zu dem Weihnachtsfest des Jahres, in dem ich fünfzehn geworden bin. Ich zog mich, kurz bevor meine Mutter mit dem Weihnachtsglöckchen bimmeln würde, splitternackt aus, umwand mich mit silbernen Glitzerschnüren, hängte leichte rote Christbaumkugeln an meine schon deutlich schwellenden Brüste und flocht goldenes Lametta in gewisse Haare. So trat ich zwischen die Salzteig-Maria und den Salzteig-Joseph. Das Lied *Es wird scho glei dumpa* in der Kehle meines Vaters zerknüllte zu unartikuliertem Erstickungskrächzen, meine Mutter zuckte in Krämpfen und riß das für mich bestimmte Weihnachtsgeschenk, die Prachtausgabe des von Mausbach-Ennecke zusammengestellten Werkes *Die Sexualethik bei Tertullian und Ambrosius* an sich, so als ob der Inhalt des frommen Buches durch meinen Anblick womöglich momentan ins Gegenteil verkehrt werden könnte, verbarg es unter ihrer blaugeblümten Tegernseer Festtagsschürze und schluchzte fast ihre Seele aus.

Man hoffte dann wohl, mich mit Milde wieder auf den Weg zu bringen, den meine Eltern für den richtigen hielten, weshalb man mich in den nächsten Monaten wie ein rohes Ei behandelte – ein verirrtes Schaf. Als ich dann zu Ostern jedoch, nur mit großen Ohren bekleidet, in den Garten zum Eiersuchen hoppelte, war es aus.

Ich brauche wohl nicht zu sagen, daß das darauffolgende: »Du bist unsere Tochter nicht mehr!« und der Hinauswurf aus dem Elternhaus nicht nur meinen Absichten entgegenkam, sondern daß ich genau darauf abgezielt hatte. Ich zog sofort zu meinem schon seit einigen Wochen bereitstehenden zweiten Z St B, einem gewissen Gerobert mit gelben Haaren. Dabei geriet ich allerdings vom Regen in die Traufe. Ein fundamentalistischer Musulmane ist nichts gegen den Gerobert mit den gelben Haaren, und der Othello ist gegen den förmlich ein Beispiel an Toleranz. Gerobert befürwortete zwar meinen Exhibitionismus, allerdings nur innerhalb der vier Wände. Gingen wir aus, konnte ich mich gar nicht genug verhüllen. »Der Rock ist zu kurz!«, »Die Hose ist zu eng, da sieht man ja ...«, »Mach die Bluse weiter zu!« und so fort. Ich mußte Kopftücher tragen wie eine Arabine oder Türkin, und selbst meine Zehen durfte niemand sehen. Wenn ich dann in der Wohnung die ganze Kleidage endlich von mir warf, zog Gerobert nicht nur alle Vorhänge zu, nachdem er die Fensterläden geschlossen hatte, er klebte sogar einen Pappendeckel vor den Briefschlitz in der Eingangstür. Es versteht sich von selbst, daß ich das nicht lange aushielt. Immerhin etwas über ein Jahr.

Gerobert wollte mich nicht fortgehen lassen, selbst als wir uns schon ständig stritten und er, gingen wir im Park spazieren, immer alle Hände voll zu tun hatte, um mir die Kleidungsstücke wieder anzudrapieren, die ich von mir warf. Es ergab sich jedoch, daß meine Eltern um diese Zeit vermutlich Gewissensbisse bekommen hatten wegen ihrer Hartherzigkeit gegenüber dem einzigen Kind und mich suchen ließen. Da ich erst etwas über siebzehn war, ging Geroberts Arsch auf Grundeis, wie man so sagt, und wenn Sie den Ausdruck für den Augenblick vorübergehend erlauben, auf Grundeis von wegen Verführung Minderjähriger et cetera, und wir flohen in die Schweiz. Dort, in St. Moritz, hatte ein Bekannter von Gerobert, ein bedeutender Milliardist, ein Chalet. Der Milliardist, er hieß Friedomar, war grad auf Safari in Kenya und das Chalet leer, und er lieh es dem Gerobert. Zwei Monate waren wir dort. Gerobert wurde vollends unerträglich für mich, weil er ständig außerhauses an mir herumnörgelte: »Du hast zu wenig an. Du erkältest dich ...«, dabei war es Sommer und sehr warm, »und die Schweiz ist so schicklich ...« Nach zwei Monaten kam der Milliardist Friedomar und lud uns ins *Grand Hotel* zum Abendessen ein. *Die* Chance. Ich hatte die Sache bis ins einzelne vorbereitet und schon keine Unterwäsche angezogen, das heißt, nach der üblichen Kleiderkontrolle durch Gerobert heimlich-fix wieder ausgezogen und ein Kleid gewählt, das besonders für das geeignet war, was ich vorhatte. Kaum hatten wir den eleganten, hellerleuchteten Speisesaal betreten, war ich bis auf Schuhe, Strümpfe und die Federboa splitter... Friedomar war begeistert, Gerobert bekam Krämpfe, wagte aber in Gegenwart des Milliardisten, der ihm großzügig sein Chalet geliehen, nicht zu protestieren. Die Kellner übrigens und auch die anderen Gäste zuckten nur kurz zusammen. Ich habe überhaupt die Beobachtung gemacht, daß die Angezogenen, wenn ich nackt unter ihnen bin, sich im übertragenen Sinn schämen, sozusagen stellvertretend für mich. Viele trauen sich gar nicht herzuschauen, obwohl sie eigentlich wollen. Nur selten kommt einer her und sagt: »Respekt! Respekt!« oder sowas, und dann zeige ich, wie zufälliger Bewegung entsprungen, noch mehr, als man ohnedies sieht.

Draußen dann vor dem *Grand Hotel* fing Gerobert zu mosern an, doch Friedomar lachte ihn aus. Ich weigerte mich, das Kleid wieder anzuziehen. Gerobert versuchte es mit Gewalt, da gab ihm Friedomar eine unglaublich weit schallende Ohrfeige und sagte, er solle sofort verschwinden. So blieb ich bei Friedomar, meinem dritten Z St B.

Meine Eltern, oder genauer gesagt: die Polizei war inzwischen auf meine Spur gekommen, und die eidgenössische Kantonspolizei, mit der nicht zu spaßen ist, schnüffelte schon herum, und so gingen Friedomar und ich wieder auf Safari nach Kenya. Das heißt: Friedomar wieder, ich zum ersten Mal. Daß ich in seinem Privatjet den ganzen Flug über nur eine altmodische Fliegerkappe aus Leder trug, erwähne ich nur nebenbei. Da die Neger, habe ich mir gedacht, sowieso immer nackt herumlaufen, brauche ich nach Kenya erst gar keine Kleider mitzunehmen. Nur einen Tropenhelm gegen Sonnenstich. Ich fiel dennoch auf, weil ich keine Negerin war.

Sie dürfen nicht denken, das füge ich hier ein, um die Zeit zu überbrücken, bis ich achtzehn und aus der Gefahr war, ins salzteigliche Elternhaus zurückkommandiert zu werden, daß ich kein Schamgefühl habe, daß mir sozusagen genetisch Schamgefühl abgeht. Nein. Nur ist es mir gelungen, durch dieses Schamgefühl hindurchzustoßen und das Ausgesetztsein den Blicken anderer als Glück zu empfinden, das wohlig über die bloße Haut rieselt. Ich bin sicher, daß das nur nicht richtig bekannt ist, sonst würden viele es so machen wie ich. Freilich braucht es eine gewisse Anstrengung, um durch das Schamgefühl hindurchzudringen – so wie ins kühle Wasser im Sommer, doch wenn man einmal naß ist, ist es herrlich. Vielleicht ist es ganz gut, wenn dieses Glücksgefühl nicht allzu verbreitet bekannt ist, sonst käme die Gebetsliga meiner Mutter nicht mehr nach. Ich erwähnte schon, daß mir eine Überhöhung der Nudität, der optischen Darbringung meines Körpers, durch spärliche, raffinierte partielle Verhüllung, geläufig war. So trug ich gern ein buntes oder goldenes Band unmittelbar unter dem Busen. Andererseits finde und fand ich die vollkommene, restlose Nacktheit erregend, den Zustand, in dem ich auch nicht den geringsten Faden, kein Ringlein und kein Kettchen auf dem Leib hatte. Oft – das lehrte mich mein siebzehnter Z St B, ein gewisser Hindolf – beging ich *Nackte Tage* oder sogar *Nackte Wochen.* Das war klarerweise nur im Sommer möglich. War Kleidung unumgänglich, bemalte mich Hindolf. War der Pinsel zu weich, geriet ich dabei allerdings bei der Bearbeitung gewisser Stellen in Ekstase … Ich will das nicht weiter ausführen, denn auch hier soll ein Rest ungesagt bleiben.

Ich feierte, natürlich nackt, mit Friedomar und einer Menge seiner Freunde in Kenya meinen erlösenden achtzehnten Geburtstag. Ich wurde aufgetragen: von vier schwarzen Boys auf einem großen Tablett und auf den Tisch gelegt. Ich war vollkommen mit weißen Blütenblättern bedeckt, dann wurde ein Ventilator eingeschaltet, der die Blütenblätter wegwehte, und dann wurden achtzehn Kerzen auf meinen nun volljährigen Körper geklebt und angezündet. Das war ein Fehler, jedenfalls für mich, denn das heiße Wachs begann zu tropfen. Doch es war dann eh Zeit für meinen von mir selbst einstudierten Tanz.

Es war vielleicht nicht schön von mir, aber ich hatte schon vor dieser großartigen Geburtstagsfeier den Hintergedanken, Kenya und Friedomar zu verlassen. Er war zwar Milliardist, was naturgemäß Vorteile mit sich bringt, aber einfach zu alt. Ich entfloh. Friedomar war außer sich, ließ mir nachjagen, setzte alle Hebel in Bewegung, fand mich jedoch nicht, und ich kam unbehelligt nach Europa zurück. Ich hatte nämlich Kleider angezogen und wurde nicht erkannt.

Als Volljährige konnte ich nun endlich meinen Exhibitionismus voll ausleben. Ich fuhr nackt Auto. So mancher Omnibusfahrer oder Kapitän der Landstraße kam, weil sein Fahrersitz weiter oben war, ins Schlingern. Viel Freude machte mir das nackte Eisenbahnfahren: bis ins Abteil nur einen leichten Mantel, dann – ruck-zuck … Manche Schaffner wurden rot, manche wagten nicht herzuschauen, manche sagten auch: »Oh Wunder!« oder dergleichen. Ich will die weiteren Stationen meines Exhibitionismus nicht ausbreiten, weil das zu Wiederholungen führen und eintönig werden würde, meiner körperlichen Erscheinung nicht gerecht, die nie in Gefahr war, eintönig zu werden. Als Berufe ergaben sich für mich wie von selbst: Aktmodell für Maler und Photographen – wie viele hundert, ja tausend Abbildungen und Ablichtungen von meiner entblößten Körperlichkeit wohl die Welt erfreuen, um nicht zu sagen: erleuchten? Dann Striptease- und Schönheitstänzerin, und häufig wurde ich von Regisseuren geholt, wenn entweder eine entsprechende Rolle zu besetzen oder eine zickige Darstellerin in einer entsprechenden Szene gedoubelt werden mußte. Auch auf der Bühne trat ich auf, oft als Double für die Sängerin der *Salome* für den Sieben-Schleier-Tanz. Eine Aufführung der Oper *Lady Godivas Ritt* von Johann Balthasar Kropfgans mit mir in der Titelrolle am Stadttheater Koblenz kam leider wegen meiner mangelnden stimmlichen Qualitäten nicht zustande. Der Höhepunkt meiner Theaterkarriere war mein Auftritt als nackte Krönung einer Statistenpyramide in der Venusbergszene des *Tannhäuser* in Bayreuth, der dazu führte, daß …

11

Lang mußte ich nicht warten, nicht so lang wie beim anderen Dr. Werner unten, dem Konsul und Irokesen- und Ikonen-Vertrauten; es gab hier bei Lektor Dr. Werner allerdings auch keinen Champagner, nicht einmal eine Sitzgelegenheit. Ich ging auf dem engen Flur an den vollgestopften Bücherregalen entlang. Ich glaube nicht, daß diese Bücher hier irgend jemand jemals liest. Sie liegen, vermute ich, zur Abschreckung da, deshalb auch so abschreckend gelagert: hineingestopft, zwei Reihen hintereinander, oben drauf quergelegt noch welche hineingeschoppt, quasi überquellend. Als Abschreckung für Autoren, die mit einem Manuskript kommen. Die Bücher schreien: »Und du auch noch eins?!«

Nach zehn Minuten kam ein unförmiger Mensch in einem knittrigen Anzug aus Dr. Werners Zimmer. Er schwitzte, ging, ohne mich anzuschauen, an mir vorbei, fauchte leicht, warum, war nicht klar, und rollte zum Lift.

Dr. Werner holte mich hinein. »Das war«, flüsterte er, »Professor Slabberbrei.«

»Aha«, sagte ich.

»Sie haben für den größten Philosophen des 21. Jahrhunderts nichts anderes übrig als ein *Aha?*«

Ich schaute ihn an, um festzustellen, ob er diese Frage ernst meine. Offenbar meinte er sie ernst.

»Nachdem«, sagte ich, »die Philosophen von den alten Griechen angefangen bis zu … ich kenne mich nicht aus, habe höchstens ein paar Namen im Ohr … bis zu Nietzsche und Schopenhauer …«

Anmerkung für meine künftigen Leser: daß man Nietzsche mit T-Z und Schopenhauer mit nur einem P schreibt, hätte ich in dem Moment, als ich es Werner sagte, nicht gewußt.

Und gesprochen fällt das ja nicht auf. Jetzt, wo ich das niederschreibe, habe ich vorher im Lexikon nachgeschaut.

»... bis zu Nietzsche und Schopenhauer keine abschließende Erklärung gefunden haben, halte ich von der ganzen Philosophie nicht viel.«

»Was soll das für eine abschließende Erklärung sein?«

»Über den Sinn des Lebens, zum Beispiel, und so Sachen. Man möchte schließlich meinen, wenn die dreitausend Jahre nachdenken, müßten sie es doch herausbekommen.«

»Ich habe in Philosophie promoviert«, sagte Dr. Werner leise und, wie mir schien, etwas vorwurfsvoll. *»Begriff und Gebrauch in Betrachtung des Sprachspiels bei Wittgenstein.«*

»Aha«, sagte ich, verbesserte mich aber sofort: »Oho!«

»Wenn es Sie interessiert, kann ich Ihnen meine Arbeit geben.«

»Brennend«, sagte ich, »und bitte mit Widmung.«

Dr. Werner ging zu einem Kasten, in dem, schätze ich, fünfhundert gleiche, froschgrün broschierte Bücher lagen, nahm eins heraus, machte den Kasten wieder zu, setzte sich an seinen Schreibtisch, nahm einen Stift und sagte: »Sie heißen ... Udo ... und wie noch?«

»Kuggler«, sagte ich, »mit zwei G«. Soll er das Buch ruhig *Udo Kuggler* widmen. Ich lese es nicht. Wim sagt, und der hat viel gelesen, daß der größte Schmarrn nicht in den Büchern der Philosophen steht, sondern in den Büchern, in denen verhinderte Philosophen über Philosophen schreiben.

»Es ist nicht einfach zu lesen«, sagte Dr. Werner mit etwas verkniffenem Mund. Keine Angst, dachte ich, die Mühe werde ich mir sparen. Die Philosophen, hat Wim gesagt, von den – ich glaube: Vorsokratikalen angefangen bis zu Heidendicker (stimmt der Name? Macht nichts) und et cetera haben schon allein deswegen nicht herausgebracht, was der Sinn des Lebens ist, weil sich keiner bemüßigt gefühlt hat, vielleicht einmal dort weiterzudenken, wo die anderen aufgehört haben.

Jeder hatte den Ehrgeiz, von vorn anzufangen. Jeder hat unbedingt sein eigenes, natürlich absolut neues! System entwickeln müssen. *Monaden!* Was für ein Quatsch. *Kategorischer Imperativ!* Käse mit Rollen dran. *Die Welt als Wille und Vorstellung!* Hirnerweichung. Von solchen Entartungen, sagt Wim (nicht *ich*, bitte mir das eventuell nachzusehen, glaube dem Wim aber), von solchen Entartungen wie Phänomenologie, Existentialismus, Strukturalismus ganz zu schweigen. Die ganze Philosophie, sagt Wim, leide daran, daß die Philosophen einander nicht ausreden lassen. Die ganze Philosophie sei ein kreuz- und queres Durcheinanderschreien von Schrilldenkern. Sagt Wim.

»Ich bitte um Vergebung«, sagte ich, »ich habe von dem Herrn im Knitteranzug noch nie etwas gehört. Wie heißt er?«

»Slabberbrei, Peter Slabberbrei. Seine Bücher erscheinen selbstverständlich bei uns. Neben Jacques Diridari, dessen Bücher auch bei uns in deutscher Übersetzung erscheinen, der bedeutendste Philosoph des 21. Jahrhunderts.«

»So – ja, hm«, sagte ich, »je nachdem, ob man so oder so rechnet, ist das 21. Jahrhundert im Moment entweder knapp zwei Jahre alt oder aber neun Monate – weiß man das da schon so genau?«

»Slabberbrei hat den kynischen Strukturalismus mit dem endialektischen Konstruktivismus zu einer letztgültigen Intranszendenz geführt, die … geführt, die nicht ohne weiteres … ich wollte sagen …«

»Ich verstehe vollkommen«, sagte ich. »Ich sehe, Sie haben Slabberbreis Werke alle gelesen. Oder nicht?«

»Nicht direkt. Wissen Sie …«

»Nicht direkt? Man braucht sie nicht direkt zu lesen?«

»Die Werke dieser Philosophen, zu denen neben Slabberbrei und Diridari wohl auch noch Nieder-Kümmerling und Jean-François Lugonboitelle gerechnet werden müssen, können nicht mit der Elle der Verständlichkeit oder gar Allgemeinverständlichkeit gemessen werden. Sie wollen nichts ausdrücken, sie wollen nichts darstellen, sie wollen *sein.* Wenn Sie verstehen, was ich meine?«

»Nichts kann verständlicher sein.«

»Die Werke dieser – wie soll ich sagen – Meisterdenker sind nicht in erster Linie dazu geschrieben, um gelesen zu werden. Sie sind geschrieben, um *dazusein.*«

»Das ist überaus einleuchtend, o Werner.«

»Wie bitte?«

»Doktor Werner habe ich gemeint.«

»Es ist wie in der bildenden Kunst der Gegenwart. Sehen Sie: einem Beuys mit der Kritik zu kommen, seine Werke seien nicht schön, keine Kunst, unverständlich, stellten nichts dar, ist völlig verfehlt. Ja: Rembrandt wollte etwas *darstellen,* die *Nachtwache* meinetwegen oder solche Schinken, selbst noch *van Gogh* – sein abgeschnittenes Ohr oder eine verkrachte Zugbrücke –, aber Beuys wollte nichts mehr darstellen, nichts mehr abbilden. Seine Installationen *sind.* Sind *primäre* Schöpfungen, sind herausgebrochen aus dem Nichtsein, aus dem Potentiellen dem Sein geschenkt. Ist es nicht so?«

»So und nicht anders kann es sein.« O Doktor Werner.

»Und so auch bei den Meisterdenkern, die ihre Schlagkraft weit ins 21. Jahrhundert hinauswerfen.«

»Daß nur nicht …«, o Werner, »das 21. Jahrhundert die Meisterdenker dann hinauswirft.«

»Wie meinen Sie das?«

»Nichts, nichts. Man braucht also die Werke der Meisterdenker nicht zu lesen?«

»Das möchte ich *so* nun auch wieder nicht gesagt haben.«

»Es genügt, wenn man ihre Reputation verinnerlicht?«

»Wenn Sie damit meinen, daß etwa das Zitat des Namens genügt, um den strukturellen Standpunkt zu … zu … irgendwie zu …«

»Irgendwie«, sagte ich.

»Jedenfalls«, Werners Ton wurde giftig, »hat neulich ein Physiker … also, was sich diese Naturwissenschaftler herausnehmen, ist skandalös. Glauben, auf ihre angeblich – angeblich! gesicherten Erkenntnissen bauen zu können. Dabei erweisen sich diese Erkenntnisse Tag für Tag als immer wieder überholt, müssen durch neue ersetzt werden … Nun gut, was wollte ich sagen?«

»Vielleicht wieviel zwei mal zwei ist?«

»Richtig. Physiker. Es scheint nur im ersten Moment für Slabberbrei peinlich. Wenn man aber – drum kann ich es ohne weiteres erzählen … Da hat doch in einer Podiumsdiskussion im Fernsehen – Meister Slabberbrei wird sehr häufig zu solchen Diskussionen eingeladen, er ist ja so brillant – ein Physiker, ich habe mir den Namen gemerkt, hoffe, daß er mir einmal über den Weg läuft, Weiß hieß er, Ulrich, nein, nein: Schwarz, hat der doch Herrn Professor Slabberbrei eine Passage aus dessen eigener, länger zurückliegender Veröffentlichung an den Kopf geworfen, die Slabberbrei dann, ich bitte, natürlich nichtsahnend zerpflückt hat als Unsinn, und dann zeigte dieser physikalische Verbrecher Slabberbreis Buch, das er meuchlings dabeihatte, und grinste: Das, was Sie eben als Unsinn analysiert haben, ist von Ihnen selbst! Da ist Slabberbrei in seiner brillanten Art zur Vollform aufge… ge…«

»… geschwollen«, sagte ich. O Werner.

»Meinetwegen geschwollen. Dieses Parameter! hat er förmlich gebrüllt, lasse ich mir nicht bieten. Die Dekompetenz des bloß Aperzeptiblen ist nicht der Maßstab meiner Werke. Wenn ich meine Werke, wie Sie offenbar zu meinen scheinen, selbst nicht verstehe – nein, er sagte, glaube ich: nur ungenau verstehe, um so schlimmer für *Sie,* Herr Schwarz! Stand auf und verließ die beschämte Runde.«

»Großartig«, sagte ich.

»Ja, das ist eben unser Slabberbrei. Eben war er da. Er reagiert auf die Talkrunde mit einem geharnischten Aufsatz:

Über den Unfug des Aperzeptionsfetischismus, den er von seinen Assistenten zusammenstellen hat lassen.«

»Der erscheint bei Ihnen?«

»Logo. Und warten Sie, ich gebe Ihnen auch gleich ein Exemplar seines letzten Buches mit: *Feuer und Rauch. Die illokutionäre Intentionalität der lediglichen Strukturen.* Wir haben genug da. Leider zu viele aufgelegt.«

»Schreibt er gegen die Raucher?«

»Wie bitte?«

»Nichts. Aber ...«, ich schob das Buch zurück, »... nein, danke. Es reicht mir zu wissen, daß das Buch *ist.*«

Er riß die Augen auf, schwankte einen Moment, wohin er denken sollte, und sagte dann: »Ich sehe, Sie haben begriffen.« Und dann: »Wir haben uns verplaudert.« Er stand auf. »Aber ich habe mich gefreut, Herr – wie war gleich der Name?«

»Udo.«

»Ach so.« Er lachte gequält, streckte mir die Hand hin. »Ja, dann.«

Ich nahm die Hand und sagte: »Ich wollte nach meinem Manuskript fragen. *Leben und Meinungen einer Exhibitionistin.*«

»Ach richtig. Korrekto. Das Manuskript. Der Titel ist naturo unmöglich. Das ist ja reinstes achtzehntes Jahrhundert. In Titelerfinden sind wir gut. Wir haben einen Hausmeister, der ist in dem Sinn first-klasso.«

»Über den Titel lasse ich ohne weiteres mit mir reden.«

Er trat näher an mich heran. »Sagen Sie, Udo – nein, äh –«

»Kuggler.«

»Sagen Sie, Kuggler, kennen Sie womöglich die Simone Bengerlein näher? Nachdem ich das Manuskript gelesen habe, hatte ich den Eindruck?«

Da riß ein älterer Mann die Tür auf und schrie: »Schalten Sie den Fernseher ein, unbegreiflich, unbegreiflich!« und knallte die Tür wieder zu.

12

Da haben sich eine Zeitlang alle Witze aufgehört, und auch ich habe damals gedacht, ich lasse das Zusammenlügen eines autobiographischen Romans sein. Man hat es nicht geglaubt, wenn man es im Fernsehen gesehen hat. Es soll einmal in den Dreißigerjahren in New York ein Hörspiel gesendet worden sein, von Orson Welles, glaube ich, das hat die Handlung quasi in Reportageform aufgedröselt, und es sind böse Invasoren aus dem Weltraum vorgekommen, die in New York gelandet sind, viele Menschen haben das ernst genommen und sind aus der Stadt geflohen. Diesmal war es umgekehrt. Man hätte das für einen Horrorfilm halten können, war jedoch leider echt. Ohne Spaß – buchstäblich *ohne Spaß,* der sich für einige Zeit aufgehört hat. Nur ein paar altbackene Achtundsechziger und Amerikafeinde – trotzdem tragen sie *Nike*-Tennisschuhe und trinken Cola – haben zwar nicht direkt laut gejubelt, doch mehr oder weniger hämisch gegrinst.

Ich bin zwar nicht direkt ein gläubiger Mensch. Das braucht man mit achtundzwanzig Jahren vielleicht noch nicht sein. Ausschließen, daß es *nachher* etwas gibt, möchte ich jedoch auch wieder nicht. Ich helfe mir, indem ich nicht darüber nachdenke. (Obwohl ich vielleicht den autobiographischen Roman gerade damit spirituell anreichern sollte. Hat auch Hermann gesagt.) Vielleicht denke ich später darüber nach, im Alter. Eines glaube ich allerdings nicht: daß diese Islamier mit ihrem Allah-Paradies recht haben. Und die Terrormuslimisten werden schön dumm geschaut haben, wenn sie dann tot waren und keine permanent-jungfräulichen Huris zum Dauerverlustieren bekamen. Gönne ich ihnen. Wie ist das überhaupt? Darf dieser muslimische Abergott Schlechtes mit Gutem vergelten? Der göttliche Lohn der bösen Tat? Klingt nicht lobenswert, ist aber, weiß ich von Wim, bei den Muslimen so.

»Beruhige dich«, sagte Wim, »wir Christen waren auch nicht immer von schlechten Eltern in der Hinsicht. Für jedes Scheit, das einer zur Ketzerverbrennung zum Scheiterhaufen getragen hat, gab es sowieso viele Tage Ablaß ...«

»Da sind wir«, wagte ich Wim zu widersprechen, was ich selten tat, »drausgewachsen. Inzwischen. Und außerdem, wenn bei uns etwas schlecht war oder sogar ist, wird jenes dadurch doch nicht besser.«

Man kann viel reden über solche Sachen.

*

Ich wollte eigentlich nach meinem Besuch bei Lektor Dr. Werner nach den Wunderschuhen suchen, die größer machen. Nur jetzt... Der Lektor schaltete einen kleinen Fernseher ein, der zwischen den Büchern im Regal stand. So sahen wir die Bescherung. Der eine Turm des World Trade Centers rauchte mächtig, in den anderen flog eben das zweite Flugzeug hinein, und es quoll die aus Staub, Beton und Eisenfetzen ... und aus Menschen bestehende schwarz-graue Wolke auf, glutrot im Kern. Ich brauche es nicht zu beschreiben. Jeder kennt es. Ich blieb vielleicht noch eine Stunde beim Lektor. Wir redeten nichts. Wir sahen die Bilder, die jeder kennt, und die wohl keiner vergessen kann. Ich hatte keine Lust mehr, nach den Wunderschuhen zu suchen. Ich hatte keine Lust zu nichts mehr. Niemand hatte in der Zeit Lust auf irgend etwas, außer vielleicht der Zeigefinger, wie ich ihn nenne. Der Zeigefinger Bin Laden und seine Spießgesellen. Ist Ihnen schon einmal aufgefallen, daß diese Bin Ladens und Ayatollahs und Mullahs so gut wie stets den rechten Zeigefinger in der Höhe haben? Diese alten Belehrer und Besserwisser. »Wer ständig so zeigefingrig herumfuchtelt, zeigt, daß er

Angst hat, nicht recht zu haben«, sagt Wim. »Und vermutlich nicht recht hat«, sage ich.

Ich schreibe es ganz ungern, doch ich muß es schreiben, weil es mich seitdem nicht losläßt. Was hat sich in den Flugzeugen abgespielt? Man kann es sich nicht ausmalen, und man kann es sich doch ausmalen. Man hat die Anrufe veröffentlicht, die die verzweifelten Todeskandidaten noch durch ihre Handys hinausgeschickt haben, während die Schweine von Terroristen das Flugzeug ins Verderben lenkten. Ich sage absichtlich Schweine, weil ihnen diese Tiere als unrein gelten. (Ich rede mich in Rage.) Dabei ist jedes noch so dreckige Schwein reiner als diese selbsternannten Gotteskämpfer samt den Mullahs, die sie unterstützen.

Man weiß, daß in dem einen Flugzeug, und das ist, was mich nicht losläßt, obwohl es ja nur ein kleiner Teil des Unglücks ist, eine Mutter mit ihrem Kind saß, einem Mädchen von, glaube ich, sechs oder sieben Jahren. Was hat die Mutter dem Kind gesagt? Kann man sich das vorstellen? Hat das Kind geweint? Hat die Mutter das Kind in den Arm genommen und gesagt: »Es wird alles gut«? Wissend, daß sie in wenigen Augenblicken in dem Feuerball verbrennen werden?

Ja, das ist es, was mich nicht losgelassen hat seitdem und, glaube ich, auch jetzt nicht losläßt, nachdem ich es niedergeschrieben habe. Und allein das läßt mich wünschen, daß es eine Hölle gibt, in der dieser Ata brät und seinesgleichen, und vielleicht hat den Zeigefinger Bin Laden inzwischen auch schon der Teufel geholt.

»Sehen Sie«, habe ich zu Dr. Werner gesagt, »Sie hätten doch meinen Roman *Das Öl des Vatican* herausbringen sollen. Als Parabel.« Der Roman handelt nämlich davon, daß alle Ölquellen versiegen, wobei die Araber und Scheichs und sogenannten Könige (in Wirklichkeit nur herausgeputzte Kameltreiber) ganz schön im Regen stehen – nein, nicht im Regen stehen, denn dort ist, was sich reimt, der Regen ein Segen, ich neige zu Kalauern, sagte schon Simone, nachdem sie mein Manuskript vom Autobiographisten gelesen hatte, der ein geborenes Schwein ist – stehen nicht im Regen, sondern, sagen wir, schauen ganz schön alt aus der Wäsche. Das ist jedoch nur ein Nebeneffekt, denn gleichzeitig bricht im Vatican eine ungeheuer gewaltige Ölquelle auf, die Rohöl von noch nie gesehener Qualität liefert, sodaß jetzt der Papst und die Curie die Hand an dem Hahn haben, die den Fluß der wirtschaftlichen Entwicklung auf- oder zudrehen kann. Was dann passiert, habe ich beschrieben. Die Peterskirche und die Vaticanischen Paläste werden gnadenlos abgerissen. Nicht: Not kennt kein Gebot, nein, Profit und Macht kennen kein Gebot. Das Cardinalskollegium besteht auch nur aus Menschen, und so benimmt es sich. Nur ein einziger Cardinal schlägt vor, die Ölquelle den Armen der Welt zu schenken, doch dessen Vorschlag wird nur belächelt. Wer nicht katholisch wird, kriegt kein Benzin. So ähnlich lautet die neue Devise. Aber nicht genug damit, daß alle katholisch werden müssen: Sie müssen auch erstklassig katholisch leben; in die Kirche gehen, zur Beichte und so fort. Sonst gibt's kein Öl. Weiber haben von nun an nicht nur in der Kirche, sondern überhaupt zu schweigen. Sonst gibt's kein Öl. Langsam wird die Uhr auf Mittelalter zurückgedreht, auf, wie ich es nenne, *Inneres Mittelalter*, denn äußerlich geht es weiter wie bisher. Nur eben: Alle Räder stehen still, wenn des Papstes Öl nicht will. Und so weiter, und so weiter …

Simone hat gemeint, wie ich ihr davon erzählt habe, daß die Idee ganz gut wäre und daß das vielleicht auch einen aufregenden Film abgäbe. Lesen wollte sie es nicht, weil es für ihren Verlag nicht in Frage kommt.

Eine Parabel. Mit dem Islam ist es ja schon fast soweit. Die multikulturellen Gutmenschen brechen sich zwar einen ab, um nachzuweisen, daß der Islam eine friedliche, tolerante Religion ist. Einmal hat so ein Scheichianer bei mir im Auto den

Koran liegen lassen, arabisch-deutsche Ausgabe, und ich habe dann darin gelesen. Größtenteils sehr langweilig und auch fürchterlich zeigefingrig. Vielleicht haben daher die Ayatollahs ihre manische Zeigefingrigkeit. Der Mohamed regt sich hauptsächlich darüber auf, daß seine Verwandten und die anderen Wüstenknöpfe glauben, er habe das Ganze da im *Koran* nur erfunden oder gar abgeschrieben. Wer sich gar so verteidigt ... Ich darf mir den Verdacht erlauben, daß das genauso erfunden ist wie meine bisherigen Autobiographien, die ich in den vorherigen Kapiteln zum besten gegeben habe.

Aber sei's drum. Sie glauben's, die Muslime. Die Musliminnen brauchen's nicht zu glauben, denn Frauen sind, wenn man dem *Koran* glaubt, nur Geschlechtsorgane mit angehängtem menschenähnlichem Körper. Kommen auch nicht ins Paradies, nur eben ihre Geschlechtsorgane, die dort zur Belohnung der Rechtgläubigen und insbesondere Gotteskämpfer dienen.

Und von wegen Toleranz – aber ich rede mich in Rage, höre auch gleich auf – von wegen Toleranz. Der Islam ist die einzige Religion, die verlangt, daß auch diejenigen ihre Gesetze befolgen, die nicht daran glauben. So weit geht nicht einmal die katholische Kirche ...

... solang sie nicht die geweihte Hand am Ölhahn hat. Doch das habe ich, wie gesagt, in meinem leider nicht gedruckten Roman geschrieben.

Ruhe, sagt der Wim, der mit seinen fast zwei Metern Meereshöhe den besseren Überblick hat, Ruhe von den turbanisierten Zeigefingern und den weißumwehten Saudifinsterlingen haben wir erst, wenn das benzinlose Auto erfunden ist. Oder ist das womöglich schon erfunden? frage ich. Vielleicht, und die Ölfinsterlinge samt ihren hiesigen Trittbrettfahrern, sprich Petrol-Gesellschaften, haben das Patent aufgekauft und unterdrücken es. Wer weiß. Unsereins erfährt ja davon nichts, nicht einmal der Wim, der meint, er habe jedoch einmal einen

Zipfel von dem Vorhang aufgehoben – doch es ist gefährlich, da hineinzustochern. Nein, solang das benzinlose Auto nicht gebaut ist, schwimmen die Scheichitäten und Ayatollisten oben, und zwar auf dem Öl.

»Von wegen Toleranz auch«, sagt der Wim, »da haben sich doch die Muslime oder, besser gesagt, Muschlawiner die Frechheit herausgenommen, ausgerechnet in Rom unter der Nase vom Papst eine Moschee bauen zu wollen. Jetzt nicht, daß ich für einen knittrigen Papst besondere Sympathien hätte und nichts an den Katholiken auszusetzen, aber ausgerechnet in Rom eine Moschee … Der Papst hat nur leise gemurrt: Er hat nichts dagegen, wenn dafür in Riad beim Saudi eine christliche Kirche gebaut werden darf. Da ist er sauber abgefahren. Das Geheul der Mullahs und des gekrönten Gesindels war bis in die Chefetagen der Ölmultis zu hören. Selbstverständlich keine Kirche in Riad, dafür eine Prachtmoschee in Rom. Immerhin nicht auf dem Petersplatz. Der Papst hat sich nichts mehr zu sagen getraut. Logisch, auch *sein* Auto fährt nicht mit Weihwasser.« Soweit der Wim. »Wir kuschen vor dem Islam.«

Dann bin ich damals doch die Wunderschuhe suchen gegangen. Das Leben geht weiter, heißt es. Geht es wirklich weiter? Ja, nur *wie.* So mitgezogen werden wir halt, ob wir wollen oder nicht, und weil eh alles wurst ist, bin ich die Wunderschuhe suchen gegangen.

Ja, und noch was hat der Wim gesagt, der nicht nur den besseren Überblick hat, sondern auch den sogenannten Durchblick, weil er so viele Bücher gelesen hat. »Die Religionen«, sagte er, »sind auch so eine Sache. Sie halten nicht ewig. Zweitausend Jahre, scheint mir, ist so ungefähr das Verfallsdatum. Beim Christentum ist es soweit. Mit der Reformation hat es zum Zerbröseln angefangen, nein, schon früher, wo sich die Orthodoxen abgemeldet haben oder wir von den Orthodoxen, ich möchte das nicht entscheiden, und heute liegen nur noch so Brocken herum, und es ist höchstens so, daß die Kirchen als Bau- und Kunstwerke bestaunt werden, und die Geistlichen klammern sich daran fest, daß sie grad noch als Tauf-, Hochzeits- und Begräbnisverzierung gebraucht werden, und das Evangelium zerflattert dahin und dorthin … Der Islam ist sechshundert Jahre jünger. Der hat noch sechshundert Jahre Frischhaltung. Und sechshundert Jahre Zeit, uns an die Wand zu drücken. Tut er ja schon. Plustert sich auf. Er wird gar keine sechshundert Jahre brauchen, es sei denn, wir zersetzen ihn mit Coca Cola. Was bedeuten würde: den Teufel mit dem Beelzebub auszutreiben. Coca Cola meine ich als pars pro toto. Heute ist der Islam dort, wo das Christentum bei den Hexenverbrennungen war. Das sollte doch zu denken geben. Gibt es aber nicht.«

Damit schwang sich Wim auf seine geliebte *BMW 1200 GS* und knatterte aus dem Parkplatz vom Tschurtschenhof hinaus. Ich winkte ihm noch mit meiner weißen Küchenschürze nach, und dann mußte ich wieder hinein in die Küche und die in diesem Jahr so groß wie Boa Constrictoren (heißt so die Mehrzahl?) gewachsenen Zucchini zerkleinern, die es heute als Gemüse zum Abendessen gibt.

Und Natali schaut natürlich über den Zwerg Kuggler Stephan hinweg. Nicht daß sie unfreundlich wäre, nein. Sie nimmt mich sozusagen nicht wahr. Dabei bin ich soviel kleiner als sie auch nicht. Ob ihr der Wim gefallen hat? Vielleicht. Der ist deutlich größer als sie. Der Wim war allerdings nur drei Tage hier. »In drei Tagen entflamme ich vielleicht für ein Motorrad, bei einer Frau brauche ich länger«, hat er gesagt. Warum der Chef, der Herr von Sichelburg, immer solche Stangen von Bedienungen nimmt? Ich trau mich natürlich nicht zu fragen. Da war die Franziska, ich sage Ihnen, ein *Model*-Typ, die hätte in den Rahmen von Konsul Werner gepaßt, schlank und schwarzhaarig. Trägt Röcke so kurz wie … Ich sage einmal so: nicht eigentlich Röcke, sondern sehr breite Gürtel. Dadurch kommen ihre Beine zur Geltung, welche Beine ich – jedes einzelne – der seltenen Gattung *Makellose Vollkommenheit* zurechnen würde.

Madoja, wie man hier sagt, die hat mich vielleicht in die Träume hinein verfolgt. Auch einen Kopf größer als ich. Dann die schwarze slowakische Ingrid, »die wilde Hunnin«, wie der eine Gast, ein Maler, gesagt hat. Freund vom Chef, sitzt oft zum Dämmerschoppen mit ihm unterm Blauglockenbaum. Was heißt oft? Immer. Wann der malt, möchte ich auch wissen. Diese Ingrid hat zwar mit mir freundlich gescherzt und gekichert, wenn auch ich *wilde Hunnin* gesagt habe, weiter war jedoch nichts. Grad daß sie mir von ihrer Höhe herab nicht übers Haar gestrichen hat. Und dann die kühle ukrainische Natali, die blondmähnige, die dünnste und offensichtlich unzugänglichste von allen.

Als ob ein Hilfskoch nicht auch Gefühle hätte.

Aber eben diese unerreichbare Franziska ... Vielleicht später davon. Jetzt muß ich wirklich in die Küche. Der Koch hat schon gepfiffen. Ekelhaft, als ob ich ein Hund wäre. Ruft nicht, pfeift. Der Chef ist ja eine Seele von Mensch, nur der Koch, dessen Hilfskoch ich bin – den erwürge ich vielleicht noch.

Insgesamt und alles in allem kann ich jedoch nicht klagen. Ich werde sogar in gewissem Rahmen ernst genommen. Ab und zu gestattet Herr Dr. von Sichelburg, dem der Tschurtschenhof gehört und dessen Hilfskoch zu sein ich die Ehre habe (ich rede so höflich, weil der Chef womöglich einmal dieses Buch liest), gestattet mir, daß ich den Hausgästen, von denen sich dann zehn oder zwölf in der Bar oder aber unter dem Blauglockenbaum vor dem Haus um mich versammeln, das eine oder andere Kapitel aus dem Manuskript hier vorlese. Ich hoffe immer, daß vielleicht ein Verleger unter den Zuhörern ist und sich dafür interessiert. Bisher Fehlanzeige. Von mir aus unternehme ich allerdings nichts mehr. Ich habe zu viele schlechte Erfahrungen gemacht.

13

So ganz für richtig habe ich es dann doch nicht befunden, daß ich quasi fröhlich pfeifend durch die Bazillienstraße geschlendert bin, nachdem in New York diese Katastrophe passiert ist. Aber, der alte Hut: das Unglück wird nicht weniger dort drüben, wenn ich nicht fröhlich pfeife oder eventuell gar nicht durch die Bazillienstraße gehe.

Man hat den Leuten angesehen, daß sie an nichts anderes gedacht haben als an das Unglück oder richtiger: an das große Verbrechen. Einander wildfremde Leute haben sich gegenseitig ihr Entsetzen geschildert. Eine alte Frau hat mich aufgehalten und gesagt: »Denkt denn niemand an die Tauben? Die vielen Tauben, die auf dem Dach des Wolkenkratzers waren. Da waren doch bestimmt Tauben, die elend zugrund gegangen sind.« – »Die Tauben«, sagte ich, »sind noch am ehesten davongekommen, denn die können fliegen. Die Menschen nicht.«

In allen Geschäften, in denen ich nach den Wunderschuhen gefragt habe, sind die Verkäufer mit Blick auf den Fernseher dagestanden und haben nur so nebenbei bedient. Auch die Kunden waren natürlich abgelenkt, und ein Herr, dem die Tränen in den Augen standen, hat Schuhe probiert, ohne hinzuschauen, den Blick nur auf den Fernseher. Wenn ich ihn nicht in letzter Minute gewarnt hätte, ihn und den Verkäufer, hätte man ihm zwei verschiedene Schuhe eingepackt.

Ich weiß schon, daß man nicht mit Entsetzen Scherz treibt, dennoch war es eben so mit den zwei verschiedenen Schuhen, und vielleicht umreißt grad so etwas kleines Komisches, was da passiert, wie unmäßig entsetzlich die Katastrophe sich – so hat später der Wim gesagt – »aus der bisher gesichert erscheinenden Realität herausfeilt«.

Ich bin zunächst in die Schuhabteilungen der Kaufhäuser gegangen, doch nirgends waren die Wunderschuhe zu finden. Es hat kein einziger Verkäufer überhaupt auch nur gewußt, was das ist. Dann habe ich einen nach dem anderen von jenen Groß- und Billigschuhläden abgeklappert, in denen ich normalerweise meine Schuhe kaufte (und jetzt wieder kaufe, nach dem Intermezzo meiner Promität). Nichts. Ich habe mir einen Ruck gegeben, Schwellenangst überwunden, bin in kleine, feine Nobelschuhgeschäfte gegangen. Auch dort standen die hochnäsigen Verkäufer vor dem Fernseher.

Ich räusperte mich. Da drehte sich einer um: »Bitte? Entsetzlich, entsetzlich.«

»Ja«, sagte ich, »entsetzlich.«

»Es ist auch eine Großmannssucht von den Amerikanern, so hohe Häuser zu bauen.« Das habe ich noch öfters gehört. Als ob das ein Trost wäre, selbst wenn es vielleicht richtig ist.

»Eine Frage«, sagte ich, »haben Sie die Wunderschuhe?«

»Wunderschuhe?«

»Ja, sehen Sie, ich bin, um es einmal so auszudrücken, kein Gigant.«

Verkäufer sind in Höflichkeit bis zur platten Lüge geschult. »Aber woher denn, Sie haben doch eine stattliche Größe.«

Ich ließ mich nicht in Debatten ein: »Ich wäre gern fünf Zentimeter größer, und es gibt da Wunderschuhe, habe ich gehört, die sind innen höher als außen.«

»Bedaure, davon habe ich noch nie gehört, und solche Ware führen wir nicht.« Das Wort *solche* zog eine Schleimspur von Verachtung nach sich.

So oder ähnlich verliefen alle Gespräche in den noblen Schuhläden, und als ich zum Schluß vor einem besonders eleganten gegenüber der Oper stand und ratlos die Bazillienstraße hinunterschaute, da fiel mir Besenhalber ein. Besenhalber ist, wie Sie wissen, auch eine Ikone, eine Ikone der

Delikatessenbranche. Keine Ikone in New York oder auf der ganzen Welt, aber immerhin hier in der Stadt. Wer etwas auf sich hält, ißt nur das, was es bei Besenhalber gibt. Ich habe einmal, als ich ein besonders saftiges Trinkgeld bekommen hatte, bei *Besenhalber* hineingeschmeckt. Gönne dir auch einmal etwas Gutes, habe ich mir gedacht und bin durch den Laden gegangen, den man natürlich nicht Laden nennen darf, der *der Gourmet-Tempel* heißt, und habe ehrfurchtsvoll die Regale mit den Edelgesöffen und den Kulinarobissen mit Blicken gestreift und habe mir dann ein Glas eingemachter Kirschen gekauft. Es waren, habe ich dann festgestellt, die gleichen wie beim *Spar* bei mir nebenan, nur mit feinerem Etikett und zweimal so teuer.

Wo *ich* mich aufhalte, passieren nicht ungern Katastrophen. Ich werde darauf zurückkommen – man denke an den Ausrutscher von Konsul Bodenhaftung in meiner Gegenwart. So auch bei meinem ersten Besuch des Delikatessoriums *Besenhalber*. Da traf es eine von den faltigen, goldbehängten, bis zur Unkenntlichkeit geschminkten Betucht-Omas aus der gediegenen Oberschicht, die in Chanel-Kostümen und mit Louis-Vuitton-Taschen zwar nicht die ordinären Magenfüller im *Tengelmann* kaufen gehen, das erledigt die Haushaltshilfe, wohl aber die Gaumenjuwelen wie Wachteleier in Topinambur-Essig oder Elchleber in Erdbeermantel hier bei *Besenhalber*. Als ich die Sache dem Wim erklärte, sagte er, er würde die Firma *Besenhalber* auf Schadensersatz verklagen, denn das sei eine genaue Verletzung der Verkehrssicherungspflicht, solche gesprenkelten Marmorstufen einzubauen, bei denen man aufgrund des komischen Musters nicht sieht, daß da Stufen hinuntergehen, und man also meint, es gehe gradaus weiter. So jene Edel-Greisin, die außerdem wahrscheinlich schlecht gesehen hat, die wie viele ihrer Artgenossinnen die Haftschalen mit ihren diamantringigen Gichtfingern nicht hineinbekommt und für eine Brille zu eitel ist. Jedenfalls hat sie einen

Schritt ins Leere getan, hat zu kugeln begonnen, hat sich seitlich festhalten wollen, da standen jedoch auf der Marmorverkleidung Gläser mit in Armagnac eingelegten Gemsenhoden oder etwas in der Richtung, die sie im Kugeln abrasierte, das heißt, in die Luft schleuderte, wonach sie auf dem Marmor förmlich explodierten. Die Alte kugelte zwei-, wenn nicht dreimal. Im Turmspringen wäre das sicher Note *Vorzüglich* gewesen und sowiesoviel Punkte. Erschreckend war der Anblick ihrer zum Himmel gereckten Hühnerbeine, und ihr Modellhut (Tiger-Muster) rollte die Stiege hinunter, rollte und rollte, als ob er dafür gemacht wäre, rollte um einige Regale herum und wäre auf die Bazillienstraße hinausgerollt, wenn nicht einer von den Verkaufsepheben dem Hut nachgespurtet wäre und ihn noch rechtzeitig eingefangen hätte.

Der Geschäftsführer, oder wer das war, kam schon auf das Explodieren der Gläser hin gelaufen, weil er an einen Überfall glaubte. Er schlug dann die Hände über dem Kopf zusammen und gab Ordre, daß sofort alles weggeräumt werden müsse einschließlich der Oma, weil das geschäftsschädigend sei, wenn das alles herumliege. Die Oma wurde dann in das zum Gourmet-Tempel gehörige *Bistro* getragen, wo sie mit lauwarmem Lama-Milch-Shake gelabt wurde. Das bekam ich deshalb mit, weil ich mich, nachdem ich mein Glas mit Kirschen gekauft hatte, ebenfalls ins *Bistro* begab, um einen Espresso zu trinken, der so teuer war, daß ich den Kellner fragte: »Ich nehme an, in dem Preis ist auch die Tasse inbegriffen?« Er lächelte, mich für scherzboldiös haltend, auf mich herunter, merkte dann allerdings nicht, daß ich die Tasse tatsächlich einsteckte. Die Untertasse auch.

Es gibt, weiß ich vom Wim, einen Herrn Besenhalber. Nein, es gibt sogar zwei, wenn nicht drei Herren Besenhalber. Der Wim hat einmal einen davon in einem Rechtsstreit vertreten, kennt also nicht nur die finanziellen, sondern auch die körperlichen Verhältnisse der Besenhalbers. »Es sind alles«, sagt

Wim, »die reinsten Mikromarkomannen und -quaden.« Allerdings verändert mindestens der eine, der sogenannte Juniorchef Besenhalber, seine Größe. Zur Größe des Zweimeter-Wims rankt sich der Besenhalber zwar nicht empor, doch so ein paar Zentimeter changiert er größenmäßig schon. Das fiel mir eines Tages ein, und gleichzeitig des Rätsels wahrscheinliche Lösung: Er trägt Wunderschuhe.

Fragen wird man wohl noch dürfen. Ich fuhr also, als ich wieder grad keinen Fahrgast hatte, in die Bazillienstraße, parkte natürlich im Halteverbot, mit dem *Sonderwagen,* den ich grad wieder einmal fuhr, hat man quasi den Parkplatz serienmäßig unter die Räder geklebt – und ging in den Tante-Kaviar-Laden hinein. Dabei sah ich, daß der Haupt-Besenhalber als wenngleich höchst edelgestaltete Schaufensterpuppe in der Auslage stand und herausgrinste.

Ich ging zur Kasse und fragte einen der ätherischen Schwebejünglinge, die als Verkäufer oder Kassier zu bezeichnen die reinste Beleidigung wäre und die sich wahrscheinlich von frittierten Seepferdchen *an* Kastanienpurée ernähren, ob ich – ich zögerte, sollte ich sagen: »– den Chef?« (zu gewöhnlich), »– den Herrn Konsul?« (ob er das war?), »– den Generaldirektor?« (ob ich da nicht zur Antwort kriege: »Ich bin nicht Generaldirektor, ich habe einen Generaldirektor«, wie der alte Krupp einmal gesagt haben soll) und entschloß mich also zu: »Kann ich Herrn Besenhalber sprechen?« Schließlich leben wir in einer Demokratie, wenn das auch nicht immer und überall bemerkbar ist, und da ist auch ein Aushilfstaxifahrer ein Mensch.

»Welchen?« fragte der Jüngling, ein mittelgescheitelter solcher.

»Den im Schaufenster«, sagte ich.

»Und wen darf ich melden?«

»Kuggler«, sagte ich, »mit zwei G.«

Hatte ich mich verhört, oder memorierte er leise meinen

Namen, nein, nicht meinen Namen, sondern den Namen *Zugger*?

Er ging zum Schaufenster und flüsterte der dortigen Puppe etwas zu, und da stellte sich heraus, daß das gar keine Puppe, sondern Herr Besenhalber selberpersönlich war. Er war dabei, ein optisches Hummer-Ereignis zu komponieren. Die Puppe, nunmehr Herr Besenhalber, drehte sich um, blickte mißbilligend, allerdings nur kurz, dann hellte sich sein Gesicht zu freudigem Strahlen auf …

… das allerdings nicht mir galt, sondern dem, der von mir unbemerkt hinter mir eingetreten war, und das war niemand anderer als mein Duzfreund Bodenhaftung, sprich Konsul Prof. Hermann M. (oder war es F.?) Werner.

Bodenhaftung und Besenhalber begrüßten einander mit verschiedenen Küssen, dann küßte Bodenhaftung mich und stellte mich vor: »Du kennst den Zugger? Meinen lieben Freund und, kann ich sagen, Retter Zugger?«

»Schon«, sagte Besenhalber und musterte mich murmelnd: »Sieht der nicht anders aus?« Er war sich, scheint's, doch nicht ganz sicher. So lud er uns also in seinen Privatsalon zu einem Gläschen Champagner ein.

Der Privatsalon war sozusagen ein einziges Ambiente. Geschmack, wohin man blickte. Eine vornehme Stille der Handelsklasse A. Stil, wohin das Auge fiel, wenn nicht sogar Style. Es wundert einen, daß soviel Stilgefühl in einem Raum Platz hat. Allerdings lief ein Fernseher, aber ohne Ton. Wahrscheinlich hat Besenhalber einen Spezialumsetzer, der die Bilder von dem Inferno in New York ästhetisch aufbereitete. Ein nahezu wesenloser Butler servierte auf einen Wink Besenhalbers den Champagner.

Im Lauf der Unterhaltung, die sich um wichtige Ereignisse in der hiesigen Soßeijetie drehte (wobei ich wenig mitreden konnte), sich dann bald zu den jüngsten Schreckensereignissen in New York wendete, mußte ich – der viele Champagner –

bitten, daß man mir den Weg zu einer gewissen Örtlichkeit zeigte. Ich weiß nicht, ob ich das hinschreiben soll, was mir damals auf dem Weg dorthin einfiel und was mich penetrant nicht verließ ... im Zusammenhang mit der Feuerhölle des World Trade Centers und dem Örtchen – nein, sowas schreibt man nicht, auch wenn es vielleicht, nicht nur vielleicht, sondern vermutlich tatsächlich so gewesen ist. Nein, ich schreibe es nicht hin.

Ich öffnete leise, neugierig, wie ich bin, in dem zwar dunklen, aber auch höchst designten (was für ein zungenbrecherisches Wort, leider muß man es gebrauchen, wenn man über wichtige Fragen der Soßeijetie reden will. Eine Zwischenfrage: Wie steigert man designt? Designter, am designtesten?), höchst designten Korridor einige Türen zu Wandschränken, und tatsächlich war einer voller Schuhe. Ich untersuchte sie kurz, und was waren es für Schuhe? Die Wunderschuhe. Einige davon waren so neu, daß man die Firmeninschrift innen noch lesen konnte: *Alto Magic* in Heinersreuth. (Ich hätte gedacht, die Firma heißt *Zwergenglück.*) Mit Postleitzahl. Am nächsten Tag schon schrieb ich dorthin um einen Prospekt nebst Angebot.

Wir saßen dann noch ein halbes Stündchen in Besenhalbers Salon angesichts einiger zähnefletschender Porzellan-Jaguare und ähnlicher sogenannter Ackzessoars. Bodenhaftung sprach, daß er höchst besorgt um seinen Freund Milbie F. (oder war es W.?) Milbie war und daß er sofort drüben angerufen habe. Gottlob, Milbie ist wohlauf. Er war zum Zeitpunkt der Katastrophe bei *Tiffany's.*

»Zum Frühstück?« fragte ich.

Der Konsul lachte: »Der alte Scherzbold, der liebe, gute Zugger.«

... war bei *Tiffany's,* um die Sonderanfertigung für seine Goldplombe zu begutachten. Milbie weinte, sagte der Konsul, denn einer seiner Schneider, der weit unten in Downtown sein Atelier hat, hatte das Fenster offen, und der eben fertiggestellte neue Spätherbst-Anzug in den aktuellen Colors (Milbie hatte sie, die Colors, dank seiner guten Verbindungen zur Modewelt vertraulich vorweg erfahren) sei hoffnungslos und unrettbar eingestaubt worden.

»Vielleicht«, sagte ich, »wird Staubgrau jetzt zur aktuellen Color in New York? Dann kann er ihn gleich so lassen.«

Weder Konsul noch Besenhalber fanden das lustig. Vielleicht hätte ich es auch nicht lustig finden sollen. Das Gespräch wandte sich dann der islamischen Weltgefahr zu und daß die Mohamedanisten schon ihre schmutzigen Zeigefinger nebst Koran und Maschinenpistolen nach uns ausstrekken sowie ihre klebrigen Netze über die Welt spinnen wollen und wir alle mehr oder minder vor dem Wahabitengeschmeiß kuschen.

»Und wenn es soweit ist, lieber Besenhalber, dann kannst du statt deines Diseinerfuds Hammelaugen und Kus-Kus verkaufen, und Wiener Opernball und Bayreuther Festspiele und Salzburg kannst du vergessen. Dann gibt's nur noch Muezzingebell und Freitagsgebet. Und hoffentlich wächst dir der Bart lang genug, sonst wirst du von vornherein massakriert.«

Ich glaube nicht, daß dem Besenhalber bei seinem Milchgesicht so ein Prophetenbart wächst. Doch ein Turban oder ein Fez könnte seiner beginnenden Glatze guttun. Ich habe auch überlegt, ob ich nicht den autobiographischen Roman schreiben soll: *Besenhalber unter den Sternen des Koran*?

Kurz bevor sich Konsul Bodenhaftung verabschiedete, er stand schon unter der – Pardon – Ladentür, und Besenhalber wurde eben die kleine Trittleiter untergeschoben, damit er wieder in die Auslage steigen konnte, da sagte Hermann: »Ich veröffentliche übrigens jetzt meine Memoiren. Titel: *Nichts als die Liebe.* Er …«, er deutete auf mich, »schreibt sie.«

»Davon weiß ich nichts«, sagte ich.

»Ach, hat dich Schmultz nicht informiert? Ich hoffe, du bist einverstanden.«

Er setzte an, über die Bazillienstraße zu gehen, und war knapp daran, von einer Straßenbahn von links und einem Auto von rechts überfahren zu werden. Der Straßenbahner bimmelte wie verrückt, und der Autofahrer bremste, daß sein Wagen dann querstand.

»Was ist das für ein Krach?« fragte der Konsul.

»Die Leute sind heute besonders nervös«, sagte ich, dachte jedoch, es sei besser, ich bringe ihn über die Straße.

V

Ich beginne meine Aufzeichnungen, die ich, das ist ironisch, um das gleich zu sagen, *Affentheater* nenne, mit einem Erlebnis aus meinen reiferen Mannesjahren, das mir in gewisser Weise die Augen für die Eigenheiten und Schwierigkeiten der Menschenwelt öffnete.

Erstes Kapitel

Daß sie mich nicht erschlagen haben, wundert mich an der Sache fast am meisten. Solche Prügel, wie damals auf mich heruntergeprasselt sind, haben Sie nie in Ihrem Leben bekommen, und ich wünsche Ihnen das auch nicht, so wahr ich hier auf dem Ast sitze. Ich kann wieder auf dem Ast sitzen, längst. Die Rippenbrüche und die Gehirnerschütterung und die Prellungen sind ausgeheilt. Die Sache ist Jahre her, doch *verstehen,* sage ich Ihnen, verstehen kann ich sie immer noch nicht.

Es muß Herbst gewesen sein, die Blätter waren teilweise schon gelb, und die Bananen immer schon ziemlich mehlig. Es war das Jahr, erinnere ich mich, als *Elsa* die Drillinge bekommen hat. Entweder von mir oder von dem Orang-Utan aus dem anderen Zoo, den man dahergebracht hat, weil man gemeint hat, daß es nicht gut ist, wenn *ich,* der ich ja immerhin der Bruder Elsas bin … und so weiter. Was die Leute mit den Mützen für Vorstellungen haben. Na ja, das hat mit der Sache, die ich erwähnt habe, nichts zu tun. Es war also im Herbst. Da ist eines Tages einer von denen mit den Mützen gekommen, hat meinen Käfig aufgesperrt und mich herausgelockt.

»Kommi – kommi – kommi …«, hat er geflötet und eine

Staude mehliger Bananen hingehalten. Sie sind, das sage ich Ihnen, einfach *zu blöd.* Wir verstehen die Sprache der Menschen. Nur reden können wir nicht. Er, der mit der Mütze, hätte nur so sagen brauchen: »Komm, Emir!« – Emir heiße ich, und so einer bin ich auch – »es geht auf Reisen.« Ein Affe ist von Natur aus neugierig. Der läßt sich doch so etwas nicht zweimal sagen.

Ich bin also aus meinem geräumigen Wohnkäfig mit der herrlichen Panoramascheibe hinaus und in einen kleinen, um es genau zu sagen: sehr kleinen Käfig geklettert, einen so kleinen Käfig, daß es schon eigentlich kein Käfig, sondern eine Zumutung für einen ausgewachsenen Orang-Utan war, doch für einen Ortswechsel und die damit verbundene Unterhaltung nehme ich einiges in Kauf. Wenn ich allerdings gewußt hätte, *was* für eine Unterhaltung mir da blühte und daß das Wort *Unterhaltung* für das, was mich erwartete, nicht so ganz zutreffen dürfte, hätte mich keine Macht der Welt aus meinem Wohnkäfig herausgebracht. Ich hätte mich mit allen vieren am obersten Ast meiner Baumstammgarnitur festgehalten, und wenn ich sage: festgehalten, so meine ich festgehalten. Es gibts nichts und niemanden, der einen Affen, der sich ernstlich anklammert, vom Baum herunterbringt.

Doch: ich wußte es ja nicht. Sie haben mich mit meiner angeborenen, wie man so sagt *arteigenen* Neugier überlistet, ich bin in den kleinen Käfig hineingeklettert und habe mich so bequem wie möglich hingelegt. Dann ist der Käfig losgefahren. Ja: Sie hören richtig. Der Käfig ist losgefahren. Es gibt so fahrende Käfige. Ich wußte das von meinem bedauernswürdigen älteren Kollegen Wurstel, und daß mir der Schreck ordentlich in die Glieder – und namentlich in ein Glied – gefahren ist, können Sie sich denken. Aus Delikatesse möchte ich das bewußte Glied nicht nennen. Der Kollege Wurstel wurde, wie gesagt, in so einem selbstfahrenden Käfig in die Tierklinik transportiert, und als er zurückkam, war er Eunuche. Das war natürlich eine saubere Bescherung – für *ihn.* Für mich war es damals sehr günstig, denn ich konnte den gesamten Harem Wurstels übernehmen. Vorher hat er mir nur die alte *Hexi* zugebilligt, eine schon ziemlich zerraufte Matrone, die so zänkisch ist, daß sie sich selbst nicht mag. Auf allen anderen, namentlich auf den jungen, knusprigen Äffinnen, ist der ältliche Wurstel, wenn Sie den Ausdruck erlauben, draufgesessen, obwohl die Nachkommenschaft, die er in den letzten Jahren hervorgebracht hat, schon ziemlich unscheinbar war. Alles solche Verreckerlein. Ich möchte mich nicht weiter brüsten, aber wie *ich* nach Wurstels – wie soll ich sagen – Abdankung den Harem übernommen habe, da hätten Sie die blühenden Jungaffen sehen sollen! Eine Pracht.

Nun gut, davon wollte ich eigentlich nicht erzählen. Wie bin ich drauf gekommen? Ach ja, der Schreck ist mir in die Glieder gefahren, in ein Glied, denn ich habe natürlich gemeint: Jetzt bist *du* dran, Emir, und das mit der süßen *Leila* gestern abends war das letzte Mal. Ein ziemlich flaues Gefühl, kann ich Ihnen sagen, milde ausgedrückt. Aber, um es gleich vorauszuschicken, das war es nicht, was mich erwartete.

Ich weiß, wie es in der Tierklinik riecht. Ich hatte einmal ein Abszeß am Hals hinten, da mußte ich in die Tierklinik gebracht werden, und seither kenne ich den Geruch. Das Haus, in das ich gebracht wurde, roch vollkommen anders. Der Geruch, den dieses Haus ausströmte, war mir fremd. Ich war sicher, ihn noch nie wahrgenommen zu haben. Leider sollte er mir bald ziemlich vertraut werden.

Der fahrbare Käfig hielt also vor jenem Haus. Einige Menschen, ich kannte sie nicht, sie trugen keine Mützen, schoben Stangen in den Käfig und trugen mich ins Haus. Meine Beunruhigung wegen der bewußten Glied-Sache war, wie gesagt, gedämpft; die Neugierde kam wieder hervor.

Der Käfig wurde durch einige Gänge getragen und dann in ein finsteres Zimmer gestellt, eher einen Saal, in dem ungeheuer viel Gerümpel stand. Wenn in meinem Wohnkäfig daheim, dachte ich mir, so ein Durcheinander wäre, dann würde Toni, mein ständiger Bedienungs-Bemühter, wieder sagen: »Du bis kein Affe, du bis ein Schwein.«

Im Gegensatz zu den Menschen haben wir Affen die Fähigkeit dazusitzen, ohne zu denken. Wir können das Denken ausschalten, so, wie man das Sehen ausschalten kann, indem man die Augen zumacht. Ein Segen ist dieses Denken-Ausschalten. Die Menschen können es nicht, jedenfalls nicht viele. Wenn sie längere Zeit im Dunkeln sitzen und nicht schlafen, werden sie vor Langeweile wahnsinnig. Wir Affen nicht. Es hat auch Vorteile, Affe zu sein. Bei ausgeschaltetem Denken vergeht die Zeit so schnell, daß man eigentlich gar nicht von *Vergehen* sprechen kann. Man knipst aus und wieder ein, und es ist inzwischen später geworden. So ist das. Ein Segen. Ich weiß also nicht, wie lang ich in der Rumpelkammer war, in der es stockfinster wurde, nachdem ein Typ in einem grauen Kittel, der mir irgendwelche stumpfsinnigen Bemerkungen zugezuckert (offenbar wollte er als Tierfreund gelten) und dann das Licht ausgemacht hatte. Plötzlich wurde es wieder hell, und die Burschen von vorhin siedelten mich – »was soll das?« dachte ich – in einen recht geräumigen Käfig um, der nach Leim roch, und trugen mich damit in ein anderes Zimmer. Daß ich dabei einem Burschen in die Tasche griff, merkte keiner. Es rentierte sich. In der Tasche waren ein Schraubenzieher und ein in Papier eingewickeltes Butterbrot. Ich nahm beides.

Das Zimmer, in das ich gebracht wurde, war viel schöner als die Rumpelkammer. Es war überhaupt sehr schön. Ich ahnte ja nicht, was noch alles kommen sollte, und so hielt ich in meiner Unschuld diesen Raum für das Lieblichste, was ich je in meinem Leben gesehen habe, bis dahin. Weiße

Säulen umstanden Treppen, die mit Teppichen belegt waren, Statuen nackter Menschenpersonen schmückten die Treppenabsätze. Kostbare Möbel waren sparsam über den Raum verteilt, darunter ein Sofa von der Farbe überreifer Bananen. In zahllosen Vasen waren Blumen arrangiert, und ganz hinten sah man durch weitere Säulen in einen Park mit Pinien und Cypressen unter blauem Himmel. Die Ärmsten, dachte ich mir, sind das nicht, die hier wohnen.

Obwohl draußen die Sonne schien, was an dem schon erwähnten strahlenden Himmel zu erkennen war, brannte im Saal Licht. Sehr viel Licht. Verschwenderisch. Meine Stromrechnung ist es nicht, dachte ich. Wie nicht anders zu erwarten, kam ein Butler dahergeschlurft, so einer mit gestreifter Weste. Er wischte ein wenig über den Marmortisch, rückte einen Aschenbecher zurecht, kam dann zu mir, steckte – eine nette Geste, dachte ich – eine Banane in meinen Käfig und sagte: »Wer weiß schon, guter Snobby, ob nicht das Schlachtschiff mit Namen ›Katastrophe‹ auf dem Meer der Zeit herumsegelt und schon morgen am Horizont auftaucht. Vielleicht auch nur die Fregatte ›Skandal‹. Wer weiß, guter Snobby. Du kannst nichts dafür, und der Butler sieht und hört nichts.« Er sagte das in einem Ton zum Fürchten. Er orgelte es förmlich aus seiner Brust heraus. Es kam mir vor, als werde der Himmel draußen eine Schattierung dunkler. Der Butler schlich davon, blieb in der Mitte des Saales stehen und sagte dann mit womöglich noch düsterer Stimme: »Glücklich der Butler, der außerdem nichts denkt.« Mir blieb die Banane fast im Hals stecken. Außerdem: Wieso sagte der Snobby zu mir? Wo ich Emir heiße?

Danach kam eine Dame. Sie trug ein grünes Kostüm mit, wenn man so sagen kann, ohrenbetäubendem Ausschnitt. Ich bin ja allerhand gewohnt von den Menschenweibern, die, namentlich im Sommer, an meiner Panoramascheibe im Zoo vorbeigetrieben werden, aber sowas wie bei der Dame in Grün habe ich noch nie gesehen. Gut – mich erregt sowas nicht. Mich erregen Susi oder Cindy oder Kastani mit ihrem Fell; haarlose Busenpracht läßt mich kalt.

Der Butler ging auf die Grüne zu und griff, ich traute meinen Augen nicht, ohne viel Federlesens in ihren Ausschnitt. »Oh – ah – oh, Alastair!« hauchte die Grüne. »Wie wünschen es Mylady?« gurgelte der Butler und schob die Grüne auf die Couch. »Oh – Alastair!« quietschte die, »nicht hier; Snobby«, sie meinte mich, »schaut uns zu.« – »Die Bestie ist stumm«, grummelte der Butler in tiefem Baß. Ja, sonst würde ich sagen: Ich heiße Emir; und die Bezeichnung Bestie verbitte ich mir. Dann trieben sie es – nicht. Es ist mir ein Rätsel. Letzten Endes verstehe ich etwas davon. Ich habe, wenn ich richtig zähle, achtzehn Söhne und sechsundvierzig Töchter. *Wenn* ich von was etwas verstehe, dann *davon.* Ich habe hingeschaut. Sie haben *nicht.* Trotzdem ist dann, nachdem der Butler aufgestanden war und sich mit eckigen Bewegungen seine gestreifte Weste zurechtgezogen hatte, die Grüne knickbeinig zu mir hergekommen. Sie legte den Kopf an das Gitter und ächzte: »Snobby, Snobby, du bist vielleicht der einzige, der weiß, wie unglücklich ich bin.« Woher soll ich das wissen, du Kuh, dachte ich.

Der Butler strich die Couch glatt, verbeugte sich und schritt hinaus. Dafür kam von der anderen Seite ein Herr in grauem Anzug. Er kam herein wie der Stellvertretende Tierpark-Direktor, den wir Affen in unserer Sprache den *Gummiball* nennen. Federnd. Federnd kam der Graue herein, federnd warf er seine karierte Mütze auf einen Sessel, federnd goß er sich einen Whisky in ein schweres Glas, federnd lehnte er sich gegen den Kamin und sagte dann federnd: »Ach, du redest mit Snobby?«

»'Tag, Aldrick«, sagte die Dame.

»Was sagt denn Snobby?«

Was sie immer mit ihrem blöden Snobby haben, dachte

ich mir. Das muß eine Verwechslung sein. Wir hatten einmal einen Snobby, wir nannten ihn Lachender Hintern, aber er war kein Orang-Utan, sondern ein Schimpanse und ist schon vor längerer Zeit nach Hamburg verkauft worden.

Die zwei haben dann allen möglichen Unsinn miteinander geredet. Ich habe nicht mehr zugehört und meine Banane gegessen, doch das Reden der beiden ist immer lauter und lauter geworden, und dann auf einmal haben sie zu schreien angefangen, und er, der Graue, hat sein schweres Whisky-Glas auf den Boden geschmettert, hat zu mir hergedeutet und gebrüllt: »Du Metze!« Er sagte tatsächlich *Metze.* Das Wort war mir völlig unbekannt. Nur aus dem Ton, in dem er es sagte, erriet ich die Bedeutung. »Du Metze! du warst außer Atem, als ich kam. Gestehe!« – »Ich bin nur die Treppe heraufgerannt.« – »Haha!« brüllte er, »die Treppe! Die Treppe heißt wohl Snobby.« Er zeigte auf mich. »Du hast mich mit meinem Compagnon, mit dem Präsidenten des Tennisclubs, mit dem Vizechairman des Golfclubs, mit dem Vetter Coenwulph, mit dem Bischof von Ely, mit dem Installateur, mit meinem leiblichen Bruder Roderick und mit einem Besenfabrikanten betrogen. Und nun schreckst du noch vor einer Orgie aus dem tiefsten Kreis der Hölle nicht zurück, du Sodomitin!«

Einen Moment, habe ich gedacht, habe meine Banane weggelegt und bin nach vorn gegangen: einen Moment! Die mit mir? Ich mit der? Wie – wo – was? Mit einem Menschenweib, das fast nur auf dem Kopf Haare hat? Hält mich der für pervers? Und vom Butler, dem Schurken, weiß er nichts?

»O Aldrik, Aldrik«, hat die Grüne gefleht und die Hände gerungen, doch der Graue hat sie am Hals gepackt und gezischt: »Eine, die sich mit einem Schimpansen vergißt, gehört vertilgt, du Ungezieferin.«

Schimpanse! Snobby! Es muß eine Verwechslung mit dem

Lachenden Hintern vorliegen, allerdings eine, die schon völlig unerklärlich ist. Außerdem: *Das* hätte ich dem Lachenden Hintern wirklich nicht zugetraut. Aber man blickt ja in keinen wirklich hinein. »Ha!« hat er nochmals geschrien, hat sie am Hals gepackt und ins Sofa gedrückt; sie hat mit den Füßen gestrampelt und ein wenig gegurgelt. Der Busen ist aus dem Ausschnitt gehüpft, wie nicht anders zu erwarten, und dann – wurde es finster. Merkwürdig. Als es wieder hell wurde, war der Saal leer, die Männer von vorhin kamen und trugen mich samt Käfig wieder hinaus, und ich wurde in den Zoo zurücktransportiert.

Am nächsten Tag erzählte ich alles den Kollegen – den Weibern erzählte ich nichts, mit Weibern redet man nicht über solche mehr geistigen Sachen –, und es herrschte die allgemeine Ansicht, daß das Ganze ein Irrtum sein müsse, und auch, daß man in dem Lachenden Hintern, Snobby dem Schimpansen, keinen so tollen Hecht vermutet hätte.

So weit, so gut. Ich schlief nachmittags, ließ mir meine Vesperbanane schmecken, trank meine Cola, nahm Susi, die sich ein wenig wehrte, das dumme Luder, und dann Kastani, die immer will, und dann wieder Susi, grad extra, fürs Wehren, und wollte mich eben zum Schlafen legen, da kamen doch die Mützenträger wieder, und exakt der gleiche Zirkus wie gestern fing von vorn an. Ich kam wieder in den Saal, wieder schlurfte der Butler daher, die Grüne mit dem Ausschnitt kreischte, der Butler legte sie flach – wieder nicht wirklich –, wieder kam der Graue, warf seine karierte Mütze auf exakt den gleichen Sessel, wieder verdächtigte er Snobby, den Schimpansen, und verwechselte mich mit ihm, alles wie gestern. Da muß was geschehen, dachte ich, ging nach vorn, rüttelte an den Stäben und – ich kann leider nicht reden, doch ich schrie, machte Zeichen: ein Irrtum! Sie verwechseln mich! Der Butler da – und so weiter. Anders als gestern war nur, daß, bevor der Graue die Grüne erwürgte, die beiden kurz und verstohlen zu mir herschauten, und, wenn mich nicht alles täuscht, das Weib zischte: »Was hat er denn heute?«

Am nächsten Tag – Sie werden es nicht glauben, oder vielleicht: Sie werden es schon ahnen – ganz genau das gleiche. Butler – die Grüne – der Graue – die karierte Mütze (die allerdings diesmal vom Sessel rutschte) – das Gerede von Snobby, dem Schimpansen ... Die sind unbelehrbar, habe ich mir gedacht. Haben die nichts Besseres zu tun, als Tag für Tag den gleichen Zinnober abzuziehen? Und merkt der Graue immer noch nicht, was zwischen der Grünen und dem Butler läuft? Nur *fünf* Minuten, wenn der Graue früher käme ... Doch er kam nie fünf Minuten früher. Einmal kam er sogar zwei, drei Minuten zu spät. Da erschien drüben einer im grauen Staubmantel und machte Zeichen, worauf sich, das war das einzige Mal, die Grüne eine Zigarette ansteckte. Geschlagene sechs Wochen ging das! Jeden Tag! mit Ausnahme vom Sonntag. Sechs Wochen! Ich fragte mich: Erwürgt er sie jetzt, oder erwürgt er sie nicht? Wie wird die wieder lebendig? Oder ist das jeden Abend eine andere Grüne? Könnte sein. Menschenweiber, so ohne Haare, sind für unsereins schwer auseinanderzuhalten. Vor allem: Ich lasse das doch nicht ewig auf mir sitzen. Ich bitte Sie! Da hat dieser Lachende Hintern, dieser Schimpanse Snobby, moralisch haltlos, wie Schimpansen sind, sich mit dieser grünen Schlampe eingelassen, und mir, einem im besten Leumund lebenden Orang-Utan, schiebt der die Sache in die Schuhe, die ich nicht anhabe. Der Saustall muß, wie mein Leib-Wärter zu sagen pflegt, ein anderer werden, dachte ich, und Sie erinnern sich vielleicht, daß ich ja damals einen Schraubenzieher auf die Seite gebracht hatte. (Das Butterbrot hatte ich längst gegessen.) Ich kramte also, als mir die Geschichte nach sechs Wochen zu bunt wurde, den Schraubenzieher hervor und nahm ihn in den Saal dorthin mit. Während der

Graue die Grüne würgte, schraubte ich die Türscharniere heraus und – ja, es war ungeheuer. Der Graue riß die Augen auf und erstarrte zur Salzsäule. Ich ging friedlich auf ihn zu und machte Zeichen: Nicht *ich,* schauen Sie sich einmal den Butler an, der da hinausgegangen ist – doch er verstand nichts. Die Grüne kreischte wie ein Kakadu und raste hinaus. Leute kamen von allen Seiten herein. Woher? Ein Rätsel. Nie habe ich in dem Saal andere Leute gesehen. Nur der Butler ließ sich wohlweislich nicht blicken. Es überstürzte sich alles. Vor allem: Stellen Sie sich vor, der Saal hatte keine vierte Wand! statt der vierten Wand war ein riesiges Loch. Hinter dem Loch saßen *Massen* von Menschen. Haben die also, schoß es mir durch den Kopf, seit sechs Wochen ihre Intimitäten vor all den Leuten ausgelebt? Auch die Menschen im Loch schrien. Es gab ein gänzliches Tohuwabohu. Der einzige Ruhige blieb ich. Wenn ich reden könnte, hätte ich die Sache aufgeklärt, ich wäre auf den Tisch gestiegen und hätte gesagt: Jetzt einmal Ruhe, und … Na ja. Ich kann aber nicht reden. Da sind sie mit Stöcken gekommen und Stricken und Netzen. Jetzt, Alter, jetzt hat es Eile, habe ich mir gedacht und bin auf eine Säule hinauf. *Wollte* hinauf! Was sage ich Ihnen? Die Säule war nicht unten am Boden festgemacht, sondern hing oben, hoch oben an einem Seil. Merkwürdiger Saal, ging oben weit weg ins Schwarze. Die Säule fiel um. Ich ergreife ein anderes Seil, komme einige Meter hoch, die ersten Schläge prasseln auf mich nieder, plötzlich gibt das Seil nach, die schöne Landschaft hinten verschwindet. Wir sind mitten im Gebirge. Ich ergreife eine Bergspitze, noch ein Seil, gibt wieder nach. Ein Schlachtschiff kommt von oben. Balken rasseln, Eimer fliegen, Leute werden am Kopf getroffen, ein Chaos, wie Sie es noch nie erlebt haben. Da trifft mich ein armdicker Strahl aus einem Feuerwehrschlauch, und gleichzeitig verfange ich mich in einem Netz. Und Prügel.

Als ich in meinem Wohnkäfig mit Panoramascheibe wieder aufwachte, war mein linker Unterarm geschient. Meine linke Seite war rasiert und verpflastert. Auf dem Kopf hatte ich einen Eisbeutel. Vor mir stand ein Topf mit warmer Milch. Ich griff danach – au! Alles tat mir weh. Ich spürte jeden einzelnen Knochen. Doch das verging. Das heilte alles. Was nicht verging, war die Frage: Was hat das alles zu bedeuten? Wer ist die Grüne? Der Graue? Der Butler? Unerklärlich. Und die treiben es und doch nicht und alles vor tausend Leuten, die zuschauen. Der Mensch, sage ich Ihnen, ist für uns Affen ein Rätsel. Den Snobby allerdings, den Lachenden Hintern, der mir ja wohl offenbar das alles eingebrockt hat, dem gebe ich eine Abreibung, wenn ich ihn nochmals treffen sollte, was allerdings leider nicht zu erwarten ist.

Zweites Kapitel

Ich hatte eine schöne, wenngleich turbulente Jugend. Mein Vater, der …

14

»Wenn Sie wüßten«, sagte Simone, oder muß ich Frau Bengerlein M. A. sagen, weil ich ja trotz jenem gewissen Abend oder besser trotz jener gewissen Nacht nicht mehr per Du mit ihr war? »wie viele Autoren, deren Namen selbst die *Zeit* und die *FAZ* nur mit Ehrfurcht nennen, als Ghostwriter angefangen haben. Und nicht nur angefangen, die immer noch ihr Geld als Ghostwriter verdienen, weil ihre Bücher zwar im seinerzeitigen *Literarischen Klosett* und überhaupt hoch gelobt, aber kaum gekauft werden. Und gelesen schon gar nicht.«

»Auch Autoren aus dem Verlag, in dem Hermann jetzt arbeitet? Ich habe gemeint …«

»Ja, ja, lieber Herr Kuggler, auch und gerade diese Autoren. Zwar ist der Kreis der dortigen Autoren und Autorinnen die unbestrittene Crème der deutschsprachigen Literatur, und einen Verlagsvertrag mit Serrwig schließt man nicht ab, mit dem wird man begnadet.«

»Wer ist Serrwig?«

»Sie kennen Serrwig nicht? Gut, Sie sind erst neu im Geschäft. Serrwig ist der Verleger. Sie haben den Namen nie gehört?«

»Ich werde ihn mir für alle Zukunft merken. Vielleicht wird er ja auch einmal mein Verleger«, sagte ich keck.

»Bilden Sie sich nicht zuviel ein. Mit solchen Geschichten wie die Autobiographie eines Affen kommen Sie *dort* nicht hinein. Das ist grad so, als wollten Sie in der ledergepolsterten Chefetage von Rolls-Royce eine Zündkerze für Ihren VW-Polo kaufen. Außerdem müßten Sie da auch noch die Klippe Koschatka überwinden.«

»Muß ich mir diesen Namen auch merken?«

»Rosemarie Koschatka, Serrwigs Frau. Die dritte, kann auch

sein, die vierte. Schreibt auch. Und stellen Sie sich eine Verlegersgattin vor, die Schriftstellerin ist! Die wird nie im Leben dulden, daß ein Autor, der im Verdacht steht, Auflagen zu machen, in den Verlag kommt. Der …«, sie nannte jetzt einen Namen, den ich aber unterdrücke, »hat sie die Sandviper der deutschen Literatur genannt.«

»Ja, schon, aber – die Bestsellerliste im *Spiegel* und so?«

»Die Bestsellerliste!« Sie erstickte fast vor Lachen, »die Bestsellerliste. Wenn Sie wüßten, wie *die* zustande kommt.«

»Hermann hat mir einiges verraten.«

»Eben. Das letzte Buch vom …«, sie nannte wieder einen Namen, den ich unterdrücke, »stand vier oder fünf Wochen auf Platz eins, und hintenherum habe ich erfahren, daß grad einmal eineinhalbtausend Stück verkauft wurden.«

»Aber warum und wieso steht er dann auf der Liste und gar auf Platz eins?«

»Weil eben ein Buch von dem –« ! »– auf der Liste auf Platz eins stehen *muß*. Und auch wenn gar keins verkauft würde.«

»Der Wim, der mein Freund ist und viel liest, wenn er nicht grad Motorrad fährt, hat gesagt, es gibt Bücher, die sind erschienen, und es gibt Bücher, die *gibt* es.«

»Kein schlechtes Wort.«

»Ich fürchte, die Memoiren des Konsuls Werner werden allenfalls ein Buch sein, das erscheint.«

»Sicher. Doch ebenso sicher kommen wir damit auf die Liste. Ich tippe: hoch bis fünf oder sogar vier. Sachbuch-Liste natürlich. Es wird ja unter Sachbuch laufen.«

»Auf Platz fünf oder gar vier – *ich?*«

»Ja, da es ja die Ulli Schmidt schreibt.«

»Wer, bitte? Jetzt verstehe ich gar nichts mehr. Ich denke, *ich* schreibe es?«

»Schon. Nur der Ghostwriter, der auf dem Titel als *Unter Mitarbeit von* aufscheinen wird, ist die Ulli Schmidt. Eine Journalistin bei der BLÖD.«

»Aber?«

»*Schreiben* tun's schon Sie. Und die Schmidt kriegt fünfzigtausend, und dafür schmiert sie die drei Wochen vor dem Erscheinen ihre BLÖD voll von Nachrichten über Konsul Werners *Lebenswogen.* Der Titel steht übrigens noch nicht fest. Wir denken noch über andere Titel nach. Nächste Woche ist ein Brainstorming im Verlag deswegen.«

»Und ich bin also nur sozusagen Subghostwriter. Der Ghostwriter der Ghostwriterin.«

»Nennen Sie es, wie Sie wollen.«

»Und mein Name erscheint auf dem Titel nicht? Wenigstens ganz klein gedruckt?«

»Seien Sie froh, daß nicht. Und in Ihrem Vertrag ist übrigens eine strikte Maulkorbklausel. Es darf niemand erfahren, daß nicht die Schmidt *mitarbeitet.*« Sie dachte, als sie das sagte, an diesen Vertrag und zog ihn aus ihrer Mappe. Sie schob unsere Kaffeetassen zur Seite. Wir hatten uns in meinem erwähnten Hauptcafé in der Bazillienstraße getroffen, dem Café, das so eine Art heimliches Wohnzimmer von mir ist und das ich schon seit zehn Jahren besuchte, schon weil ich für die Chefin schwärmte, die nach unbestrittener Sachkennermeinung als die schönste Frau der Bazillienstraße gilt, wenn nicht sogar weitum. Sie ist jetzt nicht mehr jung, aber immer noch ... Ich nenne, wie schon oft gesagt, keine Namen. Als sie jung war, das war leider vor meiner Zeit, muß es gar nicht auszuhalten gewesen sein ... Der Wim, mein Freund, gibt ihr heute noch Römisch Fünf Komma Null, früher Sonderklasse oberhalb der Bewertungsskala.

Das nebenbei. Nie hat die Chefin dieses meines heimlichen Wohnzimmers von meiner Bewunderung erfahren. Ja, ja – von der Bewunderung seitens eines Zwerges.

Sie, Simone, also Frau Bengerlein M. A., schob die Kaffeetassen zur Seite (wenn ich gewußt hätte, daß sie zahlt, hätte ich noch einen Espresso getrunken) und legte den Vertrag auf den Tisch. Der Vertrag war auf *Udo Kuggler* ausgestellt. Der Name wird wohl nie mehr von mir abfallen. Es gibt Schlimmeres, und ich hatte schon ganz andere Namen, ohne es zu wollen. Davon später.

»In Ordnung so?« fragte sie.

»In Ordnung«, sagte ich.

Ich hatte übrigens gehofft, daß ich Frau Bengerlein schon überragend in unmerklichen Wunderschuhen gegenübertreten würde. Doch die *Fa. Alto Magic* arbeitet offenbar langsam. Bis dahin war noch nicht einmal der angeforderte Prospekt eingetroffen.

Der Prospekt und dann ein Paar solcher Wanderschuhe ereilte mich aber dann erst, als ich schon in Eppan hilfskochte. Weiß der Teufel, wie die Firma mich dort gefunden hatte. Setzen die für ein einziges Paar einen Detektiv ein? Ich bestellte ein Paar und bekam vom Tragen derselben solche Fußkrämpfe, daß ich nur noch gekrümmt gehen konnte und also eher noch kleiner wirkte. Der Weltgeist will mich offenbar als Zwerg. Ich schenkte die Wunderschuhe dem Naturalienkabinett der Grundschule.

15

Einen Freund der Weiblichkeit, und als solchen darf ich mich in allen Ehren bezeichnen, *in allen Ehren* sage ich deshalb, weil ich ganz und gar kein Sexmonster bin, in erster Linie steht bei mir in dieser Hinsicht die optische Erscheinung, deren Verehrung ich den Damen gern zu Füßen lege – leider bemerken sie es zu selten, wahrscheinlich weil sie von zu weit unten zu Füßen gelegt wird, und leider kommt es vor, wie bei der gelbmähnigen Natali, daß sie mit solchen, nämlich mit Füßen getreten wird –, einen Freund der Weiblichkeit haut es hier in Eppan, wo ich mich nach dem leider unfreiwilligen Abschluß meiner Prominentität als Hilfskoch des Ansitz-Hotels *Tschurtschenhof* niedergelassen habe, des, wie Wim gesagt hat, schönsten Hotels der Welt, wenn nicht sogar Eppans, haut es ganz schön herum, von wegen dem, was hier alles *Sehens- und Bügelnswertes*, um einen Ausdruck von Wim zu gebrauchen, herumläuft. Und im letzten Sommer, der so heiß war, was da die Mäuschen alles *nicht* angehabt haben! Ich hoffe, daß ich diesen ellenlangen Satz einigermaßen hinbekommen habe. Ich lese mein Geschreibsel ungern noch einmal durch. Es wird mir zunehmend schwer genug, es zu Papier zu bringen. Es dann womöglich noch wiederzukauen widerstrebt mir.

An sich interessieren mich außer in optischer Hinsicht die Bedienungen auf dem *Tschurtschenhof* nicht. Ich war Zeit meines wenngleich erst kurzen Lebens dem Grundsatz treu und bin es auch jetzt: *extra muros!* Nicht etwa, daß sie meinen, ich könnte Latein. Den Spruch und auch überhaupt den Grundsatz kenne ich von Wim. Nie mit der eigenen Sekretärin! Nie mit der Bedienung des Stammlokals! Nie mit einer Kollegin in der gleichen Firma! »Bügle Sekretärinnen, soviel du willst«, sagt der Wim, »aber immer nur die von anderen Chefs.« Ich bin nie Chef gewesen, verstehe jedoch, was er meint. Einmal, so der Wim, habe er ein bis in Gluthitze reichendes Techtelmechtel mit der Cousine seiner Frau gehabt. Das sei in einer Hinsicht bequem gewesen, in anderer Hinsicht die Hölle. »Also nie mit der Cousine deiner Frau!« Das stößt bei mir ins Leere, denn ich habe keine Frau, und es taucht noch nicht einmal eine am Horizont auf.

Also würde ich nach dem ohne Zweifel richtigen Grundsatz des Wim die Bedienungen, weil quasi Kolleginnen, nicht anrühren. Anschauen schon. Anrühren würde ich gern die gewisse Monika und erst recht die gewisse Amelie – ich glaube, sie schreibt sich sogar mit einem Akzent auf dem ersten e, ich weiß nicht, mit welchem. Muß den Wim fragen. Schwarz die eine (Monika), blond die andere (Amelie) – und was für Blond, förmlich eine Aura von Licht um ihren Kopf. Ich war hin und weg von dieser Amelie. Doch auch die schwarze Monika ist nicht von schlechten Eltern. Ich habe die beiden sogar schon gesehen, wie sie die Welt mit ihrem splitterentblößten Zustand beglückt haben. Nur schwer könnte ich mich entscheiden – einesteils diese wilde Schwarze, andernteils diese goldverstrahlende Blonde, bei der selbst die Haare an der betreffenden anderen Stelle blond gelockt sind. Das weiß ich, obwohl ich diese Locken nur aus der Ferne bewundere und verehre, denn das beglückende Bild war sogar in der Zeitung, in Farbe, insofern also keine Indiskretion meinerseits, wenn ich es hinschreibe.

Es war im Frühjahr, und es herrschte gerade die weltberühmte Obstbaumblüte, da kam die Bedienung (es war noch die *wilde Hunnin*) atemlos vom unteren Obstgarten herauf und kicherte. Es ist schade, daß ich ihren etwas schartigen Hunnenakzent nicht schriftlich ausdrücken kann. »Da unten«, sagte sie, »der Chef hat mich hinuntergeschickt und mußte eine Flasche Prosecco bringen, und sie sind ganz nakkend, und sie werden sich photographiert. Genierten ibahapt nicht. Konträr. Das Photograph rief: ›Hipfet! hipfet!‹, und sie hipfeten.« Da es bei einer Flasche Prosecco dort unten nicht blieb, brachte *ich* die nächste hinunter. Tatsächlich. Der Wim war grad wieder einmal für zwei, drei Tage da und schlenderte mehr wie zufällig mit. »Das!« Das sagte er dann, »*das* müßtest du so beschreiben können, daß man es plastisch vor Augen hätte, dann wärst du ein Schriftsteller.« Doch das kann man gar nicht beschreiben. Monika und Amelie. Ich glaube nicht, daß sie mehr anhatten als einen Ring am Finger oder ein Kettchen um den Knöchel, und lachten und hüpften herum unter der weltberühmten weißen Blütenpracht vom Überetsch. Und völlig ungeniert, sogar wie ich kam. Mehr noch: Der Photograph sagte, ich solle diese gewisse weiße Stoffscheibe halten zur Aufhellung der Entzückungsleiber … Ich glaube, man nennt sowas Sternstunde. Nur beschreiben, nein leider, könnte ich das nicht. Ich glaube auch nicht, daß das jener beschreibungsausführliche und begabte Schriftsteller gekonnt hätte, der mit der gewissen *Suche nach der verlorenen Zeit*, dessen Namen ich vergessen habe. Ich war seitdem auch eher auf der Suche nach der noch nicht gefundenen Blondschnecke mit den sternengoldenen Locken am Kopf und an einer weiteren Stelle, und grad besonders da hervorragend sternend. »Unglaublich«, sagte Wim, »ich habe schon viele Damen in –«, er drückt sich oft so lateinisch aus, und damit ich es niederschreiben kann, habe ich es mir von ihm aufschreiben lassen, »– in statu naturae purae gesehen, solches jedoch noch nicht. Daß das unter Kleidage verborgen wird – das sollte gesetzlich verboten sein.«

»Wieviel gibst du ihr?« fragte ich.

»Wieviel sie bekleidet aufbringt, kann ich im Moment nicht entscheiden«, sagte Wim, »weil sie jetzt nackt ist.«

Ich hielt immer noch die Stoffscheibe, und die Schnecklein hüpften hin und her, und der Photograph knipste und knipste – von vorn und von hinten, und es wippte und glänzte, und sie nahmen Blumen in die Hand und reckten sich nach Blüten, und manche dunkle Stelle blitzte, wenn man so sagen kann – ich schätze zweihundert Bilder …

»Aber nackt«, sagte Wim, »entzieht sie sich jeder Kategorisierung nach oben.«

Ach ja.

Der Photograph schenkte mir dann ein paar Abzüge, die ich rahmen ließ und in meinem Zimmer zur Anbetung an die Wand hängte. Und in der Zeitung war's, wie gesagt, außerdem. Auch diese Zeitung hüte ich als Reliquie.

Der Leser, sofern der unerforschliche Ratschluß der Weltliteratur einen solchen für dieses Buch zur Verfügung stellen wird, hat nun unzweifelhaft bemerkt, daß ich namentlich durch die hocherotische Erscheinung jener Amelie in einen sogenannten Sinnestaumel geraten war, zumal ich damals seit mehr als zwei Jahren ohne die Segnungen einer Partnerbindung beziehungsweise Möglichkeit, eine Dame in wenigstens einigermaßen zweckdienlichen Zeitabständen zu beschlafen, war. Es ist also vielleicht nicht unverständlich, wenn ich mein Sinnen und Trachten danach richtete, jene *irdische Aphrodite* (ein Ausdruck, den Wim geprägt hat) – ich versuche einen möglichst verhaltenen Ausdruck zu finden – in meinen Einflußbereich herüberzuziehen, schon weil sie ausnahmsweise nicht zu denen gehörte, die einen Kopf größer sind als ich.

Man wird meine Begeisterung für Amelie-Bionda nicht geringer schätzen, wenn ich zugebe, daß ich zunächst allerdings angesichts der verwirrenden Körperlichkeiten, der sonnenbeschienenen und gleichzeitig blütenschattengesprenkelten Klassekörper hin- und herschwankte, denn auch die schwarze Monika, die sich schwellbrustschüttelnd unterm Blätterdach räkelte, wäre das gewesen, was man meine Kragenweite nennt. Ich erfuhr allerdings, daß diese Monika erstens nur auf sogenannte Lättinlaffers steht, zu denen ich sowohl in geographischer wie erscheinungshafter Hinsicht nicht zähle, und zweitens kurz nach jener photographisch-blütenumrankten Sternstunde aus ebendem Grunde für mehrere Monate nach Mexiko entschwand.

Aber Amelie, die schönmondige, war mir letzten Endes doch lieber – *wäre* mir lieber gewesen ... allein, ... doch davon später. Warum schreibe ich *schönmondig*? Ich bin nicht nur ein, ohne mich zu loben darf ich sagen, trotz meiner Jugend kenntnisreicher Verehrer der weiblichen Brüste, sondern auch ein heikler Beachter dessen, was sich auf den korrespondierenden Höhen als Glanzpunkt andersfarbig entwickelt. Ich will jetzt nicht eine Typologie dieser Erscheinungen ausbreiten, denn der Leser hat, glaube ich, Anspruch darauf, daß ich endlich mein Vorleben bis zu jenem Besuch beim Lektor Dr. Werner ausbreite. Nur soviel also, daß die hier und da blondgelockte Amelie über die schönsten Monde verfügte, die je weibliche Brüste zierten. Und neugierig bin ich, ob die beiden Käferlein im Herbst etwas Ähnliches machen wie im Frühling unter Blüten, ob sie ihre prangenden Runditäten den reifenden Äpfeln an den Bäumen optisch zugesellen.

Ich hoffe es.

16

Der Irrtum eines Fluglotsen verursacht den Absturz eines Flugzeuges über Agram, wobei 176 Menschen sterben. 154 Tote in der Türkei und 95 in Indien, ebenfalls durch Absturz je eines Flugzeuges. Eine amerikanische Militärmaschine stürzt in Bolivien ab, 130 Tote, darunter viele Kinder. In Cavalese in der Provinz Trient stürzt eine Seilbahngondel ab, 42 Tote. In Seveso, einer kleinen Stadt in der Lombardei, tritt aus einer Fabrik eines Schweizer Chemiekonzerns Giftgas aus und verpestet die ganze Umgebung. Der Chemiekonzern Hoffmann-La Roche, das ist das bewußte Karnikel, hält das nicht für so schlimm. Die Stadt mußte evakuiert werden. Die Leute, die ihre Häuser und Wohnungen verlassen mußten, sollten sich nicht so haben, meinten Hoffmann und auch La Roche. Direktemang tot umgefallen ist keiner. Wie viele an den Folgen des Giftgasaustritts gestorben oder zu Krüppeln geworden sind, hat keiner gezählt, vor allem nicht Hoffmann-La Roche.

In Finnland ist eine Munitionsfabrik und in Hamburg eine Werft explodiert; 45 bzw. 16 Tote. In Wien stürzt die Reichsbrücke ein. Ein Dammbruch im Bundesstaat Idaho der USA macht 35 000 Idahoaner obdachlos. Orkane an der Nordsee: 40 Tote; ein Wirbelsturm zerstört die bolivianische Stadt La Paz. Wie viele Menschen dabei ums Leben kamen, weiß man deshalb nicht, weil niemand weiß, wie viele vorher dort gelebt haben. In Montreal olympischer Sommer-, in Innsbruck ebensolcher Winterzirkus. Die Erdbevölkerung erreicht die Höhe von 4 Milliarden. Ohne mich wären es nur 3 Milliarden, 999 Millionen, 999 Tausend 999 gewesen, denn alle diese Katastrophen ereigneten sich 1976, und ob meine Geburt als weitere Katastrophe hinzuzuzählen ist, wird vielleicht nicht einmal der Abschluß vorliegenden Buches, sondern womöglich erst die Weltgeschichte erweisen, denn wer weiß, was ich noch alles werde. Ich bin ja erst achtundzwanzig Jahre alt. Vielleicht werde ich noch Papst (katholisch bin ich, ehelich geboren und unverheiratet) oder Diktator oder Wirtschaftstycoon oder Springreiter. Gegenwärtig bin ich allerdings nur ehemaliger Taxifahrer, zeitweiliger Ghostwriter und Ersatzpromi und aktueller Hilfskoch im Ansitz-Hotel *Tschurtschenhof* zu St. Michael – Eppan in der Autonomen Provinz Bozen der Republik Italien und hoffnungsloser Bewunderer seit vorgestern der schönen Franziska mit dem Niagarafall von schwarzen Haaren. Ich habe sogar ein Gedicht auf sie gemacht. Ich habe es Wim gezeigt, und der hat gesagt, ich solle es lieber nicht hier in das Buch einfließen lassen. Also nicht.

Ehelich geboren, und damit beginne ich meine Autobiographie, bin ich allerdings, gestehe ich, wobei mir die Schamröte ins Gesicht tritt, nur auf dem Papier. Dabei sollte eher meinen Herren–Damen Eltern die Schamröte über meine verdeckt und versteckt illegitime Geburt ins Gesicht steigen, allen dreien (dreien? ja, dreien, wie man sehen wird), denn ich kann ja eigentlich nichts dafür. Obwohl es Konstellationen gibt, da kann man etwas dafür, auch wenn man nichts dafür kann.

Mein Vater oder besser gesagt sogenannter Vater, er hieß Friedebert Kuggler, hatte, als ich gezeugt wurde, sein Geschlechtsleben bereits seit mehreren Jahren abgeschlossen gehabt. Er war damals nicht ganz siebzig Jahre alt. Aus seiner ersten Ehe hatte er zwei Kinder oder womöglich drei, alle längst vor dem Krieg geboren. Ich habe sie nie kennengelernt. Meine Mutter, und das war nicht meine sogenannte, sondern meine in jeder Hinsicht hieb- und stichfeste Mutter, war halb so alt wie mein Vater, also mein sogenannter Vater, und wie das alles ging, weiß ich von meiner Tante Luise, der Schwester meiner Mutter, die mich, als ich ungefähr sechzehn Jahre alt war, in die Geheimnisse der weiblichen Körperlichkeit und mich in sie einführte. Ich will dezent bleiben, obwohl mein Freund Hermann, der Lektor, nicht der Konsul, gesagt hat: »Schweinigle vor dich hin. Denk daran, daß die wirklich bedeutenden Kritiker alte Säcke sind, die selbst nicht mehr können und daher sowas gern lesen. Geben es nicht zu, daß ihnen an dieser Art Bücher grade die Schweinigeleien gefallen, und müssen etwas anderes suchen, das sie von dem Buch loben können, und davon profitiert dann dein literarischer Ruhm.« Trotzdem, es widerstrebt mir. Und womöglich liest Tante Luise das hier, obwohl ich es eher für unwahrscheinlich halte. Meine Mutter liest es schon gar nicht. Und wer weiß, ob es überhaupt gedruckt wird.

Tante Luise war damals vielleicht vierzig Jahre alt. Für einen Sechzehnjährigen eine Greisin. Sie spielte in meinen beginnenden frühpubertären Dunkelphantasien keine Rolle. Rollen spielten eine gewisse Ramona aus dem Haus Nummer fünf, eine gewisse Anna, die Tochter des Hausmeisters, und eine gewisse Silke, die Schwester meines besten Freundes Lutz. Keine, weder Ramona noch Anna noch Silke, hat je von meinen sie umnetzenden Hirn- und Unterleibsrumorungen erfahren, von keiner habe ich mehr als ein entblößtes Knie gesehen. Wohl aber von Tante Luise. Ein Wecker, den der Mann Tante Luises zum Reparieren gebracht und nach der Reparatur abgeholt und, da der Abholweg bei uns vorbeiführte, hier einen Besuch gemacht habend, liegengelassen hatte – »Jetzt hat der Dodel seinen Wecker liegengelassen«, brummte mein sogenannter Vater, und »Wie redest du von meinen Verwandten«, näselte meine Mutter; meine Mutter näselte immer –, blieb geschlagene vier Monate bei uns liegen. – »Wie lang will deine Mischpoke ihre halbe Wohnungseinrichtung noch bei uns liegenlassen?« brummte mein sogenannter Vater, und meine Mutter näselte: »Und daß deine Schwester schon drei Jahre ihre unappetitlichen Gummigaloschen bei uns im Schrank stehen hat, davon redest du nicht?« – und im fünften

Monat endlich raffte sich meine Mutter zu dem Entschluß auf, den Wecker zu ihrer Schwester zu bringen, doch wie immer bei meiner Mutter verschlang die Entschlußfassung die Kräfte, die zur Ausführung des Entschlusses notwendig gewesen wären, sie sank aufs Sofa, ihren gewöhnlichen Aufenthaltsort, zurück und beauftragte mit ersterbender Stimme und letzter Kraft mich, den Wecker zu Tante Luise zu bringen.

Tante Luise war antlitzisch eher pfannkuchenartig, körperleiblich jedoch, wie ich bald vermerken durfte, nahezu hochkarätig. Wim hätte ihr vermutlich Römisch Vier plus gegeben. Als ich geläutet hatte, machte sie auf, ich hielt ihr den Wecker hin, bemerkte dabei, daß sie einen dünnen, ich weiß noch genau, schwarz-braun orchideengeblümten Morgenmantel anhatte, durch dessen weit klaffenden Schlitz sie sogleich eines ihrer sehenswerten Beine, ergänzt durch einen leicht wippenden Seidenpantoffel, streckte und sagte: »Leider ist der Onkel verreist, komm doch herein.« Sie ging voraus, ich hielt immer noch den Wecker in der Hand, sie ließ den Morgenmantel fallen, mir stockte der Atem, und die Hose wurde zu eng. »Nicht zu schnell! Nicht zu schnell!« stöhnte sie dann mehrfach.

Und danach goß sie sich, immer noch grandios unbekleidet, einen Cognac ein und sagte: »Jetzt bist du auch soweit für einen« und schenkte mir ein. Und offenbar war sie der Meinung, daß ich auch soweit sei, die Familienabgründe kennenzulernen. Nicht auf einmal, sie erzählte es mir nach und nach bei den folgenden Besuchen, bei denen ich mich nicht nur an das Cognactrinken gewöhnte.

Meine Mutter, die ihre entmenschten Eltern auf den Namen Heiltrud tauften – nein, nicht tauften, denn es erfolgte nur eine völkische Namensgebung –, war zehn Jahre älter als Luise und also dreißig Jahre alt, als ihre zwanzigjährige Schwester heiratete, und saß immer noch daheim herum. Ihre hauptsächliche Beschäftigung bestand darin zu ächzen. »Man hatte den Eindruck«, sagte Tante Luise, »daß sie es sogar als

Zumutung empfand, die Erdumdrehung mitzumachen.« Und schon in jungen Jahren entwickelte sie enorme Fähigkeiten darin, krank und leidend zu sein. Zum Glück teilte sie ihre einzige wirkliche Leidenschaft, nämlich das Sitzen im Biergarten, mit ihren Eltern, die seit eh und je verantwortungsvoll das Brau- und das Gaststättengewerbe unterstützten. Dennoch ging Heiltrud den Eltern langsam auf die Nerven, vor allem ihr Näseln, und sie hätten gern die etwas überständige ältere Tochter dem Herrn Franz Neulinger angedreht, der sich jedoch nicht von der jüngeren Luise abbringen ließ. Als Neulinger und Luise heirateten, zog die drohende Aussicht, auf Heiltrud sitzenzubleiben, am Lebenshorizont der Eltern auf. Da lief Friedebert Kuggler in die Falle. Friedebert Kuggler, mein sogenannter Vater, war sechsundsechzig Jahre alt und Kellner gewesen. Bis zu seinem neunundfünfzigsten Lebensjahr hatte er im *Hofglaser* in der Au gearbeitet, und zwar seit damals fünfundzwanzig Jahren. Als er die goldene Ehrennadel des Gastwirteverbandes für treue Dienste erhielt, wurde ihm gleichzeitig mitgeteilt, daß der schon längst renovierungsbedürftige, auch durch langsames Wegsterben der Stammgäste und infolge Bevölkerungsstrukturwandels – Türken gingen nicht in den *Hofglaser* – mangelnden Nachwachsens neuer Stammgäste unrentabel gewordene Betrieb für eine gewisse Zeit geschlossen und nach gefälliger Umgestaltung unter dem Namen *Barcarole* als Oben-ohne-Lokal fortgeführt werden solle. Daß die nun zu erwartenden Gäste auf Bedienung durch einen oberkörperfreien Altkellner Friedebert keinen Wert legen würden, leuchtete diesem ohne weiteres ein. Er saß auf der Straße und fand keine neue Arbeit mehr. Da half auch die goldene Ehrennadel nichts.

Wie schon erwähnt, war mein sogenannter Vater irgendwann vor dem Krieg schon einmal verheiratet gewesen, hatte Kinder, die längst erwachsen waren und mit denen er keinen Umgang pflegte. Ob er verwitwet oder geschieden war, weiß ich nicht. Er lebte jedenfalls allein, und so reichte seine bescheidene Rente für seine schmalen Bedürfnisse aus. Er beschäftigte sich hauptsächlich damit, Kreuzworträtsel zu lösen, und nicht nur das, er entwickelte neue Kreuzworträtsel, schickte solche an Kreuzworträtselzeitschriften ein und hatte sogar die Genugtuung, daß zunächst ab und zu eines seiner Rätsel abgedruckt, er dann sogar ständiger Mitarbeiter der Rätselzeitschrift *Merlin* wurde, was eine kleine Aufbesserung seiner Rente mit sich brachte. Zu seiner Beerdigung schickte die Redaktion einen Kranz, der deutlich größer war als der von meiner Mutter gespendete, erheblich größer als der der Schwiegereltern.

Im Jahr 1973 verirrte sich Friedebert Kuggler in den Stammbiergarten Heiltruds und ihrer Eltern und nahm, da laue Sommernacht und der Biergarten pfropfenvoll, an ihrem Tisch Platz. Das Verhängnis nahm seinen Lauf. Es war nicht nur normaler Biergartenbetrieb, es war irgendein Biergartenfest, und es herrschten überdeutliche Musik und gelockerte Stimmung sowie Schunkeln. Friedebert, obwohl mit Sechsundsechzig sichtbar gesetzteren Alters, schunkelte mit, stieß sich nicht am näselnden Singen Heiltruds – oder stieß sich vielleicht grade daran und lud sie, um sie am weiteren Singen zu hindern, ins Kino ein. Nach dem Kino gingen Friedebert und Heiltrud in einen anderen Biergarten und dann in noch einen anderen, und dort stellte Heiltrud fest, daß sie ihren Hausschlüssel vergessen oder womöglich sogar verloren hatte. Sie übernachtete bei Friedebert. Sie übernachtete sogar zweimal, weil sie erst am übernächsten Tag ihren Rausch ausgeschlafen hatte. Als sie dann heimging, war festzustellen, daß die Eltern blitzartig Heiltruds Zimmer ausgeräumt, neu möbliert und frisch tapeziert hatten. »Wir dachten«, sagten sie, »du bleibst bei ihm.«

Und es blieb ihr nichts anderes übrig, und Sträuben half Friedebert nichts, und so kam es zur Ehe.

»Ich habe«, sagte mir Tante Luise, als sie mir das erzählte, »den Verdacht, die Alte hat ihrer Tochter an dem bewußten Abend den Hausschlüssel aus der Tasche geklaut.«

Es dauerte allerdings einige Monate, bis Friedebert weichgekocht war. Er unternahm sogar einen Fluchtversuch, wurde jedoch von Heiltrud wieder eingefangen. Als er sich endlich ergab, wollte er mit seinem künftigen Schwiegervater über eine Mitgift reden. Er erntete Hohnlachen. Man habe, hieß es, für die freilich vergebliche Ausbildung Heiltruds zur Photographin, nach deren Abbruch zur Kosmetikerin, nach deren Abbruch zur Simultandolmetscherin, nach deren Abbruch zur Floristin, nach deren Abbruch zur Anwaltsgehilfin, nach deren Abbruch zur Diakonissin insgesamt – der Schwiegervater in spe holte diverse Zettel hervor – sowiesoviel tausend Mark investiert, außerdem habe Heiltrud seit ihrer Volljährigkeit, also in den letzten zwölf Jahren, vierzehn Hektoliter Bier und, was sie zur Entspannung danach immer brauchte, viertausendzweihundertzwei Klare getrunken, und damit sei die seinerzeit bereitgestellte Mitgift verbraucht. Friedebert rächte sich – sozusagen eine Langzeitrache – damit, daß er sich hartnäckig weigerte, die Schwiegereltern zu duzen sowie ab der Hochzeit mit Heiltrud den Geschlechtsverkehr zu vollziehen. Er hatte, wie gesagt, sein diesbezügliches Lebenspensum als erledigt betrachtet. Wenn in den betreffenden Nächten nach dem Biergartenfest etwas in der Richtung passierte – was angesichts der Alkoholisierung Heiltruds eher unwahrscheinlich war –, so war es das letzte erotische Alpenglühen meines sogenannten Vaters.

In meiner späteren Mutter erwachte nach zwei Jahren jedoch der offenbar im Weibe häufig vorhandene und nicht zu unterdrückende Wunsch nach einem Kind. Friedebert weigerte sich. Tante Luise: »Ich halte es auch nicht für ausgeschlossen, daß er sich freiwillig kastrieren ließ. Er lebte nur noch seinen Kreuzworträtseln.« Offenbar erzählte er die ganze

Angelegenheit dem Redakteur des *Merlin.* (Die Zeitschrift hatte nur einen einzigen Redakteur.) Es könnte sein, daß dieser Redakteur der einzige Mensch war, mit dem Friedebert, mein angeblicher Vater, mehr redete als nur drei Wörter. Der Redakteur war ein ausgemachter Schürzenjäger, jagte jedoch nicht blindlings und wahllos Schürzen, weshalb er zunächst nur bedingt zusagte, Frau Heiltrud die Näslerin, meine Frau künftige Mutter, zu beglücken. Er wollte sie vorher sehen. Das erfolgte wo? Im Biergarten. Der Kreuzworträtselredakteur sagte dann zwar – so berichtete mir Tante Luise, die mit ihrem Mann dabei war –, er habe an sich »keine – lateinisch für Hinneigung mit elf Buchstaben – für weibliche Rauschkugeln«, aber Heiltruds äußeres – Fremdwort fünf Buchstaben für Erscheinungsbild – sei soweit in Ordnung. Heiltrud wurde daraufhin biermäßig und dann mit Klarem zur Entspannung abgefüllt, was nicht schwer war, wie sich denken läßt, es war eher schwierig zu verhindern, daß sie *zu* voll wurde, und dann schritt der Kreuzwörtler zur stellvertretenden Tat. Natürlich nicht im Biergarten, sondern in der ehelichen Kuggler-Wohnung. Während mein angeblicher Vater sich nebenan in seine Kreuzworträtsel-Erfrischung vertiefte, zeugte der Redakteur mich. »Ich glaube«, sagte Tante Luise, »deine Mutter hat gar nicht gemerkt, wer sie da – wie soll ich sagen, ich möchte dir in deiner Jugend nicht die schlimmsten Wörter beibringen … Sagen wir: Wer sie genoß.« Leider wußte Tante Luise nicht mehr, wie der Kreuzwörtler hieß. Die Rätselpostille *Merlin* war zu der Zeit, als ich das alles hörte, längst eingegangen. So erfuhr ich nie, wie mein leiblicher Vater hieß, womöglich noch heißt. In Wahrheit interessiert mich das auch nicht besonders.

VI

Es hilft nichts, wenn ich den Fernseher einschalte, auch dort schreit der Muezzin, so wie er draußen vor meinem Fenster schreit, denn auch die kleine Servitenkirche wurde in eine Moschee verwandelt, die Stukkaturen, einst wertvolle Zeugnisse feinen Spätbarocks, heruntergeschlagen, die Fresken übermalt, die Heiligenbilder durch kalligraphierte Koransprüche ersetzt. Ich gebe zu, daß die Kalligraphie der arabischen Lettern von hohem ästhetischem Reiz ist. Nur darf man die Sprüche nicht übersetzen. Dürftige Gemeinplätze.

*

Ich mußte das, was ich geschrieben habe, schnell verstekken. Mein Freund, der Ayatollah al-Ahmaq, vormals Kerschensteiner Schorsch, kam auf eine Wasserpfeife zu mir, und er ist ein Hundertfünfzigprozentiger geworden. Wenn er wüßte ... wenn irgend jemand wüßte, was ich da niederschreibe, daß ich überhaupt schreibe! Warum ich es niederschreibe? Weil ich doch noch Hoffnung habe, daß eines Tages ... Vielleicht wird nichts sein *eines Tages.* Dieser eine Tag wird nicht kommen. Es wird sich nichts ändern. Die Menschenwelt ist dort angekommen, wo sie enden soll. Es gibt das Gesetz, ein Naturgesetz, es heißt *Murphy's Law,* danach geht alles schief, was schiefgehen kann. Das gilt, so ist jetzt offensichtlich, auch für die Geschichte der Menschheit insgesamt und eigentlich. Sie, die Geschichte, endet im Islam. Trotzdem werde ich dies hier, selbstverständlich anonym, aufschreiben, in eine Blechdose verschließen und irgendwo vergraben. Sie wird wohl nie gefunden werden, doch habe ich wenigstens das Gefühl, *es* gesagt zu haben.

Wenn das jemand wüßte – meine ganzen Beziehungen würden mir nichts helfen. Neulich hat man bei einem eine alte CD gefunden mit einer Symphonie von Brahms. CD-Spieler sind gestattet, allerdings nur zum Abspielen von Muezzingesängen oder Ansprachen von Groß-Muftis. Die CD mit der Brahms-Symphonie wurde öffentlich verbrannt, kohlte allerdings nur so vor sich hin. Was mit dem Eigentümer geschah, schreibe ich ungern auf. Vor vielen Jahren, noch zur *Zeit der Untugend,* wie die christliche Vergangenheit jetzt offiziell heißt, ist einmal ein Mullah bei uns – bei uns, wohlgemerkt, nicht einer *dort,* und ein relativ gemäßigter – gefragt worden: »Ist die Scharia, das islamisch-religiöse Gesetz, mit der Verfassung eines demokratischen Staates und mit den Menschenrechten vereinbar?« Da hat der Mullah geantwortet: »Ja, solang die Muslime in der Minderzahl sind.«

Jetzt sind die nicht mehr in der Minderzahl. Jetzt sind sie in der Mehrzahl. Sind *wir* in der Mehrzahl, denn auch ich bin – aber davon später.

Die guten alten Sitten und Gebräuche wurden wieder eingeführt. Die öffentlichen Hinrichtungen sind Volksfeste. (Wäre das früher anders gewesen?) Und man erinnerte sich an die ausgefeilten Martermethoden, die muslimische Potentaten ausgebrütet haben. So war das Schinden weitgehend in Vergessenheit geraten. Der Eigentümer jener CD mit der Brahms-Symphonie wurde geschunden. Das heißt, die Haut bei lebendigem Leib abgezogen. Es ist erstaunlich, wie lang der Delinquent da noch lebt und schreien kann. Ab und zu verlor er das Bewußtsein, da wurde ihm Pfeffer auf die abgehäuteten Stellen gestreut. Dann hat er wieder geschrien. Dem Häuten gilt die ganze Zuneigung der Mullahs. Sie halten es für die Allah gefälligste Strafe. Die Juden wurden alle gehäutet, nachdem der Islam weltweit lückenlos ausgebreitet war. Die diesbezüglichen Versuche, die Juden auszurotten, die ein Hitler unternommen hatte, sagte damals der Kalif in seiner berühmten abschließenden Freitagspredigt, seien lächerlich gewesen, unfachmännisch; war eben kein Muslim, dieser Hitler.

Der Islam ist, scheint mir, eine höchst zerbrechliche Religion. *Sehr* empfindlich. Da hat ein Biologielehrer doch vom *Kreuzschnabel* gesprochen. Das ist dem Sitten- und Glaubens-Rat zu Ohren gekommen. Die Mullahs haben einstimmig aufgejault: »Eine Beleidigung des Islam!« Muß in Zukunft *Halbmondschnabel* heißen. Der Ort, wo vier Straßen zusammenstoßen, heißt schon länger *Halbmondung.*

Vielleicht werde ich selbst Mullah. Muslim bin ich schon. Das Beschneiden war eher unangenehm, doch es erfolgte wenigstens unter Narkose. Das gestattet Allah. Aber nachher hat man wochenlang einen unangenehmen Verband. Bei mir kam eine Entzündung dazu ... und ... Ich will die Einzelheiten nicht weiter schildern. Was tut man nicht alles, wenn man vorwärtskommen will. Vorwärts kommt man nur noch als Muslim. Alles andere ist eine Frage des Überlebens.

Es gibt zweierlei Gesetze – nein, es gibt nur *ein* Gesetz, das ist die schon erwähnte *Scharia.* Was Allah will. Das habe ich auf der Koranschule, auf der ich mich nach der Beschneidung drei Monate langweilen mußte (was tut man nicht alles ...), gelernt. Die *Scharia.* Die gilt immer und überall, das islamische Gesetz, das Wort des Propheten. Es gibt nur einen Propheten, und der wußte, was Allah will. Und es gibt Tausende von Mullahs, die wissen, was der Prophet wollte. Die *Scharia* gilt auch für die, die nicht an den Propheten glauben, was mir seltsam erscheint bei einem religiösen Gesetz. Doch das auf der Koranschule zu äußern, habe ich mich wohlweislich gehütet. Überhaupt war es auf der Koranschule ungern gesehen, wenn man Fragen stellte.

Innerhalb der *Scharia* gibt es zweierlei Gesetze: solche,

die gelten und befolgt werden müssen, und solche, die auch gelten, allerdings nicht befolgt werden müssen. Jedenfalls nicht von allen und nicht immer. Vor der *Scharia* sind alle gleich, doch auch da gilt, daß einige gleicher sind als der Rest. Wer die Gleicheren sind, brauche ich wohl nicht zu sagen.

Zur ersten Gattung der Gesetze gehört, daß jeder Mann einen Bart zu tragen hat. Ich habe selbstverständlich längst einen. Zum Glück wächst er mir lang genug. Neulich haben sie einen jungen Mann aufgegabelt, der war siebzehn Jahre alt und hatte nur einen Flaum. Die zuständigen Mullahs verhörten ihn. Es half ihm nichts, daß er nicht (noch nicht) Muslim ist, es half ihm auch nichts, daß er jammerte, es wachse ihm kein richtiger Bart. Die Mullahs glaubten ihm nicht und ließen ihn – nein, nicht häuten. Da, so der Obermullah, es nicht ausgeschlossen sei, daß er tatsächlich am fehlenden Bartwuchs unschuldig wäre, wurde er nur ertränkt.

Zu den Gesetzen, die nicht unbedingt befolgt werden müssen, gehört das Verbot alkoholischer Getränke. Schon auf der Koranschule ist es oft recht lustig zugegangen, und von den geschlossenen Veranstaltungen der verschiedenen Ayatollahs und Kalifen erzählt man allerhand Dinge. Wie gesagt – manche sind gleicher. Einmal wurde einer, der nur gleich war, dabei erwischt, daß er Champagner trank. Er verteidigte sich damit, daß er nachwies, wem die seinerzeit enteignete Champagner-Kellerei gehört: dem Scheich Sikkir. Das führte zur Strafverschärfung. Er wurde erst aufgespießt und dann, am Spieß hängend, verbrannt.

Komisch, im Koran heißt ihr Allah immerzu der *Allerbarmer* und dergleichen. Das scheint nur eine Floskel zu sein. Erbarmen kennen Allahs Anhänger nicht, schon gar nicht mit solchen, die nur gleich sind. Überhaupt der Koran. Ich mußte ihn natürlich auswendig lernen. Zum Glück habe ich ihn wieder vergessen. Daß ein religiöses Grundbuch kein

Kriminalroman ist (und als solcher wie alle Bücher außer muslimischen geistlichen Schriften verboten wäre), ist klar, aber ob es derart langweilig und langatmig sein muß, bezweifle ich. Das Unterhaltendste noch sind die Flüche für alle, die dem *Propheten* nicht glauben, und die Schilderungen, wie schön es im Paradies ist. Das besteht für Mohamed hauptsächlich aus kühlem Schatten, genug zu essen und zu trinken und einer unabsehbaren Menge von seelenlosen Beischlafmaschinen in weiblicher Form. In anderer Gestalt haben nach dem Koran Frauen im Paradies nichts zu suchen. Soweit der Koran; so eine Äußerung in der Öffentlichkeit würde schnurstracks zum Häuten führen.

Meine Aufgabe in der Behörde ist es, heimliche Bilderbesitzer ausfindig zu machen. Es ist eine untergeordnete Tätigkeit, wenngleich von den Mullahs als wichtig angesehen. Ich hoffe, mit der Zeit zu angenehmer zu erledigenden Aufgaben aufzusteigen. Das Bilderaufspüren mache ich jetzt schon drei Jahre. Man bekommt mit der Zeit eine Nase dafür, wer sowas noch in seiner Wohnung haben könnte. Da geht man dann hin, klopft und sagt möglichst nachdrücklich: »Allah will es!« Wer sich aufzumachen weigert oder die Durchsuchung verwehrt, dem wird eine Hand abgehackt. Wenn ich ein Bild entdecke – gut, ich bin kein Unmensch. Wenn er sein Erspartes herausrückt und das Bild dazu, lasse ich Gnade vor Recht ergehen. Alle Bilderaufspürer machen es so, schließlich ist Allah der Allerbarmer, wie ich schon gesagt habe, und da müssen wir doch auch Erbarmen haben. Hat er, der Bilderfrevler, nichts Erspartes, muß er eben zur Bank gehen und einen Kredit aufnehmen. Weigert sich der dumme Tropf – bis zu vier Bildern die linke Hand, ab fünf Bildern beide Hände. Soll er sehen, wie er in Zukunft seinen Hosenschlitz auf- und zumacht. Für gewisse Bilder, ich brauche wohl mehr nicht zu sagen, hat mein vorgesetzter Imam (er hieß Sigurd Kopetzky, jetzt heißt er Hifz-al-Isma, war früher PR-Chef einer Miederfabrik) großes Interesse. Leider aber werden Bilderfrevler immer weniger. Die schweren Strafen schrecken ab.

*

... gerade wurde ich wieder unterbrochen. Eine meiner Frauen ist hereingekommen. An sich eine Ungehörigkeit, in mein Arbeitszimmer zu kommen. Kommt herein, ohne anzuklopfen, sieht mich schreiben, fragt: »Was schreiben Sie da?« Ich habe sie sofort in ihre Grenzen verwiesen. Sie mußte sich hinknien und laut sagen: »Ich habe Strafe verdient und bitte meinen Herrn um eine gehörige solche.« Dann habe ich ihr eine rechts und eine links geschallert, und dann mußte sie sagen: »Ich danke meinem Herrn.« Ich habe diese Regelung in meinem Haus eingeführt entsprechend dem Leitfaden fürs Familienleben, den das Amt *Al-Nizam wal-Ta'dib* herausgegeben hat. Der Islam hat schon auch, wie man sieht, Vorteile. Nur sollte man unbedingt darauf achten, daß man ein Mann ist.

Zum Glück war das Weib, das da frecherweis zu mir ins Arbeitszimmer kam, von meinen vier Frauen die jüngste. Bei älteren Weibern muß man vorsichtig sein, die sind womöglich noch in die Schule gegangen, seinerzeit. Leila, die jüngste, nicht mehr, die kann nicht lesen und schreiben. Sie konnte also nicht erkennen, daß das verbotene lateinische Buchstaben sind. Sonst ist Leila sehr lieb, aber dumm. Geht sie doch neulich mit einem roten Kopftuch auf die Straße. Es wird schon nicht sehr gern gesehen, wenn Frauen überhaupt auf die Straße gehen, und wenn, dann selbstverständlich ganz in Schwarz. Zum Glück kenne ich den Mullah, der für sowas zuständig ist (er ist, im Vertrauen gesagt, auch einer der Abnehmer für gewisse Bilder), und so konnte ich ihr die öffentliche Strafe ersparen. Immer am Donnerstag werden solche Strafen vollzogen. Es herrscht großer Andrang, denn die Delinquentinnen werden teilweise oder sogar ganz entkleidet.

Zurück zu: »Allah will es!« Ein Zauberwort. Wenn man als Ayatollah, als Imam, als Mullah, selbst als nur angehender solcher wie ich, irgendwo nicht zahlen will, braucht man bloß nachdrücklich genug zu sagen: »Allah will es!«, und schon packt der Verkäufer mit zitternden Händen das ein, was man möchte. Man sieht, ich wiederhole es, der Islam hat auch Vorteile für den, der mit ihm zu leben weiß. Wenn nur nicht das Geheul des Muezzin wäre den ganzen Tag, natürlich lautsprecherverstärkt. Vielleicht wechsle ich die Wohnung.

Ja, die Dinge haben sich stark verändert in den letzten Jahren. Eine Regierung und ein Parlament gibt es schon noch, es gibt auch Wahlen. Frauen haben selbstverständlich kein Stimmrecht, Männer, die sich weigern, Muslime zu werden (*zwingen* tun wir keinen, der Islam ist tolerant, haha), haben nur eine halbe Stimme. Doch es spielt eigentlich ohnedies keine Rolle. Ich glaube, es wird gar nicht mehr ausgezählt. Es ist nur so eine Art Ritual. Kanzler, Minister usw. sind Posten für die Söhne und Neffen der Groß-Muftis, sozusagen Dekorationen. Sie dürfen Reden halten und knien bei feierlichen Anlässen vorn in der Moschee. Regieren tun andere. Wer? Die Mullahs eben, die Ayatollahs, Scheichs und Imame, auch die bedeutenden Derwische und, von denen habe ich noch nicht gesprochen, die *Barone.* Das sind keine Barone im alten Sinn, die nennt man nur so. Das, was ich jetzt niederschreibe, ist fast das Gefährlichste: Die Mafia hat es sehr schnell verstanden, sich mit dem Islam nicht nur zu arrangieren, sondern mit ihm zu kooperieren. Islam und Mafia, Mafia – Islam und Islam – Mafia. Wie das Ganze genau geht, weiß ich nicht, da bin ich noch nicht weit genug oben. Womöglich weiß das ohnehin niemand so richtig. Jedenfalls brauchen die Barone gar nicht Muslime zu sein oder nur ein wenig, und sie verstehen sich gut mit den Mullahs, und oft wird eben auch ein Sohn oder Neffe eines Barons Minister oder Kanzler, und vor der Tür eines Hauses eines Barons (Haus ist gut; das sind schon Villen, Paläste, Schlösser!) »Allah will es!« zu brüllen ist füglich zu unterlassen. Was die hinter ihren Mauern machen, ist tabu, selbst für die Derwisch-Polizei.

*

So, jetzt unterbreche ich freiwillig. Ich muß zum Freitagsgebet. Die einzige öffentliche Unterhaltung. Es ist entsetzlich, wie langweilig das Leben geworden ist.

17

»Nein«, hat Hermann, der Lektor gesagt, »wie kommst du auf sowas? Unmöglich.«

»Ich habe gedacht«, sagte ich, »ich schreibe einen autobiographischen Roman der Zukunft.«

»Ich denke, du schreibst als Ghostwriter der Ghostwriterin von dem Schicki-Micki-Namensvetter von mir die Memoiren? Sogenannte Memoiren.« Der verächtliche Ton war nicht zu überhören.

»Schon, nur das füllt einen doch nicht aus, literarisch gesehen.«

»Einzusehen. Klarerweisus. Doch das da …«, er deutete auf das Manuskript, »ist der Islam so schlimm? Ich weiß nicht, ob man das so sagen kann wie du. Ich denke an *Tausendundeine Nacht* und die *Alhambra* in Granada …«

»Ich kenne die *Alhambra* in Granada nicht, und von *Tausendundeiner Nacht* kenne ich auch nur den Trickfilm oder was es war. Schon möglich, daß das großartig ist und alles andere auch. Trotzdem.«

»Hast du nicht das Gefühl, daß du mit dieser … dieser … Tirade gegen den Islam das Kind mit dem Bad ausschüttest?«

»Manchmal muß man das Kind mit dem Bad ausschütten. Namentlich wenn das Kind … Moment, damit es nicht ein schiefes Bild wird – das Kind? Oder das Bad? – egal – zum Beispiel Osama Bin Laden heißt.«

»Hm, ja, nun«, stotterte Hermann, »ich habe ja auch keine Sympathien für diese Maulhelden, aber – es geht nicht. Denk an den Salman Rushdie. Da war was los, potzblitzus.«

Er erzählte mir dann, was ich nicht wußte oder woran ich mich nur dunkel erinnerte, in der Zeitung davon gelesen zu haben, die Geschichte mit jenem Buch dieses Salman Rushdie.

»Wenn du mich fragst« (was für eine blöde Redewendung oder besser hohle Wortkapsel, ich habe ihn nicht gefragt), »einer der größten Erzähler, den es derzeit gibt. Neben Umberto Eco vielleicht und möglicherweise Nooteboom. Kennst du alle nicht? Neinus? Du mußt mehr lesen, Udo, mehr lesen.«

Ja, lies du als Aushilfstaxifahrer. Jeden Augenblick kann dich an der schönsten Poesiestelle ein Fahrgast stören.

»Ein ganz Großer also, müßte längst den Nobelpreis haben, aber das ist es eben. Die Sabbergreise von der schwedischen Akademie hätten die Hosen gestrichus voll, wenn sie den Rushdie wählen würden für den Nobelpreis. Würden fürchten, daß so ein Ayatollah seine Killerbande schickt und mit der Maschinenpistole die Tatterakademisten niedermäht – obwohl es, im Vertrauen gesagt, nicht schade wäre um die –, wer bekommt schon alles den Nobelpreis? Sicher hat es da Ausnahmen gegeben, allerdings nur selten. Meistens ist die Voraussetzung, daß einer den Nobelpreis bekommt: Er muß links sein, fast nichts geschrieben haben, und das muß unverständlich sein, außerdem soll möglichst noch nie ein Mensch von ihm gehört haben, und günstig ist, wenn man Neger oder Australier oder Kamtschatkanese oder was ist …«

»Also«, sagte ich und tat so, als meinte ich es ernst, »habe *ich* keine Aussicht auf den Nobelpreis? Obwohl von mir, literarisch gesehen, kaum ein Mensch etwas gehört hat?«

»Du, Udo?« Er nahm es wirklich ernst. »Du bekommst nicht einmal den Büchner-Preis. Sei froh, dann brauchst du keine Büchner-Rede halten. Was das ist? Jeder, über den der Büchner-Preis, genannt Nobelpreis-Miniatüre, ausgegossen wird, ist verpflichtet, über Georg Büchner eine Rede zu halten. Kennst du Georg Büchner?«

»Ich kann mich dunkel erinnern.«

»Lesen mußt du, Udo, lesen. Jeder muß also eine Büchner-Rede halten. Den Büchner-Preis gibt es seit – warte einmalus ...«, er stand auf, schaute nach, fand nichts, schaute in einem anderen Buch nach, fand es, »seit 1951. Das gibt also über fünfzig Büchner-Reden. Kannst dir denken, daß alles über den armen Büchner herausgequetscht ist, was nur herauszuquetschen war. Wo außerdem seine Biographie deswegen relativ wenig hergibt, weil er mit ...«, er schaute wieder nach, fand es diesmal sofort, »nicht einmal vierundzwanzig Jahren gestorben ist. Kannst dir denken, was für Erzquatsch so nach und nach in den Büchner-Reden verzapft worden ist. Wenn du heute den Büchner-Preis bekommst, Udo, kannst du höchstens noch über Büchners Großmutters Darmverschlingungen reden. Obwohl ich fürchte, daß selbst das schon abgehandelt ist.«

»Du wolltest mir eigentlich etwas von dem Rushdie erzählen, Gero.«

Er stutzte: »Wieso Gero? Ich heiße Hermann.«

»Du sagst auch mit konstanter Bosheit Udo zu mir, obwohl ich Stephan heiße, mit P-H.«

»Ich sage Udo zur dir? Entschuldige. Ich werde mich bessern, klarus.«

Offenbar war er, vielleicht seit seinem Wechsel in den neuen Verlag, von *o* auf *us* übergegangen. Klassisch geworden?

»Also Rushdie. Ein sozusagen Top-Autor. Ist bei uns mit der deutschen Übersetzung im Verlag. *War* bei uns im Verlag. *Satanische Verse* hieß das Buch. Heißt noch, denn das Buch gibt's noch. Ich weiß nicht, ob ich's schon einmal gesagt habe: Es gibt Bücher, die *gibt es,* und die restlichen sind nur einmal *erschienen.«* (Haha! Nicht du hast das einmal gesagt, Hermann-Lektor, *ich* habe es einmal fallenlassen, nachdem Wim es so formuliert hatte. So entstehen Zitate. Wer weiß, was der Goethe, zum Beispiel, selbst alles *nicht* erfunden hat.) »Rushdies Buch gibt es. Ein praller Roman. Ein Buch, das vor lauter

Erzählung förmlich aus den Nähten platzt. Aber … eben aber! Kommen doch – schon bei der englischen Originalausgabe – ein paar solche Turbantrottel fortgeschrittenen Alters und ebensolcher Verkalkung drauf, oder meinen draufzukommen, daß Rushdie, der von Haus aus ein muslimischer Inder ist, mit Islam und Moschee und so religiösem Islamfirlefanz jedoch nichts am Hut hat, in England lebt, daß der mit den *Satanischen Versen* den Koran gemeint hat. Ich habe das Buch gelesen. Es sollte ja in deutscher Übersetzung bei uns – also bei *uns* in dem Sinn, wo ich damals war, das ist gut über zehn Jahre her – bei uns erscheinen. Ich sage dir, U- … wie heißt du, entschuldige?«

»Stephan. Mit P-H.«

»Ich sage dir, Stephan, ich habe nicht den mindesten Anhaltspunkt dafür gefunden, daß Rushdie mit den *Satanischen Versen* den Koran gemeint hat. Obwohl ich nichts dagegen hätte, den Koran so zu nennen. Ich habe auch den Koran gelesen …«

»Ich auch«, sagte ich. »Bevor ich das da geschrieben habe.« Ich deutete auf die Blätter, die immer noch, wieder in der Klarsichthülle, auf seinem Schreibtisch lagen.

»Ach sosus – gut. Dann weißt du's ja. Ein langweiliges Gelaber … Nur, wie gesagt, der Rushdie hat alles mögliche gemeint damit, nur nicht den Koran. Trotzdem haben die ganzen Turbanfritzen aufgejault. Ich kann mich daran erinnern, daß einer von denen gefragt worden ist: ›Haben Sie denn das Buch gelesen?‹ – ›Allah bewahre‹, hat der Mufti geheult, ›ich nehme doch so etwas nicht in die Hand.‹ Trotzdem haben sie dort in Persien eine *Fatwah* gegen Rushdie erlassen, das heißt: eine offizielle Morddrohung. War absolut ernst zu nehmen. Rushdie mußte untertauchen, jahrelang, im Grunde bis heute. Denn die Killer sind schon losmarschiert. Nein! Nicht die Mullahs persönlich. Das sind zwar Scharfmacher, aber Maulhelden. Die lassen fein sauber die durch ihre Freitagspredigten verblödeten Selbstmordattentäter los. War absolut ernst zu nehmen. Selbst bei der Übersetzung. Den, glaube ich, norwegischen Übersetzer haben sie tatsächlich erschossen. Damit dem Verleger nichts passiert, hat man dann das Buch nicht bei uns herausgebracht – in Wirklichkeit aber doch, versteckt –, sondern hat einen speziellen Verlag eigens für dieses Buch gegründet. *Verlag Artikel neunzehn.* Du weißt, U- … Stephan, Artikel neunzehn Grundgesetz: Meinungsfreiheit. Und ein paar Dutzend als Herausgeber, um die Gefahr zu streuen.«

»Und ist dann doch etwas passiert?«

»Ja. Das heißt, nein. Ich meine, nein, nichts passiert. Doch der Rushdie … Ich stelle mir vor, das ist kein Leben für den. Und da soll ich deine Beleidigungen des Islam drucken? Ist das dein Ernst?«

»So gesehen«, sagte ich, »so gesehen, hm.«

»Sie hat *Männer* weinen gesehen, hat sie gesagt.«

»Wer sie? Und welche Männer?«

»Muslimische Männer, und gesagt hat es bei einem Fernseh-Interview die, kann man sagen, Nestorin der deutschen Islamistik, eine inzwischen mit Recht verstorbene Professorin. In dem Interview hat sie diese *Fatwah* verteidigt. Man müsse das verstehen, ein Angriff auf das Heilige Buch. Und sie hat Männer weinen sehen. Leider hat sie nicht gesagt, wo sie das gesehen hat und was für Männer das waren. Islamische Männer natürlich, nur was sie sonst noch waren, hat sie nicht gesagt. Die, ich wiederhole, mit Recht verstorbene Professorin hat Rushdies Buch natürlich genausowenig gelesen gehabt wie jener Mullah. Und die Männer, die geweint haben? Ich vermute, eher weil ihre Fußballmannschaft verloren hat.«

*

So ungefähr dieses Gespräch. Nicht, daß man meint, ich hätte damals ein Tonband mitlaufen lassen, oder ich hätte ein quasi tonbandinisches Gedächtnis – ein gutes Gedächtnis schon, doch für das einzelne Wort kann ich mich nicht verbürgen. Aber ungefähr schon, ziemlich nahe dran. Es sind mir ja auch seine Worte tief ins Bewußtsein gedrungen, besonders das mit »die mit Recht verstorbene Professorin«. Sagt man so etwas von einer Professorin? Einer Dame? Wenn ich das Gespräch einigermaßen vollständig wiedergeben sollte, mußte ich ja wohl oder übel auch diese Bemerkung hinschreiben, lege jedoch Wert darauf, daß nicht *ich* sie gemacht habe, sondern Hermann. Ich distanziere mich hiermit in aller Form davon.

Und außerdem hat er, Hermann, nach dem Ende des Gesprächs und ein paar abschließenden Floskeln, die ich bei der Nachschrift weggelassen habe, sich mit: »Also dann tschüß, Udo« verabschiedet.

Ich habe mir gedacht: »Leck mich am Arsch, Gero.«

18

Ich glaube, es ist an der Zeit, an meiner wirklichen Autobiographie weiterzuschreiben. Heute ist Sonntag, da gibt es bei uns im Tschurtschenhof nichts zu essen, das heißt, es wird nicht gekocht, sozusagen Ruhetag. Der Koch hat frei, die Hausgäste müssen auswärts zum Essen gehen. Ich sitze in meiner Bude, die mir Herr von Sichelburg nebenan in einem sage und schreibe Schloß gemietet hat. Schloß Plotzbach. Sehr schön mit Zinnen und so fort, nur eben, daß es mir nicht gehört. In der Zeit, in der ich Promi war und sogar einmal in der *Bunten* mit voller Namensnennung abgebildet war …

»Was? Du heißt gar nicht Udo? Du heißt Stephan?« hat Hermann-Lektor gefragt, »und außerdem muß ein Druckfehler vorliegen: da steht *Zugger* und nicht *Kuggler?*«

Aber ich greife voraus.

Nein, zurück, denn ich war ja schon bei einem regnerischen Sonntag in meiner Bude in – nein: *auf* Plotzbach. Bei einem Schloß sagt man *auf.* So ähnlich wie bei einem Schiff. Also zurück, und gleichzeitig voraus …, ich kenne mich selbst nicht mehr aus. Also, in der Zeit, in der ich Promi war, habe ich ab und zu schon zu so Sternen beziehungsweise Flausen gegriffen (»beziehungsweise ist falsch, muß *oder* heißen«, hat der Wim einmal gesagt, bei so einem Satz, den ich ihm vorgelesen habe, »ich erkläre dir einmal diese Feinheit.« Er hat sie mir dann erklärt, doch leider habe ich sie vergessen, weiß also nicht, ob ich nicht besser »zu so Sternen oder Flausen …« schreibe), jedenfalls danach gegriffen, ob ich mir nicht ein Schloß kaufen soll. Oder (beziehungsweise?) lieber eine Yacht. Ist aus beidem nichts geworden.

Und es regnet. Wenn es nicht regnen würde, würde Herr

von Sichelburg statt des sonstigen Menus grillen, was die Gäste erfahrungsgemäß gern mögen, weil da immer wieder einmal der eine oder andere Gast Feuer fängt, oder Gästin. Und wir haben schon schöne Erlebnisse gehabt. Eine Gästin hat so ein Flatterkleid von hauchdünnem Zeug angehabt, und schon ist sie entflammt beziehungsweise (?) es, das Kleid, und Herr von Sichelburg und ich, der ich, obwohl auch ich, der Hilfskoch, wie der Chefkoch eigentlich freigehabt hätte, freiwillig beim Grillen helfe, weil es mir in meiner Bude langweilig ist, und an meiner Autobiographie kann ich später auch noch weiterschreiben, wir haben die bereits laut aufschreiende Dame gepackt und schnell im Gras gewälzt und somit erstickt. Nicht die Dame, das feuergefangene Kleid. Und dann hat ein anderer Gast, der mir schon vorher als Wichtigtuer aufgefallen ist, geschrien: »Die Kleider herunter!« Und hat sie sofort komplett enthüllt. Dann hat die Dame um eine Oktave höher geschrien und ist nackt ins Haus und auf ihr Zimmer gelaufen. Es war eine ungemein dicke Dame, eine von der süßen Sorte mit kleinem Mund, eine von den sogenannten winterfüllenden Liebeskugeln. (Ein Ausdruck, den ich von wem habe? Richtig. Vom Wim.) Die Liebeskugel ist also zurück ins Haus geschwappt, und nachdem sonst außer dem Flatterkleid (mehr hatte sie offenbar nicht an, da schau her) keine Verluste zu verzeichnen waren, war man allgemein begeistert, nur der Mann von der Dicken murrte: »Das wäre eine schöne Bescherung gewesen. Und ob die Sterbekasse die Überführung bezahlt hätte, ist höchst fraglich.«

Herr von Sichelburg hat damals übrigens gemeint, das Ganze sei mehr ein Attentat von jenem Wichtigtuer gewesen. Der habe nämlich mehrmals zu ihm gesagt, wenn die Dick-Süße vorbeigewatschelt ist: »Die ist auch gut über den Winter gekommen«, und einmal sehr deutlich: »Da gäbe ich glatt tausend Euro, wenn ich die einmal nackt sehen dürfte.« Ob nicht, womöglich …? Hat Herr von Sichelburg gemeint, obwohl, bemerkt in der Richtung hat er nichts. Jedenfalls hat der Wichtigtuer die tausend Euro gespart.

Heute regnet es, und also wird nicht gegrillt, und ich sitz in meiner Bude *auf* Plotzbach und schreibe an meiner Autobiographie. Eigentlich sollte es ja ein autobiographischer Roman sein. Wie wird aus einer Autobiographie ein autobiographischer Roman? Indem ich Unfugisches dazu erfinde? Oder, wie Hermann meint, mehr so ins Psychologische schwenke? (»Püschologisch«, sagt Wim, dem man mit Püschologie und Püschologen nicht kommen darf.) Der Konflikt mit dem Vater, an dem mein Selbst zerbricht? Oder besser das Selbst vom Vater? Wenn ich wüßte, wer mein Vater war. Oder mit der Mutter? Da hat es keine Konflikte gegeben. Haben Sie mit jemandem Konflikte, der immer nur auf dem Sofa liegt? Vielleicht schleicht sich das andere, das Autobiographromanische, ganz unbemerkt ein, klammheimlich, daß ich es selbst womöglich nicht merke. Nur nachher der Leser – und vor allem die Rezensenten. Dann bekomme ich womöglich doch noch den Büchner-Preis. Den Nobelpreis nicht. Nein, glaube ich nicht. Den nicht.

*

Wir hatten daheim ein braunes, gelbgeblümtes Sofa. Meine Mutter hatte einen braunen, gelbgeblümten sogenannten *Trainer.* Das ist ein irgendwie flauschig-wolliger Schlafanzug für den Tag, der gleichzeitig relativ eng anliegt, aber an gewissen Stellen doch schlabbert, zum Beispiel an den Knien. Wie schon erwähnt, war dieses braune, gelbgeblümte Sofa der gewöhnliche Aufenthaltsort meiner Frau Mutter. Insbesondere wenn sie leidend war, was meist nach dem vortäglichen Besuch eines Biergartens eintrat, welcher Besuch in der warmen und also dafür geeigneten Jahreszeit so gut wie immer der Fall war, ächzte sie gegen zehn Uhr aus dem Bett, vertauschte ihren Schlafanzug für die Nacht mit dem obenerwähnten Schlafanzug für den Tag und legte sich nicht, sondern sank auch nicht aufs, sondern ins Sofa. Gelbgeblümt Braun auf gelbgeblümt Braun. Oft nicht zu unterscheiden, und seltsamerweise immer schwerer zu unterscheiden. Manchmal waren wir, mein Vater und ich, uns unsicher, ob sie im Sofa liegt oder nicht. (Obwohl es meinen Vater, ehrlich gesagt, weniger interessierte.) Und eines Tages war sie überhaupt nicht mehr vom Sofa wegzukennen, und nachdem sie mehrere Tage verschwunden blieb und selbst bei bestem Biergartenwetter nicht mehr auftauchte, mußten wir annehmen, daß sie mit dem Sofa verschmolzen war. Wir warteten dann noch zwei Wochen, dann befragte mein Vater, also mein sogenannter Vater, den Redakteur der Zeitschrift für Kreuzworträtsel *Merlin*, also meinen leiblichen Vater, was davon zu halten sei. Der Redakteur war die einzig wichtige Instanz in Lebensfragen, die mein angeblicher Vater anerkannte. Der Redakteur sagte, daß meine Mutter nunmehr als verblichen zu betrachten sei. Was aber mit dem Sofa? Beerdigen oder Sperrmüll? In der Wohnung behalten wollten wir es aus naheliegenden Gründen nicht. Da wir mit dem Ansinnen, ein Sofa zu beerdigen, beim Bestattungsamt mit Schwierigkeiten rechnen mußten, entschieden wir uns für den Sperrmüll …

*

Nein, ist alles nicht wahr. Was ich oben geschrieben habe, ist ein Ausgleiten in den autobiographischen Roman. Ich weiß nicht, ob das irgendwie psychologisch hilfreich ist. Obwohl das mit dem braunen, gelbgeblümten Sofa stimmt und obwohl es auch stimmt, daß meine Mutter den ganzen Tag, sofern sie nicht im Biergartenbesuch begriffen war, auf jenem Sofa verbrachte, und obwohl es stimmt, daß sie einen braungelbgeblümten Schlafanzug für den Tag besaß, in dem sie optisch im Sofa fast verschwand. Sie hatte jedoch auch einen blauen Tagesschlafanzug mit roten Blumen, einen moosgrünen mit violetten Blumen und einen beige-orange karierten. In den Biergarten ging sie selbstverständlich nicht im Schlafanzug. Da quetschte sie sich nicht ungern in sogenannte Landhausmode, das heißt in umgenähte Mehlsäcke mit noch teilweise sichtbarer Schrift: *kgl. bayr…* oder dergleichen, mit vielen Schließen und einem Rausch an Hirschhornknöpfen überzogen. Und für ihr Alter viel zu kurze Röcke, und alles viel zu eng. Sie sah aus wie hineingeschossen, wie eine geschnürte Knackwurst. Ich wundere mich, daß sie so geschnürt soviel Bier in sich hineinbrachte.

Das Sofa wurde tatsächlich zum Sperrmüll gegeben, nicht jedoch, weil meine Mutter darin entwichen, sondern weil es durchgesessen war. Es wurde ein neues angeschafft, grau mit blauen Streifen. Ihre Tages-Schlafanzüge paßte meine Mutter farblich nicht an, so daß sie von nun an deutlich vom neuen Sofa zu unterscheiden war.

Meine Mutter überlebte meinen – angeblichen – Vater. Sie zog dann zu ihrer Schwester, der erwähnten Tante Luise, wo sie vermutlich ihre Tage auch auf einem Sofa und leidend verbrachte. Sie entglitt meinem Blickfeld.

Man wird sich fragen, wie ich in der Zeit meiner Jugend gelebt habe, und ich frage mich selbst danach. Meine auf oder besser in ihrem Sofa liegende Mutter war hauswirtschaftlich ein Nullfaktor. Ich kann mich nicht daran erinnern, daß sie jemals kochte, zum Einkaufen ging, die Wohnung putzte und was eine Hausfrau eben so alles macht. Nur manchmal, wenn mein Vater (ich lasse von jetzt an das *angeblich* weg, es immer und immer wieder anzuhängen oder eigentlich voranzustellen ermüdet mich beim Schreiben und den Leser beim Lesen und macht letzten Endes das Buch unnötig dicker und damit teurer, und womöglich würde sich das eine Mitglied des Nobelkomitees, auf dessen Stimme als Zünglein an der Waagschale es ankommt, grad daran stoßen, und es würde statt dessen für einen koreanischen Lyriker stimmen, der bisher unerkannt seine kryptischen Haikus vor sich hin gebröselt hat), wenn mein Vater das bekam, was meine nervsägende Mutter »seinen Rappel« nannte, das heißt, daß er von seinen Kreuzworträtseln aufstand und schrie: »Der Saustall kann so nicht weitergehen. Kannst du vielleicht die Fenster putzen, sofern du deinen Rausch ausgeschlafen hast?!«, bekam es meine Mutter mit der Angst zu tun, gab meterlange Seufzer von sich, kämpfte sich aus dem Sofa und putzte – das alles nur als Beispiel – ein halbes Fenster, worauf sie wieder ins Sofa sank und zur Entspannung einen Klaren kippte. Oder zwei. Meist drei. Und der Rappel meines Vaters verrauchte rasch, weil ihm sehr bald eine neue Kreuzworträtselkombination einfiel, die er sofort ausarbeiten wollte.

Ab und zu kam eine ältere Türkin, die in einer Containersiedlung weiter hinten an der Bahn lebte, die bekam von meinem Vater ein paar Mark und putzte ganz ordentlich den gröbsten Dreck weg. Im übrigen war mein Vater der Meinung, putzen sei überflüssig, denn dort, wo man immer hinlange, sammle sich naturgemäß kein Dreck und Staub, und dort, wo sich Dreck und Staub sammle, lange man ja nicht hin.

Die Türkin erledigte auch das Wäschewaschen recht und schlecht und kochte sogar nebenbei. Türkisch. Ich habe keine Vorliebe für die türkische Küche entwickelt, wenn auch heute noch der Hauch von Hammel und Knoblauch die Jugendzeit – »die schöne Jugendzeit, sie kommt nicht mehr« – in meiner Erinnerung aufsteigen läßt, denn diese schöne Jugendzeit war, wie man sich nach dem Obengesagten denken kann, eher beschissen, ehrlich gesagt.

Kochte die Türkin nicht, ernährten wir uns von Dosenwurst und ähnlichem. Wahrscheinlich bin ich wegen dieser himmelschreienden Ernährung so klein geblieben. Als ich alt genug war, um einigermaßen auf mich selbst zu achten, also so mit zehn, zwölf Jahren, entlockte ich meinem Vater jeden Tag ein paar Mark und ging mir eine Leberkässemmel oder eine Pizza kaufen. Es wundert mich, daß ich weder von der Sauferei meiner Mutter noch von der allgemeinen Schlampigkeit dessen, was man nur mit Vorbehalten ein Elternhaus nennen kann, angesteckt wurde. In der Schule war ich zwar miserabel, weil sich mein Vater nicht darum kümmerte, er hielt die Schule sowieso für Blödsinn, und meine Mutter schon gar nicht, doch mit Drogen oder Alkohol hatte ich nichts im Sinn. Ab der fünften Klasse oder der sechsten, ich weiß es nicht mehr, ging ich auch gar nicht mehr hin. Der Lehrer kam daraufhin einmal zu uns. Der Vater verkrümelte sich sofort, die Mutter hatte einen Hochkater vom gestrigen Biergartenbesuch und saß schimpfend und heulend am Klo. Der Lehrer sah das Durcheinander und verflüchtigte sich sofort wieder.

Daraufhin schaltete sich das Jugendamt ein. Ohne Zweifel wäre ich in ein Heim gekommen, wenn nicht die Frau vom Jugendamt das Haus verwechselt hätte. Sie suchte uns auf Nummer vierzehn, wir wohnten auf Nummer zwölf. Auf Nummer vierzehn hatte der Gemüsehändler Troppschuh seinen Laden. Er war einer der letzten kleinen Gemüsehändler wahrscheinlich in der ganzen Stadt. Es war so ein Laden, in dem das Sauerkraut noch offen in einer Tonne angeboten wurde und wo die Kernseife neben den Karotten lag. Solche Läden waren damals sonst meistens schon verschwunden, denn entweder wurden sie vom *Edeka* erdrückt, der nebenan seine neonfenstrigen Ellenbogen ausknirschte, oder ein Grieche, Türke oder Pakistani oder sonst so einer übernahm ihn und verkaufte von da an einesteils das gleiche Gemüse, nur in exotischen Kisten und Dosen mit unverständlicher Aufschrift, in verschärften Fällen rotes oder gelbes Pulver, das angeblich als orientalische Spezialität eßbar ist.

Troppschuh war ein großer, dicker, stets überkrusteter, schwärzlicher Mensch mit Glatze und ein glühender Verehrer meiner Mutter. Er hatte eine ganz kleine kittelschürzige Frau, die für ihn keine Bedeutung mehr hatte. In den Biergarten ging er immer ohne sie. Dort traf er sich häufig mit meinen Eltern, und dort lebte er, wenn man so sagen kann, seine Verehrung für meine Mutter aus. »A Bussl, dann zahl i no a Weißbier.« Ob ihn meine Mutter gern küßte oder ob sie es nur des Weißbieres wegen tat oder es in ihrem Rausch nicht mehr wahrnahm, wie schwärzlich der Troppschuh war, weiß ich nicht. In späterer Stunde sang er dann sehr gern zusammen mit meiner Mutter meist Seemannslieder. Ich weiß das alles nur, weil ich, der ich nie mit in den Biergarten genommen wurde, auch nicht hingehen wollte, öfters von meinem Vater geholt wurde, damit ich helfe, die Mutter heimzuziehen. Noch im Heimschleppen und nicht selten noch im Stiegenhaus sang sie weiter: »Haul the bowline, the bowline haul«, stockte plötzlich und näselte: »Troppschuh, warum singst net mit?«

Und bei diesem Troppschuh, der da mit verschränkten Armen vor seinem Laden stand, erkundigte sich die Frau vom Jugendamt nach uns, da sie uns ja im Haus Nummer vierzehn nicht gefunden hatte. Troppschuh, der sofort erkannt hatte, daß da etwas Amtliches, das heißt damit Gefährliches im Gange war, erklärte mürrisch, noch mürrischer, als er sonst ohnehin redete, außer im Biergarten: »Kuggler? Kenn' i net. Hier net. Nix bekannt.« Oder so ähnlich, ich war ja nicht dabei, denke es mir nur. Kaum war die jugendamtliche Gefahr außer Reichweite, ging Troppschuh zu uns hinauf und warnte uns.

Es setzte hektische Tätigkeit ein. Die Türkin wurde außertourlich gerufen und mußte auch dort Staub wischen und Dreck wegputzen, wo man nach der Theorie meines Vaters eigentlich nicht hinlangt. Meine Mutter entfaltete für einige

Stunden ungeahnte Aufräumkräfte, ächzte zwar, warf jedoch soviel angesammelten Abfall und Mist weg, daß die Wohnung danach doppelt so groß wirkte wie zuvor. Der Abfall hatte in den vier zur Verfügung stehenden Hausmülltonnen gar nicht Platz. Die Türkin mußte, unter gebotener Vorsicht, die Mülltonnen der Nachbarhäuser benutzen. Allein die Flaschen ... Die Müllabfuhrmänner sollen bei der nächsten Leerung gefragt haben, laut Mitteilung Troppschuh, ob hier ein Schnapsgroßhändler ausgezogen sei.

Das seit Monaten verstopfte Waschbecken im Bad wurde wieder fließbar gemacht und so fort. Da ab dem Tag der Warnung seitens Troppschuh – zwei Überlegungstage des Jugendamtes eingerechnet – dann ständig damit gerechnet werden mußte, daß man dort die richtige Hausnummer herausgefunden hatte und also der Amtsbesuch drohte, stand meine Mutter früh auf, kleidete sich nicht in den Schlafanzug für den Tag, sondern in ihre Biergartenadjustierung, das heißt in die kesse Landhausmontur, in der sie aussah wie eine hineingeschossene Wurst.

Und richtig kam die Frau vom Jugendamt etwa eine Woche später. Meine Mutter spielte die feine Dame und näselte auf die Jugendamtine herunter, was dem Amt da einfiele, es sei doch alles in Ordnung, eine intakte Familie: »Wollen Sie sich noch genauer umschauen? Wollen Sie auch das Klo sehen? – geregelte Verhältnisse ...!« Warum der Sohn nicht mehr in die Schule gehe?

»Er wird privat unterrichtet.«

Die Amtsperson stutzte. »Geht das?«

»Sie sehen doch.«

»Ich glaube, es geht nicht.«

»Und ich sage Ihnen, es geht doch. Mein Mann arbeitet für die Medien. Wir haben eine Sondergenehmigung.« Eine glatte Lüge, klarus (würde Hermann der Lektor sagen). Die Jugendamtsfrau war jedoch so verunsichert, daß sie ihre Akten zusammenpackte und ging. Dann versickerte, scheint's, der Vorgang im Amt, denn es passierte nie mehr etwas. Sowas kommt vor, wenn das Glück lacht. Mein Freund, der Konsul Bodenhaftung, kannte einen, einen gewissen Herrn Sackohr, dessen Steuer- und Finanzamtsakten verschwanden. Sackohr stellte künstliche Mäuse als Katzenspielzeug sowie Ostergras her. Ostergras ist jenes zerrupfte grüne Papier, das in Ostergaben unter die Eier ins Körbchen gelegt wird. Sackohr war in Ostergras bundesweit Monopolist und zahlte seit dem Verschwinden seiner Finanzamtsakten keinen Pfennig Steuern.

»Ob er da nicht womöglich nachgeholfen hat, beim Verschwinden der Akten?« fragte ich.

»Keineswegs«, sagte Bodenhaftung, »im Gegenteil. Der Trottel ging eines Tages, weil ihm die Sache zu unheimlich wurde und weil er fürchtete, irgendwann eine horrende Steuernachzahlung leisten zu müssen, zu seinem Finanzamt und fragte nach. ›Sackohr?‹ fragte der Finanzbeamte, ›komischer Name‹, und schaute nach. ›Nein‹, sagte er, ›es gibt Sie nicht.‹ – ›Aber ich bin hier‹, sagte Sackohr. ›Aber nicht in der Kartei. Kann ich sonst noch etwas für Sie tun?‹ Und so schliefen die von Sackohr so halsbrecherisch geweckten schlafenden Hunde wieder ein.«

Meine Eltern weckten die im Jugendamt schlafenden Hunde wohlweislich nicht auf, und so blieb mir die Schule erspart. Ab und zu traf ich die alten Schulkameraden in den Isarwiesen, und sie erzählten mir, was so alles in der Schule passiert. Nur selten war etwas Lustiges dabei. Ich hatte nicht den Eindruck, daß ich viel versäumte. Lesen und schreiben konnte ich schon. Zum Rechnen hatte ich einen Taschenrechner. Es ging mir nichts ab, was ich sonst noch lernen hätte können.

VII

»... Sie sind nicht womöglich auch Journalist? Und wollen mich aufs Kreuz legen? Womöglich? Wäre äußerst unkollegial. Außerdem, wenn Sie selbst Journalist sind, wissen Sie es ja. Was? Daß es ein Scheißjob ist. Aber schön, logo. Sehr schön. Schön und verantwortungsvoll. Und so. Verantwortungsbewußt. Das Grundrecht der Informationsfreiheit et cetera. Sie wissen, was ich meine. Die Journalisten sind das Gewissen der Nation. Wenn sie nicht so schlecht bezahlt würden. Sehen Sie – Sie sind wirklich nicht ein Kollege, der dann irgendwo das schreibt? –, eine Krähe hackt der anderen kein Auge aus ... daß ich nicht lache. In keiner Branche, in keiner, sage ich Ihnen, hacken sich so viele Krähen gegenseitig die Augen aus wie im Journalismus. Schon weil alles Neidhammel sind. Jeder meint, der andere bekommt mehr bezahlt oder wird besser geschmiert als er selbst. Dabei, das lehrt die Erfahrung, wenn man einmal dahinterschaut, bekommt meistens der andere weniger. *Noch* weniger. Ein Arschjob. Sehen Sie: Da bin ich jetzt festangestellter Redakteur. Ich sagen Ihnen nicht, bei welcher Zeitung. Spielt auch keine Rolle, sind alle gleich. Fast alle. Also *meine* Zeitung, das heißt: die Zeitung, bei der ich seit dreizehn Jahren angestellt bin. Grün vor Geiz. *Grün* vor Geiz. Das Bier da – das brauche ich nicht selbst zahlen. Das nicht. Sie sehen ja das Tonband hier. Ich sitze dienstlich da. Der ...«, er nannte einen Namen, den ich unterdrücke, »... soll kommen, weil er doch eine Premiere hat. Ich soll ein Gespräch mit ihm machen. Ist ja hochinteressant, an und für sich, nur: Er kommt, scheint's, nicht. Für halb drei habe ich den Termin mit seinem Sekretär ausgemacht, einem gewissen Hofrat a. D. Staudigl – schon toll, nicht? Ein Dichter, der einen pensionierten Hofrat als Sekretär anstellen kann – also: halb drei. Jetzt ist es vier Uhr. Aber der ...«, er nannte wieder den Namen und *wieder* unterdrücke ich ihn, »... kann sich das eben leisten, daß er einen Journalisten warten läßt ... Vor *einem* Bier. *Ein* Bier nimmt mir die Buchhaltung ab als Unkosten. Sie verstehen. *Zwei* nicht. Das zweite müßte ich selbst zahlen. Wie bitte? Auf Ihre Kosten? Das ist hochanständig. Danke. Ich sehe, Sie sind *kein* Journalist. Prost. Ja. Der ...« (!) »... auch so einer. Heute vergißt er, daß *wir* ihn gemacht haben. Also nicht *ich*. Wir alle miteinander, wenn Sie verstehen, was ich meine. Sehen Sie, es ist doch so: Alle schreiben den gleichen Blöd, alle Schriftsteller, sind wir doch ehrlich. *Alle* den gleichen Blöd. Und die Komponisten. Lügen wir uns doch nichts vor: alle den gleichen Stiefel. Der eine komponiert gicks-gicks-gacks und der andere vielleicht gacks-gacks-gicks, aber sonst ist das doch alles die gleiche Soße. Dürfen *wir,* die Journalisten, aber natürlich nicht sagen. *Ja* nicht. Oder die Maler oder Bildhauer. Der eine legt angesengte Balken übereinander und nennt es ›Zeige deinen Hammerzeh‹, und der andere spannt Zwirnsfäden über Nachttöpfe und nennt es ›Wanderniere eines Hofkentauren‹ – hören Sie mir doch auf, ist doch alles der gleiche Stuß. *Dürfen* wir nicht sagen. *Ja* nicht. Wie soll sich da jetzt einer in der gleichförmigen Soße auskennen? *Gar* nicht kennt er sich aus. Kein Mensch kennt sich aus. Doch man muß was darüber schreiben. Also: Jetzt horchen Sie genau zu – ich muß daher *selbst* bestimmen, was mir gefällt. Verstehen Sie? Ja. Unter der ganzen Horde muß ich einen heraussuchen, den erkläre ich zum Genie, und dann brauche ich nur noch auf den Buchdeckel schauen, und schon weiß ich, ob es mir gefällt oder nicht. Respektive Theaterplakat. Brauche gar nicht mehr das Stück anschauen. Ist eh meistens langweilig. Schreiben ja alle das gleiche, und so kommt es eben nur drauf an, *wer* das langweilige Zeug schreibt. Schreibt es der, auf den ich, kommt mir vor, vergeblich warte, ist es genial, schreibt es Gerd Huber – also nur so ein Name, den ich grad so erfinde, Sie verstehen –, schreibt es Gerd Huber, ist es ein Mist. Wie? Ja, natürlich; natürlich gibt es Sachen, die nicht langweilig sind, doch da – also das ist eine Grundvoraussetzung quasi, das ist das oberste Gebot: Was nicht langweilig ist, das darf nicht gelobt werden. Das ist ja klar, denn – Sie verstehen: Ich als Journalist gehöre zur Elite. Ich bin besser als die anderen, sonst hätte ich nicht den sozusagen öffentlichen, verantwortungsvollen Auftrag – Grundrecht der Informationsfreiheit und so, steht ja sogar in der Verfassung –, hätte nicht den Auftrag, das zu beurteilen, was die Schriftsteller und Maler und Komponisten modeln. Oder? Eben. Und wenn es den anderen Leuten gefällt, *kann* es daher nicht gut sein. Leuchtet Ihnen nicht ein? Noch einmal, vielleicht verstehen Sie es dann. Ein Journalist, nicht wahr, also ein Rezensent – können Sie mir folgen? – muß in einer Rezension immer zwei Dinge gleichzeitig machen: erstens sagen, daß das Buch oder das Theaterstück oder was immer genial ist oder ein Mist, je nachdem, ob es von dem da, auf den ich gewartet habe, ist oder von Gerd Huber, nicht wahr, und zweitens: gleichzeitig zeigen, daß man den besseren Durchblick hat als alle anderen. Den besseren Durchblick beweist man damit, daß man das schlecht findet, was den anderen gefällt, und das genial, wo die anderen vor Langeweile einschlafen. Ob man selbst dann nicht auch vor Langeweile einschläft? Sie sind naiv, Mann. Der gewitzte Rezensent geht nur in Stücke oder Filme oder liest nur Bücher, die er *nicht* rezensiert. In ein Stück von dem da, auf den ich warte … gehe ich nicht. Das ist der Trick. Ja. Muß natürlich höllisch aufpassen, daß nicht eine Spielplanänderung ist oder dergleichen. Sind schon peinliche Pannen passiert in der Richtung. Und so einer ist also dieser jener, auf den ich warte … Wir haben uns darauf geeinigt, sozusagen, das ist ein Genie – und jetzt läßt er mich da geschlagene eineinhalb Stunden warten. Wie bitte? Nein, das geht nicht. Sie meinen, daß ich aus Rache jetzt in meiner nächsten Kritik behaupte: Was der da geschrieben hat, ist Mist? Da würde ich mich ja außerhalb der Gruppe stellen. Das wäre absolut tödlich. Geben tut es das natürlich schon – nur das muß vorsichtig geschehen. Das muß ein allgemeiner Trend sein. Da muß ich ganz, ganz sachte anfangen: so in der Richtung: hm, hm – der oder jener, der ist auch nicht mehr das, was er einmal war, und wenn dann mehrere schreiben: ›ist mir auch schon aufgefallen‹, da kann man *langsam* anfangen umzuschwenken. Aber Sie haben insofern recht: Bei dem da ist es bald soweit. Halb fünf – mein Lieber! Halb fünf – ja, gut, ich trinke schon noch eins, aber – ja, dann bedanke ich mich. Prost. Also: Bei dem da ist es bald soweit. Ich habe fast den Verdacht, der kommt überhaupt nicht mehr. – Ist es bald soweit. Zuerst muß ich einen Neuen finden. Ein neues Genie. Ich habe schon einen impetus. Wie bitte? ›In petto‹? Wie heißt das? Einen Moment, muß ich mir notieren: *in petto* sagen Sie? heißt: Wie? In der Brust. So. Aha. Und ich habe – hoffentlich habe ich das nie geschrieben – habe immer gemeint: impetus. Man lernt nie aus. Danke. Habe also einen in petto. Einen gewissen Vögele. Alwin Vögele. Die anderen Journalisten kennen ihn noch nicht, das ist immer ein Vorteil. Ein Geheimtip. Alwin Vögele – ich habe seinem Verlag geraten, daß er sich mit Y schreiben soll: Alwyn Vögele. Er schreibt absolut unverständlich. Er schreibt so ... ja, wie soll ich sagen, so mehr in Richtung Drogenprobleme und Aids und Pop-Musik, keine Sachbücher, Sie verstehen, mehr seelisch. Überhöht. Wie man es halt so macht heute. Sowas muß schnell gehen, das hält nicht lang vor, ist nur im Augenblick gefragt. Auch literarisch muß man die Nase vorn haben. Alwyn Vögele – mit dem komme *ich* vielleicht groß heraus.

Der Verlag zahlt mir vierhundert pro Monat auf zwei Jahre. Wie bitte? Natürlich ist vierhundert nicht viel – für Sie vielleicht nicht, für mich schon. Wenn Sie wüßten, wie mies meine Zeitung zahlt. Und dann habe ich natürlich nicht nur *den* Verlag. Manchmal zahlen auch Autoren oder Agenturen. Je nachdem. So kommt schon was zusammen. Haben Sie jetzt Bestechung gesagt? Bitte halten Sie sich zurück, sonst erzähle ich nicht weiter. Ich tu ja schließlich was dafür. Ich schreibe – unter anderem Namen natürlich, wäre ja sonst zu blöd – Klappentexte für den Verlag, lektoriere, hie und da übersetzt meine Frau etwas ... Ob was? Ob alle? Logisch alle. Obwohl bei der Literatur da nicht viel zu holen ist. Bei der Musik mehr. Schauen Sie sich die Pianisten an, zum Beispiel. Die klimpern doch alle gleich. Was ist da für ein Unterschied? *Interpretation?* Hören Sie mir auf mit dem Mumpitz. Interpretation – die Noten stehen ja fest. Hammerklaviersonate. Ja. Gut. Beethoven hat Note für Note hingeschrieben. Wenn einer, sagen wir, die Hammerklaviersonate auf der Maultrommel spielen würde, *das* wäre Interpretation. Aber sonst? Was kann ein Pianist schon groß, als dies oder jenes ein bißchen schneller oder ein bißchen langsamer oder ein bißchen lauter oder ein bißchen leiser spielen. Das ist schon alles. ›Beseelte Triolen‹ – alles Mumpitz. Das ist alles Erfindung von Rezensenten, und da ist es genauso: Wenn der Maurizio Pollini das spielt, sind es beseelte Triolen, und wenn es der Gerd Huber spielt, dann ist das gar nichts. Ob der Maurizio Pollini auch –? Weiß ich nicht. Zahlen tun sie alle. Wenigstens am Anfang. Später natürlich dann manchmal nicht mehr – ist auch kein Honiglecken für die Rezensenten. Das müssen Sie schon verstehen. Da baut man einen Pianisten oder Geiger oder weiß ich was, Sänger oder Dirigenten mühsam auf und hämmert dem Publikum ein, daß er ein Genie sei, und wenn es das Publikum endlich gefressen hat, glaubt der Kerl es selbst womöglich und stellt die Zahlung ein. Der Rezensent kann doch nicht plötzlich sagen: Das ist Mist, was der spielt, wenn er jahrelang selbst penetrant geschrieben hat … Also günstig ist es nur bei der Kunstkritik. Da ist es am günstigsten. Doch da ist schwerer hineinzukommen. Die halten ganz dicht, selbst den Kollegen gegenüber. Eben, weil es sehr günstig ist. Die sind nämlich beteiligt, Sie verstehen? Die haben einen Vertrag über, sagen wir, Pi-Er-Beratung für die und die Galerie, die den und den Künstler exklusiv vertritt, ich nenne keinen Namen, und der betreffende Künstler wird also zum Genie erklärt, und wenn der, sagen wir – Sie haben doch sicher von dem rostigen Gitterbett gehört, das neulich angekauft worden ist? ›Mein Plattfuß ist täglich neu‹ heißt das Environment. Zweihundertfünfunddreißigtausend Mark für den Plattfuß. Bleiben für den Rezensenten dreiundzwanzigtausendfünfhundert. Da schaue ich mit meinen vierhundert vom Verlag natürlich eher fußfrei aus dem Gitterbett – nun, wie gesagt, es ist schwer, in die Kunstkritik hineinzukommen. Sehr schwer. Bei uns in der Redaktion hat das eine promovierte Emanze gepachtet. Unter uns gesagt: Was die schreibt, ist eher unfreiwillig humoristisch. Doch man kann nichts machen. Sitzt eben drin. Angefangen hat sie seinerzeit in der Moderedaktion, da hat sie jedoch nichts getaugt. Wissen Sie: bei Wirtschaft, bei Sport, sogar bei Mode und in gewissem Sinn selbst bei Politik muß man was verstehen von der Sache. Wenigstens ein bißchen was – sogar im Lokalteil. Da muß man wenigstens wissen, wie der Bürgermeister heißt. Den kann man nicht ernennen. Bei uns, im Feuilleton … Wie bitte? Ja, ich würde schon eine Kleinigkeit zu mir nehmen. Langsam habe ich Hunger. Und Sie wären so freundlich –? Danke. Ich glaube, dieser Kerl kommt wirklich nicht mehr. Ja, was wollte ich sagen – ja: deswegen ist der, wie soll ich das formulieren, deswegen ist der Druck im Feuilleton auch so groß. Weil – ja, richtig, so scharf wie Sie wollte ich das nicht ausdrücken, doch in gewisser Weise ... Eben. Deswegen drängen alle ins Feuilleton. Servus! Servus! Ha-ha. Kennen Sie den nicht? Ja, ja, Sie sind ja nicht von der Branche. Cuno Heinrich Meister. Ein Trottel, im Vertrauen gesagt. Von Haus aus Soziologe. Sagt alles, oder? Jahrelang hat er über Resozialisierung geschrieben, gegen Bestrafung, gegen die Polizei und die Justiz und so fort. Ich war damals eine Zeitlang im Lokalteil, Polizeibericht, Sie verstehen. Nur vertretungsweise, war noch sehr jung, und der eigentliche Polizeireporter war krank. Ja. Schreibt dieser Cuno – Cuno mit C, affig – schreibt dieser Cuno Heinrich Meister jahrelang für humane Strafen, eigentlich: für überhaupt keine Strafen, Abschaffung der Strafjustiz et cetera. Was man halt damals so geschrieben hat. Und stellen Sie sich vor, was passiert ist: Kommt ihm in der Redaktion – behauptet er – sein Geldbeutel abhanden! Mit sage und schreibe dreißig Mark! *In* der Redaktion! Ruft er mich, ich war ja damals grad vertretungsweise Polizeireporter, ruft er mich zu Hause an. Privat! Am Samstag abend. Ich glaube, es war schon halb zwölf Uhr. Ruft mich an, völlig aufgelöst, erzählt mir die Story und schreit und schimpft, und ich muß, meint er, das in der Montagausgabe im Polizeibericht unbedingt groß herausbringen, und er, sagt er, schreibt einen Kommentar, daß die Strafen auf Diebstahl nicht drakonisch – heißt das drakonisch, glaub' ich, ja? – drakonisch genug sein können. Hat nicht viel gefehlt, und er hätte die Wiedereinführung der Todesstrafe verlangt. Für Journalisten-Bestehlung. Das heißt: Er *hat* es geschrieben. Die Chefredaktion hat es nur herausgestrichen. Da hat der Cuno Heinrich Meister getobt, hat ihm jedoch nichts geholfen. Dem Stetter schon, kennen Sie den Stetter, Frans Stetter? Frans mit S, obwohl er gar kein Holländer ist, sondern aus Bad Tölz, aber schreibt sich mit S: Frans. Na ja, es ist halt eben auch so, daß man ein gewisses Markenzeichen haben muß. Schreiben ja, im Vertrauen gesagt, alle den gleichen Stuß, und wenn da nicht bei jedem irgend etwas wäre, und wenn es nur ein Frans mit S ist, dann könnte das Publikum das ganze Zeug gar nicht unterscheiden. Der Stetter schon. Der hat getobt, und es hat ihm was geholfen. Er ist nämlich geschieden worden vor ein paar Jahren, war, scheint's, eine böse Sache, die Frau muß ihn fürchterlich übers Ohr gehauen haben, und er muß immer noch einen Haufen zahlen, und, wenn ich Ihnen schon gesagt habe, wie windig dieser kriminell asoziale Zeitungsverleger zahlt, dann können Sie sich denken, wie der Stetter ... und so weiter. Das einzige, was ihm praktisch von der ganzen Wohnungseinrichtung geblieben ist, war ein Pelzmantel. Den hat die Frau Stetter, obwohl sie ihn gar nicht mehr tragen wollte, war von ihrer Mutter noch, glaube ich, so ein ganz unmodernes Ding aus schwarzem Persianer mit Pelzknöpfen, so groß wie der Bierfilz da – danke, ja, gern noch eins – wie der Bierfilz da, den Mantel hat die Frau respektive ihr Anwalt hochgepokert, bis er soviel wert war wie die übrige Wohnungseinrichtung, und dann ist geteilt worden, und der Stetter hat unterschrieben – ja, wer liest denn schon alles, was er unterschreibt, unsereins hat viel zu viel zu tun, und die ewige Hetze, geht es Ihnen anders? Nein? Ja, da sind Sie natürlich glücklicher dran, doch unsereins ... Kurzum: Der Stetter hat gemeint, er unterschreibt, daß *ihm* die Wohnungseinrichtung gehört und *ihr* der Pelzmantel, einstweilen war es umgekehrt. War ein böses Erwachen. Zuerst hat er versucht, ihn zu verkaufen. Doch das Modell war hoffnungslos veraltet. Hat er ihn halt selbst tragen müssen. Wie er das erste Mal angekommen ist – das müssen Sie sich bildlich vorstellen: bierfilzgroße Pelzknöpfe, Persianer, da haben wir uns natürlich gekringelt vor Lachen. Die ganze Redaktion. Nur der Stetter ist schlauer, als alle gemeint haben. Hat sich hinter die Moderedaktion geklemmt und hat gastweise dort geschrieben, und nach einem halben Jahr ungefähr hat, wenigstens in der Moderedaktion – die glauben ja oft selbst, was sie schreiben –, der Persianer mit bierfilzgroßen Knöpfen als letzter Schrei für den modebewußten Herrn gegolten. Haben nach und nach alle so einen Persianer kaufen müssen. Zum Glück für mich hat meine Mutter noch einen gehabt, Baujahr einundfünfzig, von ihrer verstorbenen Schwester. Sogar der Wirth hat einen gekauft, obwohl er der Knickrigste ist in der ganzen Redaktion. Kennen Sie den Wirth? Hilmar Wirth. Ein ganz Verklemmter. Der erschrickt schon, wenn man ihn anschaut. Das muß ein großer Irrtum der Verlagsleitung gewesen sein, daß sie den eingestellt haben, so einen, verstehen Sie, so mehr ätherisch. War praktisch unbrauchbar, hinausgeworfen haben sie ihn aber nicht. Weiß auch nicht, warum. Vielleicht hat er irgendwelche Beziehungen zu den Gesellschaftern, wer weiß, man schaut da nicht so durch. Nachdem er nirgends zu brauchen war, dieser Wirth – Sie dürfen das ja nicht weitererzählen –, haben sie ihm das Ressort Buchrezensionen im Wochenendteil gegeben. Da braucht er gar nichts tun, als die Besprechungsexemplare, die von den Buchverlagen kommen – kommen genug, ganze Tonnen –, an die Rezensenten verteilen, und die Rezensenten schreiben dann den Klappentext ab, der, wie gesagt, ja eh oft von den Redakteuren stammt, und dann muß er das sammeln und den Umbruch machen. Das kann er grad noch. Und dann kriegt er natürlich Zuwendungen von den Buchverlegern. Jaha! Da geht es hart auf hart. Insofern ist der Umbruch natürlich doch schwer. Weil, es ist ein bißchen kompliziert zu erklären, wenn Sie nichts vom Zeitungsmachen verstehen, wie soll ich also anfangen: Wenn, ich darf ja keine Namen nennen, der Buchverlag X dem Wirth, dem *Spröden Hilmar*, wie wir ihn heißen, sagen wir vierhundert EM im Monat zahlt – Beratervertrag – Public relations, versteht sich – und zufällig weiß, es bleibt ja nicht lang geheim, daß der Buchverlag Y dem Wirth sagen wir nur dreihundert bezahlt, und zählt die Zeilen nach in der Rezension am Samstag – es sind nur die Zeilen wichtig, Verriß oder nicht, ist wurst – und zählt also die Zeilen nach, und obwohl er, der X, vierhundert zahlt, die Rezension für ein Buch aus dem Haus Y um zwanzig Zeilen länger ist und womöglich links oben steht, wo besser gelesen wird, dann gibt es Ärger. Also muß er da beim Umbruch schon aufpassen. Wo er noch dazu so knickrig ist, der Wirth. Knickrig und ätherisch. Einmal haben sie ihn sauber drangekriegt. Es ist nämlich nicht so, daß er *nur* auf Bezahlung rezensieren läßt. Nein, nein. Keinesfalls. Nur die Hälfte ungefähr. Die andere Hälfte ist seine literarische Überzeugung. Er soll irgendwann einmal ein paar Semester Germanistik studiert haben, heißt es. Er hat strenge literarische Ansichten, die sind auch sehr ätherisch. Es gefällt ihm eigentlich nur, was keiner liest. Text-Collagen und so. Gedichte, die man nicht versteht. Ein Roman, der aus *einem* Satz besteht ohne Punkt und Komma, und so Zeug eben. Wenn von einem Buch mehr als fünfhundert Exemplare verkauft werden, dann hält es der Wirth schon für Unterhaltungsliteratur. *Zettels Traum* ist seine Bibel. Und da ist er sogar direkt feurig. Da hat er ein Sendungsbewußtsein. Autoren jedoch, die er gar nicht mag, ruft er anonym an und beschimpft sie. Ich war selbst dabei bei solchen Anrufen. Mit *Meier* meldet er sich. Sehr originell. Na ja. Ich habe auch das Gefühl, den Wirth regt so ein Anruf mehr auf als die Autoren. Am meisten giftet es ihn, wenn der Autor, ohne zu antworten, einhängt. – Warum er dann nicht das nächste Buch von so einem Autor verreißen läßt? Jaha! Das geht doch nicht. Das ist doch die Zwickmühle. Ob ein Buch verrissen wird in der Zeitung oder gelobt, das ist doch gleichgültig: wenn es nur *drinsteht.* Wenn also der Wirth einem Autor, den er nicht mag, sagen will, wie schlecht er ihn findet, dann *kann* er das nicht in seinen

Rezensionen machen. Sonst würde er dem, auch wenn er ihn verreißen läßt, was Gutes tun, und das will er doch nicht. Also bleibt ihm nichts anderes übrig als diese anonymen Anrufe. Aus Sendungsbewußtsein. Einmal müssen bei ihm Geiz und Sendungsbewußtsein jedoch irgendwie aufeinandergeprallt sein oder wie. Genaueres weiß ich nicht, aber offenbar hat ein Verleger kategorisch verlangt, daß ein bestimmter Autor, den der Wirth besonders schlecht leiden kann, rezensiert wird, und der Wirth hat sich geweigert, und der Verleger hat die Zuwendung gestrichen, trotz PR-Vertrag, einfach gestrichen. Und der Wirth hat sogar prozessiert, allerdings verloren, weil irgend etwas juristisch mit dem Vertrag nicht in Ordnung war, kenne mich da nicht aus. Und der Wirth hat getobt und ist herumgesprungen wie ein Schachterlteufel und hat geschrien: Von diesem Verlag kommt mir kein einziges Buch nie mehr in die Buchseiten. Doch da haben sie ihn geleimt. Der Verleger, also der Buchverleger, der die Zuwendung gestrichen hat, hat klammheimlich einen neuen Verlag gegründet. In Zorneding oder sonst wo. Angeblich einen Kleinverlag. Das gefällt dem Wirth natürlich gleich schon. Kleinverlag, Handpresse, Existenzminimum, der Dichter, der sein Brot mühsam mit Taxifahren in Nachtschichten verdient. Das gefällt dem Wirth. Überhaupt gefallen dem Wirth Autoren, die deutlich weniger Geld verdienen als er selbst. Ja – und in diesem angeblichen Kleinverlag ist ein Gedichtband erschienen: *Selbstbildnis im Parabolspiegel* von einem gewissen Runzl. Hat auch einen sehr seltsamen Vornamen gehabt, so in der Richtung Archimedes. Archimedes Runzl. Nein, nicht Archimedes Runzl, so ähnlich. Weiß nicht mehr, tut auch nichts zur Sache. Es waren *graphische Gedichte.* Ganz was Neues. Graphische Literatur. Der ätherische Wirth ist voll darauf abgefahren. Es waren gar keine Buchstaben mehr oder jedenfalls nur noch wenige und dazwischen hauptsächlich so

Kreuzchen und Kringel und $- und %-Zeichen und so. War beim Wirth der absolute Ankommer, und tückischerweise haben die von dem Kleinverlag auch noch einen ganzen Autor dazu aufgebaut, haben es sich eine Menge Geld kosten lassen. Einen Autor aufgebaut: auch so einen ätherischen, so eine halbe Portion und halbblind mit dicken Augengläsern und angeblich Scherenschleifer, der herumzieht. Also genau, was der Wirth mag. Ist auch, wie gesagt, voll darauf abgefahren. Ja, und wie dann die Rezension erschienen ist, eine ganze Seite mit großem Bild von diesem angeblichen Runzl, dann ist der Verlag damit herausgerückt, daß das alles der betreffende Autor, den der Wirth besonders nicht mag, aus Jux geschrieben hat und alles nicht echt ist. Der Wirth hat natürlich zwei Tage lang Bauchweh vor Zorn bekommen, wenngleich ätherisch, eine Blamage war es doch. Trotzdem hat sich der Verlag verrechnet. Das muß schon eine größere Blamage sein, daß einer seinen Hut nehmen muß und von der Bildfläche verschwindet. Der Wirth hat sich nur geärgert, ist jedoch geblieben. Seitdem paßt er natürlich wie ein Schießhund auf. *Ich* auch. Mein Lieber. Meinen Alwyn Vögele habe ich auf Herz und Nieren recherchiert, daß mir nicht auch sowas passiert. Und daß Sie mir ja nichts ausplaudern. Ich habe Ihnen schon viel zu viel erzählt. Weiß auch nicht, warum ich Ihnen das alles anvertraue. Dürfte ich eigentlich gar nicht. Doch manchmal bricht es eben aus einem heraus. Manchmal braucht man es, daß man jemandem das Ganze sagt. Dann hat man das Gefühl, daß ein Abszeß aufgebrochen ist, endlich. Es erleichtert. Nur für den Augenblick, immerhin. Wie spät ist es? – Eine Unverschämtheit. Jetzt kommt der nicht mehr. Ich gehe. Und vielen Dank, nochmals, war sehr anständig von Ihnen. Und daß Sie mir das alles vertraulich behandeln. Wenn Sie mich als Quelle nennen, leugne ich. – Danke, Sie brauchen nicht aufstehen; bleiben Sie sitzen, ich rutsche durch und gehe auf der anderen Seite hinaus. Danke. Ein Scheißberuf. Wissen Sie: Ich sage das nicht so dahin, wie man sowas halt sagt. Das hat auch einen ganz anderen Grund. Früher, wissen Sie, und womöglich ist es sogar heute noch so: Wie soll ich Ihnen das erklären. Wir Journalisten haben gemeint, wir können alles machen. Wir haben gemeint: Die Welt dreht sich um die Zeitung, und das Wichtigste ist nicht das, was passiert, sondern das, was in der Zeitung steht. Da haben wir gemeint – also, Sie verstehen: *wir* im weiteren Sinn –, wir können machen und schreiben, was wir wollen, und wir sitzen am längeren Hebel, und es kann uns keiner was anhaben. Ich sage Ihnen: Das ist drauf und dran, sich zu ändern. Was in den Zeitungen steht, als Nachrichten, meine ich jetzt, ist alles nur noch der Schrott. Das wirklich Wichtige steht schon nicht mehr in den Zeitungen, das spielt sich im Hintergrund ab. Das erfährt kein Mensch: Die ... die, wie soll ich sagen, die Mächtigen, die Verantwortlichen haben gelernt, wie man es macht, daß nichts herauskommt. Hie und da die Spitze von einem Eisberg – Barschel damals oder so – mehr nicht. Und der viele Käse, den wir geschrieben haben – also: Sie verstehen, *wir* im weiteren Sinn –, das hätte keiner von uns geglaubt, daß das möglich ist: Der viele Käse rollt jetzt auf uns zurück, bildlich gesprochen. Ja, ja. Es dauert nicht mehr lang, und *Journalist* ist ein Schimpfwort. Wir sind in Verschiß geraten, sage ich Ihnen, das spüre ich. Spüre es ganz deutlich, und – im Vertrauen gesagt – wir sind selbst dran schuld. Eins sage ich Ihnen: Heute bereue ich es, daß ich den Finanzlehrgang nicht zu Ende gemacht habe. Bereue es heute, ja. Aber ist nichts mehr zu machen. Gute Nacht.«

*

Hinter mir, Stephan Kuggler, Stephan mit P-H und Kuggler mit zwei G, der dies hier eben niedergeschrieben hat, steht einer und legt mir, bildlich gesprochen, seine Hand auf die Schulter. Oder sogar beide Hände. Das ist der eigentliche Autor. Sie wissen ja, daß es mich, Stephan Kuggler, Stephan mit P-H und Kuggler mit zwei G, in Wirklichkeit nicht gibt, da verrate ich Ihnen ja nichts Neues. Und der, der hinter mir steht, Sie kennen ihn ja, wenn Sie nicht das Buch ohne Dekkel und Titelblatt gekauft haben, und derjenige gibt jetzt eine Versicherung ab: Dieses Gespräch hat an einem mäßig sonnigen Dienstag nachmittag gegen siebzehn Uhr im Café *Kulisse* in der – ich nannte sie – Bazillienstraße stattgefunden. Nicht gerade Wort für Wort, doch so gut wie, denn derjenige, der die Hände auf meinen Schultern hat, hat sich nicht zu erkennen gegeben, hat geduldig und mit zunehmender Aufmerksamkeit zugehört und dann zu Hause ganz schnell aus dem Gedächtnis dieses Gepräch, eigentlich Monolog protokolliert.

Ob mir, Stephan Kuggler, Stephan mit P-H und Kuggler mit zwei G, der Lektor oder Verleger, falls es soweit kommt, diese Passage, von Seite 174 bis Seite 186 herausstreicht? Falls es soweit kommt, daß das gedruckt werden sollte? Ob es dieses Gespräch gibt: »Nein, Udo, das geht nicht. Das geht schlichtus und einfachus nicht. Nicht nur du, der ganze Verlag bekommt keinen Fuß mehr in die Tür. Außerdem stimmt es nicht.«

»Ich behaupte auch nicht, daß es stimmt. Ich behaupte nur, daß der das erzählt hat.«

»Nein, Udo, nein. Da lassen wir eher das gegen den Islam stehen. Das ist so gesehen weniger gefährlich.«

Und so weiter.

Ich sehe schon, ich werde das streichen müssen. Doch ich werde es nicht wegwerfen. Ich weiß inzwischen gut genug, daß die berühmten Schriftsteller die geänderten oder gestrichenen Seiten aufheben, und in den *historisch-kritischen Aus-*

gaben ist dann doch jede Zeile abgedruckt, notfalls mit Anmerkungen. Ich habe einmal so eine historisch-kritische Ausgabe von Heinrich Heine in der Hand gehabt. Simone hat sie mir gegeben, das heißt, einen Band davon. Da werden sie dann, wenn meine historisch-kritische Ausgabe einmal kommt, wenn ich eventuell den Nobelpreis bekommen habe oder mindestens den Büchner-Preis oder jedenfalls eventuell klassisch geworden bin, diese Seiten zähneknirschend abdrucken müssen. Darauf freue ich mich, nur leider bin ich da höchstwahrscheinlich schon tot.

19

Mein Abiturzeugnis habe ich gefunden. Es ist offenbar so, daß ich, der ich trotz abschreckender Wirkung seitens des Elternhauses zwar schon gern ab und zu in ein volles Glas die Luft wieder hineinlasse, wie ich es in diesem autobiographischen Roman nicht verhehlt habe, daß ich dem Alkoholgenuß als solchem jedoch nicht sozusagen hilflos gegenüberstehe ... Wieder so ein langer Satz, einer von denen, gegen die Hermann der Lektor so wettert. Was wollte ich sagen? Daß ich durch die Sauferei anderer Leute Vorteile erlange. Durch die Sauferei meiner Frau Mutter die abschreckende Wirkung alkoholischerseits, durch den Frührausch des Abiturienten Leichtiv Olaf das Abitur.

Ich sagte schon, daß nach dem Tod meines angeblichen Vaters, der auch jetzt, vermute ich, aus diesem meinem autobiographischen Roman entschwindet, meine Mutter aus meinem Blickfeld verdämmerte und ich natürlicherweise aus ihrem. Ich war da ungefähr siebzehn Jahre alt, und ich schloß mich einem Herrn an, der diese Bezeichnung allerdings nur bedingt verdiente, denn er war mehr nur ein Mensch und von Beruf Sozialhilfeempfänger. Er hatte eine Bleibe in einem abbruchreifen Haus, das einem entfernten Vetter von ihm gehörte, und dort durfte er wohnen bis zum endgültigen Abbruch. Zu unserem, meinem und Sechsfinger-Harrys – so sein Name – Glück war das Haus, praktisch Ruine, stark denkmalgeschützt, und es hatte einmal Goethe drin gewohnt. Oder Bismarck oder wer. Jedenfalls kämpfte der entfernte Vetter von Sechsfinger-Harry erbittert um die Abrißgenehmigung, doch das Denkmalamt und irgendwelche kunstsinnigen, in einer Bürgerbewegung zusammengeschlossenen Leute kämpften ebenso erbittert dagegen. Wir, ich und Sechsfinger-Harry, hofften, daß der Kampf möglichst lang unentschieden bliebe.

Ich lernte Sechsfinger-Harry auf der Beerdigung meines angeblichen Vaters kennen (jetzt kommt der alte Kreuzwort-Trottel doch noch einmal aus der Versenkung), bei der er zwischen den nicht sehr zahlreichen Trauergästen auftauchte und auch wie selbstverständlich zum Leichenschmaus mitmarschierte. Er hatte zwar keine schwarze Krawatte umgebunden, hatte jedoch stark schwarze Fingernägel. Es kam wohl allen eher komisch vor, daß so eine Figur unter den Trauergästen aufgetaucht war, aber die Verwandten der einen Seite meinten, er gehöre zu den Verwandten der anderen und umgekehrt, und jede traute der anderen Gruppe den Penner zu. Außerdem hatte Sechsfinger-Harry am lautesten gebetet, am offenen Grab am heftigsten geschluchzt und war beim üblichen Hineinwerfen einer Schaufel Erde vor Schmerz fast in die Grube gesprungen.

Ich muß unterbrechen, damit ich nicht meine glorreiche Zeit als Krieger und Vaterlandsverteidiger zu erzählen vergesse. Ich habe oben schon irgendwo erwähnt, daß ich die Musterungskommission durch meine Minderfiguristik erfreute und daß sie mich zu den Panzern steckte. Die Bundeswehr-Erfassungsbehörde, oder wie das heißt, hat mich nämlich, im Gegensatz zum Jugendamt, aufgespürt, und so bin ich also zum militärischen Handkuß und zu einem Panzerbataillon in Grafenwöhr gekommen. Allerdings nicht lange. Die Panzer sind sehr hoch, höher als man meint, und haben keine Leiter zum Hinauf- und Heruntersteigen, und ich bin ziemlich bald nach meinem Einrücken von so einem Panzer heruntergefallen, zum Glück von einem stehenden, und habe mir die Kniescheibe gebrochen. Unter geschickter Herauskehrung diverser darauffolgender Wehleidigkeiten ist es mir gelungen, einen Bundeswehrarzt hinters Licht zu führen, und ich wurde als fortan untauglich entlassen und kam – das war natürlich ein Zufall – gerade zur Beerdigung des Kreuzworträtslers zurecht, in dessen Grab, wie gesagt, der mir bis dahin noch unbekannte Sechsfinger-Harry sprang. Fast.

Später erfuhr ich, daß er das so an die zwei, drei Mal pro Woche mache und dadurch jeweils zu einem Mittagessen komme. Ich begleitete ihn später manchmal, verfeinerte die Sache dann allerdings, indem ich jedem von uns eine schwarze Krawatte kaufte.

Von Sechsfinger-Harry lernte ich viel. Weit besseres Gratisessen als bei Leichenschmäusen gab es beim Prüfungskochen – leider nur zweimal im Jahr zu Semesterende – in der Frauenfachschule. Die Absolventinnen legten sich ins Geschirr und zauberten Achtgängemenus im Stil von Fünfsterneköchen. Und das Zeug mußte ja auch gegessen werden. Zum Haareschneiden ging Sechsfinger-Harry und ging dann, nachdem ich bei ihm wohnte, auch ich in die Berufsschule für Friseure, wo sich die Lehrlinge an uns übten. Das war nicht ganz ungefährlich, wenn man an einen Ungenügend-Kandidaten kam, aber nicht nur kostenlos, man bekam sogar ein paar Mark und eine Brotzeit. Und Blutspenden. Da bekam man ein duftendes Gratisbad, wenn man wollte, eine Zeitung, ein Freßpaket und vor allem Geld. Das konnte man allerdings nicht oft machen. Die paßten auf. Sechsfinger-Harry fand sogar eine Möglichkeit, gratis die Wäsche tip-top waschen zu lassen, in der Testabteilung von *Miele.* Die waren froh, wenn sie recht verdrecktes Zeug bekamen. Und bügeln ließen wir es im Grundkurs in der oben genannten Frauenfachschule. Schuhe besohlen: Lehrkurse der Schusterinnung. Nägelschneiden in der Kosmetik-Akademie erstes Semester. Man sieht, wir waren immer erstklassig beisammen. Sogar die Zähne … Sechsfinger-Harrys Brücke, die nach einer nicht ganz ernsthaften, aber doch folgenreichen Meinungsverschiedenheit mit dem Grünen Gird notwendig geworden war, war die Diplomarbeit eines Doktoranden im Zahnmedizinischen Institut.

Die Verköstigung in der Knödelakademie, so nannte Sechsfinger-Harry die Frauenfachschule, war nicht das einzige, was es gratis gab. Sechsfinger-Harry hatte eine – in jeder Hinsicht, auch körperlich – hervorragende Nase. Er wußte immer, wo eine Eröffnung, ein Jubiläum, ein Empfang, eine große Hochzeit oder dergleichen war. In einer großen Stadt findet jeden Tag so etwas statt. Meistens war es sogar sehr leicht, sich unter die Gäste zu mischen, und während die anderen noch den Reden lauschten, räumten wir geschickt und unmerklich das Buffet ab. Bei geschlosseneren Gelegenheiten half, daß Sechsfinger-Harry immer und überall den Lieferanteneingang kannte. Etwa bei den damals noch opulenten Premierenfeiern der Staatsoper. Ich erinnere mich noch gut an eine solche Feier, bei der – man mußte ja ständig aufpassen – ein blöder Theaterwichtel in Uniform plötzlich vor Sechsfinger-Harry stand und sagte: »Kenne ich Sie?« Worauf sich Sechsfinger-Harry in aller Seelenruhe an den zufällig neben ihm stehenden Carlos Kleiber wandte und mit ihm über die Inszenierung plauderte – die er, Sechsfinger-Harry, selbstverständlich gar nicht gesehen hatte. Zum Glück hatte er sich vorher wenigstens danach erkundigt, was für eine Oper das war.

*

So lebten wir. Ich sagte schon, das Haus, das dem entfernten Vetter gehörte, stand unter Denkmalschutz. Es war eins von den großen Häusern, die vor jetzt über hundert Jahren als hochherrschaftlich gebaut worden waren, und so hochherrschaftlich waren die Wohnungen. Ich hatte fünf Zimmer. Vielleicht waren es auch sieben. Ich mußte nur aufpassen, daß ich nicht auf schadhafte Stellen trat, sonst wäre ich plötzlich einen Stock tiefer gewesen. Die Möblierung war, wie sich denken läßt, dürftig. Sechsfinger-Harry schlief in einem mißglückten, aber noch brauchbaren Gesellenstück, das er sich aus dem Speicher der Schreiner-Innung abholen durfte. Mir besorgte er ein Wasserbett aus einer bankrott gegangenen Alternativ-Boutique. Und so fort. Wir hatten also so gut wie keine Lebenshaltungskosten. »Telephon, Auto und so Firlefanz«, so Sechsfinger-Harry, »brauchen wir nicht.« Trambahn, Bus und U-Bahn fuhren wir schwarz. Wenn wir erwischt wurden, lachten wir die Kontrolleure aus. Bußgeld- und Strafbescheide und was immer konnte man uns nicht zustellen, weil unsere Abbruch-Immobilie keine Hausnummer mehr hatte. Sechsfinger-Harry freilich ließ sich ab und zu wegen »wiederholter Beförderungserschleichung im Rückfall« nicht ungern einsperren, besonders über Feiertage, weil da das Essen im Knast gut war. Ich allerdings, muß ich sagen, achtete darauf, nicht zu oft erwischt zu werden. Außerdem fand ich auf einer illegalen Mülldeponie zwei halbe Fahrräder, die mir Tobing die Krähe zusammenschweißte. Elektrisches Licht hatten wir selbstverständlich auch nicht. Wir beleuchteten unsere Behausung mit Kerzen. In Gasthäusern und Restaurants werden Hunderte von halb heruntergebrannten Kerzen weggeworfen. Sechsfinger-Harry ging die Kellner um diese Stummel an und brachte oft Säcke voll davon nach Hause. Eigentliche Lebenshaltungskosten hatten wir also nicht. Sechsfinger-Harrys Sozialhilfe konnte nahezu hundertprozentig in Alkohol umgesetzt werden. Und so schaukelten wir fröhlich in der sozialen Hängematte.

Ich trank nicht viel. Ich sagte schon, Erziehung habe ich soviel genossen, daß sie gegen Null tendiert. Doch das schlechte Beispiel meiner Frau Mutter Rauschkugel und das infernalische Durcheinander in der sogenannten elterlichen Wohnung baute in mir eine Vorsicht gegen das ungebremste Saufen und eine Vorliebe für eine gewisse Ordnung auf. Sechsfinger-Harry soff. Er soff wie ein Roß. Gegen ihn war meine Mutter die reinste Abstinenzlerin. Er soff, daß sich nicht nur Balken, daß sich vielmehr meterdicke Eisentraversen bogen, bildlich gesprochen. Wie oft mußte ich ihn aus dem Stehausschank herausziehen, wie oft mußte ich ihn heimtragen! Dabei war er seltsamerweise nie bewußtlos besoffen. Er war immer sozusagen hinter sich selber wach. Er konnte den Grad seiner Besäufnis exakt bestimmen (Dusel, Stich, Starkstich, Halbrausch, Rausch, Vollrausch, Knallrausch, voll wie eine Strandhaubitze, Universum), aber stehen konnte er nicht mehr. Er bezeichnete sich als *Kampftrinker der Schwergewichtsklasse* und als Mitglied der *IG Biere, Schnäpse, Räusche.* Ich vermute, daß die Versorgung durch mich, das zuverlässige Heimschleppen durch mich der Grund war, daß er mich bei sich aufnahm. Einen anderen Grund könnte ich nicht nennen. Er ließ nämlich keinen der vielen Elendsstinker, mit denen er Umgang hatte, in *sein* Haus. Die einzige größere Anschaffung, die er jemals hatte, war ein Türschloß unten. Gut, ab und zu durfte einer oder eine von den Unbehausten für ein, zwei Nächte bei uns schlafen. Platz genug war ja. Aber nicht länger. Dann war es an mir, sie hinauszuwerfen. »Der Vetter duldet es nicht«, war Sechsfinger-Harrys Argument. Und ab und zu wurde ein Fest gefeiert, wenn einer eine Nachzahlung erhalten oder im Lotto gewonnen oder Geld gefunden hatte. Auch dann mußte ich die, wenn man so sagen kann, Gäste danach beim Hintern und beim Genick packen und hinausfeuern.

Und bei so einem Fest war es, daß es zur Katastrophe kam, die für mich zum Glücksfall wurde. Ein Weihnachtsfest.

Dazu muß ich erzählerisch in den Sommer davor zurückschwenken, und zwar zum Frührausch des Abiturienten Leichtiv Olaf. Bei dieser Gelegenheit darf oder muß ich einflechten, daß ich auch Leichtiv Olaf heiße. Hieß. Man wird gleich sehen, warum. Mein Paß, meine Lohnsteuerkarte und alles lautete auf Leichtiv Olaf. Es gibt also den echten Leichtiv Olaf und es gibt mich, den falschen Leichtiv Olaf. Ein blöder Name, sowohl Leichtiv als auch Olaf, aber ich habe ihn mir nicht ausgesucht. Ich hoffe, daß ich dem anderen, dem echten

Leichtiv Olaf, nie mehr begegne, daß es mit der einen Begegnung sein Bewenden hat.

Es war also im Sommer des Jahres, als ich – im Juni – neunzehn Jahre alt geworden war. Ich war damals ungefähr sechs Monate bei Sechsfinger-Harry. (Er hieß so, nicht weil er sechs Finger an jeder Hand hatte, sondern weil er, als ehemaliger Sägewerksarbeiter, nur drei Finger je Hand hatte. »Genug, damit ich die Bierflasche halten kann.« Er hätte, bekam ich einmal heraus, als ich in seinem Papierwust kramte, Anspruch auf eine Invaliditätsrente gehabt. Aber da hatte er irgendeine Antragsfrist im Rausch versäumt.) Wir waren auf der Suche nach einem Gratisessen und kamen am Hotel *Zu den goldenen Läusen* vorbei, oder wie das hieß, und da drinnen war eine Abiturfeier nicht nur im Gang, sondern auf ihrem Höhepunkt angelangt. Vom Buffet waren nur noch Reste da, zum Trinken genug. Das Tonbandgerät wummerte, daß die Fundamente bröselten, die älteren Herrschaften, also vermutlich Eltern und Lehrer, schunkelten, die Abiturienten kotzten. Einer hockte mit verbissenem Gesicht und glasigen Augen sowie völlig weggetreten vor, wohlgemerkt *vor* den Toiletten und hatte sich in seine Hose entleert. Es war ihm jedoch gelungen, die Hose auszuziehen, und eben wollte er sich mit dem Abiturzeugnis den Hintern abwischen, wobei ich zu seiner Verteidigung sagen muß, daß das sichtlich nicht aus Verachtung geschah. Zur Verachtung wäre der Tropf nicht mehr fähig gewesen. Es war nur das nächste Papier, das er zur Hand hatte. Ich nahm es ihm ab. Er schaute mich an wie abgestochen und sank dann hintenüber.

Sechsfinger-Harry und ich gingen dann weiter, weil, wie gesagt, das Buffet schon so gut wie leergeräumt war. Das Abiturzeugnis nahm ich mit.

*

Im Dezember bekam Sechsfinger-Harry von seinem Vetter zweitausend Mark Gratifikation. Warum? Erstens, weil er das Haus bewohnte und somit gewissermaßen bewachte, und zweitens, weil er den Auftrag hatte, das Haus unmerklich, aber stetig noch mehr zu ruinieren. Sechsfinger-Harry erfüllte diese Aufgabe durch gelegentliches Herausreißen von Parkettriemen, durch Hervorrufung von Überschwemmungen und so fort. Forcieren durfte man es nicht, denn das hätte wiederum das Denkmalamt auf den Plan gerufen.

Am Heiligabend stieg ein Fest. Dem Leser, der mir in der Schilderung meiner damaligen Lebensumstände bis hierher gefolgt ist, brauche ich die Art des Festes nicht zu erläutern. Es war noch nicht zehn Uhr, da schrie Sechsämter-Charlie (nicht zu verwechseln mit meinem Sechsfinger-Harry, warum Sechsämter-Charlie so hieß, dürfte wohl klar sein), daß er einen Christbaum wolle. Schließlich sei Weihnachten. Es wurde erwogen, auf einen Friedhof zu gehen, wo erfahrungsgemäß die Leute zu Weihnachten Christbäume auf die Gräber stellen. Das lehnte Sechsämter-Charlie ab, weil derlei Christbäume zu mickrig seien. Sollte man in den Wald gehen und eine richtig schöne, große Tanne holen? Erstens war weder Säge noch Beil greifbar, und zweitens: bei dieser Saukälte … So kamen sie auf die Schnapsidee, den zum Christbaum umzufunktionieren, der Björn hieß, was sich zu *Birn* abgeschliffen hatte, der aber *Deppich* genannt wurde und der wohl ausgefeilteste Hirntrottel der ganzen Bagage war. Dem Birn-Deppich wurde also eine Kerze auf die Glatze geklebt, je eine Kerze in die Ohren gesteckt, eine nahm er in den Mund und je zwei in jede Hand. Selbstverständlich brennende Kerzen. Dann drehte er sich um sich selbst und alle sangen … Ja nun, nennen wir es einmal: sangen »Stille Nacht, heilige Nacht«. Schon bei der zweiten Strophe kam es, wie es kommen mußte. Deppich fing Feuer. Die Versuche, ihn zu löschen, führten nur dazu, daß das Papier- und Gerümpelchaos in

Brand geriet. Dann explodierten die Schnapsflaschen, und danach brannte das Haus. Bis die Feuerwehr kam, war der Dachstuhl schon zusammengesackt. Es war so kalt, daß das Löschwasser gefror.

Am nächsten Morgen war das Haus in dem Zustand, der dem entfernten Vetter nur recht sein konnte, und dem Denkmalamt sozusagen unterm Hintern weggezogen. Ein paar von den Pennern kamen um, darunter Sechsämter-Charlie und Sechsfinger-Harry. Einige, darunter ich, sprangen aus den Fenstern. Birn-Deppich kam, obwohl aus dem zweiten Stock gesprungen, auf die Füße zu stehen, knickte zwar kurz ein, drehte sich und sang dann weiter. Ich wachte im Krankenhaus auf, und eine Schwester fragte mich: »Hören Sie mich, Herr Leichtiv?«

*

Ich habe mir, wie gesagt, den Namen Leichtiv so wenig ausgesucht wie den Namen Kuggler. Ich finde den Namen nicht schön, und Olaf schon gar nicht. Hätte ich nicht das Abiturzeugnis eines jungen Barons von Lack zu Affe oder eines Grafen von Schneuzentuchen oder eines Prinzen von Tuten und Blasen finden können? Mit Vornamen Napoleon-Alexander? Aber man kann gegen die Mächte des Schicksals respektive Gottes Wege oder Weltgeist, wie immer, nichts machen. Also Olaf Leichtiv. Immerhin mit Abitur.

Ich hatte mir nämlich beim Sprung aus dem Fenster einen Bruch des linken Schlüsselbeins, des Unterkiefers und eine Gehirnerschütterung stärkeren Grades zugezogen. Wieso und wie ich das Abiturzeugnis gegriffen habe, weiß ich nicht mehr, ich hielt es, sagte man mir später, krampfhaft in der Hand, als die Rettung mich wegtrug.

In den drei Wochen, die ich im Krankenhaus lag, kamen diverse Leute, von der Kripo, von verschiedenen Ämtern, von der Kirche. Der Kripobeamte fragte mich nach dem Verlauf des Unglücks, ich konnte allerdings wegen des Unterkieferbruches nicht reden, was den Kriminaler erboste. Ich konnte aber wohl nichts dafür. Vielleicht war er auch nur allgemein ärgerlich, weil ihm dieser Fall übertragen worden war, oder er war ungehalten, weil er arbeiten mußte, generell, oder er war grundsätzlich ein ärgerlicher Mensch, dem der Weltlauf zuwiderfließt. Er fragte dann: »Aber der …«, er schaute in seinen Akt, »Leichtiv Olaf sind Sie schon?«

Ich wollte ihn nicht weiter erbosen, war auch wieder müde und nickte daher.

Somit glitt seit diesem Zeitpunkt – jetzt werde ich ein wenig poetisch – mein Lebensschiff (oder besser nur: Lebenskahn?) unter *Leichtiv Olav* dahin, bis glückliche, noch zu schildernde Umstände mir erlaubten, die Flagge wieder zu wechseln.

Die Dame, die die katholische Pfarrei schickte, war die freundlichste. Sie war gar nicht ungehalten, auch als ich den Kopf schüttelte, als sie fragte, ob ich beichten wolle. Sie besorgte mir im Lauf der drei Wochen einen Paß auf Leichtiv Olaf (»Alle Ihre Dokumente sind ja verbrannt? – Geburtsurkunde, Taufschein?« Nicken. »Haben Sie einen Führerschein gehabt?« Nicken. Man sieht, man kann auch stumm lügen.), einen Führerschein und alles, was man so braucht. (Sonst hätte ich später nie Aushilfstaxler werden können.) Ich war ihr sehr dankbar und hatte dann ein schlechtes Gewissen, weil ich das Beichten abgelehnt hatte. Ich hätte jetzt, um ihr eine Freude zu machen, gebeichtet, doch ich konnte immer noch nicht reden. Ich versuchte, meinen Wunsch nach einer Beichte durch Gesten anzudeuten, aber es ging nicht.

Und dann kam ein Mensch von einer Versicherung und brachte mir zehntausend Mark. Warum und wieso? Irgend was von Haftpflicht sagte der Mensch, der im übrigen wieder recht mürrisch war.

Als ich nach den drei Wochen als frischgepreßter Olaf Leichtiv das Krankenhaus verließ, hatte ich also zehntausend Mark in der Tasche, mietete mich in einer kleinen Pension in der Kaulbachstraße ein und überlegte, was ich tun sollte.

20

»Ja«, sagte ich zu Simone, »Leichtiv ist sozusagen mein wirklicher Name. Gewöhnt bin ich allerdings an Kuggler, mit zwei G.«

»Also ist dein bürgerlicher Name Leichtiv?«

»Ein blöder Name, oder?«

»Nun ja, ist Kuggler schöner? Außerdem sagt der Konsul Bodenhaftung, wie du ihn nennst, immer Zugger zu dir.«

»So heiße ich auch, in gewissem Sinn.«

»Und da sagt man immer, Frauen seien ein Rätsel! Nun, es ist deine Sache. Du mußt mir nur sagen, unter welchem Namen wir dir das Geld schicken sollen.«

»Das geht nur per Leichtiv, Olaf. Aber bitte an den richtigen.«

»Gibt es mehrere?«

»Zwei. Mich und noch einen.«

»Und ihr werdet oft verwechselt? Sieht er dir ähnlich? «

»Das weiß ich nicht. Ich habe ihn vor Jahren das letzte Mal gesehen. Und das erste Mal. Und da war er besoffen und hat grad in die Hose ge… gedingst.«

»Das mußt du mir genauer erzählen.«

»Würde ich ungern. Einer Dame. Und es hat ziemlich gestunken.«

»Ich meine nicht das Hosenscheißen«, sagte sie, die Dame, doch glatt das Wort, das ich ihretwegen vermieden hatte, »ich meine das mit dieser seltsamen Namensvielfalt.«

»Auch ungern. Du wirst es lesen, wenn sich Hermann entschließen sollte, meinen autobiographischen Roman zu drukken.«

»Du sollst nicht einen autobiographischen Roman schreiben, du sollst ghostwriten.«

Das tat ich nebenher. Es ging so vor sich, daß ich mit einem Tonbandgerät Bodenhaftung aufsuchte, der dann eine halbe Stunde oder eine Stunde ins Mikrophon sein uninteressantes Leben heraus- und hineinplauderte. Dann wurde das Zeug abgeschrieben, und was dabei herauskam, war immer haarsträubend. Es ist merkwürdig, daß der Quark, den so einer redet, akustisch erträglich und kaum als Gestotter auffallend ist, geschrieben einem dann jedoch gedanklich die Zehen aufstellt. Ich versuchte nachher, die Soße in einen einigermaßen logischen Zusammenhang zu bringen. Es wurde wieder abgeschrieben und an die Ober-Ghostwriterin nach Hamburg gemailt, die dann ihren Senf dazugab. So wenig Senf, daß das eigentlich überflüssig war. Wenn ich Würstchen mit so wenig Senf garnierte, würde man ihn gar nicht schmecken. Wenn das alles soweit war, ging ich wieder zu Bodenhaftung und holte mir die nächste Portion ab. Man mußte den Käse unheimlich strecken, weil, das sagte Simone ganz ehrlich, das, was der Konsul zu erzählen hatte, nicht einmal eine Broschüre von zwanzig Seiten füllen würde. Es war deshalb von Vorteil, daß ich ganz gut im Erfinden bin. Meine besten Einfälle, etwa den von der corsischen Braut, verschwendete ich selbstverständlich nicht an diese Bodenhaftungs-Memoiren, tut mir schon um die Abfallprodukte meiner Phantasie leid. Und wer hindert mich daran, diese Einfälle jetzt, wo das Bodenhaftungs-Buch zwei Jahre zurückliegt, längst vergessen und verramscht ist und mit einer Auflage von weiß nicht wieviel Stück – ganz schön viel – in die Bestenliste vom *Spiegel* gekommen war und somit seinen Dienst getan hatte, daß ich auch diese Nebeneinfälle irgendwann einmal klammheimlich verwerte? Wenn ich vielleicht doch meine schriftstellerische Karriere wieder aufnehme? Wer weiß.

Aufgegeben hatte ich damals meine Aushilfstaxifahrerei. Ich habe an dem Tag, an dem ich meinem Chef, dem verbrecherischen Griechen, die Kündigung ausgesprochen habe –

»Da, die Schlüssel. Ich komme morgen nicht. Ich komme überhaupt nicht mehr.« – »Der Teufel soll dich holen.« Nach den bescheidenen Kenntnissen, die ich aus meinem stark unvollständigen Jurastudium herübergerettet habe, eine Kündigung und die Annahme dieser – ob ich ihm nicht meine Meinung über seinen Betrieb sagen soll und über seine soziale Einstellung den Fahrern gegenüber und so weiter? Habe es dann jedoch gelassen, denn wer weiß, ob man ihn nicht noch einmal braucht, also reumütig zurückkehrt. Bis jetzt, gottlob, nicht.

Es ergaben sich in der Zeit, in der ich die Memoiren Konsul Bodenhaftungs schrieb, denn so war es im Grunde genommen, zwangsläufig viele Kontakte mit Simone Bengerlein. Wir kamen uns näher; ziemlich nahe sogar. Die Form ihrer Brustwarzen (und mehr von ihrer Intimitage) hätte ich schon vorher beschreiben können, seit jenem Abend, man erinnert sich. Doch ich habe nicht beschrieben und beschreibe auch jetzt nicht. Wenn die anderen, mit denen Simone et cetera, keine Kavaliere waren – ich bin es. Bilde ich mir ein.

Sie erzählte mir aus der Branche. »Da gab es«, so einmal, »den Kräsch-Verlag. Das war zwar längst vor meiner Zeit, aber man kolportiert es immer noch, und ich kannte einen elenden Übersetzer, der seinen Lebensunterhalt als freier solcher bei Kräsch erkrebste. Wurde vom alten Kräsch rostfrei ausgenutzt. Der wußte alle Einzelheiten, dieser Übersetzer. Hilzheimer hieß er, ist schon lange tot. Der alte Kräsch praktizierte die doppelte Buchhaltung. Nicht in dem Sinn, wie man das buchhalterisch korrekt nennt, sondern in dem Sinn, daß er eine offizielle Buchhaltung hatte, die er notfalls den Autoren vorführte, und eine zweite geheime. Die enthielt die wirklichen Zahlen. Kräsch beschiß alle seine Autoren. Von den Kleinschreibern, die irgendeine *Hauspostille des Herzens* oder *Freude am Kerzengießen* expektorierten, bis hinauf zu Nobelpreisträgern. Es ging jahrelang gut und wäre wahrscheinlich bis heute gutgegangen, wenn nicht – ja. Der alte Kräsch hatte eine Zweitfrau, seine Chefsekretärin. Die bekam um fünfzig Mark mehr als der Cheflektor. Das erfuhr dieser eines Tages, und das ärgerte ihn, weil er meinte, daß so eine Sekritze wertmäßig unter ihm stehe, und außerdem, weil jene Sekritze ihre Stellung, ja Festung als Zweitfrau und den Chef an den Marionettenfäden haltend ausnützte und außer ihre Blattpflanzen zu gießen so gut wie nichts tat. Das Faß zum Überlaufen brachte, daß der Cheflektor, als er eines Tages zum Verleger ging, im Vorzimmer die Amsel sitzen sah, wie sie nicht etwa ihre Fingernägel, sondern ihre Fußnägel nachlackierte. Und dabei den Fuß auf das Manuskript eines jüngst verstorbenen, eben im Klassischwerden begriffenen Autors von Weltruf gelegt hatte, das die künftige Klassikerwitwe dem Verlag angeboten hatte.

Wutentbrannt stürmte der Cheflektor unangeklopft zum Verleger hinein, und ehe der die Frechheit rügen konnte, brüllte der Cheflektor sinngemäß: Ich weiß alles, auch zu welcher Bedeutung die Zehennägellackiererin draußen für Sie erwachsen ist, und: ›Ich verlange ab sofort das gleiche!‹ Der alte Kräsch war so verblüfft, daß er zunächst meinte, der Cheflektor habe homosexuelle Neigungen, bisher verborgen, und wolle auch ein Verhältnis mit ihm, dann aber war bald klar: Es ging nur um die fünfzig Mark. Der alte Kräsch machte schnell die Tür zu und beschwichtigte. Versprach die fünfzig Mark Gehaltsaufbesserung sogar rückwirkend für sechs Monate.

Der nun langsam wutabtobende Cheflektor ging hinaus, riß im Vorübergehen das wertvolle Manuskript unter dem Fuß der sekretärellen Zweitfrau weg, sodaß die – aufschreiend, was den Cheflektor nicht kümmerte – statt des Zehennagels die ganze Zehe lackierte und außerdem den Lack verschüttete.

Der Kräsch hielt Wort. Der Cheflektor bekam seine Nachzahlung und ab nächstem Ersten fünfzig Mark mehr. Es dauerte jedoch keine zwei Monate, da erfuhr der Cheflektor, daß die Sekretärin die Daumenschrauben angesetzt hatte und nun ihrerseits um fünfzig Mark aufgebessert wurde. Da nahm – buchstäblich – der Cheflektor die geheime Buchhaltung unter den Arm und fuhr mit der Straßenbahn zur Staatsanwaltschaft.

Der alte Kräsch floh in die Schweiz, wo er vermutlich ein paar Schäfchen oder wahrscheinlich eine ausgewachsene Schafherde ins trockene gebracht hatte. Er wurde in Abwesenheit wegen Betruges und allem möglichen verurteilt, von der Schweiz jedoch nicht ausgeliefert. Die Forderungen der Autoren in Millionenhöhe konnten die in den Wind schreiben, der Verlag war kaputt.«

»Und die Chefsekretärin?«

»Die heiratete vielleicht dann den Lektor. Ich weiß nicht. Der alte Kräsch jedenfalls starb bald danach, und ich würde mich nicht wundern, wenn ihn zum Beispiel der herrliche und leider vergessene Robert Neumann, der auch zu den Kräschbeschissenen gehörte, erschlagen hat.«

Manchmal deutete ich bei solchen Gesprächen an, daß es doch eine Zeit geben wird nach Fertigstellung des Bodenhaftungs-Seiches, und ob ich vielleicht Hoffnung haben dürfte …

»Daß ich dich heirate? Spinnst du? Ich bin zehn Jahre älter als du, und du bist der Ghostwriter eines Ghostwriters und sonst nichts.«

Diese Hoffnung hatte ich zwar nicht gemeint, dennoch korrigierte ich sofort meinen innerlichen Kurs und sagte: »Wenn ich schon diese Hoffnung nicht haben darf, ob ich dann vielleicht wenigstens in deinem Verlag …?«

»Hermann zieht wohl nicht recht?«

»Ehrlich gesagt, nein. Das heißt, ja. Zieht nicht.«

»Denke ich mir. Der Verlag dort hält sich für die Crème de la Crème. Die nehmen nur seidegefütterte Autoren.«

»Zum Beispiel Peter Slabberbrei?«

Sie platzte fast. »Hast du ihn einmal erlebt? Nein. Aber ich. Hast du ihn einmal von hinten gesehen? Nein. Aber ich. Er sollte eher Schlotterhos heißen. Doch das ist das wenigste. *Das Buch* – Schlotterhos' letztes, natürlich dort bei deinem Freund Hermann seinem Verlag erschienen, *verschließt sich dem Leser.* Steht wirklich in der Kritik. *Die gestimmte Gespanntheit der Slabberbreischen Sprache.* Schreibt der …« Sie sagte einen Namen, der sogar dem geläufig ist, der sonst mit Literatur nichts am Hut hat, ich nenne den Namen nicht, ich will keine Beleidigungsklage riskieren, »… und weißt du, was das im Klartext heißt? Das heißt, daß der Scharlatan seinen eigenen Oberkäse nicht versteht. Und warum versteht er ihn selbst nicht? Weil es da nichts zu verstehen gibt. Ich hatte einmal das zweifelhafte Vergnügen, den Scharlatan in der Akademie hier zu hören. Eine Salbaderierung von Matterhorngröße. Zwei Stunden lang hat er Zitate abgelesen, die ihm, da bin ich sicher, seine Assistenten zusammengestellt haben. Die Verfugung mit Schwachsinn hat er dann persönlich besorgt.«

Lang überlegten wir, welchen Titel die Memoiren des Konsuls bekommen sollten. Sein eigener Vorschlag, *Lebenswogen*, schien uns etwas zu romantisch. *Gedanken und Erinnerungen* ist, sagte Simone, schon besetzt; auch *Dichtung und Wahrheit.* Ich schlug *Liebe und Hiebe* vor. Das gefiel Bodenhaftung nicht. *Strom und Flaute?* Gefiel ihm auch nicht. Wie immer im Schmultz Verlag, erfuhr ich, erfand der Bürobote den Titel, der dann dem Buch gegeben wurde: *Lebensgeschenk.* Untertitel: *Wie ich wurde, was ich bin.* Blöder geht's nimmer, dachte ich, doch Simone beruhigte mich: Mein Name würde nicht genannt werden. Anfangs war vorgesehen, so zu titeln: *Hermann F. Werner unter Mitarbeit von* jener hamburgistischen Journalistin, deren Namen zu merken ich mir nicht die Mühe machte – kleiner gedruckt selbstverständlich und darunter, noch kleiner gedruckt: *Redaktionelle Hilfe Stephan*

Zugger. Der Schmultz-Chef, der vielleicht Herr Schmultz oder womöglich sogar Konsul Schmultz hieß und den ich nie zu Gesicht bekommen habe, las das und sagte: »Drei sind zuviel«, und strich meinen Namen – der ja gar nicht eigentlich mein Name ist. Wobei ich selbst nicht ganz genau weiß, welchen Namen ich als meinen eigentlichen zu betrachten habe. Womöglich *Udo* … Ganz abgesehen davon, daß ich ohnedies ein Kuckucksei bin und, wenn es mit rechten Dingen zugegangen wäre, irgendwie ganz anders heißen müßte. Vielleicht nenne ich mich, wenn ich einmal meine unterbrochene Schriftstellerlaufbahn wiederaufnehmen sollte, was ich nicht glaube, *Udo Kuckuck.*

*

Die Besuche mit dem Tonbandgerät bei Konsul Bodenhaftung, bei meinem Soßeijetie-Freund (es wird ein schönes, im ersten Augenblick geheimnisvolles Wort daraus, wenn man es Soßeijet*ie* auf der letzten Silbe betont), waren nicht die einzigen Begegnungen, bei weitem nicht, und das führte ja letzten Endes zunächst dazu, daß ich in die Soßeijetie und dann in die Promität eindringen konnte oder durfte. Bodenhaftung – oder: mein Freund Hermann, ich will diesen *Bodenhaftung*-Scherz nicht mehr so oft strapazieren, vor ihm gebrauchte ich ihn natürlich nicht, denn wie bei vielen oder sogar den meisten in der Soßeijetie und Promität war bei ihm der Sinn für Humor oder gar für Selbstironie nur kümmerlich vorhanden, milde gesagt – Hermann war sogar sehr froh, daß ich ihn von nun an häufig besuchte.

»Bringen Sie schon wieder ein neues Manuskript?« raunzte der andere Hermann, der Lektor, als ich ihm zufällig am Eingang des Hauses begegnete. Er ging heraus, ich hinein.

»Keine Angst«, sagte ich, »ich besuche meinen Freund, den Konsul im ersten Stock.«

Wie schon erwähnt, war Hermann, der Konsul, stark kurzsichtig, vertrug Haftschalen nicht und konnte auf Grund seiner Imätsch-Konzeption keine Brille tragen.

(Ich überlegte, fällt mir dabei ein, damals eine Zeitlang, ob ich nicht den Beruf des Imätsch-Diseiners ergreifen sollte. Eine Marktlücke? Vielleicht heute noch – statt Hilfskoch?)

Daß Hermann, der Konsul, so halbblind das Leben in der Großstadt überstand, ist nur dadurch zu erklären, daß ihn offenbar der Schutzengel, der heilige Namenspatron, das Kismet oder der Weltgeist sich noch aufsparte. Autofahren freilich war ausgeschlossen, doch das war auch nicht nötig. Der Konsul hatte selbstverständlich einen Chauffeur. Über die Bazillienstraße zum Beispiel, um zu *Besenhalber's* (mit dem üblichen falschen, nicht englischen, sondern anglistisierenden Apostroph-Genitiv) zum zweiten Frühstück mit etwas Schampain und Kaviar, glasierter Wildschweinzunge und *Perlhuhntörtchen an Pumpernickel-Halbgefrorenem* zu gelangen, mußte er jedoch allein gehen. Patricia konnte nicht immer weg, außerdem war sie, wie ich wohlgefällig vermerkte, oft so angezogen, daß es auf der Bazillienstraße einen Menschenstau gegeben hätte. Zwar vertrat Konsul Hermann die Ansicht, daß nicht er auf die Autos, sondern die Autos auf ihn aufzupassen hatten. Nur die Autofahrer hielten sich nicht daran, vielleicht wußten es auch nicht alle. So war Hermann froh, wenn ich ihn begleitete. Er sagte zwar nichts, ich bemerkte jedoch, daß er auffallend oft seine Gänge wenn möglich auf die Zeit verschob, zu der ich ihn besuchte.

Der Kleinhut könnte dieses Kapitel heißen, wenn ich mir die Mühe machte, Kapitelüberschriften zu erfinden.

Weißt Du, geehrter Leser – halt, war unhöflich, denn es könnte eine Leserin sein, sogar wahrscheinlich eine Leserin, denn Frauen lesen, wie man hört, weit mehr als Männer; warum gibt es aber, ich habe keinen Überblick, ich hätte vielleicht seinerzeit Simone fragen sollen oder Hermann, den Lektor, weniger Schriftstellerinnen als Schriftsteller? Weil Männer dazu neigen, zu schreiben anstatt zu lesen? »Es wird viel zu wenig gelesen auf der Welt und viel zu viel geschrieben«, hat bezeichnenderweise eine Schriftstellerin geschrieben. Wim hat mir das gesagt. Ich hätte also eben schreiben sollen: Weißt Du, geehrte Leserin *(ladies first)* oder geehrter Leser – denn zu der archidummen (auch ein Ausdruck vom Wim, so gebildet, daß mir so etwas einfiele, bin ich nicht) Formulierung, leider grassierend: LeserIn will ich nicht hinabgleiten ... Ich gestehe, daß ich wieder einmal den Faden verloren habe. Ich fürchte, ich werde diesen meinen autobiographischen Roman *Der Hilfskoch oder Wie ich beinahe Schriftsteller wurde,* stark korrigieren müssen, den du, verehrte Leserin oder verehrter Leser, hier vor dir hast, das heißt, natürlich noch nicht vor dir hast, denn er wird ja erst geschrieben. Das unkorrigierte Manuskript wirst du wohl nie in die Hände bekommen, und deshalb wird dir diese Stelle also verborgen bleiben. Dereinst. Dereinst? In solch mit abschweifenden Zuständen durchsetzter Form kommt das Buch und komme ich nicht einmal für den Klabautriapreis der Marktgemeinde Blunzigen an der Huste in Frage.

Da fällt mir ein: Darf ich den Leser, die Leserin mit *du* anreden?

Doch ich will jetzt endlich zu dem kommen, was ich auf der vorigen Seite zu Kleinhut, auch zu Bärentatzen oder Kuhmaulschuhe genannt, sagen wollte, und überlasse also die Antwort auf die Frage, ob ich die Leserinnen und Leser mit du oder mit Sie anreden soll, dem Lektor. Der soll das dann eventuell verbessern. Vielleicht: die Leserinnen mit Sie, die Leser mit du. Oder wenigstens Du großgeschrieben.

Eine kleine Unterbrechung. So gesehen ist es ja wieder günstig, daß ich (noch?) kein eigentlicher, das heißt professioneller Schriftsteller und -schreiber bin und also auf *Ausgewogenheit der Komposition* und so Zeug oder wichtige Sachen keine

Rücksicht zu nehmen brauche und vor mich hin schreiben kann, wie ich will, und auch unterbrechen, sooft ich will, zum Beispiel jetzt, wo mir der Liebe Gott einfällt, mit dem ich ja auch per du bin.

Ich weiß nicht, ob ich den Lieben Gott hier einfließen lassen respektive erwähnen soll, ob er hier in meinem autobiographischen Roman, der ja eher ein Jux ist, etwas zu suchen hat. Wahrscheinlich nicht. Oder hat der Liebe Gott überall etwas zu suchen? Auch in einem Jux? Wenn ich länger nachdenke, und, Damenundherrenleser, der Kuggler Stephan mit zwei G und P-H denkt nach, ob Sie es glauben oder nicht, so komme ich zu der Überzeugung, daß der Liebe Gott sehr wohl selbst in so einem autobiographischen Jux etwas zu suchen hat und also (mit gebührendem Respekt selbstverständlich) erwähnt werden darf und womöglich sogar soll und also hier auftaucht, wenn ich mir überlege, wie das klingen würde: *Vater unser, der Sie sind im Himmel …*

Der Aufenthalt als Hilfskoch auf dem Tschurtschenhof ist auch bildend. Nicht jede freie Minute widme ich dem franziskischen Minnedienst. Unter Umständen, ich gebe zu, wenn die Herrliche nicht Zeit hat, sitze ich bei den Gästen, wenn es erlaubt ist. Manchmal ist es erlaubt, namentlich wenn ich mit freundlicher Genehmigung des Herrn von Sichelburg aus meinem Manuskript vorlesen darf – es könnte ja ein Verleger darunter sein, war leider bisher nicht. So saß ich eines Abends bei Herrschaften sozusagen *exzellenter* Natur, nicht nur Gäste, sondern Freunde des Hauses und auch jenes Malers, der, wie ich inzwischen erfahren mußte, der eheliche Inhaber der unzugänglichen Scharfblondine Amelie ist, die ihrerseits ein ausnehmend hübsches Kind dabeihatte mit dem wie auf Katzenpfoten daherschleichenden Namen Cosima, seine Enkelin, glaubte ich erst, nein, seine Tochter, was ich dem Alten nicht zutraute und auch, gestehe ich, nicht gönne …

Doch ich schweife schon wieder ab, schweife von der Abschweifung ab, und es ist nicht einmal so – minus mal minus ist plus, soviel habe ich doch gelernt –, daß die Abschweifung von der Abschweifung wieder ins ordentliche Gleis zurückschweift – nein. Weiter weg.

Also zurück zu dem Herrn, dessen Namen ich in meiner dem Leser hinlänglich geläufigen Diskretion nicht nenne, schon weil es ein historisch ziemlich bekannter Name ist, der außerdem von angenehmer Vielbeschlagenheit ist, und der hat mir gesagt, habe ich auch noch nicht gewußt, daß man in Frankreich vor noch nicht allzu langer Zeit zum Lieben Gott »Vous«, also *Sie*, gesagt hat.

... und mit mir selbst rede ich per du.

Der Wim allerdings hat gesagt, er habe jahrzehntelang mit sich selbst per Sie geredet, und erst bei einer festlichen Gelegenheit, nämlich bei der von ihm groß ausgerichteten Feierlichkeit aus Anlaß der Rückbenennung der Stadt Leningrad in St. Petersburg, habe er sich in vorgerückter Stunde das *du* angeboten.

Und sofort akzeptiert.

Doch nun zum Kleinhut. Schon in der sogenannten und vielleicht zu Unrecht dermaßen entfärbten *grauen Vorzeit* hat es solche Modetorheiten und Entgleisitäten gegeben, zum Beispiel Kuhmaulschuh oder auch Bärentatze genannt. Die geehrte Leserin beziehungsweise der geehrte Leser wissen selbstverständlich, da gebildet, was eine Bärentatze (nicht im zoologischen, sondern im kostümgeschichtlichen Sinn) oder Kuhmaulschuh ist. Oder vielmehr: war. Das soll in irgendeinem Jahrhundert – der Wim weiß es genau, ich will ihn deswegen jedoch nicht anrufen und stören, zumal er in München ist und ich in Eppan bin – Mode geworden sein, weil König Hartaknut der Knopfreiche sechs Zehen an jedem Fuß gehabt haben soll, und um diese Mißbildung zu vertuschen, erfand Hartaknut, oder wer immer es war, einen Schuh, der vorn zehenhalber seitlich ausbuchtete, eben in der Form eines

Kuhmauls oder einer Bärentatze. Und weil der König solche Schuhe trug und sie womöglich seinen Ministern unter die Nase hielt und sagte »Was meint Ihr zu meinen neuen großartigen Schuhen?«, ließen sich erst die Prinzen, dann die Großherzöge, dann die einfachen Herzöge, dann die Kleinherzöge und so fort bis hinunter zum einfachen Gesindel flugs solche Schuhe machen, obwohl sie nur fünf Zehen hatten und ihnen zunächst diese Kuhmäuler unkleidsam vorkamen, mit Recht, doch was willst du machen, wenn es Mode wird. Auf alten Bildern sieht man gelegentlich solche Bärentatzenschuhe dargestellt. Was selbst der Wim nicht wußte, ist, wann diese modische Entgleisung wieder abkam. Wann segnete der letzte Bärentatzenschuh das Zeitliche? »Aribert«, sagte die Baronin, »diese Schuhe *kannst* du nicht mehr tragen!« – »Aber –« – »Ich weiß, sie sind die bequemsten für deine Hühneraugen, doch ich schwöre dir, kein Mensch hat mehr solche Schuhe. Der Erbprinz hat neulich *sehr* indigniert auf deine Füße geschaut …« Und so versenkte Baron Aribert seine geliebten Bärentatzen- oder Kuhmaulschuhe – nein, nicht in den Müllkübel oder Haderngraben, das brachte er nicht übers Herz, sondern in eine Truhe am Speicher, wo sie dann ein Angehöriger der nächsten Generation fand, lachend zu seiner Frau sagte: »Und sowas hat man allen Ernstes getragen, unvorstellbar!« und sie seinen Jagdhunden zum Zerbeißen vorwarf.

Wäre ich Modeschöpfer … Soll ich meine Hilfskochtätigkeit einstellen und mich dieser Branche zuwenden? Als Auftakt den Bärentatzenschuh für den gepflegten Herrn wiederbeleben? Vielleicht gefiele er Mr. Milbie, der Ikone? Wo er doch schon aus ähnlichen Gründen, allerdings nicht wegen Sechs-Zehigkeit, sondern weil er auf einer Seite fast keine Haare mehr hat und die wenigen auf die andere Seite hinüberbügelt und dort die erwähnte erdbeerrot gefärbte Scheinfülle hervorbringt, immer und ausschließlich mit Hut zu sehen ist. Niemand hat ihn je ohne den Hut gesehen, den er allerdings, damit die erdbeerrote Scheinfülle sichtbar bleibt, stets keck – schief seitlich aufsetzte, ja eigene Hüte, besonders kleine Hüte hervorbringen läßt, die gar nicht anders aufgesetzt werden *können* als linksseitlich schläfenklebend. So wie für das Autorennen in Indianapolis, wo es nur Linkskurven auf der Rennbahn gibt, eigene Rennwagen gebaut werden, mit denen man nur Linkskurven fahren kann, keine Rechtskurven. So der linkssitzende Kleinhut Milbies.

Und es dauerte, wie man sich denken kann, nicht lang, und jeder, ob er nun Haare hatte oder nicht, der dazugehören wollte, und wer, im Grunde genommen, will nicht dazugehören, ließ sich bei einem Hutmacher, der das Zeichen der Zeit erkannt hatte, so einen Kleinhut machen, und bald lief die Soßeijetie in New York nur noch kleinhutbehaftet herum. Und es war ebenjenes Iwänt des Konsuls, bei dem Milbie S. (oder war es F.?) Milbie den Kleinhut hierorts in natura vorführte, daß auch unsere Stadt von diesem infiziert wurde.

Ein Diseiner in der Bazillienstraße warf sich sofort auf die exklusive Produktion des Kleinhutes, und Konsul Hermann erfuhr erstaunlicherweise erst mit ein paar Tagen Verspätung davon, hatte also in diesen Tagen mit seinem ordinären Borsalino auf dem Kopf den modischen Gesamtwillen beleidigt und war nervös, als ich zufällig grad da zu ihm auf ein Gläschen Champagner und einen Plausch (ohne Tonbandgerät) kommen wollte. Das Gläschen Champagner tranken wir zwar, aber nur im Stehen. Hermann trat von einem Fuß auf den anderen: »Gut, daß du kommst, Zugger, du mußt mich zu dem Hutdiseiner führen …«

Das tat ich dann selbstverständlich, und Bodenhaftung (Pardon, ich weiß, ich wollte den Ausdruck, dessen Witzigkeit schon etwas verbraucht ist, nicht mehr verwenden; soll ihn der Lektor dann später herausstreichen.) …

(Anmerkung von mir, der Lektorin: Habe ich, wie Sie sehen, nicht getan.)

… kaufte sich ein halbes Dutzend solcher Kleinhüte und fragte dann: »Und du? Willst du keinen?«

So schaffte ich mir also auch einen an und lief eine Zeitlang, bis auch diese Mode versickerte, mit dem Kleinhut auf dem Kopf herum. Ich war nur schwer von einem Idioten zu unterscheiden. Auf dem Rückweg zu seinem *Studio* eröffnete mir dann Freund Konsul, daß ich ihn nach Kitzbühel chauffieren müsse, bitte. Er habe nämlich alle drei Fahrer wegen Verdachts der Werkspionage entlassen.

Ich sagte zu.

Und so begann das, was man wohl das Schürzen des Knotens nennt.

21

»Nach welchen Mustern entwickelt sich ein Leben?« Diese Frage habe ich in einem Buch gelesen, das mir hier, auf dem Tschurtschenhof, ein Freund des Herrn Dr. von Sichelburg gegeben hat. Er hat es selbst geschrieben, der Freund, ein hochgewachsener, mit einer sogenannten Zierglatze versehener Mann von sprühender Beredtheit und sofort sympathiehaft. Von eigentlichem Beruf etwas ganz anderes. Ich weiß nicht, ob ich das hinschreiben darf. Lieber nicht, obwohl es ein hervorragend angesehener Beruf ist. Jener beredte Herr kam in Begleitung eines anderen Freundes von Dr. von Sichelburg zu uns – ich erfreche mich zu sagen zu uns – auf den Tschurtschenhof herauf, jenes anderen Freundes, dem zu meinem Leidwesen die bewußte blonde Venus gehört, die da auch dabei war, mit der engsten Hose bekleidet, die ich je gesehen habe, sowie einer bei genauerem Hinsehen venusblütendurchschimmernlassenden Bluse. Doch ich konnte, wie immer, den Anblick nur sporadisch genießen, weil ich in der Küche die Schnitzel klopfen mußte. Es gab nämlich Wiener Schnitzel. Oder muß man neuerdings politokorrektisch WienerInnen Schnitzel schreiben? Weil es ja vielleicht eine Dame verspeist? Oder das Kalb weiblich war?

»Nach welchen Mustern«, also, »bildet sich das Leben?« Ich neige dazu zu sagen: nach gar keinem. Welches Muster erblicke ich, wenn der große Ausdruck *erblicken* gestattet ist, in meinem nunmehr zwar bloß, aber auch immerhin achtundzwanzigjährigen Leben? Daß fremde Gewaltalkoholisierungen hie und da zu meinen Gunsten ausschlagen? Ist das ein Muster? Oder gibt es kein Muster? Kommt alles nur so, wie es kommt, aus keinem anderen Grund, als weil es so kommt? Vielleicht hätte ich im Religionsunterricht mehr davon erfahren, aber fortgeschrittenen solchen habe ich ja nie genossen, wie man aus dem bisher niedergeschriebenen autobiographischen Roman weiß. Soll ich einmal nach Rom zu einer Papstaudienz fahren? Und den Papst fragen: »Heiliger Vater, nach welchen Mustern bildet sich das Leben?« Ich fürchte, ich bekomme keine Antwort. So wie jener Mann, der einen Detektiv anstellte, um diesen auf die Suche nach dem Sinn des Daseins zu schicken.

Man sieht, auch einer wie ich, der keine höhere Bildung genossen hat und im geistigen Bereich darauf angewiesen ist, was der Wim sagt, hat tiefgrabende Gedanken. Und solche Gedanken wälzte ich, weil ich nichts anderes zu tun hatte, schon viel früher in jener kleinen, von einer abgetakelten Schauspielerin namens Alma Holde betriebenen, preiswerten Pension in der Kaulbachstraße, wo ich mehr hockte als saß und vor allem nicht wußte, was ich tun sollte, außer so in der Jurisprudenz herumzustudieren oder eher: zu stochern.

Die Alma Holde wäre ein eigenes Kapitel wert, das stelle ich jedoch zurück, weil ich sonst autobiographisch überhaupt nicht weiterkomme. Nur soviel: Sie schob eines Tages, ich lebte da schon etwa ein halbes Jahr in der Pension *Alma,* ihren Gewaltbusen, der nicht ungern farbig mit Leopardenimitation umkleidet war, nach nur kurzem, herrischem Anklopfen in mein Zimmer und röhrte mit ihrer tiefen Stimme: »Ich hoffe, Sie sind kein Verbrecher, Herr Olaf!« und reichte mir ein verdächtig blau wirkendes Kuvert.

Es war eine Vorladung zum Gericht. Ich riß sie auf.

»Nur als Zeuge, nicht als Verbrecher«, sagte ich kleinlaut und zeigte die Vorladung Frau Alma.

»Gut«, sagte sie, rangierte ihren Busen herum und schob ihn wieder hinaus.

Es war ein Verfahren gegen *Pfundneider, Franz Xaver, wg. Brandstiftung, Betruges u. a.*

Wer ist Pfundneider, Franz Xaver?

Es war jener entfernte Vetter des Sechsfinger-Harry, der mich in das Haus, das eigentlich eine Ruine war, aufgenommen hatte. Die Staatsanwaltschaft – das erfuhr ich später von Wim, den ich übrigens bei dieser ganzen Angelegenheit kennenlernte – war irgendwie dahintergekommen, daß der Vetter Pfundneider dem Sechsfinger-Harry zweitausend Mark gegeben hatte. Pfundneider hatte den Betrag nämlich aus steuerlichen Gründen als Lohn für den Hausmeister verbucht, was Sechsfinger-Harry nicht wußte, was ihm auch vermutlich wurst gewesen wäre. Die Staatsanwaltschaft erfuhr auch unschwer von den verschiedenen zuständigen Stellen, welche kopfständlichen Anstrengungen Pfundneider unternommen hatte, um die Abbruchgenehmigung für die denkmalgeschützte Ruine zu bekommen. Die Staatsanwaltschaft – nein, ich vermute ein vielleicht besonders schlauer, wie sich dann herausgestellt hat, jedoch nicht genug schlauer Staatsanwalt – hat messerscharf geschlossen, daß diese zweitausend EM kein Hausmeisterlohn waren, sondern die Anstiftung zum sogenannten *Heißen Abbruch.*

Der Verteidiger des Vetters Pfundneider war Wim. Ich hörte, nachdem ich als Zeuge vernommen worden war und als Zuhörer im Sitzungssaal bleiben durfte, erst das Plädoyer des Staatsanwalts, wobei mir die Haare zu Berge standen und ich den Pfundneider, der immer mehr zusammensackte, schon auf dem Marsch zum Galgen sah, solche Sachen von wegen »in Kauf genommener Tod mehrerer Menschen« häufte der ihm aufs Haupt, und dann aber das Plädoyer des mir bis dahin unbekannten Herrn Rechtsanwalts Wim (den richtigen Vornamen und den Familiennamen nenne ich nicht, hat mir Wim auch verboten), und dann senkten sich meine Haare wieder zu Tale, und auch Pfundneider gewann wieder etwas an Frische. Während der Staatsanwalt ziemlich geschrien hat, fing Wim ganz langsam und leise an und zerpflückte das, was der Staatsanwalt »erdrückende Indizien« genannt hatte, und stützte sich, worauf ich sehr stolz war, vor allem auf meine Zeugenaussage. Dabei hatte ich, wie man es bei Gericht macht, wenn man nicht um des eigenen Vorteils willen lügen muß, nichts als das gesagt, was ich wußte, und das wahrheitsgemäß. Der Vorsitzende und danach auch der Staatsanwalt fragten an mir herum, der Vorsitzende unter anderem, warum ich ausgerechnet mein *(mein)* Abiturzeugnis so krampfhaft in der Hand gehalten habe.

»Weil …«, ich überlegte kurz, und dann sagte es in mir oder vielmehr aus mir heraus: »… ich studieren will. Jura.«

Ich dachte, das würde den Vorsitzenden freuen, doch er setzte eine väterliche Miene auf und sagte: »Ich rate ab.«

Pfundneider wurde dann freigesprochen. Noch davor, das heißt in der Pause, in der das Gericht sich zur Beratung zurückgezogen hatte, kam Pfundneider auf mich zu und dankte mir, fragte mich, wie es mir gehe und so weiter. Auch Wim kam zu mir und sagte, daß meine Aussage günstig gewesen sei. Pfundneider lud uns, für den Fall eines Freispruches, zu einem Umtrunk im *Königshof* ein, und er lud auch gleich den Staatsanwalt ein – wir alle vertraten uns die Beine vor dem Sitzungssaal –, und ich vermutete, der werde, wo er vorher so giftig geredet hatte, zornig werden, aber zu meinem Erstaunen sagte er, er käme gern, nur leider sei sein Bürostuhl gestern zusammengebrochen, und er müsse ihn jetzt zusammenleimen und dazu zuvor geeigneten Leim und eine Zwinge kaufen, sonst müsse er morgen seine Akten im Stehen bearbeiten.

Ich wunderte mich über die Zustände in der Staatsanwaltschaft.

*

Franz Xaver Pfundneider war Gemüsegroßhändler, genannt *Der Gurkenkönig*, und hatte ein Gesicht wie eine rote Ente. Der Schnabel war ungefähr die Nase oder umgekehrt, wie man will. Im übrigen klein, dick und watschelnd. Er trug kaum je anderes als Trachtenanzüge in Braun, vielleicht weil er sonst unter seinen grünen Gurken nicht aufgefallen wäre …

Unsinn natürlich. Nie habe ich eine Gurke in seiner Umgebung gesehen. Er handelte damit. Einmal fragte mich Frau Alma, als sie erfuhr, daß ich mit dem Gurkenkönig bekannt geworden bin – sie war immer darauf aus, dies und jenes und möglichst alles billiger zu bekommen –, ob ich nicht Gurken zu günstigem Preis besorgen könnte »über Ihren Freund …« (*Freund!* schmeichelte sie). Sie brauchte viele Gurken für ihre Gurkenkompressen im Gesicht und womöglich wo anders an ihrer umfangreichen Weiblichkeit. Viel schöner ist sie dadurch nicht geworden, jedenfalls nicht, solange ich bei ihr gewohnt habe. Nun, ich habe bei meinem nächsten Besuch bei *Freund* Pfundneider gefragt, und er hat gesagt: »Gern«, nur das kleinste Gebinde, das er abgeben könne, sei ein Waggon. Und so dick war die Alte dann doch nicht.

Ich war öfters zu Besuch bei Pfundneider. Er wohnte in einer Villa in einem vornehmen Viertel, das gar nicht zu ihm paßte, die Villa auch nicht. Er hatte jedoch einen starken Zug zur Vornehmität, sogar zur Aristokratie. Besonders zur Aristokratie. Vielleicht verständlich, wenn einer Gurkenkönig ist und nur Pfundneider heißt. Er lebte allein, und die Villa hätte ausgereicht für zwei sechsköpfige Familien. Doch – nicht ganz allein. Er hatte einen *Butler,* der hieß Hinze, Pfundneider rief ihn »John«. Dabei konnte er, Pfundneider, keine Fremdsprache außer gebrochen Hochdeutsch. Seine Muttersprache war Niederbayrisch von der, wenn man so sagen kann, niedrigsten Sorte. Die Villa hatte er – ich wußte gar nicht, daß man mit Gurken soviel Geld anhäufen kann – von einem erstklassigen Architekten erbauen lassen, einrichten von einer Diseinerin der oberen Preiskategorie. Sie hieß Dorit Halbhase und kam ab und zu, um nachzuschauen, ob auch das blaue Buch, das als farblicher Akzent auf dem gläsernen Tischchen neben der milchkaffeebraunen Couch arrangiert worden war, an der richtigen Stelle lag. Einmal fiel sie fast in Ohnmacht, als *John* statt einer lila eine grüne Kerze in den Leuchter auf dem Kaminsims gesteckt hatte.

»Alles erste Sahne«, sagte Pfundneider von seiner Einrichtung, für die die Güteklasse A eine Beleidigung wäre.

Später, als ich schon bei Pfundneider wohnte, vertraute mir *John* an, die Deko-Halbhase, eine dürre, breithaarige Smartperson, habe ihm seufzend gestanden: »Das Haus ist so top, first style, und Herr Pfundneider in seinem gräßlichen Outfit paßt überhaupt nicht mehr herein. Im Grunde müßte man ihn auswechseln.«

Das ging selbstverständlich nicht. Pfundneider fühlte sich auch nur sozusagen gezwungenermaßen hier wohl. Er ging darin herum wie in einem Museum. Er *trug* das Haus wie der Bauer einen Smoking. Und alles wegen seinem Hang zu *nobel.*

Er las nichts, nur das Adelslexikon, das, wie ich von ihm erfuhr, *Genealogisches Handbuch des Adels* heißt, kurz und unkorrekt *Gotha* genannt wird, weil es früher so hieß. Er hatte ganze Regale davon. Diese Bände waren zum Teil feuerrot, zum Teil grün, braun, rot oder grau. Je nach adeligem Rang. Die Diseiner-Henne bekam immer Krämpfe, wenn sie das sah, denn es paßte farblich nicht zur Tapete in dem betreffenden Zimmer. Doch in dem Punkt blieb Pfundneider eisern.

Ein Baron Zwirger von Mansberg (oder Mansburg? Ich weiß es nicht mehr genau) sickerte eines Tages beim Gurkenkönig ein. Da wohnte ich schon dort. – Da fällt mir auf, daß ich gewisse Dinge, die der Leser zwar vielleicht ahnt, womöglich jedoch genauer wissen will, noch nicht erwähnt habe. Nach jener Gerichtsverhandlung und dem nachfolgenden, sehr stark ausufernden Umtrunk im *Königshof,* bei dem mir Pfundneider ein ums andere Mal und mit fortschreitendem Abend dann nur mehr erratbar versicherte, ich sei sein rettender Engel gewesen, meine Aussage habe ihn vor dem Zuchthaus bewahrt (»gibt's gar nicht mehr«, sagte Wim), habe ihm förmlich die Ehre gerettet (»seine großkaufmännische Gurkenehre«, so der Wim), eigentlich sein Leben, denn, wer weiß, ob er sich nicht im Falle der Verurteilung umgebracht hätte, danach versicherte er mir seine ewige Dankbarkeit, und das hielt er auch. Zunächst kam zwei Tage später eine Kiste mit feinem Bordeaux: »Meinem gütigen Schutzengel Olaf Leichtiv.« Dann lud er mich mehrfach zum Abendessen und immer öfters auch zu sich in die Villa ein. Ich bemerkte am nächsten Ersten, daß er meine Miete bei der Frau Alma Holde bezahlt hatte, und wenig später sagte er, daß ich bei ihm wohnen könne, seine Villa sei groß genug. Koste mich nichts. Im Gegenteil, er werde mein Studium finanzieren; er habe ja gehört, daß ich Jura studieren wolle.

Es war mir recht.

Es wäre mir selbstredend nicht recht gewesen, wenn die Sache den Hintergrund gehabt hätte, den mancher Leser vielleicht vermutet. Nein, Pfundneider war nicht homosexuell und mir so nachstellend. Ich habe nichts gegen Homosexuelle. Erstens sind sie – ich kenne einige – meist sogar höchst fein, zweitens, sage ich, sie haben das Verdienst, die erdenwurmische und umweltzerstörende Menschheit nicht fortzupflanzen, und drittens sind sie keine Konkurrenz bei meinen Bemühungen um die Weiblichkeit. Obwohl ich dem inzwischen entschlafenen Pfundneider gegenüber nicht undankbar sein will, im nachhinein schon gar nicht (beim Entschlafen hieß er anders, doch davon später), muß ich zugeben, daß er *nicht* zu der Sorte Menschen gehörte, die mir auf den ersten Blick sympathisch sind. (Im Gegensatz: der Wim. »In dessen Seele fühlte ich mich sofort gespiegelt.« Ein Ausdruck von ihm.) Er wäre mir nicht sympathischer oder nicht unsympathischer vorgekommen, wenn er homosexuell gewesen wäre. Nur ungern im gleichen Haus mit ihm gewesen wäre ich dann schon. Wenn man eine Liebe und gar eine solche nicht erwidern kann …

Pfundneider wies mir, dann doch etwas übertrieben ausgedrückt, »einen Flügel des Hauses« zu, das war eine bequeme kleine Zweizimmerwohnung mit eigenem Bad und so fort in dem Anbau über dem säulengeschmückten Freisitz. Ich war zudem eingeladen, am Leben des übrigen Hauses teilzunehmen, das allerdings nicht sehr turbulent war, hauptsächlich aus den Abendmahlzeiten bestand, die *John* servierte. Hie und da waren Gäste da, meist Geschäftsfreunde Pfundneiders oder aristokratische Damen und Herren, für die Pfundneider, wie gesagt, große Verehrung und Bewunderung hegte und die nicht selten, schien mir, in ihren Einkommensverhältnissen deutlich unter dem Niveau des Hausherrn schwebten, vorsichtig ausgedrückt. Täusche ich mich, oder waren ab und zu welche da, die mit ihrem den Gastgeber blendenden Namen – ihr einziges verbliebenes Kapital – die warme Suppe erkauften?

An einen erinnere ich mich, ich glaube, das war sogar ein Prinz, und wenn ich mich nicht täusche, ein Prinz von und zu Vorhalt zu Irgendwas und Hintenrummen, der kam mit großem Ordensband und einer schaukelnden Weib-Scharteke, die zur Hälfte aus fahlem, geliftetem Fleisch und zur Hälfte aus Schminke bestand. Die Scharteke stamme, ließ der Prinz einfließen, aus ältestem avarischem Uradel und sei eine ganz berühmte Schauspielerin und Hollywoodine sowie Schönheitskönigin gewesen. (Dabei ist sie vermutlich, sagte der Wim, schon im Burenkrieg für die Truppenbetreuung als zu alt abgelehnt worden.) Wo Pfundneider diesen Prinzen aufgelesen hatte, weiß ich nicht. Pfundneider überkugelte sich jedenfalls vor Respekt, das Menü war ganz besonders ausgefeilt an dem Abend, und Pfundneider war derart nervös vor dem Eintreffen der durchlauchten Gäste, daß er in seiner Verwirrung plötzlich meinte, er müsse noch den Hofknicks üben.

Ich konnte den Guten nicht ohne Mühe auf Handkuß herunterhandeln, wofür ich, wir waren beide schon im Smoking, als, wenn man so sagen kann, Sparringspartner diente.

Daß die Sache nicht ganz stubenrein war, dämmerte mir nach dem Ende des Essens, als Pfundneider der Durchlaucht eine Zigarre anbot und dabei zu erwähnen nicht vergaß, daß die Importen hier in dem Mahagoni-Kistchen das Stück einhundertzwanzig Mark kosten. Der Prinz klopfte dem Pfundneider huldvoll-scherzend auf die Schulter und sagte: »Geben Sie mir eine zu zwanzig Mark und den Hunderter in bar, den behalte ich als Andenken an diesen gelungenen Abend.« Und die Schönheitskönigin fügte neckisch hinzu: »Er läßt die Scheine sogar rahmen, wenn die von guhuten Freunden sind.«

Pfundneider liebte es, Ahnentafeln von seinen Gästen zusammenzustellen, das heißt, er suchte ihre Eltern, Großeltern, Urgroßeltern und so weiter aus seinen feuerroten und grünen Gotha-Kalendern zusammen. Ich mußte ihm dabei helfen. Ich tat es nicht ungern, weil es ihm gar so eine kindliche Freude bereitete. So auch nach dem Besuch des Durchlaucht-Prinzen von und zu Vorhalt. Ich mußte den betreffenden Band heraussuchen, und dann kam die große Enttäuschung. Der Prinz gehörte zu der weiter vorn schon erwähnten Sorte, die in den roten Büchern verächtlich und kleingedruckt unter dem Strich als *nichtadelige Namensträger* aufgeführt werden. Er hatte früher Hans-Dieter Schwellpfropf geheißen und war vor einigen Jahren von einer echten Prinzessin von und zu adoptiert worden. Von besonderem Interesse schien mir der damalige – das rote Buch war zwei, drei Jahre alt, nicht jedes Jahr erscheinen alle Erlauchten auf, da würden die Bücher zu dick – der damalige Aufenthaltsort des Prinzen. Die Bücher verzeichnen nämlich auch die Adressen. Bei Prinz Ludovic (so sein adoptierter Vorname) stand *Stadelheimer Straße 12, D – 81549 München, Telephon 089-699220.* Das ist das *Justiz-*

vollzugsanstalt genannte Gefängnis, das wußte ich, weil ja Sechsfinger-Harry ab und zu im Winter einige aufwärmende Tage dort verbracht hatte. Vielleicht sind sie einander begegnet? Schade, daß ich Sechsfinger-Harry nicht mehr fragen konnte.

Das mit der Adoption ärgerte den Gurkenkönig heftig. Es reuten ihn weder das Essen noch der Champagner, noch der Hunderter, den er ihm zum Schluß noch gegeben hatte, es ärgerte ihn: »Daß ich wegen so einem Hochstapler den verfluchten Smoking angezogen habe.«

Von dem Tag an schauten wir *vorher* in den Gotha-Büchern nach. Und der Freiherr Zwirger von Mansberg war einwandfrei, wenngleich schon stark fadenscheinig. Er war lang und hager und der einzige Mensch, dem ich je begegnet bin, der Knickerbocker trug, und zwar immer, und ich habe den Verdacht, immer die gleichen: grau-braun kariert, die langschößige Jacke mit Stoffgürtel. Er hatte, obwohl noch gar nicht so alt, nur noch wenige Haare und noch weniger Zähne, strahlte jedoch eine derart verhaltene Vornehmheit aus, daß ich ihn auch ohne Überprüfung im roten Buch für echt gehalten hätte. Der Gurkenkönig bot dem Baron auch gar nicht erst die Hundertzwanzigmark-Zigarre an, sondern gab ihm gleich den Hunderter. Der Baron behauptete auch nicht, daß er ihn als Andenken aufbewahren wolle, sagte immer: »Es ist mir peinlich. Ich nehme es als Darlehen. Gestehe, daß ich im Moment in Geldverlegenheiten bin.« Man achte auf den ungewöhnlichen Plural, der eine singuläre Geldverlegenheit in höhere Kalamität erhebt.

Und es blieb nicht bei einem Hunderter. Der Baron, der in der Folge sehr häufig zum Essen kam, für den dann aber keine besonderen Umstände gemacht wurden, stand bald beim Gurkenkönig mit mehreren Zehntausend in der Kreide. Was er mit dem ganzen geliehenen Geld anfing, war mir schleierhaft, denn er kam nach wie vor in seinem schleißigen Knikkerbocker-Anzug daher. Vielleicht verspielte er es? Verwettete am Pferderennplatz? Wer weiß. Es kam dann, wie es kommen mußte: Felix-Anatol Freiherr Zwirger von Mansberg, Ehrenritter des Ordens Zur Normannischen Kohlenschaufel (Orden ist richtig, fürs übrige verbürge ich mich nicht), adoptierte den Gurkenkönig, von da ab also eher Gurkenbaron.

Das war, als ich etwa ein Jahr bei Pfundneider, nun Baron Zwirger von Mansberg, und also einmal zwanzig Jahre alt war. Vielleicht nicht meine schönste Zeit bisher (ich meine, bis heute, wo ich als Hilfskoch auf dem Tschurtschenhof mein Unter- und Auskommen gefunden habe), auf alle Fälle die sorgloseste. Zwischen Pfundneider und mir änderte sich durch dessen Baronisierung wenig. Es goß zwar einen bitteren Tropfen in seinen neu-freiherrlichen Stolz, daß er nun auch kleingedruckt unterm Strich in einem der nächsten bordeauxroten Freiherrn-Bücher aufscheinen werde, doch mit glänzender Freude betrachtete er seine neuen Visitenkarten im Prägedruck mit der Krone, die ihm auch die tückischen Redakteure des Gothaischen Adelskalenders nicht nehmen konnten. Den Zusatz von früher unter dem Namen: *Gurken en gros Im- und Export* ließ er weg.

Ich studierte Jura. Gebe zu: mehr oder weniger. Eher weniger. Das von Butler John und einigen sonstigen dienstbaren Hausgeistern umsorgte, von finanziellen Überlegungen völlig freie Leben war zu gemütlich, zu einlullend, möchte ich sagen, um so früh aufzustehen und in die langweilige Vorlesung über Zivilprozeßrecht zu gehen. Da war übrigens ein höchst merkwürdiger Professor für dieses Rechtsgebiet. Wie er hieß, weiß ich nicht mehr. Einen Stehkragen trug er nicht, er sah jedoch so aus, als ob er einen Stehkragen trage. Träger eines inneren Stehkragens. Er schlurfte, seinen Vorlesungstext murmelnd, um zwanzig nach (also fünf Minuten nach *c. t.*) ans Pult, murmelte bis fünf vor und schlurfte murmelnd hinaus.

Das war einmal witzig zu erleben, aber winterfüllend wieder nicht. In der Prüfung, hieß es, sei dieser Alte besonders ekelhaft. Nur, so weit, um dies meinerseits zu überprüfen, kam ich nicht.

Pfundneider fragte mich zwar ab und zu: »Und? Wie geht's dir an der Uni?« – »Danke der Nachfrage.« – »Was nehmt ihr jetzt durch?« – »Die positive Forderungsverletzung«, erfand ich oder etwas Ähnliches, und damit war *Xare,* so nannte ich Pfundneider und späteren Baron, zufrieden.

Zwar gab es in den juristischen Vorlesungen und Übungen eine Menge sehr sehenswerter Kommilitoninnen, doch erstens waren sie oft rechte Streberinnen mit weißer Bluse und Schottenrock, und zweitens war es schwer, während der Lehrveranstaltungen näher zu rücken. Außerdem waren da Carona und Tenuba, die eine Köchin bei uns, die andere Büglerin und Wäscherin und sowas. Die eine Kroatin, die andere Türkin. Die eine rothaarig, die andere schwarz, und beide freundlich-zugänglich. Von einer gewissen Erfahrung kann ich ja reden, und ich habe so manches gesehen, nur daß sich die Rothaarigkeit so weit wie bei der Kroatine erstreckt, habe ich nie erlebt.

Xare hatte übrigens nichts dagegen. Er beglückte niemand anderen als seine altgediente und gewohnte Privatsekretärin. Die wurde ritualartig am Freitagabend zum Abendessen eingeladen und verschwand danach auf einen Wink Xares im Extraschlafzimmer, wohin er sich, nachdem die Zigarre ausgeraucht war, auch begab. In sein eigentliches Schlafzimmer »im Ostflügel«, in dem sich übrigens seine eintausendzweihundert Flaschen umfassende Whisky-Sammlung befand, ließ er niemanden.

*

Etwa ein halbes Jahr nach der Adoption tauchte ein Graf bei uns auf – da kann ich für den Namen nicht garantieren, ich nenne ihn: *von Hoerschwerr genannt Tompfhyrn.* Auch knüppelecht. Es ballte sich die Aussicht auf eine weitere sozusagen Hinaufadoption zusammen, die den Freiherr-Adoptivvater des Gurkenkönigs stark nervös machte, und es herrschte jedesmal, wenn beide eingeladen waren, eine gespannte Atmosphäre. Was hinter verschlossenen Türen geredet wurde, erfuhr ich nie, wollte es auch nicht wissen. Jedenfalls verschwand der Graf wieder.

Der Gurkenkönig – ich kann mir nicht abgewöhnen, mich an ihn anders als an einen Xare Pfundneider zu erinnern – hatte offensichtlich außer seinem entfernten Vetter Sechsfinger-Harry, und der war tot, keine Verwandten. Mehrfach stellte er mir, zu dem er, wie man hier nachlesen kann, eine väterliche Zuneigung gefaßt hatte, in Aussicht, mich zum Universalerben einzusetzen. Fürs Gurkengeschäft wäre, meinte er, meine juristische Ausbildung sicher von Vorteil, und nach dem Examen könne ich mich dann in die Gurkenmaterie einarbeiten. (Er übernahm übrigens damals das Blumenkohl-Imperium eines niedergekämpften Konkurrenten.) Ob er je ein solches Testament verfaßt hatte, weiß ich nicht, wenn ja, hat er es irgendwann wieder vernichtet, denn nach seinem Tod tauchte nichts dergleichen auf. Er hielt es später wohl auch nicht mehr für nötig, denn er beabsichtige nun, eröffnete er mir nicht ohne Feierlichkeit bei einem ganz großartigen, wenngleich im kleinen Kreis stattfindenden Diner (nur Xare, Wim und ich), seinerseits mich zu adoptieren, womit ich meinen blöden Namen Leichtiv losgeworden wäre.

Den Namen Leichtiv wurde ich wenig später auf ganz andere Weise und aus ganz anderen Gründen los. Zu meiner Adoption kam es nicht mehr, denn Carona fand ihn an einem frühen Januarmorgen des dritten Jahres, das ich bei ihm war, tot im Bett liegend. Sein Gurkenherz hatte, offensichtlich ohne ihm Schmerzen zu bereiten, im Schlaf aufgehört zu schlagen. Ich gönnte ihm den sanften Tod, auch wenn nunmehr infolge der gesetzlichen Erbfolge der Adoptivvater Freiherr Zwirger von Mansberg Firma, Immobilien, Vermögen, Aktien und Gurken erbte.

VIII

Ich bin eigentlich Corse. Strenggenommen halber Corse – immerhin. Ich spreche weder Französisch noch Corsisch, aber ich bin mit Napoleon verwandt. Nahezu alle Corsen sind mit Napoleon verwandt. Selbstverständlich auch mit Pasqual Paoli, dem corsischen Patrioten, und Carlo Andrea Pozzo di Borgo, dem unversöhnlichen Gegner und – vielleicht letzten Endes – eigentlichen Überwinder Napoleons. Ob es besser gewesen wäre, wenn Napoleons französisches Europa erhalten geblieben wäre, vermag ich nicht abschließend zu beurteilen. Meine Haltung in dieser Frage ist schwankend, da ich einerseits Corse und anderseits nur halber Corse bin, also kein ganzer. Sie ist um so schwankender, als die Ansichten über Napoleon bei uns Corsen ihrerseits schwankend sind. Einesteils ist er ohne jeden Zweifel der berühmteste Mensch, den Corsica hervorgebracht hat, anderseits hat er sich vom Corsentum (oder sagt man: Corsität? Corsité? – corsisch Corsità?) abgewandt, ja, es verraten. Er ist nur noch selten, nachdem er 1779 in die Kriegsschule von Brienne eingetreten war, nach Corsica zurückgekehrt, zuletzt im Oktober 1799, als er aus Ägypten zurückfuhr und, um einer ihn verfolgenden englischen Fregatte zu entkommen, in den Hafen von Ajaccio einlaufen mußte. Es war diese Gelegenheit, daß er mit Pasqual Paoli zusammentraf und diesen höhnisch fragte: »Tutti i Corsi sono briganti, vero?«

»Tutti no«, erwiderte Paoli, »ma *buon' parte* si.«

Apropos fällt mir dabei die historische Seltsamkeit auf, daß Diktatoren häufig nicht aus den Ländern stammen, die sie diktatorisch überwölben, sondern aus Nachbarschaften: der deutsche Diktator Hitler war Österreicher, der russische

Diktator Stalin Georgier, Lenin immerhin Deutscher von der Mutterseite, der von den Serben vereinnahmte Tito war Kroate und eben Napoleon Corse.

Zurück zu mir und meinen corsischen Ursprüngen. Einmal, da war ich zweiundzwanzig Jahre alt, besuchte ich meine Verwandten in Propriano. Das heißt: ich versuchte, sie zu besuchen.

Propriano ist ein Nest, das sich, glaube ich, Stadt nennt und etwa 25 km südlich der Hauptstadt Ajaccio liegt, erreichbar über eine kurvenreiche Straße der Küste entlang, auf der man nicht nur aufpassen muß, daß man nicht beim Ausweichen vor den irren, stets in der Mitte der Straße fahrenden Corsen über den Rand der Fahrbahn hinauskommt und über die Felsen ins Meer stürzt, sondern auch auf die sorglos streunenden verwilderten Hausschweine. Propriano liegt am Meer. Es gibt eine Menge mieser Hotels, und außerhalb der Saison ist der Ort tot wie die Ratten, die zwischen den Yachten dümpeln. Meine Verwandten heißen Buttofuoco und betreiben die bedeutendste Lebensmittel-, Gemischt- und Haushaltswarenhandlung der Stadt, ein finsteres, sich weit in die hinteren Teile des alten Hauses hinziehendes Gewölbekonglomerat, dessen Mauern einen schon leicht prähistorischen Eindruck erwecken. In etwas neuer wirkenden Kisten und Steigen und auf frühmittelalterlichen Regalen sowie in ebensolchen Schubladen werden Kernseife, Tomaten, Schrauben, Schlafanzüge, Feuerlöscher, Zigaretten, Anisschnaps, Dynamit, Bandnudeln, Zahnprothesen, Briefkarten und alles andere angeboten. Chef des Unternehmens ist mein Vetter Eugène oder Eugenio Buttofuoco, die Arbeit verrichtet seine Mutter Rosaria Buttofuoco, geborene Buonatasca, seine Frau Adriana Buttofuoco, geborene Pietrasanta, seine noch unverheiratete Tochter Filomena und seine beiden Schwestern Eufrasia und Devota. Der Chef selbst lehnte, einen Fuß abgewinkelt gegen die Mauer gestemmt, an der

Hauswand neben der Ladentür, balancierte beim Reden die Zigarette an der Unterlippe und trug die Verantwortung. Ich war zwei Wochen dort. An einem der Tage meines Aufenthaltes war Vetter Eugenio nach Ajaccio gefahren, wegen irgendeiner behördlichen Angelegenheit. Da vertrat ihn sein halbwüchsiger Sohn Martino, stand an der betreffenden Stelle, den Fuß abgewinkelt gegen die Mauer gestemmt, die Zigarette an der Unterlippe balancierend. Offensichtlich übte er schon für den Tag, da ihm der Vater das Geschäft übergeben würde.

Ich möchte nicht sagen, daß meine Verwandten mich unfreundlich aufnahmen. Doch schon allein die beiderseitige Sprachbarriere behinderte ausführlichere Herzlichkeit. Es mag auch sein, daß das seinerzeitige Verhalten meiner Mutter eine gewisse Reserviertheit gegen unseren Zweig der Familie bewirkte.

Mein Vater war ein ruhiger, fleißiger Jurastudent und mit einer Ingenieurstochter von nahezu penetranter Bravheit verlobt. Das war zu einer Zeit, als bei uns in der Großstadt Verlobungen schon lang nicht mehr üblich waren, kaum noch, muß man sagen, Heiraten. Doch mein Vater war mit Gertrud formgerecht verlobt. Vater hatte eben das Referendarexamen abgelegt, da fuhr der Ingenieur mit Frau, für die schon die Bezeichnung Gattin zutraf und die ohne weiteres mit Vornamen Sittenstrenga hätte heißen können, und mit Tochter Gertrud in Urlaub. Nach Corsica. Nach Propriano. Mein Vater wurde – die Kosten wurden von der Mitgift abgezogen – eingeladen mitzufahren. Selbstredend getrennte Zimmer der Brautleute. Und nicht nur das. Frau Sittenstrenga hatte sichergestellt, daß Gertrud das Zimmer neben dem der Eltern zugewiesen wurde, meinem Vater ein Zimmer im separaten Anbau des im übrigen ziemlich heruntergekommenen Hotels, eher Pension garni. Diese Entscheidung führte das Unglück herbei.

Meines Vaters Zimmer war zwar klein, eine lausige Kammer, weit höher als breit und lang (ich weiß das alles aus den Erzählungen meines Vaters), hatte jedoch einen Balkon. Der Balkon, unschön und mit einem verrosteten Eisengitter versehen, gegen das man sich besser nicht lehnte, ging auf einen Hof mit Mülltonnen und einem einzelnen Baum hinaus – »Poesie der Tristesse«, sagte mein Vater, er schrieb auch Gedichte, um dies nebenbei zu erwähnen –, und der Blick endete jenseits einer fleckig gekalkten Ziegelwand an der Flanke des Nachbarhauses, aus der ein ähnlicher Balkon ragte.

Obwohl der Balkon vor dem Zimmer meines Vaters sozusagen unbewohnbar war, weil zu klein und wegen des unsicheren Geländers auch zu schmal, um etwa einen Liegestuhl aufzustellen, trat mein Vater öfters hinaus, atmete durch, wartete auf Inspiration für ein Gedicht und blickte um sich, wobei er allerdings immer wieder feststellen mußte, daß außer der erwähnten »Poesie der Tristesse« nichts zu sehen war, nur die Hauswand gegenüber.

Eines Tages, es war schon gegen Ende des Aufenthaltes, ging die Balkontür drüben auf, und eine junge Frau, fast noch ein Mädchen, trat heraus: schwarzhaarig, weißhäutig und corsisch.

Mein Vater war ein höflicher Mensch. Das Mädchen drüben war, in Luftlinie gemessen, nicht mehr als zehn Meter entfernt, wahrscheinlich, so mein Vater, »eher nur acht«. Meinem Vater schien es unangebracht, eine Dame in solcher Situation zu übersehen, zumal die Dame nicht unfreundlich zu ihm herüberschaute. Er verbeugte sich also ganz leicht, freundlich-verhalten grüßend. Das Mädchen zog sich, ohne erschreckt zu sein, nicht eilig, doch sogleich zurück.

Das gleiche am nächsten Tag. Mein Vater sah keine Anstände, seinen leichten Gruß zu wiederholen. Wiederum das gleiche am dritten Tag. Es war gegen vier Uhr nachmittags. Um fünf Uhr, mein Vater wollte eben seine Nachmittagspromenade am Hafen entlang und zum Friedhof, seinem poetischen Lieblingsaufenthalt, antreten, er studierte dort die Grabsteine mit den alten corsischen Namen und Sprüchen, da kam der Garni-Betreiber herauf und deutete aufgeregt, daß mein Vater hinunterkommen solle.

Unten standen drei Berserker in feierlichen Versandhausanzügen in Schwarz, gelbzähnig und drohend mit nahezu gleichzeitiger und gleichartiger Geste den Zigarettenstummel wegwerfend, die kehrbesengroßen Schnauzbärte gesträubt, Schweißperlen auf den frühen corsischen Halbglatzen.

Vor lauter Zorn konnten sie nicht mehr Französisch, nur noch Corsisch. Der Garni-Chef mußte dolmetschen. Die drei moralischen Zeitbomben waren: zwei Brüder jenes Mädchens auf dem Balkon und ein Vetter. Messergewohnter Angehöriger der Familie Buttofuoco. Mein Vater habe die Schwester respective Cousine entehrt.

»Aber«, stotterte mein Vater in mühsamem Französisch, »ich habe nur höflich gegrüßt. Ich hatte keinen ...« – die Vocabel für *Hintergedanken* war ihm nicht präsent. Es hätte auch andernfalls nicht geholfen, denn der Schnurrbärtigste der Corsen unterbrach sofort, und mein Vater verstand auch ohne Übersetzung: »Tod oder Ehe.«

*

Was blieb meinem Vater übrig? Die Peinlichkeit der Auseinandersetzung mit Gertrud und ihren Eltern kann man sich denken. Die Hochzeit wäre großartig gewesen, hätte sich nicht mein Vater, so wörtlich, »wie im Begriff auf die Galeere geschmiedet zu werden« gefühlt, inmitten der über hundert Buttofuocos. Am Abend bestieg er in dem Raum in jenem Haus drüben, von dem aus der unselige Balkon in sein Schicksal hinausragte, das liliengeschmückte Brautbett. Früh am Morgen danach stürmte die Schwiegermutter, eine Matrone von Breitwandformat, das Zimmer, riß den jungen Eheleuten das Leintuch unterm Hintern weg, stürzte hinaus auf den großen Balkon zur Straßenseite und schwenkte das Tuch mit den Blutflecken wie eine Fahne. Freilich hatte sie diese noch vorher rasch mit etwas roter Tinte verdeutlicht. Ein kleines Bläserensemble auf der Straße spielte einen Tusch und dann ein Musikstück, das vermutlich die corsische Hymne war sowie danach, allerdings schwer erkennbar, die deutsche.

*

Ombretta Buttofuoco, nunmehr verheiratete Leichtiv, war zunächst sanft und folgsam, wie es sich für eine wohlerzogene und gutbehütete Corsin gehört. Sie brachte pflichtgemäß etwa ein Jahr nach der Hochzeit mich zur Welt und verschwand dann unter Zurücklassung von mir, kurz nachdem sie mich abgestillt hatte. Dem corsischen Familienkorsett entronnen, entwickelte sich in ihr die Sumpfblüte der Zügellosigkeit, die offenbar in ihrem Wesen geruht, um nicht zu sagen: gelauert hatte, nur durch den corsischen Dampfdeckel ihr selbst unbewußt niedergehalten worden war. Sie war, wie sich etwas später herausstellte, mit einem chinesischen Schiffskoch, der seltsamerweise Siegfried hieß, durchgebrannt. Ich lernte ihn und meine chineso-corsischen Stiefgeschwister leider nie kennen.

22

Zu meinem Erstaunen mauserte sich der Freiherr Zwirger von Mansberg zu einem knallharten Gemüsegroßhändler. Er weitete das Gurken- und neuerdings Blumenkohl-Imperium auch auf Kohlrabi und dann auf Kopfsalat aus, verscherbelte die für seine schmalen Bedürfnisse viel zu große Villa und lebte fortan in einer zwar bequemen, aber kleinen Eigentumswohnung in bester Gegend nur noch dem Grünzeug. Ich hatte ihn bald aus den Augen verloren, bis ich ihn als Gast auf dem Tschurtschenhof wiedersah. Er erkannte mich nicht oder erkannte mich doch und legte keinen Wert aufs Wiedererkennen. Er war allerdings seinerzeit so anständig gewesen, mich nicht sofort aus der Villa hinauszuwerfen, was er juristisch gesehen (soviel hatte ich in meinen rudimentären Studien gelernt) hätte können, er ließ mich, gegen schriftlichen Revers, daß kein Mietverhältnis bestehe und nur eine gastweise, unentgeltliche Beherbergung vorliege, bis zum Verkauf der Villa dort wohnen, immerhin gut ein halbes Jahr.

Wie gesagt, hatte der weiland Gurkenkönig vor, mich zu adoptieren und zum Universalerben einzusetzen. Ich wäre also heute Baron Zwirger von Mansberg, wenngleich kleingedruckt, und Tycoon über Gemüse und Salat statt Hilfskoch am Tschurtschenhof. Vielleicht wäre ich Gast hier, hätte irgendwie, durch andere Gemüsekönige, etwa den geschäftsbefreundeten Karotten- und Tomaten-Großfürst – ich erfinde den Namen – Hasenblas, von der Schönheit dieses Ansitz-Hotels oder Hotel-Ansitzes der altadeligen und durchaus im entsprechenden Band des *Gotha* großgedruckten Familie derer von Sichelburg gehört und hätte einen genüßlichen Urlaub mit sanften Wanderungen von Burg zu Burg hier verbracht, und wer weiß, ob angesichts des für mich günstigen Standesunterschiedes die überaus schöne, schwarz- und schwerhaarige, dieses hochbeinige Strahl-Idol Franziska in den kurzen Röcken nicht womöglich über den für mich ungünstigen körperlichen Größenunterschied hinweggesehen hätte. Ach ja. Die Franziska. Manchmal sehe ich sie im Dorf. Es heißt, sie stehe ab und zu jenem Maler, dem Freund Herrn von Sichelburgs, Modell. Nackt! Ich darf gar nicht daran denken, wo mich schon der Anblick der Teile ihres gloriosen Körperleibes, die diese göttlichen Miniröcke entblößen oder diese strammengen Hosen ahnungsvoll angedeutet lassen, in Entzückungen schleudert ... Sie grüßt mich freundlich, wenn ich sie im Dorf sehe, und gar nicht von oben herab – nur leider körperlich schon.

Vielleicht stelle ich um auf Hymnendichter und besinge, statt fruchtlose Romane zu schreiben, die weithin leuchtende Schönheit Franziskas?

Wie weit bin ich abgekommen? Schickt sich das für einen autobiographischen Roman, der noch dazu gesellschaftliche Bezüge und möglichst Konflikte mit dem Vater zum Gegenstand haben soll? Offenbar gelten innere Konflikte, die ein in seinem physischen Erscheinungsbild zu klein geratener Damenbekniefallender stets mit sich selbst austragen muß, nicht ... Ich schwenke zurück.

Ich blieb also, da Pfundneider, Adoptivbaron und Gurkenkönig, seinen wohltätigen Plan zu meinen Gunsten auszuführen durch seinen eigenen Todesfall (»– hinderlich wie überall ...«) gehindert worden war, für einige Zeit noch Leichtiv, Olaf, stud. iur., und konnte von den erwähnten, dank Pfundneiders Generosität kaum mehr als zur Hälfte angetasteten zehntausend Mark zunächst in der Villa und dann in einer für die Verhältnisse preisgünstigen Ein-Zimmer-Wohnung ganz gut leben. In der Zeit schrieb ich meinen ersten Roman: *Das Öl des Vatican.* Vielleicht lasse ich ihn, er hat nur achtzig Seiten, in diesem Buch als Anhang abdrucken.

Es half nichts, daß Pfundneider seine Adoptions- und Erbeinsetzungsabsicht vor Zeugen, nämlich einem Zeugen, dem guten Wim, bekundet hatte. Das brauchte mir Wim gar nicht groß und bedauernd auseinanderzusetzen. Ich hatte schließlich auch schon ein wenig in die Vorlesung *Erbrecht* hineingeschmeckt. Ein Testament des Gurkenkönigs war zwar da, lag bei einem Notar, stammte allerdings aus der Zeit, längst bevor er mit mir, ich mit ihm bekannt wurde. Es lautete auch nur, daß die *gesetzliche Erbfolge* eintreten solle. Was sich der Gurkenkönig dabei gedacht hat, da er ja außer dem entfernten Vetter Sechsfinger-Harry keine Verwandten hatte, ist natürlich nicht mehr zu erfahren. Wollte er den Fiskus, den letzten gesetzlichen Erben, mit dem Gurkenvermögen beglücken? Oder vertraute er darauf, daß ihn Sechsfinger-Harry überleben würde? Oder daß ein amtlicher Erbenermittler einen noch ferneren Vetter oder eine noch fernere Cousine ausfindig machen würde? Wer weiß. Das Testament enthielt allerdings einige Vermächtnisse: für John, den Butler, das übrige Hauspersonal, für die Privatsekretärin, eigenartigerweise eine nicht unbeträchtliche Summe für den *Verein zur Rettung Schiffbrüchiger* und für das Altersheim St. Adalbert, dem die eintausendzweihundert zum größten Teil noch unangebrochenen Whiskyflaschen zugedacht waren. Zwei Ersatzdienstleistende holten das Vermächtnis mit einem Lieferwagen ab, und in den folgenden sechs Wochen waren, ein dann pressenotorischer Skandal, die greisen Vermächtnisnehmer ununterbrochen hoher Laune, obwohl auf dem ersatzdienstlichen Transport ein gewisser Schwund an Flaschen eingetreten war. Nach dem Wegsaufen des Vermächtnisses war auch unter den Greisen ein gewisser Schwund festzustellen.

*

Ob Kuggler mit zwei G und Stephan mit P-H meine, im weltgeistigen oder existentiellen oder persönlichkeits-immanenten oder spirituellen Sinn, oder wie immer man sagen soll, meine richtigen Namen sind, habe ich ja schon dahingestellt. Auch so ein Ausdruck. Wo habe ich sie hingestellt? Etwa in die finstere Ecke neben dem großen, mit blödblickenden Greifen relieflich beschnitzten Kasten, Erbstück, in tiefen Jahrhunderten angeblich für die Aussteuer einer Urgroßmutter hergestellt, in welcher Ecke das nackte Gestell eines Regenschirmes stand, das mein sogenannter Vater nicht wegwarf, weil man es vielleicht noch brauchen kann? Oder in jenes Ski-Museum, in das eine Familie, die ich einmal kennenlernen durfte – ich nenne, wie immer, keinen Namen –, ihr Klo verwandelte, indem sie den Raum mit den schneeschuhischen Hinterlassenschaften eines winterbegeisterten Großonkels schmückte? Ich lasse auch das Dahinstellen dahingestellt und stelle jedenfalls fest, daß Leichtiv Olaf schon gar nicht mein mir innewohnender oder mein mich umhüllender Name ist und daß ich mich in dieser Hülle auch nie wohl gefühlt habe. Wer fühlt sich denn auch schon als ein *Olaf* wohl? Ein Norweger vielleicht, dort heißt oder hieß sogar der König so. Aber ich bin kein Norweger. Was also ist mein richtiger Name? Das weiß niemand. Zugger, auch mit zwei G, wofür mich Hermann-Konsul hält, ist auch nicht berauschend blumenreich.

Vielleicht heiße ich in Wirklichkeit *Blumenreich*? Soll ich diesen meinen autobiographischen Roman unter dem Pseudonym Blumenreich veröffentlichen? Doch dann hätte ich das alles hier nicht niederschreiben und den Leserinnen und Lesern verraten dürfen. Da hätte ich von der ersten Seite an als Blumenreich firmieren müssen und auch als echter Sohn meines angeblichen Vaters, womit allerdings dann der Schilderung des bekanntermaßen stets schauerlichen Generationenkonflikts nichts im Wege gestanden wäre.

Zu spät. Wenigstens den Leichtiv samt Olaf, als der ich

wegen der geschilderten Umstände »nolens-volens« (so Wim) herumlaufen mußte, wurde ich los, und zwar so.

Es gab – und gibt – ja den sozusagen echten Olaf Leichtiv, der vielleicht sogar seinen Namen schön findet. Er wird wohl dann eine beglaubigte Abschrift seines Abiturzeugnisses bekommen haben, nachdem er, aus seinem Suri aufgewacht, das Abhandenkommen festgestellt hatte. An die Art und Weise des Abhandenkommens und an die Person des Inhandenkommers wird er sich, ist angesichts seines damaligen Zustandes zu vermuten, nicht erinnern können. Zum Glück, sonst wäre die Sache wohl unrettbar aufgeflogen, studierte er nicht Jura und nicht an derselben Universität wie ich, er studierte, entweder begüterte Eltern oder ein Stipendium habend, in Österreich. Offenbar reichte ihm dieses Geld jedoch nicht, und er kam, zusammen mit einem gewissen Hasenöhrl, einem entlaufenen Klosterbruder, auf die Idee, an katholische Priester potenzstärkende Unterhosen zu verkaufen. Die Unterhosen waren selbstverständlich ganz ordinäre, sogar billige Ware, Ausschuß, den Leichtiv und Ex-Frater Hasenöhrl günstig en gros einkauften. Sie tränkten die Unterhosen ein wenig mit einer leicht medizinisch riechenden Tinktur zur Vorgaukelung der angeblichen Wirkung.

Der Plan war genial. Die Unterhosen waren selbstverständlich absolut wirkungslos, aber keiner der hereingelegten Priester wagte, das Gaunerpaar anzuzeigen – aus naheliegenden Gründen.

– und aber einer der Geistlichen, ich weiß nicht, ob er besonders mutig oder besonders dumm war, zeigte das Gaunerpaar doch an, und es kam zum Prozeß, dem sich Leichtiv durch Flucht entzog.

Es kam, wie es dann kommen mußte: Die Kriminalpolizei, die österreichische in dem Fall, kam bei ihren Ermittlungen und der Suche nach dem flüchtigen Betrüger sehr bald auf mich, der ich von der ganzen Sache freilich nichts ahnte. Beinahe wäre ich verhaftet worden, doch ich rief Wim zu Hilfe, und der brachte die Dinge in Ordnung, was nicht ohne Knirschen abging, wie man sich denken kann. Ich mußte ein dank Wims Hilfe und Geschick eher glimpflich abgelaufenes Verfahren über mich ergehen lassen, ging daraus jedoch als neuer oder wiedergeborener Stephan Kuggler hervor, der die ungeliebte Schlangenhaut *Leichtiv, Olaf* abgestreift hatte. Die österreichische Kriminalpolizei, die mich dann sogar noch, hoffend, ich sei *es* doch, dem Ex-Frater und Unterhosenbetrüger Hasenöhrl gegenüberstellte – der schüttelte angesichts meiner nur den Kopf –, mußte mich zähneknirschend fahren lassen und sich auf neuerliche Suche nach dem wahren Leichtiv begeben. Ob diese je erfolgreich war, entzieht sich meiner Kenntnis.

Die ganze Affäre zog sich fast ein Jahr hin, und dann war auch der Rest der zehntausend Mark, mein finanzielles Fettpolster, aufgebraucht, und ich mußte langsam zu überlegen anfangen, wovon ich fernerhin zu leben gedachte.

23

Es wird ruhiger am Tschurtschenhof. Zwar kommen jetzt im Herbst viele Touristen hierher, hauptsächlich Deutsche und Österreicher zum weltberühmten und hochbeliebten *Törggelen.* Die Touristen meinen, daß dieses *Törggelen* die Einheimischen praktizieren. Doch die denken nicht daran, so wenig wie die Einheimischen schuhplatteln oder jodeln. Ich habe, zum Beispiel, den Herrn Dr. von Sichelburg niemals schuhplatteln gesehen oder jodeln gehört, die schöne Franziska auch nicht.

Da fällt mir allerdings naheliegenderweise der Gedanke und die Vorstellung ein, jene sonnenblonde Locken-Amelie könnte, nur vielleicht mit zierlichen sogenannten *Haferlschuhen* und einem Trachtenhut bekleidet, ihre Zauberbrüste schuhplattlisch der Anblickbewunderung schenken ... ach ja.

Das *Törggelen* ist eine Angelegenheit, die von den Touristen absolviert wird, wobei sie sich als Einheimische vorkommen. Die Touristen ziehen dazu mitunter nicht ungern einen blauen Schurz an, sagen statt »ist« »isch« und fühlen sich dann ungeheuer nicht nur tirolerisch, sondern sogar südtirolerisch. Ins Gesicht hinein tun wir – ich gehöre ja praktisch dazu als dienstleistendes Personal – ihnen den Gefallen und so, als ob wir sie wirklich als unsereiner betrachteten. Hinter ihrem Rücken lachen wir sie aus. Es ist schon auch zu komisch, wenn die *Touris,* auch wenn sie nur über den Obstmarkt in Bozen gehen, ihre Teleskop-Stöcke benutzen. Und rote Strümpfe und rot-weiß-karierte Hemden anziehen.

Meine geneigten Leserinnen und Leser werden fragen, was dieses geheimnisvolle *Törggelen* ist. Das ist nichts als eine andere Bezeichnung fürs Saufen. Früher, habe ich mir vom Herrn von Sichelburg erzählen lassen, in den Zeiten, wo es noch keine oder kaum Touristen gegeben hat und die Tiroler ungestört unter sich blieben, war es üblich, im Herbst, wenn der neue Wein, der *Nuie* in hiesiger Aussprache, soweit war, von *Torggel* zu *Torggel* zu gehen, das heißt von Weinbauer zu Weinbauer reihum, um die Qualität des Jahrgangs auszukundschaften. Eine *Torggel* ist eine Weinpresse und der Raum, in dem sie steht. Damit man den einen Wein vom anderen wegkennt, aß man dazwischen pro Glas eine gebratene Kastanie, denn es fügt sich ja, daß mit dem Herankommen des neuen Weines auch die Edelkastanien reif werden.

Wie so viele schöne alte Bräuche verkam auch das *Törggelen* von alkoholischem Zweckvergnügen zum ungeregelten Touristenbesäufnis. Sogar die Etymologie verschob sich von der *Torggel* zum *Torkeln*, und in der Tat torkeln die Touristen und Touristenweiber, schauerliche Gesänge von sich gebend, zur Sperrstunde aus den prospektorientierten Zirbelstuben in die Omnibusse, die sie dann in ihre Quartiere karren.

Doch wir müssen froh sein, daß die Touristen kommen und das Geld dalassen. Sonst sähen wir alt aus. Im Gemeindeblatt sind ab und zu hartnäckige Treutouristen abgebildet, die zwanzig oder dreißig oder vierzig Jahre – neulich zwei wurzelzwergische Greisenwiener mit Fünfziger-Jubiläum – im gleichen Ort und womöglich in der gleichen Pension garni auf Urlaub waren und vom lächelnden Bürgermeister einen Holzteller mit Edelweißbrandgravierung überreicht bekommen nebst Urkunde oder Ehrennadel, und auch die Vermieter sind auf dem Bild und grinsen. Aber wenn sie wieder fort sind, die Touristen, sind wir dann doch froh. Jetzt ist es bald soweit, Ende Oktober, daß die letzten Törggelaner und Teleskopstöckler wieder hinausgrölen über den Brenner.

Bei uns auf dem Tschurtschenhof sind keine Törggelaner, nur gesittete Touristen, wenngleich ab und zu ein Teleskopstock vorfällt. *Nordic-walking* – aber das wird auch wieder abkommen, meint Wim, der unlängst wieder hier war; und wenn (falls überhaupt) dieser autobiographische Roman erscheint, ist das *Nordic-walking* schon wieder aus der Mode, und man weiß gar nicht mehr, was das ist oder gewesen ist, und es wäre besser, wenn ich es also in dem Buch gar nicht mehr erwähne. Nur soviel übers *Nordic-walking.*

Vielleicht streicht's die Lektorin. (Anm. der Lekt.: nein.)

Der Wim war wieder, als schwarz-gläserner Yedi-Ritter verkleidet, angekommen, das heißt: mit dem Motorrad, mit seiner stolz-blauen Metallic-*BMW GS 1200.* Schon merkwürdig. Da knattern sie jedes Wochenende als benzinstinkende Kurvendämonen durch die Täler, und wenn sie abgestiegen sind und ihren grausigen Helm abgenommen haben, verwandeln sie sich in normale Menschen. So auch der Wim – in dem Fall sogar Verwandlung ins Top-Sympathische, denn daß meine ganze Seelen- und Geisteserleuchtung von den Gesprächen mit Wim herrührt sowie mein zunehmend geschmeidiger werdender Stil und somit in mir eine ungeheure Zuneigungsfreundschaft für Wim fühlbar aufschwillt, ist dem Leser sowie der Leserin wohl klargeworden.

Er blieb diesmal sogar drei Tage. Wir sprachen über erstens Gott, zweitens die Welt, drittens alles übrige. So erklärte mir Wim, daß und warum er, wie erwähnt, »Atheist, aber selbstverständlich katholisch« ist, außerdem »linker Sozialdemokrat, aber selbstverständlich Monarchist«, er habe »feste Anschauungen, die aber häufig wechseln«, und bete gern in stillen Barockkirchen, wenn er mit seinem Motorrad an einer solchen vorbeikomme: »Lieber Gott, ich bitte dich, daß es dich gibt.« Und so fort.

Am ersten Morgen erlebten wir gemeinsam den um die Zeit hier schon spätmorgendlichen Sonnenaufgang. Der Frühnebel über den Bergen wurde zu einem gold-rosigen Netz, der Himmel dort, wo die Sonne kommen wird, wie ganz hellblaues Glas, der berühmte Schlern seitlich wie eine riesige schwarze Glucke; den weltberühmten Rosengarten sieht man von hier aus leider nicht, weil der dunkelgrüne Kohlerer-Berg davorsteht, doch der geheimnisvolle Latemar – hat nichts mit Milchmeer zu tun – beginnt ganz hinten in der Ferne zu leuchten, fast durchsichtig, es ist gar nicht zu sagen, wie schön … Dort müssen die uralten Feen und Riesen hausen, die fröhlichen und anmutigen Zauberinnen und die Helden der Vorzeit mit ihren wunderbaren Rüstungen, die sie unverwundbar machen … Jetzt kommt die Sonne hervor, man kann nur ganz kurz blinzelnd hinschauen.

»Helios!« sagte Wim leise, »da wird man wieder zum glücklichen Heiden.«

Ja. Auch wenn gleichzeitig unten der Traktor knattert, weil der Nachbar seine Äpfel »klaubt«, wie man hier sagt, und gnadenlos lärmend die Frischluft zugrunde dieselt – wenn auch … Ich glaube, ich bleibe hier.

Langsam verdichtet der Latemar sich wieder, wird von Goldmilch zu Stein – hatte aber auch, wie gesagt, in den feenhaften Momenten seines Daseins nichts mit Milch zu tun. Über die Herkunft des Namens liegen sich die Südtiroler Heimatgelehrten in ihren wahrscheinlich oft nicht mehr vorhandenen Haaren. Viele Deutungen, habe ich in einem Büchlein gelesen, werden angeboten. Die mir unsympathischste ist die eines Herrn Schneller, der ihn von *laetámárium* herleitet, was Düngerstätte bedeutet.

*

»Die Hoffnung auf die Rettung der Welt vor dem Grind des Islam«, sagte Simone, »stützt sich darauf, daß die Frauen dort endlich aufwachen.«

»Besteht Aussicht?« fragte Hermann, der Lektor.

»Ich weiß nicht recht«, sagte ich, »eher umgekehrt. Da habe ich neulich von einer multikulturellen Gutmenschin gelesen, die hat allen Ernstes gefordert, daß jede Frau hier bei uns einmal in der Woche aus Solidarität mit ihren muslimischen Schwestern verschleiert auf die Straße gehen soll.«

»Würde ich sofort tun«, sagte Simone, »unter der Bedingung, daß meine muslimischen Schwestern in Mekka aus Solidarität mit mir einmal in der Woche unverschleiert auf die Straße gehen dürfen.«

Wir saßen in Frankfurt, einer Stadt, in der ich vorher noch nie gewesen bin und in der Goethe geboren ist, was der Stadt jedoch auch nicht viel hilft. Es herrschte die Buchmesse, und mein Buch, das das Buch jener hamburgensischen Journalkröte war und nach außen hin das Buch meines Freundes Konsul Hermann, wurde hier vorgestellt. Generöserweise hatte der Schmultz Verlag auch mich eingeladen, unter der Bedingung, daß ich mich gefälligst im Winkel zu halten habe. Der Konsul war selbstverständlich auch da – besser gesagt: *er* war da und *wir* auch. Ihm breitete der ansonsten zitronengelb knickrige Verleger eine Suite im Hotel *Intercontinental* unter den gepflegten Leib, wir, Simone und ich, wohnten »etwas« weiter draußen in der Familienpension *Blutwurst,* wo es, so der Verleger, nicht so unpersönlich sei wie im *Intercontinental,* wo Messing, Plexiglas, Champagnercocktail, Gobelins und Hoteldiener in Zylinder sich ballen.

Die Vorstellung des Buches fand dann im *Intercontinental* statt. Alles war da, was Rang und Namen, den keiner kannte, hat. Es war also großartig. Dem Verleger, hatte ich den Eindruck, schnitt jedes der ohnedies nur mit falschem Kaviar belegten Canapés ins Herz, das die Gäste in ihren Mund hineinhamsterten. Mir hatte man den Auftrag gegeben, die Flaschen Champagner zu zählen, die die Kellner anbrachten. Der Oberkellner raunte mir hinter vorgehaltener Hand zu, daß er mir eine Magnum herüberschiebe, wenn ich mich verzähle. Bei der Gelegenheit fällt mir ein, daß ich einmal in dieser Autobiographie geschrieben habe, den Verleger höchstselbst, Herrn Konsul Schmultz, nie zu Gesicht bekommen zu haben.

Stimmt nicht – ich habe ihn hier – dort in Frankfurt, allerdings nachher nie wieder gesehen, und er war wohl so blaß und unscheinbar – außen also quasi dünner als innen –, daß sein Bild mir aus der Erinnerung entschlüpft ist. Der Verleger hatte gehofft, daß mein, also des Konsuls Werner Buch der Schlager der Buchmesse würde. Da hatte er sich getäuscht, denn der Schlager, oder wie man schon länger selbst von Büchern sagt: Hit, war das Buch *Unsere Ossis* von Grogorg Eyring, das in dem Verlag erschienen war, in dem Hermann Lektor diente, gefolgt von einer hochglanzbild-gepanzerten Dürftigbiographie einer gewissen Miriam Morgenstern, die der Verlagsverlautbarung zufolge »die seit 2001 amtierende Meisterin im Hip-Hop-Videoclip-Dancing« ist. Haben Sie gewußt, daß es ein Hip-Hop-Videoclip-Dancing-*Amt* gibt?

*

Die Buchmesse findet in großen Hallen statt, in denen kleinere oder größere Stände hergerichtet sind, wo Bücher herumliegen und auf Regalen stehen, Buchmenschen sitzen oder stehen und ächzen, in Pappbechern billiger Sekt oder dünner Kaffee ausgeschenkt und viel geredet wird. Durch die Gänge wälzen sich Menschen mit ausgedörrt bräunlichem Blick und nehmen ab und zu ein Buch in die Hand. Gelesen wird auf der ganzen Buchmesse nicht. Und die eigentlich wichtigen Kontakte, sagte mir Simone, finden außerhalb in den *Lobbies* der Hotels statt.

Es gibt Einheiten. Die kleinste Einheit – für Messestände, meine ich –, hat etwa Klogröße. Je nach Bedeutung mietet ein Verlag ein bis zwanzig Klos. Schmultz hatte achtzehn Klos gemietet. Allein sechs davon waren Konsul Werners (also meinem) Buch gewidmet. Da stand er zweimal. Einmal lächelnd mit einem neckischen Fächer in der Hand zweidimensional-lebensgroß als Pappfigur, einmal körperselbst genervt, schon weil nicht sein (sein!) Buch der Bestseller (»amtierender Bestseller«?) war, sondern jenes *Unsere Ossis.* Lektor Hermanns Verlag hatte nur vierzehn Klos. Hermann sagte: »Es ist immer so eine Gratwanderung, verflixtus – einerseits repräsentative Darstellung, andrerseits nicht zu protzig. Schmultz protzt, wir gehen in nobler Zurückhaltung vier Einheiten zurück.« Und so wohnte Hermann auch nicht etwa in Vier- oder gar Fünf-Sternen, sondern nur in Drei-. Die Familienpension *Blutwurst* hatte höchstens eine Schnuppe.

Ich ging, weil ich ja eigentlich an unserem (wenn ich dieses Pronomen gebrauchen darf) Stand nichts verloren hatte, durch die Gänge, schaute mir Bücher an über die geheimen Tempel von Tibet oder über römisches Tafelgeschirr, über Randzeichnungen zu Goethes Balladen, *Seemanns Lexikon der Kunst, Kinderreime im Ruhrgebiet,* die *Bodensee-Küche* (wird eines Tages der Bodensee gekocht?), über die *Magie der Pflanzen, Pfund-Schwund* (handelte nicht von der Misere der englischen Währung, sondern von der Spezialdiät Karl Kugellagers) und bei einem offenbar darauf spezialisierten Verlag verschiedene Bände mit Photographien aufmunternd naturbelassener Damen. Mir fiel auf, daß gerade diese Bände besonders abgegriffen waren.

Ein Stand in Ein-Klo-Format fiel mir auf, der Stand eines besonders elitären oder aber besonders geldmangeligen Verlages. Er erregte wenig Interesse beim Publikum, und der bärtige Mensch in modischer Tarnkleidung, der traurig drinnen saß, tat mir leid, und er war hocherfreut, als ich dort stehnblieb. Es war ein Verlag für revolutionäre Literatur. Viele dünne Bücher oder eher Hefte umgaben auf Regalen die Titelseite nach vorn gekehrt den finsteren Bekümmerer, den ich seinem Aussehen nach sogar des Vegetarismus verdächtigte. Aus Mitgefühl ließ ich mir eine der Broschüren zeigen, und der Revolutionär gab mir mit aufhellender Miene eine, sie hieß *Tomate oder Dorschleber! Wie erkenne ich progressive*

Lebensmittel? Es sei, sagte er mit gewissem Stolz, von ihm persönlich verfaßt. Er zeigte mir dann noch eine ganze Reihe anderer Schriften, ich konnte mich dessen kaum erwehren. Ich bemerkte ein Heft, das sich aus marxistisch-leninistischer Sicht gegen das Rauchen wandte, und ein anderes, das *Die linke Selbstgedrehte* hieß. Auf den Widerspruch hingewiesen, reagierte er unwirsch. Das sei kein Widerspruch. Das sei lediglich dialektisch.

»Aha«, sagte ich, »ich stoße mich auch weniger an der Aussage als an der Formulierung. Ich vermute, daß mit der *Selbstgedrehten* eine Zigarette gemeint ist. Die dreht sich aber wohl nicht selbst, sei sie links oder rechts. Gemeint ist wohl: eigengedreht oder so?«

Das sei restbürgerlicher Formalismus, sagte er, mußte dann zugeben, daß es zur Zeit revolutionäre Literatur schwer habe, sich gegen das Konsumdenken durchzusetzen. Der real existierende Sozialismus sei dahingeschwunden. Aber …

»Was aber?« fragte ich.

»Nichts aber«, sagte er, vermutlich dialektisch.

Zwei Tage später kam ich wieder an dem Stand vorbei. Da saß der Bekümmerer noch bekümmerter auf seinem Stuhl. Der Stand war so gut wie leer.

»Alles gestohlen«, sagte er, »nur weil ich … Ich war auf der Party vom Holtzbrinck. Ich möchte schließlich auch einmal was Warmes im Magen, und ich habe gehört, daß dort nicht nur kaltes Buffet vorherrscht. Und dieser Champagner … Ich wollte, gebe ich zu, den Kapitalismus schädigen und habe …«, und so fort. Er redete ziemlich dialektisch, »… und heute erst nach zwölf Uhr aufgewacht und bis ich … du kennst« – er duzte mich, wahrscheinlich unter Revolutionären üblich – »den Ausdruck *viereckiger Magen* … also alles in allem, wie ich um halb zwei Uhr hierherkam, der Stand bis dahin unbewacht, alles gestohlen.«

Er hatte den spärlichen Rest an Heften möglichst raumgreifend auf den Regalen verteilt. Ich wollte ihn trösten: »Ist doch schön, wenn sich die Leute, nur um an revolutionäre Schriften zu kommen, über die gesellschaftliche, vermutlich veraltete Konvention, Bücher zu bezahlen, hinwegsetzen.«

Es tröstete ihn nicht, denn ausgerechnet die von ihm persönlich verfaßten Hefte waren zurückgeblieben.

Ich traf ihn am Abend bei der Party eines anderen Verlages wieder – man frißt sich so durch auf der Buchmesse –, da war er schon besserer Dinge und sagte: »Man muß eben mit der Zeit gehen. Gerade habe ich den Auftrag eingeheimst, ein Buch zur Ehrenrettung Mussolinis zu schreiben.«

»Mussolini?«

»War schließlich Sozialist. In seiner Jugend. Tschüs, da drüben wird eben die Dorschleber gebracht.«

*

Die Luft in den Hallen der Messe ist so trocken wie die *Kritik der reinen Vernunft.* Ich jedenfalls hielt es nicht lang aus, und auch Simone und Hermann mußten sich ab und zu erholen, um nicht zu Dörr-Lektoren zu werden. Die Erholung erfolgte meistens in der Halle eines der umliegenden Hotels, gibt genug davon. So trafen wir uns zufällig, und wir sprachen über dies und jenes, und ich unternahm einen neuen Vorstoß betreffend meiner mohamedanischen Autobiographie, und da meinte Simone, daß es eine Chance dafür gäbe, wenn ich eine Frau wäre, sagte das, was am Anfang dieses Kapitels steht.

»Ich schreibe um«, sagte ich, »kein Problem. Es ist nicht schwieriger, als in die psychologische Innenausstattung eines Konsul Werner zu schlüpfen.«

»Nein, nein«, sagte sie, »du müßtest eine Frau *sein.* Geschlechtsumwandlung?«

Dazu kann ich mich, glaube ich, nicht entschließen, obwohl es zur Zeit, meinte Hermann, der Lektor, im Literaturgeschäft nicht ungünstig ist, wenn man geschlechtlich auf der weiblichen Seite steht. Wie zum Beispiel die Lobtrude Hirschmann aus Wien, die aussieht wie eine, sagte Hermann, »der ich nicht im Finstern begegnen möchte. Ihre Sprachkunstwerke – ich bitte meinen ironischen Unterton zu bemerken – erscheinen leider bei uns im Verlag. Kommerziell gesehen kann man sie vergessen. Aber sie gilt ungeheuer viel, und alle Kritiker und so fort gehen in die Knie, sobald sie ein Besprechungsexemplar vom neuen Hirschmann-Buch in die Hände bekommen. Trotzdem schaut sie, ich habe ja mit ihr zu tun – nur beruflich! auf diese Feststellung lege ich Wert –, schaut sie immer wie sieben Tage Regen gemischt mit dem Ausdruck dessen, der gerade statt Erdbeeren grüne Seife geschluckt hat. Und ihre Frisur, quasi das Markenzeichen, war zu der Zeit modern, als meine Mutter 1945 die letzten brauchbaren Ziegel aus unserem kaputten Haus heraussuchte«.

»Oder«, sagte Simone, »jene beklopfte Hulda Wagner aus Siebenbürgen. Die wird auch hoch gehandelt. Oder wurde. Für so Leute ist es bitter, daß der Kalte Krieg zusammengeschmort ist, und jetzt kann höchstens noch ein Cubaner oder Nordkoreaner oder Rotchinese mit Emigrationsbedrücktheit literarisch etwas aufstecken. Damals, wenn einer nur aus der DDR gekommen ist, konnte er auch den letzten Schwachsinn schreiben.

Da hat es einen Barden gegeben, ich sage absichtlich *Barde,* weil er nicht ungern zur Klampfe gesungen hat, der war nicht nur aus der DDR, der hat dazu noch behauptet, Jude zu sein. Ich weiß nicht, ob das näherer Nachprüfung standhält. Sei's drum. Aus der DDR war er sicher und ist eines Tages geflohen. Unter der Hand hat man erfahren: nicht wegen politisch, sondern wegen hochaufgelaufener Alimente für seine vier dort hinterlassenen Frauen und etliche Kinder. Die DDR-Behörden, sonst bekanntlich nicht durch Humor ausgezeichnet, haben ihm dann feixend eins der Weiber nach dem anderen nebst vollstreckbarem Rückstands-Urteil hinterhergeschickt. Ist still geworden um ihn, inzwischen.

Ja, und die Hulda Wagner ... Sie sei geflohen vor den Schikanen der rumänischen Polizei, so schilderte sie ihr tränenreiches Geschick. Ein anderer, der sie kannte und nach ihr geflohen ist, hat jedoch erzählt, daß es etwas und ein bißchen und doch stark merklich anders war. In einer entlegenen Datscha in Siebenbürgen, nahe der ungarischen Grenze, haben die dortigen Dichter diskutiert, über den Sinn des Lebens, nehme ich an, oder sowas. Die Dichter dort haben selbst über den Sinn des Lebens aus Angst vor der Geheimpolizei nur in entlegenen Datschen diskutiert. Und wie bei solchen Gelegenheiten vorfallend, nicht nur dort, sondern auch sozusagen international, aber dort besonders deutlich, ist es nicht ganz trocken zugegangen. Und nach Ende der Diskussion (Wurde der Sinn des Lebens abschließend erfaßt? Ich glaube, eher nicht) ist die Dichterin Hulda Wagner fortgewankt, verfehlte den Weg oder vielmehr die Richtung, und blöderweise war da die ungarische Grenze, und die zugegebenermaßen betonhirnigen kommunistischen Grenzer wollten nicht über die Literatur diskutieren, sondern setzten sofort zur politischen Verfolgung der Dichterin an, die das allerdings erst bemerkte, als sie in der Zelle von ihrem Rausch aufwachte ...«

»Üble Verleumdung«, fauchte Hermann, »Hulda Wagner ist in unserem Verlag!«

»Vielleicht trotzdem wahr«, wagte ich einzuwerfen.

»Da geht sie!« sagte Simone.

So sah ich die Dichterin Hulda Wagner durch die Halle des Hotels – ich weiß nicht mehr, welches es war – gehen. In Wims weiblicher Werteskala hätte sie höchstens zwanzig Punkte erzielt. Ihr Wolljäckchen, das sie zu den langsam, wie man weiß, zur weiblichen Einheitskleidung gerinnenden *Jeans* trug, drückte nochmals um zwei Punkte. »Blue Jeans bei Frauen«, sagt Wim, »ist die verschärfte Form der Antibaby-

Pille. Im Anblick erträglich allenfalls mit hochhackigen Schuhjuwelen.«

Ich versuchte bei solchen Gesprächen mit Simone und Hermann Lektor und auch mit einigen anderen in der Verlagsbranche herumgrabenden Menschen, die ich auf der Messe kennenlernte, Interesse an meinen bisher aufgeschriebenen Autobiographien zu wecken, an der Geschichte mit dem Henkerskind, an dem Affenlebenslauf, am corsischen Schicksal und so fort. Ein solcher Verlagsmensch hieß Bersendorf. Er war schnauzbärtig, dünnhaarig und stark sympathisch, auch weil er mich in einer offenbar plötzlichen Aufwallung nicht nur zu einem Glas Sekt, sondern zum Mittagessen einlud.

»Wenn das mit dem Affen *wahr* wäre«, seufzte er, »und der Affe würde weiterschreiben, könnte ich es machen. Aber so … Schauen Sie hinüber, bitte nicht zu auffällig. Der dort geht, ist einer, der vom gefürchteten Scharfplauderer zum Underdog letzter Klasse hinabgetrudelt ist. Er heißt Fritz J. Zaddar. Wofür das J. früher stand, weiß ich nicht. Jetzt, heißt es, bedeute es *Joethe.*«

Ich schaute nicht zu auffällig hinüber. Dort ging ein Mensch in Schrumpfgröße mit dürftigem Bart und ebensolchen Haaren und blickte käsig.

»Er beschreibt sich selbst als *Weltenschlinger des ungestillten Durstes, Torero und Stier zugleich …*«

»Ich weiß zwar nicht, was ein Weltenschlinger ist, aber sowohl einen Torero wie einen Stier habe ich anders in optischer Erinnerung.«

»Die sauberste Blamage der deutschen Journalistität«, sagte Bersendorf, »wie es war, weiß ich nicht mehr ganz genau. Es muß Mitte der achtziger Jahre gewesen sein, da erschien in der alten Tante NZZ ein satirischer Artikel über die Buchmesse, und darin kam Goethe vor, wie er in oder vor dem Frankfurter Hauptbahnhof steht. Zaddar schrieb danach einen Artikel in der ZEIT, der auch für die Buchmesse gedacht war und in dem er den Goethe nebst Bahnhof aus der NZZ zitierte, und zwar so, daß völlig klar war: Zaddar nahm das ernst. Vielleicht ist er damit zu entschuldigen, daß die NZZ bekanntermaßen nicht von Humorigkeit umkränzt ist und daß man in diesem Blatt aufs erste Hinsehen keine Satire vermutet. Das half Zaddar jedoch nichts. Ein *weltenschlingendes* Lachen rollte tsunamiwellig durch die deutschen Feuilletons und durch alle Stände der Buchmesse, und Zaddar, dem offensichtlich weder die Lebensdaten Goethes noch die Grundzüge des Wissens über die Geschichte der Eisenbahn geläufig waren, war als Autorität weg vom Fenster. Er war so weit weg davon, daß er, um den sich sonst literaturgeile Unternehmersgattinnen der Schwierigkeitsstufe Römisch Sechs anbetend scharten, in den folgenden Jahren nur noch auf zweit- bis drittrangigen Parties in Schwabing auftauchte. Er versuchte zwar, den Irrtum seinerseits als Witz hinzustellen. Glaubte keiner. Das Schwarze auf dem Weißen bewies anderes. Aber das war nichts anderes als die in etwa vergleichbaren hilflosen Versuche ehemaliger Blut-Bodisten, ihre Schirach-Lyrik wegzuerklären.«

Ein Schicksal, dachte ich: Fritz Jœthe Zaddar, ich blickte ihm nach, wie dieser Rest-Riese durch die Halle ging und nach links und rechts blickte, als ob er jemanden suche, der ihm wie in alten Zeiten ein Cordon bleu zahlt. Oder wenigstens einen Hamburger. (Gibt es für feinere Geschmäcker eigentlich keinen *Hummerburger?* Marktlücke?)

Für meine noch fragmentarischen, aber hoffnungsträchtigen autobiographischen Ansätze fand ich keinen Verleger, und auch das Mittagessen mit Herrn Lektor Bersendorf blieb außer der angenehmen momentanen Sättigung ohne Folgen. Simone machte mir den Vorschlag, nun die Lebenserinnerungen eines gewissen Professors Mönsch zu ghostwriten, »nachdem du dich bei Konsul Werner so gut bewährt hast«. Diesmal sollte ich sogar als *unter Mitarbeit von* … auf der

Titelseite genannt sein. Professor Mönsch ist der berühmteste Schönheitschirurg der Welt oder wenigstens Oberbayerns, und das Buch selbst sollte eine Art Schönheitschirurgie sein, denn es sollte vor allem beschönigen, daß der Professor Odgar Mönsch nur Professor der Universität Puzzleford in der Republik Bloodymary und von der medizinischen Wissenschaft hierzulande nicht ernstgenommen ist. Ich brauche in dem Fall seinen Namen nicht zu verschweigen, weil der Leser nur zu dem Buch *Nur der Schönheit weiht' ich mein Leben* von Odgar Mönsch unter Mitarbeit von irgendwem, nicht von Stephan Kuggler, erschienen 2003 im Schmultz Verlag, greifen muß und somit alles weiß.

*

Nachdem ich diese Erinnerungen an die Buchmesse geschrieben hatte, mußte ich hinüber zum Tschurtschenhof, denn mein Hilfskoch-Dienst begann. Und auch an diesem Abend beseufzte ich meine Hoffnungslosigkeit, jemals in den Genuß jener körperblühenden Amélie zu kommen, die ich auf diesen Seiten schon besungen habe. Sie kam zum Abendessen. Ich träufelte mit dem hier ausschließlich verwendeten extravergineskem Olivenöl meine Seufzer in den Sugo für die Arrabbiata und weidete meine Augen jeweils beim Verbringen von Tellern und Schüsseln in den Gastraum, so oft wie möglich unterzog ich mich dieser Pflicht, an dem Anblick dieser irdischen Aphrodite. Sie trug diesmal ein langes und weites weißes Kleid, das nur dank seiner aufwendigen Plissierung nicht völlig durchsichtig, nur durchscheinend war und den Aprikosenhauch der amélinischen Haut in zarten Nebel hüllte, wobei es sich die oben doppelt hymnisierten Monde nicht nehmen ließen, ihren Bezauberungsanblick spielen zu lassen.

Aber – ja, aber. Wer war dabei und griff besitznehmend an das Kinn der Göttin? Jener widerwärtige Maler, der zur Frühabendstunde – statt zu malen – so oft mit meinem Chef beim Blauburgunder unterm Blauglockenbaum sitzt. »Was treibt der mit ihr?« wisperte ich Natali, der Bedienung, zu. »Weißt du nicht? Ist seine Frau. Gehört ihm.« – »Weiß ich«, sagte ich, »leider.« Und zwischen ihnen saß das schon erwähnte, selbst mit solch herber Enttäuschung durch sein engelblondes Erscheinungsbild versöhnende Kind. Es blieb mir angesichts dieses Kindes nicht einmal die zwar zugegebenermaßen irreale, dennoch immerhin theoretisch denkbare Vorstellung einer Josephs-Ehe zwischen den beiden.

»Wieviel Salz willst du noch in die Bohnen tun?« schreckte mich Engelbert, der Chefkoch, aus meinen Gedankenstacheldrähten auf. »Und hau ein Wiener Schnitzel für die hübsche Piccolina in die Pfanne. Ich muß ans Dessert.«

Seufz steht in solchen Fällen in der *Micky-Maus.*

*

Ich will Simone gegenüber nicht undankbar sein. Merkwürdig ist allerdings schon, wie undankbar es wirkt, wenn man gewisse Dinge so niederschreibt, wie sie sich ereignet haben. So etwa das, was nach der *Präsentation* – so nennt man sowas – des Buches von Konsul Bodenhaftung-Werner (jetzt habe ich doch noch einmal *Bodenhaftung* geschrieben) geschah.

Die ganze Präsentation verlief eher ungünstig, und der Verleger war unzufrieden, weil weniger Prominenz gekommen war als erwartet. Die oberhalb herausragende Prominenz war nämlich bei der gleichzeitig stattfindenden Präsentation jenes erwähnten »Machwerkes« (O-Ton Verleger Schmultz) *Unsere Ossis.* Wir, wenn ich als mundzuhaltenhabender Ghostesghostwriter den Plural bezüglich des Schmultz Verlages gebrauchen darf, haben an sich drauf geachtet, daß nicht ein anderes Topinkaunter an dem betreffenden Abend stattfindet, was sehr schwer ist, weil in der wenigtägig gedrängten Buchmesse jeder sogenannte Hundsschiß ins Topiwänt iwäntriert. War auch an dem betreffenden Abend nichts, das heißt, wäre nichts gewesen, wenn nicht das Topiwänt für *Unsere Ossis,* das ursprünglich gestern stattfinden sollte, durch die Teufel von jenem Verlag in letzter Sekunde auf heute verlegt worden wäre. Der Autor, jener Eyring, hatte nämlich einen Schwächeanfall nebst Nervenkrise erlitten. »Alles Schwindel«, sagte Simone, »erstens hat er keinen nervlichen Krisenanfall erlitten, sondern ist von einem ordinären Durchfall ereilt worden, den er sich zugezogen hat, weil er bei Rowohlt zuviel Austern gegessen hat, und zweitens wollten die uns den Rolls-Royce abspenstig machen, der bei uns schon zugesagt hatte.« Sie sagte nicht *Rolls-Royce,* sondern einen anderen Namen, den ich nicht nenne, einen sogenannten Megakritiker, eine Uralt-Institution, der unter den Rezensenten das ist, was der Rolls-Royce unter den Autos. Oder allerdings auch, wie Simone lästerte, »quasi schon die Marika Rökk der Literaturkritik«. Und tatsächlich ist der Rolls-Royce dorthin zu *Unsere Ossis* gegangen, obwohl unser Chef für den dafür höchst empfänglichen Rolls-Royce einige als Literatur-Liebhaberinnen quasi verkleidete, also seelisch-kostümierte Hoch-Moddls engagiert hatte, darunter eine, bei Tageslicht schon etwas abgehangene Partykwien, die mittels abgründigen Dekolletés tief in ihr literarisches Interesse blicken ließ.

Ich erwähnte schon, daß Simone und ich nicht im Hotel *Intercontinental* untergebracht waren, sondern in der Pension *Blutwurst,* und zwar selbstverständlich in getrennten Zimmern. Simone hatte schon einen starken Stich ins Alkoholoide, als die Präsentation zu Ende ging. Ich konnte sie noch davon abhalten, sich in der U-Bahn zu entkleiden, nicht weil mir entblößte Damen anblicksweise unangenehm sind, was der Leser ohne Zweifel aus dem, was er bisher gelesen hat, nicht schließen dürfte, sondern weil ich erstens gewisse Entsittlichungsäußerungen der Mitpassagiere zu gewärtigen und zweitens Simones geschleuderte Kleidungsstücke auffangen respektive diesen nachhüpfen zu müssen fürchtete. Doch dann war kein Halten mehr. Wie damals. Und ich lief ihr, nach und nach alle ihre Garderobeteile und zum Schluß auch die Schuhe auf dem Arm, in die Pension *Blutwurst* nach, die sie erstaunlicherweise zielsicher fand. Dabei hatte ich außerdem meine Aktentasche und die Magnum-Flasche Champagner dabei.

Für diese Nacht hätte der Verleger das eine der Zimmer in der *Blutwurst* sparen können. Dann weiß der Leser schon, was passierte. Schließlich so, daß man sie angewidert aus dem Bett stoßen hätte müssen, war Simone auch wieder nicht. Zwar, wie gesagt, antlitzisch brachte sie mit ihrem Pfannkuchengesicht höchstens zwanzig auf die Meßlatte, aber körperentblößt konnte sie mit Moddl-Naddl zum Beispiel mithalten. (Das war dank des ausreichenden Dekolletés der Moddl-Naddl an jenem Abend vergleichweise zu beurteilen.) Als ich ihr ihre Kleider an ihrer Zimmertür gab, sagte sie in stark dunstigem Ton: »Und wie ich mich innen anfühle, willst du nicht wissen?«

»Doch«, sagte ich. Man will ja Damen gegenüber nicht ungehobelt sein.

24

Wenn einer meint, es sei einfach, ein *Promi* zu sein, dann irrt dieser.

Ein Promi muß ständig wie ein Schießhund darauf achten, daß er immer dort ist, wo man sein muß, um dazuzugehören, und dort nicht zu sein, wo man nicht sein darf, wenn man nicht über den Rand hinausgeschlenzt werden will. Er muß höllisch achtgeben, daß er immer und ja rechtzeitig darüber informiert ist, welches Iwänt wo und wann stattfindet, bei dem man eingeladen sein muß, wenn man nicht vom Fenster wegrutschen will. Und dann muß er dahinterherjagen, daß er dazu ja eingeladen wird. Gut – Opernball in Wien, Salzburger und Bayreuther Festspieleröffnung, Winter-Polo in St. Moritz, das weiß ein Promi, da kann er sich rechtzeitig hineindrängeln. Doch es gibt zahllose andere Veranstaltungen, bei denen er dabeisein muß. Er muß auf der Hut sein, daß es ihm nicht widerfährt, bei der Yacht-Taufe der Fürstin Gloria in Marbella oder bei der Trauerfeier für den verstorbenen Lieblingsgoldfisch des Aga Khan nicht eingeladen zu sein. Es ist bei weitem nicht so, daß alle Promis überall bei allen Promiiwänts eingeladen sind. Bei weitem nicht. Außerdem ist es so, daß manchmal ein Iwänt als unbedeutend und nicht anwesenheitspflichtig erscheint, anfänglich, etwa eine Museumseinweihung in Künzelsau, und dann auf einmal spricht sich herum, daß dort eine achtzehnkarätige Promine anwest, was gleich mehrere Zwölf-, dann gleich auch Vierzehnkaräter und -karätinnen nach sich zieht, und schon ist klar, daß man dort sein muß, und dann heißt es, alle Hebel in Bewegung zu setzen, damit man eine Einladung bekommt. Und dann aber eingeladen so tun, als wäre einem die Einladung lästig.

Bei jenem Absolut-Iwänt in Kitzbühel, auf dem ich für

kurze Zeit, ja eigentlich nur für einen Moment zum Promi wurde, um gleich darauf wieder in das Unpromitätsdunkel hinabzusinken, war ich Zeuge der Bemühungen einer damals schon etwas ranzigen Pop-Starin, deren Markenzeichen die zwei auseinanderstehenden vorderen Oberzähne sowie ihr Hang zur Ordinärität waren, zu dem Hoch- oder Top- oder Mega-Iwänt eingeladen zu werden. Sie hatte nicht genau genug aufgepaßt, und es war ihr entgangen, daß sie, ohnedies schon leicht im Abrutschen begriffen, lebenswichtig bei dem Hahnenkammrennen-Festival dabeisein mußte. Erst schickte sie ihren Sekretär, der es hochnasistisch probierte und tischklopfend die Karten für Madame verlangte. Die waren jedoch nicht da, und der Sekretär zog, abscheuliche Flüche schleudernd, die letztlich nichts bewirkten, wieder ab. Daraufhin kam der Ehemann der Pop-Starin, ein Muskulator, dumm wie ein Pelikan, der den Veranstaltern auseinanderzusetzen versuchte, daß die Party ohne seine Frau »medial« praktisch wertlos sei. »Keine Karten mehr da, null, nichts –« sagte man, und so zog auch der Ehemann ab. Dann kam sie persönlich und zog eine Schau ab, daß man meinte, die Luft gefriert. So gab man ihr halt doch die sechs Karten, die sie haben wollte: eine für sie selbst, eine für den Muskulator, eine für den Sekretär und drei für Leibwächter. Als man ihr dann sagte, daß sie die Karten bezahlen sollte, gestaltete sie eine nicht ganz überzeugende Ohnmacht und mußte hinausgetragen werden. Konsul Werner übernahm dann großzügig die Sache.

Damit noch nicht genug. Es reicht nämlich nicht, bei solchen Pflicht-Iwänts nur dabeizusein. Man muß auch photographiert werden. Es spielen sich Szenen ab, wenn ein Pressephotograph auftaucht, die erinnern an den Überlebenskampf der Hungermütter um eine Sonderration Kunsthonig anno 45. Oder um einen Platz auf dem letzten Rettungsboot der »Titanic«. Und auch das Photographiertwerden ist noch nicht alles. Das Photo muß auch in der *Bunten* abgedruckt werden.

Da fließen Blut und Tränen sowie Geld, tosen Tobsuchtsanfälle und Morddrohungen. Die Witwe eines durch Drogenfreude nach Ansicht der *Szene* (das ist auch sowas, die *Szene*) zu früh dahingeschmolzenen Schnulzbarden namens, ich glaube *Kringle* oder so ähnlich, der es durch eiserne Judogriffe gelang, von einem *Bunte*-Photographen abgeblitzt zu werden, und die aber dann verfehlte, das Bild in die Zeitung zu zwingen, erlitt eine Nervenverschlingung dritten Grades und wurde vor Kummer buddhistische Nonne.

So schwer ist das Leben der Promis.

*

Literaturmenschen sind in der Regel nur untergeordnete Promis. Selbst Nobelpreisträger verwimmeln unter Pop-Staristen, Groß-Maultrotteln, Sportikaliern, Knallfürstlichkeiten, Laufstegistinnen und Modekre'ieringern im unteren Wahrnehmungsbereich. Nur einer, der in Hermann Lektors Verlag auflagisch beheimatet ist, zählt dank seiner gezähmt humoristischen Kleinprosa zu den promistischen Großhyänen. Er ist ein ehemaliger Ungar und jetziger Orientale. In welcher Sprache er schreibt – ich nenne, wie immer, keinen Namen, ich erfinde für ihn hier: Gottlob Fruchtbar –, ist unklar. Wahrscheinlich in gar keiner, und der Verlag läßt die Bücher von Schreibsklaven ins Deutsche übersetzen.

Neulich war er hier auf dem Tschurtschenhof, eingeladen von seinem Verleger, und wir mußten ganz groß aufkochen. Engelbert, der Küchenchef, schoß sieben kulinarische Breitseiten von Gänseleberparfait über Baumspinat-Consommée, Stachelschweinlende und sautierte Fasanleber bis Waldgurkeneis auf den rosenbekränzten Tisch im Extrazimmer hinaus. Gottlob Fruchtbar schätzt gutes, reichliches Essen – wenn es ein anderer zahlt. Wenn die zwar seltene, ungünstige Konstellation eintritt, daß er selber zahlen muß, ißt er einen

Hamburger bei McDonald's. Das weiß ich von Hermann-Lektor, der ihn »den Buchhalter des deutschen Humors« nennt. Er muß seufzend den zunehmenden Schwachsinn betreuen, den der Buchhalter über seine Ghostwriter in die Buchproduktion träufeln läßt.

Hermann-Lektor war unter anderen Leuten, alles in allem vielleicht ein Dutzend, bei der erwähnten gastronomischen Tischbiegung auch dabei, erkannte mich jedoch nicht mehr. Oder tat so. Ich legte auch keinen Wert mehr darauf und ließ mich so wenig wie möglich außerhalb der Küche blicken. Der Humor-Buchhalter, der, so Hermann, von Geiz extra dryblau metallic umgriffen sei, hatte die Gelegenheit der Einladung benutzt, um sogleich auf Kosten seines Verlegers einige düstere Halbpromis aus der Umgebung hier beizuziehen, unter anderem eine nachtbekannte Dame, eine sogenannte Soßeijetie-Lady, die der Meister neben sich setzte, mit der nahezu ausschließlich er sich unterhielt und die er nach fortgeschrittenem Champagner abzuschlecken begann.

Die weitere Entwicklung habe ich dann nicht mehr beobachtet, denn nach dem Espresso nebst Grappa endete mein Dienst, und ich verzog mich in meine Klause, um an diesem autobiographischen Roman weiterzuschreiben.

*

Der Humorgroßmeister Gottlob Fruchtbar war der einzige Literatur-Promi, der, unter die Allgemein-Promis gemischt, dem Promi-Iwänt in Kitzbühel beiwohnte. Daß ich, das prominentische Nichts, falscher Zugger, halbechter Kuggler, beides mit zwei G, einheitlich allerdings Stephan mit P-H, des Iwänts anläßlich des weltberühmten Hahnenkammrennens teilhaftig werden durfte, verdankte ich dem Zusammentreffen mehrerer auf den ersten Blick günstiger Umstände. Ob sie auf den zweiten, eventuell vorletzten oder am Ende gar letzten Blick auch noch günstig erscheinen, wird sich womöglich erst im Nachwort dieses autobiographischen Romans (Bio-Romans? biologisch-dynamischen Romans?) entscheiden, welches nicht ich, sondern ebendiese Welt, nämlich Nachwelt, verfassen wird. Eine Nachwelt werde ich wohl haben. Jeder, der eine Welt hat, hat zwangsläufig eine Nachwelt. Oder jeden, den die Welt hat, den hat auch eine Nachwelt. Nur, was diese Nachwelt von einem hält, also von einem nachhält, ist ungewiß.

Ist das, was ich da eben geschrieben habe, Philosophie? Wenn ja, habe ich mich in ihr verheddert. »Lies sie nicht, die Schriften der Philosophen«, sagt der Wim, »du verhedderst dich in ihnen. Laß das Leben in dich rinnen. Das ist sein Sinn. Sonst nichts.« Womöglich ist selbst *das* Philosophie und somit … Sagt man das? Hedder? Der Hedder, in den man sich verheddert?

Konsul Werner, mein Freund Hermann, trug auf der Fahrt nach Kitzbühel bereits den neuerworbenen Kleinhut. Auch im Auto. »Autofahrer mit Hut sind eine Gemeingefahr«, weiß Wim. Das gilt allerdings nur für den Lenker. Beifahrer mit Hut sind ungefährlich. Außerdem ist Konsuls Kleinhut kein Hut, sondern modischer Wille.

Konsul Werner, weil aufgrund seiner Kurzsichtigkeit nicht in der Lage, ein Auto zu lenken, weder mit noch ohne Hut, hatte drei, kann sein sogar vier Chauffeure, die hatte er jedoch gerade alle entlassen. Zwei wegen beständiger Besoffität, einen, weil sich herausgestellt hatte, daß sein ecuadorianischer Führerschein vermutlich nicht einmal in Ecuador gültig war, und einen – es waren also doch vier, oder hatte der eine Saufbold auch noch dies auf dem Kerbholz, daß er sich in unziemlicher Weise Patricia genähert hatte. Also bat er mich, ihn nach Kitzbühel zu fahren. »Du bist doch eh' dort eingeladen, Zugger?«

»So halb und halb«, sagte ich.

Es war nur halb und halb eine Lüge. Ich sollte nämlich in Kitzbühel den berühmten Professor Mönsch treffen, dessen Memorabilien ich ghostwriten hätte sollen. Auch Professor Mönsch gehörte zu der Menschheitselite, die mit der hahnenkammrennischen Anwesenheit in Kitzbühel begnadet war. Auch Simone kam mit, auf Kosten des Verlags, allerdings im Zug, zweiter Klasse. Konsul wohnte fünfsternig in der *Tenne,* ich nur viersternig im auramondänen Hotel *Erika,* Simone in der Familienpension *Kehrbesen* in dem schon sprachlich benachteiligten Erpfendorf und selbst dort in einer notdürftig feldgebetteten Besenkammer. Im Umkreis von fünfundzwanzig Kilometern um Kitzbühel ist in den drei Tagen des Hahnenkammrennens jede, wie man so sagt, Badewanne bepromiert. Zu Sonderpreisen. Diese sind erstaunlicherweise (!) höher als die Normalpreise. Alle Preise in Kitzbühel sind in den Tagen höher als normal. Wenn du sei es einen Streichkäse, sei es eine Postkarte kaufst, streikt nicht selten die Registrierkasse, weil so viele Stellen im Display nicht vorgesehen sind. Aber sie, Simone, durfte sich immerhin in der Halle – *Haall* – des Hotels *Erika* aufhalten und aufwärmen und auch das staunenswerte Schwimmbad benutzen – in welchem textilischen oder besser gesagt atextilischen Zustand sie das tat, brauche ich wohl nicht darzustellen.

*

Ich weise nunmehr den Leser darauf hin, daß sich mit dieser Reise nach Kitzbühel der Knoten meines bisherigen Lebens schürzt und mittelbar zu der Schürze überführt, die ich jetzt beruflich trage, und dieses Leben eine unerwartete Wendung nimmt, welche in meine jetzige Existenz als Hilfskoch auf dem Tschurtschenhof zu St. Michael-Eppan in der paradiesischen, wenn auch von elektrischen Leitungsmasten und Kränen überkrusteten Provinz Bozen einmündet. Die Hauptdarsteller dieses Dramas, denn anders den Geschehensablauf zu nennen wäre ungenau, sind dem Leser zum Teil bekannt, nämlich – wenn es ausnahmsweise erlaubt ist, eine unhöfliche, dafür chronologische Reihenfolge zu gebrauchen – ich, dann Konsul B. (= Bodenhaftung) Werner sowie Fräulein Magister Simone Bengerlein, welche freilich nur eine statistielle Rolle spielte, und der Schönheitschirurg Professor Mönsch. (Bevor ich noch eine Zeile ghostgewritten hatte, habe ich den Titel für die mönschlichen Memoiren erfunden: *Nur der Schönheit weiht' ich mein Leben*, der den Verleger derart entzückte, daß er ihn, wie ich später feststellte, ohne mich zu fragen, verwendete, als ein anderer Ghostwriter nach meinem Verschwinden das Buch schrieb. Daß er, Konsul Schmultz, sich einen anderen Ghostdeppen-Sklaven suchte, verstehe ich, denn, wie gesagt, ich war aus seinem Blickfeld wie weggeblasen. Ob er für den bloßen Titel an mich etwas zahlen müßte, ist heute noch unklar im juristischen Sinn. Ich habe Wim gefragt. Er hat gesagt: »Laß es. Begnüge dich damit, daß ihn einmal der Teufel holt – wie alle Verleger.«)

Eigentlich sollte alles dies, was hier in der Klammer steht, als Fußnote abgedruckt werden. Das hat – wer wohl? – der Verleger unterbunden. »Fußnoten gehören nur in wissenschaftliche Werke«, sagte er. Dabei liebe ich Fußnoten, seit ich Karl May gelesen habe, in dessen Büchern, obwohl nicht wissenschaftlich, es vor Fußnoten nur so wimmelt. Sie unterbrechen so angenehm die Lektüre. Also hier keine Fußnote. Ist die endlose Klammer gefälliger? Der Leser respektive Leserin soll entscheiden, vielleicht dem Verleger schreiben, sofern der nicht schon in der Hölle sitzt.

»Warum«, habe ich Wim gefragt, »holt alle Verleger der Teufel?«

»Es hat einmal einen berühmten Verlag gegeben, der hieß Cotta, in Stuttgart. Sozusagen ein Klassiker unter den Verlagen. Alles, was in der deutschen Literatur Rang und Namen hatte, gab seine Werke Cotta zum Verlegen. Goethe, Schiller, Herder, alle. Fast alle Helden der Vorzeit also. Zwar ging der Verlag Cotta schon im 19. Jahrhundert in andere Hände über, doch die inzwischen gefreiherrlichte Familie Cotta von Cottendorf behielt das Archiv, darin alle Briefe Goethes, Schillers und so fort, und auch, notabene! die Verlagsabrechnungen. Als vor vielleicht fünfzig Jahren die letzten unverheirateten Baroninnen Cotta nacheinander starben, ging das alles per Vermächtnis an das Schiller-Archiv in Marbach. Dort wollte man die wertvolle Neuerwerbung ausstellen.«

»Und?«

»Hat nicht. Aus den Verlagsabrechnungen ging hervor, daß Cotta alle beschissen hat.«

»Goethe?«

»Goethe.«

»Schiller?«

»Schiller.«

»Herder?«

»Herder.«

»Humboldt?«

»Beide. Sowohl Alexander als auch Wilhelm.«

»Und deswegen«, sagte ich nachdenklich, »holt alle, alle Verleger der Teufel.«

Nicht alle, lieber Leser. Es ist ja auch alles übertrieben, was ich hier schreibe. »Übertreibe nur«, sagt zwar Simone, »es ist ja keine Autobiographie, sondern ein autobiographischer Roman. Verstehst du?«

»Bei Autobiographien, also Memoiren, wird nicht übertrieben«, sagte ich, »das weiß ich ja aus Erfahrung. Da bleibt man unbeirrt an der Kandare der Wahrheit.«

»So siehst du aus«, sagte Simone.

Was das Schiller-Archiv in Marbach anbelangt, bin ich dank Lektor Hermanns Mitteilung der Inhaber einer nicht literarischen, aber königlichen Anekdote. Als Queen Elizabeth *die Zweite ihres Namens*, wie es in alten Büchern heißt – weiß ich von Wim –, auf ihrem ersten Staatsbesuch in Deutschland war, gab das Hofmarschallamt, oder wie das heißt, dem Protokoll den Wunsch der Majestät weiter, im Rahmen der Staatsvisite auch Marbach besuchen zu wollen. Man war in Marbach im Schiller-Archiv erfreut und geehrt und stand Kopf und schloß Archiv und Schillerhaus für den ordinären Publikumsverkehr und schmückte mit Rosen und Lilien, und die baden-württembergischen Politiker wieselten herum und sahen vermutlich bei dieser Gelegenheit das Archiv das erste Mal von innen, und der Direktor des Archivs führte selbstverständlich persönlich die Königin, die aber zwar die Bücher und Autographen und Literaturzimelien höflich besichtigte, dabei jedoch immer unruhiger wurde und endlich mit ihrer Puppenstimme fragte: ›And where are the horses?‹

Man hatte das Schillersche Marbach am Neckar mit dem kleinen Marbach im Schwarzwald verwechselt, in dem sich das *Haupt- und Landesgestüt Marbach* befindet, in dem die *Marbacher Füchse* gezüchtet werden, die die Queen mehr interessiert hätten als die Bücher. Weit mehr.

Die weiteren Personen des Kitzbühler Dramas werde ich so nach und nach im Zuge der Ereigniskatastrophen vorstellen. Zu Professor Mönsch ist zu sagen, daß er, wie nicht anders zu erwarten, geballten Optimismus ausstrahlte. Es gab kaum eine Dame in dem promfestlichen Trubel, bei den zahlreichen Parties et cetera während und aus Anlaß des Hahnenkammrennens, der er nicht eine gefälligere Nase, einen runderen Busen, ein niedlicheres Kinn oder ein griffigeres Gesäß zugewendet hätte, gegen, versteht sich, hochstellige Gegenzuwendungen seitens der Damen oder meist der mehr oder minder angetrauten Partner der Damen. »Aber«, sagte er mir, als mich Simone ihm im Hotel *Weißes Rössl* vorstellte, und zwar in dessen von Edelfolklorität überquellender *Haall*, »denken

Sie nicht, daß ich nur weibliche Patienten habe. Auch mancher Mann ist mit seinem nätschurel-outfit nicht satisfeid und läßt dies oder jenes Körperaccessoire einbauen.« Er bot mir an, zu günstigen Sonderbedingungen – »Da Sie meine Memoiren schreiben, müssen Sie ja wohl meine Arbeit hautnah kennenlernen« – jene zwei senkrechten Grübchen in den Backen anzubringen sowie den sexappealischen Kinn-Nabel, auf das alles die Frauenwelt mit hilflosem Hinsinken reagiert. Er zeigte mir das Bild eines schicken Fernsehmenschen und Absonderers akustischer Erscheinungen, die für Musik gehalten werden, namens Dieter Trahmen, der nicht ungern unter anderem Reklame für Erbsen macht und dem er solche Grübchen hingezaubert hat, worauf besagter Trahmen die schönsten Weiber besessen hat, unter anderem das Moddl-Naddl, deren Busen und Oberschenkel sowie Ohren, Mund und Geschlechtsintimität ebenfalls seinem Skalpell entsprungen seien.

Nun, ich lehnte dankend ab und versicherte, daß ich auch ohne Renovierung meiner Gesichtserscheinung sein, des Professor Mönsch, memoirisches Leben zu erfassen in der Lage sei. Er selbst erfasse es doch auch, ohne daß er sich schöngeschnipselt habe. Nur, sagte ich, wenn er mich um fünf Zentimeter größer machen könne, wäre ich interessiert. Das konnte er nicht.

*

Für die Schilderung der nun folgenden, wenige Stunden in Anspruch nehmenden Ereignisse tritt die Schwierigkeit auf, jedenfalls für einen ungeübten Nobelpreiskandidaten wie mich (ich bitte die Ironie zu bemerken), daß es nicht *ein* Ereignis war, sondern ein Gewurle von Ereignissträngen, gleichzeitig ablaufend und ineinandergreifend. Ich werde nicht umhinkönnen, den Zeitknäuel in einen Hintereinanderknäuel auseinanderzuziehen, und ich fange damit an, daß Konsul Werner auf der Fahrt, je näher wir Kitzbühel kamen, nicht mehr der Konsul Werner war, den ich kannte.

Wir fuhren bei mäßig gutem Wetter weg, und schon am Irschenberg verfiel Freund Bodenhaftung in dumpfes Schweigen. Ich merkte erst gar nichts, weil ich – als alter Taxler selbstverständlich souverän den *Jaguar* steuernd – mit mir kämpfte, um zwischen mir und Konsul sozusagen reinen Tisch zu machen.

»Du, Hermann«, sagte ich. Die Berge, wolkenverhangen, tauchten auf. Drinnen schneite es wahrscheinlich. Beruhigt hatte ich die guten Winterreifen gesehen, und im Kofferraum waren Schneeketten, und solche zu montieren ist für mich ein Kinderspiel.

Hermann antwortete nicht.

»Du, Hermann!«

Er schreckte auf: »Ja?«

»Ich muß dir ein Geständnis machen.«

Er antwortete nicht. Wir fuhren ins Inntal hinunter.

»Ich muß dir, Hermann, etwas sagen, was dir vielleicht merkwürdig vorkommt.«

»Ja – wie? Bitte?«

»Ich heiße gar nicht Zugger.«

»So.« Das kam tonlos und trocken wie Wüstensand.

»Ich heiße anders.«

»Anders? «

»Ja. Ich heiße Kuggler.«

»Aha.«

»Ja. Kuggler. Zwar auch mit zwei G, immerhin, aber nicht Zugger.«

»Ist mir auch recht. Und warum nennst du dich dann Zugger?«

»*Ich* nenne mich nicht Zugger, *du* hast mich Zugger genannt.«

»Dann nenne ich dich in Zukunft – wie sagst du?«

»Kuggler.«

»Das ist doch gar kein großer Unterschied. Zugger – Kuggler. Ich verstehe nicht, wie sich ein Mensch, der Zugger heißt, Kuggler nennen will.«

»Ich heiße nicht Zugger und will mich Kuggler nennen, ich *bin* Kuggler, und du hast mich Zugger genannt – nun gut, ich habe den Ball sozusagen aufgefangen.«

Er war schon wieder ins Brüten versunken.

»Welchen Ball?«

»Also! Hermann! Ich *bin* nicht Zugger. Ich heiße Kuggler, habe immer Kuggler ge...«, ich stockte, stimmte ja gar nicht, »fast immer Kuggler geheißen, dazwischen allerdings für eine Zeit Leichtiv, doch das ist eine andere Sache.«

»Ich verstehe gar nichts mehr. Du bist der Zugger und willst ein gewisser Leichtiv sein ...«

Ich gab es auf. »Vergiß es«, sagte ich. Wir bogen in die Inntalautobahn ein.

»Ich weiß jetzt nicht, was ich vergessen soll. Den Zugger? Warum? Du bist doch der Zugger, und warum soll ich dich vergessen? Ich werde dir nie vergessen, was du für Milbie getan hast.«

Ich sah die Chance, dem von mir heraufbeschworenen Gespräch eine andere Wendung zu geben: »Kommt Milbie nach Kitzbühel?«

»Wo denkst du hin. In Kitzbühel kann kein Jet landen, und anders als First-Class im Jet kann Milbie nicht fliegen, weil er in einem kleineren Flugzeug nicht die Beine ausstrecken kann, und da würde seine Hose falsche Falten kriegen.«

Er seufzte.

»Ist etwas?«

»Etwas ist immer«, sagte Hermann-Konsul.

Ein tiefreligiöser Satz. Oder nicht? Das *Ist* umgibt uns. Man kann es auch *Sein* nennen. Wim hat mir ein Buch geliehen, da ist das alles auseinandergebreitet. Relativ gut verständlich. Wirklich: Ich habe es auf einmal blitzartig verstanden und bin selber darüber erschrocken. Es ist, stand in dem Buch, gar nicht ausgemacht, daß es etwas geben muß. Es könnte genausogut nichts geben. Keinen Raum und keine Zeit. Nachdem ich das Buch gelesen hatte, habe ich mich – schon schwer genug, sich das Millionen, ja Milliarden Lichtjahre große Universum vorzustellen – in den Gedanken des allgemeinen Nicht-Seins vertieft. Ich sage Ihnen, ich bin fast übergeschnappt; habe mich im Bett hin und her gewälzt. Das Nicht-Seiende ist wie ein Geier auf mich heruntergefahren, obwohl es natürlich völlig verfehlt ist, vom Nicht-Sein als von so etwas Seiendem wie einem Geier zu sprechen. Erst als ich mir selber befohlen habe, an die nackte Frau zu denken, die letzten Sonntag am Isarufer beim Flaucher am Rücken gelegen ist und strampelnde, optisch hochinteressante Gymnastikübungen gemacht hat, habe ich mich vom drohenden Wahnsinn wegstoßen können.

Und jetzt sagt er: »Etwas ist immer.« Die ganze Nicht-Seins-Soße war wieder da, und sofort mußte ich rettungsweise an ein nacktes Weib denken, sonst wäre ich in den Graben gefahren. Ins Nichts.

Als wir in Kitzbühel vor dem Hotel *Zur Tenne* ausstiegen (dort residierte Hermann-Konsul, ich, wie gesagt, im *Erika*), die Türklinke des *Jaguar* dem betreßten, mit wegen Kälte tropfender Rot-Nase versehenen Groom überließen, fragte Hermann ziemlich geistesabwesend: »Jetzt habe ich nicht verstanden: Wie heißt du?«

»Es dreht sich eigentlich nicht darum, wie ich heiße. Es dreht sich darum, wer ich bin. Bleiben wir bei Zugger.«

»Danke«, sagte er erleichtert.

Ich ging dann mit ihm hinein. Dort erwarteten ihn bereits der Chefmanager und eine hirschhornknopfbeladene Dirndline, die oberkörperlich mustergültige Rundungen aus den ausgesparten Kleidungsteilen offenbarte. Und noch jemand erwartete Hermann-Konsul, zwei Herren mit stark stacheliger Ausstrahlung, die gefrierfreudig taten und über deren Anwesenheit sich Hermann offensichtlich gar nicht freute.

Ich verdrückte mich und ging zu meinem Hotel *Erika*, wo inzwischen Patricia angekommen war, die mich so grüßte, daß der etwas altertümliche Ausdruck *huldvoll* angebracht ist. Ich wußte ja, daß Patricia hierherbeordert worden war, wunderte mich, daß sie nicht bei Konsul in der *Tenne* wohnte. Gut, geht mich nichts an, meine Patricia ist sie nicht. Neugierig war ich nur darauf, wie sie angesichts der hier herrschenden Wintertemperaturen ihre modischen Körperum- oder besser -enthüllungen gestalten würde. Ich nehme vorweg: In geschlossenen und geheizten Räumen erfreute sie mit einblickreichen Durchsichtigkeiten in den *aktuellen* Farben, in der Kälte draußen erschien sie hochgeschlossen bis zur Nasenspitze, kompensierte dies durch Hautenge, die bis zur gynäkologischen Deutlichkeit reichte. Nur auf dem Kopf und an den dadurch kaum beweglichen Füßen trug sie übergroße Fellwuschel, unter denen sich eine Mütze beziehungsweise Stiefel verbargen. Übrigens im Großen und Ganzen für Damen das einheitliche Autfitt in Kitzbühel.

Kitzbühel ist ein Wintersportort. Das ist unübersehbar. In Kitzbühel gilt derjenige, der im Skifahren nicht das Seelenheil erblickt, als subversiv. Die Religion der Kitzbühler ist der Analphabetismus, die Naherholung ist das Lesen der Bankauszüge. In Spurenelementen ist auch Kultur vorhanden. So gab es den Kitzbühler Rembrandt, er hieß Alfons Walde und wälzte sich, bildlich gesprochen, im Schnee. Er malte nur Schnee. Er fand heraus, daß mit ein wenig Blau auf der einen und ein wenig Gelb auf der anderen Seite auf einem Bild sehr leicht der Effekt von Schnee erzielt werden kann. So stellen seine Bilder ungeheure Schneewüsten dar, bevölkert von kontrastierend schwarzen Bauern oder Bäuerinnen, die alle so *kernig* sind, daß sie ohne weiteres in Karl Moiks *Musikantenstadel* als Volkstumsstaffage auftreten könnten. Bemerkenswert ist auch die außerordentlich pastose Malweise, der der Meister Walde huldigte. Manche seiner Bilder sind schon fast Reliefs.

Ich sah die Bilder im Stadtmuseum von Kitzbühel. Es wird offenbar nicht häufig besucht, denn ich war dort allein, während draußen die Skimassen in den Straßen kaum aneinander vorbeikamen. Der Kustos glaubte auch zunächst, ich sei irrtümlich da, vielleicht von den Massen versehentlich in den Eingang gedrückt worden. Er schüttelte noch ungläubig den Kopf, als ich das Museum nach einer halben Stunde wieder verließ.

Kitzbühel ist eine schöne Stadt. Entweder bei straffblauem Winterhimmel mit kalter Sonne auf den schneeschweren Dächern und den formschön glitzernden Eiszapfen oder in der schwarzblauen Nacht, wenn die warm-goldene Straßenbeleuchtung die zierlich herausgeputzten, meist schmiedeeisenberankten Fassaden verzaubert, hinter denen das Leben und der *Jagertee* toben. Oder wenn der Schnee das tut, was er dem Liede nach soll, nämlich leise rieselt.

Und alles wird nach Ende der Saison zusammengeklappt und magaziniert, die Hilfskräfte nach draußen entlassen, die wenigen eigentlichen Kitzbühler eingemottet.

Stimmt wahrscheinlich nicht, wirkt jedoch so.

IX

Ich soll einen autobiographischen Roman schreiben. Und was, wenn man nicht genug erlebt hat, um ein ganzes Buch zu füllen? Wenn ich nicht in der Lage bin, fünfzig Seiten oder sogar hundert aufzuwenden, um mein Erwachen am Morgen zu beschreiben? Vielleicht wache ich auch zu schnell auf, gut für höchstens eine Zeile. Längere Zeit brauche ich zum Einschlafen, und da gehen mir natürlich schon alle möglichen, vielleicht ganz interessanten Gedanken durch den Kopf. Doch ob die es wert sind, aufgeschrieben zu werden? Oder, meint meine Lektorin, ich solle doch meine Träume aufschreiben. Das wäre doch ganz etwas Neues: »Eine indirekte Autobiographie. Spart das reale Leben aus, spiegelt es jedoch in bedeutenden Träumen wider.«

Am Tag danach habe ich geträumt, daß ich in einem Hotel war, und es war höchste Zeit abzureisen, und meine gigantische Briefmarkensammlung lag im Hotelzimmer herum, und es zog, weil alle Türen und Fenster offen waren, und die Briefmarken flatterten schon in alle Richtungen, und ich mußte gleichzeitig den davonflatternden Briefmarken nachlaufen und die noch nicht flatternden im Koffer verstauen, und es wurden eher mehr Briefmarken als weniger, und dann wachte ich auf und mußte aufs Klo. Und in Wirklichkeit habe ich überhaupt keine Briefmarkensammlung.

Trotzdem schrieb ich den Traum mit allen Einzelheiten auf in der Hoffnung, daß in der nächsten Nacht ein weniger blöder Traum kommen würde. Doch anstatt daß die Träume geehrt gewesen wären, daß ich sie aufschreibe, waren sie, scheint's, beleidigt. Es kam keiner mehr, selbst als ich vor dem Einschlafen hoch und heilig schwor, keinen Traum mehr aufzuschreiben. Nichts. Traumloser Schlaf. Die Träume glaubten mir offenbar nicht.

So schreibe ich denn das einzige auf, was mich selber an meinem bisherigen Leben bewegt, wenn ich daran zurückdenke. Schneide die Ränder ab, auf denen nur das steht, was nicht zählt, um was es nicht schade ist, wenn es in den Papierkorb kommt. Ob jeder, auch der dumpfe Woblistin unten im Souterrain, der nur so vor sich hin brütet – er war früher hauptberuflicher Platzwart auf einem Sportfeld –, so ein herausleuchtendes Stück Leben hat?

Ich weiß es nicht. Mein herausleuchtendes Stück nenne ich: das Telegramm.

Ich heiße Siedegger – mit zwei G – und Christoph – mit P-H.

Es war noch zu den Zeiten, in denen man Telegramme verschickte, wenn eilig etwas mitzuteilen war. Diese Zeiten liegen gar nicht so weit zurück, aber Gedanken darüber sind nicht das, was ich in dieser Geschichte erzählen will. Erzählen will ich von einem Telegramm, das ich nie aufgegeben habe.

Ich war nicht mehr ganz jung, war älter als meine Semesterkollegen an der Universität, älter dann auch in der Ausbildung in der Referendarzeit. Das lag zum einen daran, daß ich mit neunzehn Jahren eine sechsundzwanzig Jahre alte Frau geheiratet hatte. Der Altersunterschied von sieben Jahren spielt in dieser Lebenszeit fast keine Rolle. Ein Neunzehnjähriger kann schon das sein, was man einen *gestandenen Mann* nennt, eine Sechsundzwanzigjährige ist selbstredend noch eine junge Frau, und wenn sie ihren Kopf an die Schulter des Neunzehnjährigen lehnt, so ist das sozusagen optisch in Ordnung. Anders und sonst – vielleicht – auch. Geht man in Gedanken fünfzig Jahre weiter, dann ist der Neunzehnjährige neunundsechzig Jahre alt, die Frau sechsundsiebzig. Sie sind beide weise und wieder so gut wie gleich alt. Die kritische Zeit liegt offenbar in der Mitte. Doch auch derlei sozusagen algebraische Reflexionen sind nicht das, was ich in dieser Geschichte erzählen will.

Ob es nur eine schiere Überkommenheit der sozialen Gewohnheiten ist oder genetisch bedingt oder sonst irgend etwas, ist wohl noch nie untersucht worden, warum und wieso es Väter gern sehen, daß es Väter freut, daß es Väter förmlich als selbstverständlich ansehen, daß es Väter in manchen Fällen geradezu erzwingen, wenn und daß ihre Söhne denselben Beruf ergreifen, den sie selber ausüben. Verständlich ist es, wenn ein womöglich kostbares Gewerbe auf dem Spiel steht, die Fortführung oder im anderen Fall der Untergang eines alten Familienunternehmens, selbst auch nur bei einem mittelständischen Handwerksbetrieb, einer gut eingeführten Bäckerei – aber ein Straßenbahnschaffner? Mein Vater, also der alte Siedegger, war Straßenbahnschaffner, und für ihn kam für mich, Christoph Siedegger, überhaupt und unter keinen Umständen und nicht im entferntesten als Beruf etwas anderes in Frage als eben auch: Straßenbahner. Kann sein, der Alte träumte vom Aufstieg seines Sohnes zum Straßenbahnfahrer, womöglich zum Kontrolleur, was er selbst nie geschafft hatte.

Ich fügte mich. Die finanziellen Mittel waren schmal. Ich war nicht das einzige Kind, es waren noch drei da, die Mutter zu krank in jenen Jahren, um ihren Beruf als Schneiderin auszuüben und also dazuzuverdienen. Trotz guter Noten und gegen den Rat der Lehrer wurde ich aus der Realschule genommen und kam zur Straßenbahn. Dort lernte ich Gunhild kennen, die geschiedene, mit einem gelbhaarigen Kind behaftete Angestellte der Verkehrsbetriebe, die die *Springer* einteilte. *Springer* sind – oder waren, heute gibt es nicht nur Telegramme nicht mehr, auch bei der Straßenbahn ist alles anders – waren Schaffner etwas höheren Intelligenzgrades, die nicht nur dumpf ihre Stammstrecke kannten, sondern auf allen anderen Strecken auch firm waren und deshalb in Krankheits- und sonstigen Ausfall-Fällen einspringen, eben *springen* konnten. Ich gehörte bald zu den *Springern,* und bald eroberte ich, eher beiläufig allerdings, das Herz Gunhilds oder jedenfalls einen Teil des Herzens, soweit eben Bereitschaft bestand, es herzugeben. Vollständiger stellte Gunhild andere Organe zur Verfügung, und das führte zur übereilten Hochzeit. Ein Kind war unterwegs. Es wurde ein Bub. Der alte Siedegger, mein Vater, erblickte im Geiste schon die dritte Generation von Straßenbahnschaffnern heranreifen dereinst, und wenigstens war das Kind nicht gelbhaarig, sondern dunkel.

Daß so etwas in aller Regel nicht gutgehen kann, versteht sich fast von selbst. Kaum hatte Gunhild das erreicht, was sie wollte, nämlich wieder zu heiraten, versank sie in erotische Verflachung, und von den wilden vorherigen Herrlichkeiten zwischen ihr und mir war nichts mehr übrig. Sie wandelte sich, bildlich gesprochen, zur Kittelschürze, obwohl die *Kittelschürze* ihrer Generation nicht mehr die Kittelschürze war, sondern ausgebleichte, schlabbrige Jeans, abgetretene Birkenstock-Sandalen und farblose Pullis oder dergleichen, auch das Ungeziefer unter den Kleidungsstücken: das *T-Shirt.*

Ich hatte es nicht darauf abgesehen gehabt, hätte es gar nicht darauf absehen können, weil ich nichts davon gewußt hatte, auch Gunhild hatte nur ungenaue Kunde davon gehabt. Es gibt ihn nicht nur in fabelhaften Biographien, es gibt ihn, wenngleich selten, wirklich: den reichen Erbonkel in Amerika. Im Falle Gunhilds war es zwar nicht ein Onkel, sondern eine Tante, auch nicht eigentlich eine Tante, sondern eine Cousine des Vaters und auch nicht in Amerika, sondern in Neuseeland, aber immerhin, und wenn es auch nicht ein Geldsegen von Millionen war, so waren es doch nach Verteilung auf Gunhild und ihre Geschwister ein paar

Zehntausend, damals schon eine Menge Geld. Gunhild willigte ein, daß ich meine Straßenbahnerlaufbahn aufgab. Mein Vater war inzwischen gestorben und mußte das nicht mehr miterleben. Ich machte binnen kurzer Zeit in Abendkursen das Abitur, studierte das, was mir als Berufsziel in Jugendträumen vorgeschwebt hatte: Tiermedizin, und noch ehe das neuseeländische Erbe aufgebraucht war, hatte ich mein Examen bestanden, schrieb an meiner Doktorarbeit und hatte so gute Ergebnisse, daß ich von den zuständigen Behörden eingeladen wurde, mich der Laufbahn des Amts-Veterinärs zuzuwenden. Eine Referendarzeit war abzuleisten, in meinem Fall für einige Monate in einer kleinen Stadt in einem entlegenen, wenngleich schönen Teil des Landes.

Es wurde also für mich und Gunhild eine Wochenendehe. Weit entfernt davon, darunter zu leiden, genoß ich sogar das zeitweilige neue Junggesellenleben unter der Woche. Daß Gunhild überhaupt bemerkte, daß ihr Mann wochentags und auch wochennachts fehlte, wage ich zu bezweifeln. Wenn ich sage, daß ich das neue Dasein als Junggeselle genoß, heißt das nicht, heißt das sogar ganz und gar nicht, daß ich – wie man so sagt – auf Abwege geriet. Nichts von einer außerehelichen Beziehung. Hätte es sich von allein ergeben, wäre vielleicht etwas in der Richtung vorgefallen, muß ich einräumen, nur es ergab sich nichts, und ich suchte auch nicht danach. Meine neue Arbeit, mein Traumberuf, der mich nicht enttäuschte, wie es manchmal sonst wohl bei erreichten Traumberufen ist, gefiel mir und füllte mich aus.

Der Garten des *Schmiedwirts,* in dem ich ein Zimmer gemietet hatte, mit Halbpension, möblierter Herr also, »Herr Referendar« sagte der alte Wirt respektvoll zu mir, grenzte an den ungleich gepflegteren Garten eines Einfamilienhauses, das als Villa zu bezeichnen nicht ganz übertrieben gewesen wäre. Es gehörte dem Geschäftsführer und Teilhaber einer Textilfabrik und wurde also von dessen Familie bewohnt, zu der Clara gehörte.

Was sich zwischen den Gärten abspielte, dem Garten, der sich entlang dem preiswerten, aber gediegenen Gasthof, dem *Schmiedwirt*, hinzog, und dem anderen Garten jenseits der niedrigen Hecke, hätte ich ohne weiteres meiner Frau erzählen können. Ich habe es nie erzählt, selbst diese harmlosen äußeren Dinge nicht. Ich wollte selbst dies für mich allein behalten. Die inneren Dinge allerdings wären für die Ohren Frau Gunhild Siedeggers nicht geeignet gewesen.

»*Ich* würde Sie Chiara nennen«, sagte ich, »italienisch, wegen Ihrer schwarzen Haare.«

Man blieb immer beim *Sie*, und es blieb immer bei der Unterhaltung über die niedrige Hecke hinweg. Es war Sommer. Mein Dienst endete meist am Nachmittag, und da schien die Sonne längst noch in den Garten des *Schmiedwirts* und auch in den Garten der angrenzenden Villa. Der Garten des *Schmiedwirts* war nicht der zum Geschäft gehörende professionelle Wirtsgarten mit Holztischen, Bänken und von Bierreklame umkränzten Sonnenschirmen, der war auf der anderen Seite. Der an das Villengrundstück angrenzende Garten war eher privater Bereich der Wirtsleute, war ruhig und stand nur den Pensionsgästen zur Verfügung. Ich hatte schon in den ersten Tagen meines Aufenthalts einen Liegestuhl hinausgerückt und gelesen, bis die Schatten zu dunkel wurden und es Zeit war für das in der Halbpension inbegriffene Abendessen.

Clara oder eben Chiara arbeitete halbtags in einer Bank. Das war kein Beruf, das war eine Beschäftigung, die die Zeit bis zur festgeplanten Eheschließung überbrücken sollte, denn in der Lebenssphäre des ernst-arbeitsamen Fabrikdirektors und Teilhabers gab es keinen Raum für müßiges Herumsitzen einer unverheirateten Tochter. Noch unverheiratet, verlobt schon, der, von den Eltern nicht gerade ausgesuchte, aber durchaus genehme, ja erwünschte, der gleichen Gesellschaftsschicht in der Stadt angehörende Bräutigam, ein gewisser Herr Miegler, vollendete irgendwo in einer Großstadt im Westen seine Ausbildung, verfeinerte dort seine Kenntnisse der kommerziellen Geheimriten, um in absehbarer Zeit in die Geschäftsleitung des sodann schwiegerelterlichen Betriebes einzutreten. Und nebenher interessierte er sich für Sport. Er betrieb das Tennisspiel, natürlich im Winter den Ski-Sport, aber auch das Wasserskifahren, Segeln und dergleichen und begeisterte sich für das damals aufkommende Drachenfliegen.

»Ich hoffe, daß er nicht herunterfällt«, sagte Chiara über die Hecke hinweg, »er ist ein netter Mensch und wird mir sicher nie etwas Böses antun.«

Chiara teilte die Begeisterung ihres Verlobten Miegler nicht, was der offenbar auch gar nicht erwartete. Chiara setzte sich auch nicht ungern, wenn ihr Halbtagsdienst bei der Bank zu Ende war, in den Garten. Auch sie las, und sie war es sogar, die mit ihrem Liegestuhl, wenn auch kaum merklich, näher an die Hecke rückte, dort, wo auf der anderen Seite ich saß, und meine Frage, nach einigen Tagen vorsichtig gestellt: »Was lesen Sie gerade, wenn ich fragen darf?« kam offensichtlich nicht ungelegen.

Die Liegestühle standen dann bald Seite an Seite, aber immer durch die Hecke getrennt. Dabei blieb es. Nie kam Chiara zum *Schmiedwirt,* das wäre unmöglich gewesen. Chiara-Clara ging allenfalls am Wochenende mit den Eltern und dem anverlobten Miegler ins *Casino* des *Bürgerhofes;* zu der Zeit weilte ich brav zu Hause bei Gunhild. Und erzählte nichts von den Gesprächen über die Hecke hinweg. Und ich war nie in der Villa. Wie sollte ich dorthin kommen? Ein einziges Mal durfte ich Chiaras Mutter begrüßen, als die in den Garten kam, um ihrer Tochter eine Schale mit Erdbeeren zu bringen.

»Das ist Herr Siedegger, er ist Veterinärreferendar und wohnt beim *Schmiedwirt.*«

»Angenehm«, sagte die Mutter nicht unfreundlich und ging wieder. Den Vater sah ich nie, so wenig wie den Verlobten. Im September war meine Referendarstation dort zu Ende, und es wäre auch zu spät im Jahr gewesen, um noch oft im Garten zu sitzen. Ich schrieb ihr, als ich mich von Chiara verabschiedete, meine Adresse auf.

»Vielleicht«, sagte ich, »führt Sie Ihr Weg, vielleicht«, ich schluckte schon ein wenig, »auf der Hochzeitsreise in unserer Gegend vorbei, Chiara ...«

»Vielleicht«, sagte Chiara, »und was ich Ihnen immer sagen wollte: ich finde, Chiara klingt sehr schön.«

»Es paßt zu Ihnen«, sagte ich, und es war dabei etwas Drückendes in meiner Kehle, ich weiß auch nicht, was. Oder weiß ich, was?

Am allerletzten Tag kaufte ich eine Rose. Ich reichte sie Chiara über die Hecke hinüber. Erst wollte ich eine rote Rose kaufen, hatte sie bei der Fleuristin schon in der Hand, bekam Bedenken und kaufte dann eine rosarote.

Einmal schrieb mir Chiara, alltägliche Dinge, vom Wetter, daß der alte Schmiedwirt gestorben sei. Der Brief war so harmlos, daß ich ihn ohne weiteres meiner Frau hätte zeigen können. Ich zeigte ihn ihr nicht, auch nicht den zweiten Brief, in dem Chiara schrieb, daß sie bei der Bank aufgehört habe und sich nun auf ihre »Rolle als Hausfrau« vorbereite. Und sie schrieb, daß jene Rose im Vertrocknen seltsamerweise tiefrot geworden sei. Dann kam kein Brief mehr.

Etwa zwei Jahre danach kam eine Heiratsanzeige: »Beehren sich ...« und so weiter »... die Vermählung des Herrn Erwin Miegler mit Fräulein Clara ...« und Ort und Datum, Uhrzeit der standesamtlichen und kirchlichen Trauung, »Tagesadresse: *Casino Bürgerhof ...*« für zu übersendende Blumengrüße und für Telegramme auf Schmuckblatt, was allerdings, als selbstverständlich vorausgesetzt, nicht auf die Karte gedruckt war.

Die Anzeige kam zwei Tage vor dem angesetzten Hochzeitstermin. »Wer ist denn das?« fragte mich Gunhild. Ich war inzwischen Dr. med. vet. Christoph Siedegger und bestallter Amtstierarzt. Sie hatte das zweite Kind auf dem Arm – mein zweites, ihr drittes – ebenfalls zum Glück nicht gelbhaarig. Ich hatte es *Chiara* nennen wollen. »Was für ein Blödsinn«, hatte Gunhild gesagt; das Kind hieß dann Heidi.

»Wer ist denn das?«

»Ein Bekannter …«, als ob ich nur oder in erster Linie den Bräutigam kenne, »… in meiner Referendarzeit dort. Ich habe dir doch erzählt …«

»Du hast mir nie vom dem erzählt.«

Ich überlegte mir den Text für das Telegramm: *Warten Sie, ich komme.* Oder: *Warten Sie, bis wir miteinander gesprochen haben.* Oder: *Ich muß Sie vorher noch sprechen. Bitte die Hochzeit verschieben.* Oder ganz schlicht: *Werden Sie meine Frau.* Es war sonst nicht meine Art, zögerlich zu sein, nur diesmal überlegte ich so lange, formulierte so lange am Text des Telegramms herum, daß nur noch ein Tag blieb, genauer gesagt: achtzehn Stunden. Ich überlegte, ob ich nicht telephonieren sollte. Über solche Entfernungen ohne weiteres zu telephonieren war damals noch nicht so selbstverständlich, doch das wäre letzten Endes kein Hindernis gewesen, schon eher, daß meine Frau das Telephonat mit anhören könnte. Immerhin wollte ich es ihr, wenn es soweit käme, schonend beibringen. Glaubte ich im Ernst daran? Wollte ich, weil ich eigentlich nicht daran glaubte, die Sache schwarz auf weiß, also per Telegramm haben? So einen Schritt tut niemand – oder doch? Und wenn, dann sozusagen neben sich selbst stehend und mit geschlossenen Augen vor dem steinernen Giganten dieses enormen Entschlusses. Ich entschloß mich zu dem Text: *Warten Sie bitte mit der Hochzeit. Ich komme.* Ich entschloß mich dazu, das Telegramm nicht abzuschicken. Ich entschloß mich dazu, das Telegramm abzuschicken.

»Ich muß noch rasch zur Post«, sagte ich zu Gunhild.

»Jetzt noch?«

Vor der Garagenausfahrt stand frecherweise ein Lieferwagen einer Spedition, die ins gegenüberliegende Haus einen größeren, in Bretter verschalten Gegenstand lieferte. Ich hupte. Ich hupte und schrie. Ich stieg wieder aus und suchte, rannte hin und her, bis ich den Fahrer fand, den ich dumm anredete, der dann dumm zurückredete und den Spruch von sich gab: »Es gibt nichts Eiliges, was später nicht noch eiliger wird«, fuhr aber doch endlich mit seinem Lieferwagen weg. Es waren die zehn, vielleicht auch acht Minuten, die ich zu spät zum Postamt kam. Es war schon geschlossen.

Am nächsten Tag gab ich um acht Uhr ein Telegramm auf – es würde etwa eine Stunde nach dem Termin der Trauung ankommen, rechnete mir der Postbeamte vor – mit dem Wortlaut: *Herzliche Glückwünsche, Christoph Siedegger und Frau.* Und es brach nur das Herz entzwei.

25

»Hast *du* das geschrieben?« fragte Simone. Sie hatte sich wieder im Schwimmbad vom Hotel *Erika* erholt und saß nun mit mir in der kleineren, bequemeren Halle. Vollkommen bekleidet, um dies vorsichtshalber hinzuzuergänzen.

»Wer sonst?«

»Das hast nicht du geschrieben.«

»Du siehst, ich kann auch anders.«

»Ich fürchte nur, solche Gefühle entlocken keinem Zebra mehr einen Purzelbaum. Jedenfalls keinem Lektor. Das muß irgendwie gesellschaftlich umschissen sein oder gleich fäkalisch.«

*

Während ich dies hier schreibe – in meiner Klause auf Schloß Plotzbach nahe meiner hilfskochistischen Wirkungsstätte –, nicht also während des hier wiedergegebenen Gespräches mit Simone im Hotel *Erika* zu Kitzbühel, kommt die Nachricht von der Verleihung des Literatur-Nobelpreises 2004 an eine Österreicherin. Ich habe nie etwas von der Dame gelesen, und ob ich jetzt dazu schreiten soll, weiß ich noch nicht. Sie schaut immer leicht gekränkt und wie Spülwasser. Selbst für den Nobelpreis ist sie nur beleidigt. Fährt auch nicht hin, hat sie gleich gehaucht. Interessieren würde es mich schon, unter anderem aus dem Grund, weil ich sehen möchte, ob die besser ist als ich. Das heißt, ob ihre Romane, oder was sie schreibt, besser sind als meine zwei, *Das Öl des Vatican* und *Wenn der Tod stirbt,* von denen allerdings das Nobelische Komitee keine Ahnung haben kann, weil sie noch als Manuskripte ungedruckt in der Schublade liegen zwischen Unterhosen und Socken. Ob die von mir verfaßte Lebensbeichte eines Konsuls Hermann F. Werner auch nur würdig ist, den – sofern es ihn gibt – mit fünfhundert Euro dotierten *Peregrin-Piffrader-Preis* des Abwasserverbandes Erpfendorf zu erzielen, bezweifle ich.

Das Großereignis wurde selbstverständlich auch in der Freundesrunde auf dem Tschurtschenhof besprochen. Das war an einem Abend, da durfte ich zur Unterhaltung wieder ein Stück aus diesen autobiographischen Herzensergießungen vorlesen, weil der Wim für ein paar Tage angeknattert gewesen war sowie ein gewichtiger Literatur- und Weinmeister namens Jul uns die Ehre gab. Eine ab und zu aufscheinende, dem Chef äußerst (oder besser gesagt innerst) nahestehende Dame, deren Namen ich aus Diskretion nicht nenne, verzierte an dem Abend den Kreis. Bei Heiligenfiguren gibt es immer irgend etwas, woran man den oder die Heilige erkennt, ein Attribut, das er oder sie meistens in der Hand hält. Das Attribut jener Dame wäre, wenn ich mir diese Bemerkung erlauben darf, eine Gartenzwickschere. Wenn sie, was so alle paar Wochen der Fall ist, mit ihrem Auto ankommt, zwickt sie zuallererst überall die trockenen Äste ab. Dann erst begrüßt sie Herrn von Sichelburg. Sie war es, die dann auch mit der ihr eigenen Zauberhand den Tisch in einen Blütenaugenschmaus verwandelt hatte. Das große Wort führte jener mich störende Maler und – leider – Inhaber des blonden textilarmen Körpertraumes Amélie. Er sagte: »Ach was. Es hätte schlimmer kommen können als diese Schreibwachtel. Die Weltliteratur wird es aushalten. Hat schon ganz anderes ausgehalten. Der Nobelpreis von 2004 wird halt einer von denen, von dessen Träger man bald sagen wird: bitte *wer?* Wer kennt heute noch, sagen wir: Gjellerup. Fehlanzeige. Nobelpreis 1917. E. A. Karlfeldt. Nie gehört? Trotz Nobelpreis 1931. Sillanpää? Der einzige Nobelpreisträger mit zwei ä im Namen, aber deswegen wird er ihn nicht gekriegt haben, 1939. Und selbst so Leute wie Seferis – 1963 – oder Asturias – 1967 – lassen sogar bei Literaturkennern nur eine Braue sich nach oben bewegen.«

»Haben Sie«, erlaubte ich mir einzuwerfen, »je ein Werk der neuen Nobelpreisträgerin gelesen?«

»Sankt Herkules bewahre mich davor. Einmal habe ich eins geschenkt bekommen. Ein peinliches Geschenk. Wissen Sie: Es gibt in vielerlei Hinsicht«, er redet, dies hier nebenbei bemerkt, immer leicht geniert, »zweierlei Menschen. Es gibt Duscher und Bader. Es gibt Frühaufsteher und Morgenmuffel. Es gibt Geistesgegenwärtige und Schlagfertige – immer eines das andere ausschließend. Katzenfreunde und Hundefreunde. Bauchschläfer und Rückenschläfer – und so weiter. Und es gibt Sammler und oder Wegwerfer. Ich gehöre zu den Duschern, Katzenfreunden, Frühaufstehern und Wegwerfern.«

»Stimmt«, sagte seine – leider seine – Venus, deren naturgegebene Rundverzierungen sich sichtlich ungebändigt unter einer rosenrankenbedruckten Hauchbluse bewegten, »stimmt, und nicht selten tut es ihm nachher leid.«

»Sei's drum. Aber *Bücher* wegzuwerfen widerstrebt mir. Das tut man nicht. Bücher sind Dinge, die ans Lebendige heranreichen.« (Wieder so eine Gezierität von ihm.) »Man kann sie verschenken, verkaufen, auf dem Speicher in eine Kiste versenken – wegwerfen nicht. Selbst nicht eins der diesjährigen Nobelpreisträgerin. Nun gut. Ich bekam eins ihrer Bücher geschenkt. Wohin damit? Ich ordne meine Bücher nach dem Alphabet nach Autorennamen. Das Buch wäre zwischen dem von mir mit Lust gelesenen *Ubu Roi* und dem von mir stark, sonst allerdings leider zu wenig geschätzten Roman *Vergessene Gesichter* zu stehen gekommen, und entweder hätte ich diese beiden Bücher mit dieser Nachbarschaft beleidigt, oder sie hätten sie immer wieder aus dem Regal herausgedrückt. Habe es dann unter *Vermischte Erbauungs-Literatur* eingeordnet.«

»Sie«, sagte jener gewichtige Herr Jul, »diese Dame, mag sie Verdienste haben oder nicht, verdankt ihren Nobelpreis dem Kaiser Karl.«

»Wie bitte? Dem im Untersberg?«

»Nein, dem letzten k. u. k. Ist euch die zeitliche Koinzidenz nicht aufgefallen? Ich stelle mir folgende Szene im Konferenzraum des Nobelkomitees vor: Sitzen sie also da, die Mitglieder, haben ihre jeweiligen Vorschläge gemacht, schwanken zwischen dem weit über seine Grenzen hinaus unbekannten tasmanischen Lyriker Jonathan Känguruh und dem in Fachkreisen – d. h. von den zwei schwedischen Hauptkritikern – hochgeschätzten sibirischen Dramatiker Mels Traktorowitsch Kominternow, da stürzt der Sekretär herein und schreit: ›Stellen Sie sich vor, der letzthabsburgische Karl-Kaiser ist eben vom Papst seliggesprochen worden.‹

Nun ist das wieder eine Sache von starker Weltkomik, diese Seligsprechung. Ich habe einiges über diesen unglücklichen Karl gelesen. Er war, nehme ich an, hoffnungslos überfordert und mit einem Stich ins Trottelhafte ausgestattet. Das vorgeschriebene Wunder war die unerklärliche Besserung der Krampfadern einer uruguayanischen Nonne, welche Besserung nach inbrünstiger Anrufung des Kaisers Karl erfolgt ist. Vielleicht ist er jetzt Schutzpatron gegen Krampfadern. Daß der Papst daraufhin einen neuen Seligen in den Himmel hinauftorpediert, zeugt von seinem Vertrauen auf den Heiligen Geist, der verhindert, daß darüber alle Hühner der Welt lachen.

Doch zurück zum Nobelkomitee. Tragen doch die Schweden in ihrer Linkität den Österreichern immer noch die schwarz-blaue Koalition nach und die Heil-Haider!-Köpfe in der Regierung, und jetzt noch der selige Kaiser. Und dann sind sie also sowohl vom Känguruh als auch vom Traktorowitsch abgerückt und haben beschlossen, die Österreicher gewaltig zu ärgern und den Nobelpreis dem ausgewiesenen Bosnickel Thomas Bernhard zu geben. Der ist jedoch schon tot. Wem dann? Die nächstniedrigere Stufe: jene Schreibistin. Erfüllt alle Voraussetzungen: links, unverständlich, und niemand liest sie. Und die österreichische Regierung ärgert's.«

»So gesehen ...«, sagte der Maler, »wieder ein Wunder des Kaisers Karl?«

*

Mein Gespräch mit Simone in Kitzbühel damals war am Freitag nach dem Mittagessen. Da war es noch ruhig um mich. Wen und schon gar wen von den sogenannten Medien kümmerte es, daß ein eben ausgedient habender Hilfstaxifahrer und, bis auf die Ghostwritisierung dubioser Erinnerungen eines selbst dubiosen Konsuls Werner, gescheiterter, nein, um sprachlich im nautischen Bereich zu bleiben, aus dem der Begriff *Scheitern* meines Wissens stammt, eine noch vor dem Stapellauf in Zertrümmerung geratene, nochmals nein, eigentlich eine nicht einmal auf Kiel gelegte literarische Fregatte oder Korvette hier in Kitzbühel herumkrebst, auch wenn er ein VIP-Biglett für die Sondertribüne und das VIP-Zelt auf der *Skiwiese* hat?

Literarische Fregatte ... Es hat nichts damit zu tun, was ich jetzt eigentlich niederschreiben will. Ist nicht eher der Begriff *Galeere* angebracht? Was hilft's dem Buch, wenn nicht unten die tausend Leser die Galeere zum Erfolg rudern? Oder ist der ganze Literaturbetrieb eine Galeere, umgekehrt aber für den Autor: die Autoren rudern und die Verleger schwingen die Peitsche? Die Lektoren schlagen die Trommel, nach deren Takt gerudert wird. Es hat einmal, erzählte Hermann, der Lektor, eine Zeit gegeben, da wollte man alles anders machen und die Bäume mit den Kronen in die Erde pflanzen, bildlich gesprochen – was, wie ich festgestellt habe, höchstens bei einer Pflanzensorte geht: bei den Kakteen –, und zu der Zeit haben die Literaturgaleerianer die Peitschenschwinger und die Trommler abgeschafft und eine eigene Galeere angeschafft. »Weil sie gehofft haben«, sagte Hermann, »ich war ja selbst einer von denen damals und weiß es, gehofft, daß man dann nicht mehr zu rudern braucht, wenn einem die Galeere selbst gehört. Man hat sich getäuscht. Und außerdem: Stell dir vor, Udo, was passiert, wenn tausend Ruderer je eine eigene Vorstellung davon haben, in welchem Takt zu rudern …«

*

Ich weiß es nicht, ich habe ja noch nie einen autobiographischen Roman geschrieben – meine beiden, wahrscheinlich die Bezeichnung *Roman* nicht verdienenden … Wie sage ich? Machwerke? Elaborate? Schreibwaren? Unverkäufliche solche – geborene Lagerbestände Schrägstrich hartnäckig – habe ich ja nur so dahingekritzelt. Das eine Manuskript, *Das Öl des Vatican,* ist übrigens aus der Schublade verschwunden; ich kann mir nicht denken, daß es jemand gestohlen hat; wahrscheinlich ist es mit einer Unterhose in die Schmutzwäsche geraten und mitgewaschen worden. Fort mit Schaden.

Ich weiß es nicht, ist es bei jedem Autor, der einen Autobi-Roman aus sich herausschwitzt, so, daß er irgendwie instinktiv vor der Schilderung seiner letztgültigen Lebenskatastrophe zurückschreckt? Diese, die Schilderung (die Lebenskatastrophe selbst hat er ja schon konsumiert), so weit hinausschiebt wie möglich? Ich habe das Gefühl, bei mir ist es so. Da verstelle ich mit knarzenden Seiten über eine krampfhühneske austriakalische Preisnobelistin, über literarische Fregatten und Korvetten die Tür, durch die das Unheil kommen kann. Kommen muß. So wie zwangsläufig die Zeit vergeht, sowenig kann man den Schreibfluß des Autors aufhalten, und so kommt die

Stunde oder richtiger gesagt die Seite, in der sich das Schicksal entleert und seine unheilvollen Roßknödel auf das Haupt des Autobiographen türmt, der sich dann mit röhrender Stimme zum Himmel wenden und rufen wird: »Warum habe ich nur angefangen? Warum?!«

Es wird ihm keine Antwort gegeben. Es ist das das unerbittliche Schicksal des Autobiographen, und er kann froh sein, wenn ihn dann nicht auch noch die von oben herabfallende Abortschüssel eines *Literarischen Klosetts* trifft.

Schon wieder war das eine Abschweifung. Kurve um 180 Grad zurück zu den vorerst an mir sowie der mich in angenäherter Skikluft begleitenden Simone nicht interessierten Medien –

(Letzter Versuch, die erwähnte Tür, vor die schon eine Kommode, ein Kleiderschrank und eine antike Nähmaschine der Großtante Titenia geschoben ist, noch zusätzlich mit einem Querbrett zu vernageln: Medien – versteht man darunter alles, was mittelmäßig ist? Oder hat das mit Gespensterschauen zu tun? Ich schaue gern Talkschauen an, und da habe ich nicht selten das Gefühl, daß dieser gespensterschauende Zusammenhang gemeint ist. Ein *Talk* ist übrigens bei uns daheim ein Depp, wenn ich das den eventuellen Lesern dieses so hinstellen darf. Ein Talkmeister vielleicht ein Oberdepp. Behördlich geprüfter Trottel. Dipl. Idiot. Endgültiges Ende der Katastrophen-Aufzeichnungs-Aufschiebereien.)

Wir stapften also in der um diese Jahreszeit schon um vier Uhr einsetzenden Dämmerung durch die aus zahlreichen Abbildungen, nicht zuletzt besagten Alfons Waldes, der Welt geläufige, zauberisch verschneite, in Schneekristallen glitzernde Vorderstadt, die voll von aprèsskifahrenden Edeltouristen war sowie gaffenden Ordinärtouristen, die den Fremdenverkehrsverband ärgern, weil sie nur Mitgebrachtes essen und trinken und dies durch sich selbst filtriert in unangenehmer Form zurücklassen, aber dafür kein Geld.

Wir sahen nur allein auf dem Weg vom *Tiefenbrunner* bis zur Katharinenkirche wandelnden Brillantschmuck im Gegenwert einer Weltraumfähre. Wir sahen frei laufende, Popstars genannte Retortenschreier, wir sahen auf dem Weg von der Katharinenkirche zum *Sporthotel* ein Dutzend jener kinnstarken Mißgeburten, die als *Roter Blitz von Kitz* alltäglich die internationale Welt auf der Piste betreuen und allabendlich in den saisonal preisangehobenen Hotelzimmern flachlegen. Wir sahen auf dem Weg vom *Sporthotel* zum *Weißen Rössl* vierzig Leoparden. Allerdings in starker Form gezähmt und um meist faltige Humanhyäninnen gewickelt. Ich konnte mich des Gedankens nicht entwinden, mir vorzustellen, daß es den weiland Leoparden gestattet worden wäre, den sie nunmehr tragenden Damen jeweils urzuständlich gegenüberzutreten. Gut, einige der Damen, so war zu bemerken, gehörten zu den bereits lebend Skelettierten, denen leopardischer Hunger nichts abgewinnen könnte, manche gehörten jedoch schon zur Sorte der käfiggehaltenen Mastmenschen. Und grade die waren naturgemäß von mehr als einem Leoparden umwickelt.

Wir betraten das *Weiße Rössl.* Dorthin hatte uns Professor Mönsch bestellt, um mir die ersten Anfänge seiner Lebenskostbarkeiten anzuvertrauen.

Was in der Soßeijetie eine Ikone oder eventuell bereits Legende ist, das ist im Sportbereich ein Titan, wobei solche im späteren Gebrechlichkeitszustand und nicht mehr Sportvollbringungen und Rekorde erzielen könnend auch zu Ikonen oder Legenden gerinnen. Mittels meiner VIP-Karte auf der VIP-Tribüne sitzend, konnte ich draußen solche Titane und auch – kaum als weiblich zu erkennende – Titaninnen von oben herunterrasen sehen, wobei sie oftmals sogenannte *Sterne* oder *Brezen* erzeugten, das heißt in nicht vorgesehener Weise, aber für meine unfachmännischen Augen gefällig durch die Luft wirbelten, große Schneewolken aufwarfen, die

Glieder verknoteten und dann von der Rettung weggetragen wurden. Die Langweiligeren fuhren ohne solche Zugaben durchs Ziel. Es waren alles beinstarke Schneemenschen, in bunte Reklameaufschriften inkrustiert.

An dieser Stelle möchte ich eine Begegnung einflechten, die später wieder einmal lebensbahnwendende Bedeutung für mich erlangen sollte. Ich wohnte einmal einem der Abfahrtsrennen bei. Neben mir saß ein sogenannter Durchblicker, der mir die Feinheiten des Skileistungssports ungefragt erklärte. »Alles«, sagte der Durchblicker, »ist eigentlich schon vorher gelaufen. Es geht ja nicht um Sekunden, es geht um Zehntel-, ja Hundertstelsekunden. Den schnellsten Läufer trennen vom langsamsten vielleicht zwei Sekunden. Gewinnen können nur die, die eine niedrige Startnummer haben, denn nach zehn, zwölf Läufern ist die Piste so versaut, daß vom Dreizehnten ab keiner eine Chance hat.«

»Und die Startnummern werden ausgelost?« fragte ich.

Er lachte. »So kann man auch sagen.«

Der Durchblicker war, wie ich später erfuhr, ein Schnee-Tycoon, das heißt, er hatte eine Fabrik für Skibindungen. »Die Hauptsache«, sagte er, »ist, daß die Trottelmasse am Fernseher nichts merkt.«

Es stimmte. Je höher die Startnummern wurden, ich achtete jetzt darauf, desto höher wurden auch die Sekunden- und Zehntel- und Hundertstelsekundenangaben und desto mehr VIPs verschwanden von der Ehrentribüne. Ab Nummer – legen Sie mich bitte nicht auf die genaue Zahl fest – achtzig war ich allein. Es begann mich zu interessieren, und ich wartete auf den letzten. Fast gähnend verkündete ihn der Laut-Sprecher: Snorrdse Thorwasdson, Island.

Er läpperte in einer, wie der Durchblicker wohl gesagt hätte, Lahmzeit herunter, ganze zwei-Komma-sowiesoviel-Sekunden schneckenlangsamer als der Sieger, ein Austriakist, dessen Namen ich mir selbstverständlich nicht gemerkt habe und der inzwischen schon im *Sporthotel Reisch* vom Champagner sowie der Begeisterung umschäumt wurde.

Warum verliert ausgerechnet ein Isländer? Der ist doch an Schnee gewöhnt? Aber wahrscheinlich nur an flachen.

Wurde es einem zu kalt oder zu langweilig während des Rennens, konnte man, sofern VIP – wie ich –, in das große, nebenan aufgebaute VIP-Zelt gehen, das geheizt war und in dem der VIP oder die VIPin essen und trinken konnte, soviel er oder sie wollte. Vor allem, bemerkte ich, trinken. Es waren immer viel mehr VIPs im Zelt als auf der Tribüne, stellte ich mißbilligend fest, und selbst ein ehemaliger Titan und jetzige Legende des Skisports, der mir vorgestellt wurde, er hieß, glaube ich, Toni, interessierte sich mehr für den Champagner herinnen als für die aktuellen Titanen draußen. Das Zelt war, von außen besehen, von darin versammelter Wichtigkeit bereits aufgebläht, und als der Prinz von Osnabrück mit seiner Ständigen Begleiterin das Zelt betrat, blähte es sich vor Wichtigkeit so, daß ich es schleunigst verließ, weil ich sein Abheben und Wegschweben befürchtete. Der Prinz von Osnabrück ist auch eine Ikone, wurde mir gesagt, allerdings insofern, als er einen selbst in Hochadelskreisen selten zu beobachtenden Grad von Dummheit aufweist, welcher sich durchaus auch in seinem Gesicht abzeichnet, das ins Mopshafte changiert, wie ich bemerken konnte. Die generationenlange Vorliebe der osnabrückischen Familie für Möpse hat diese, sagte Konsul Werner, tragische Entwicklung gezeitigt. Womöglich hat sich des Prinzen Mutter im schwangeren Zustand an einem ihrer Möpse verschaut.

VIPs haben, was ich in diesem Zusammenhang vermerken darf, häufig Ständige Begleiterinnen. Sie dürfen nicht mit den Ehefrauen verwechselt werden, die den VIP meist nicht ständig begleiten, sondern ihrerseits mit einem Ständigen Begleiter unterwegs sind. »Der Prinz von Osnabrück«, erzählte man mir hinter vorgehaltener Hand im VIP-Zelt, »hat mehrere

Ständige Begleiterinnen, die eine aber, die er heute dabei hat, ist seine ständige Ständige Begleiterin. Das ist, wie es mit den Ersten Stellvertretenden Außenministern in den ehemals kommunistischen Staaten war. Da hat es auch pro Staat ein gutes Dutzend Erste Stellvertretende Außenminister gegeben und dazu zwei Dutzend nur Stellvertretende, und der wirklich erste war also der Erste Erste Stellvertretende ... In mancher Hinsicht war es doch eine schöne Zeit, wie es noch den Kommunismus gegeben hat.«

Der seltenere, in gewisser Weise umgekehrte Fall, daß nämlich ein VIP/weiblich mit zwei Ständigen Begleitern auftritt oder, je nachdem, wie man das sieht, ihr Ständiges Begleitertum in zwei Richtungen aufspaltet, spielte dann in meiner lebensdramatischen Knotenbildung eine Rolle.

Die Dame war die aus der *Bunten* und ähnlichen *medialen* Organen, wie man so sagt, sattsam bekannte Prinzessin von Montegrotto. Der eine Ständige Begleiter war ein in Fachkreisen hochgerühmter Dompteur, weltbekannt durch seine Hundepyramide aus sage und schreibe zehn Dackeln: vier Basisdackel balancierten drei Oberdackel, diese zwei noch Obererdackel und diese einen krönenden Höchstdackel. Ich habe die Nummer im Fernsehen anläßlich der Übertragung eines Circus-Festivals gesehen. Es war übrigens die Übertragung eines Auftrittes des Hundedompteurs, der für ihn schicksalsknotig wurde. Im Fernsehen wurde damals auch gezeigt, wie der Dompteur der als Ehrengast anwesenden Prinzessin von Montegrotto nach gehabter Vorführung mit einem Kniefall den Höchstdackel zum Kuß reichte. Damit begann das, was die *Bunte* später eine *Romanze* nannte.

Der andere Ständige Begleiter war ein Titan, und zwar nicht des Skisports, sondern irgendeiner anderen Sportsorte, die er allerdings nicht mehr betrieb, sondern nur noch funktionärlich begleitete, somit eigentlich kein Titan mehr, sondern bereits Ikone oder Legende, womöglich sogar schon

Kultfigur. Er gilt als Kaiser seiner Sportart und hieß Stralobald Schnallentreiber. Er glich mir, oder, um angemessen bescheiden zu sein, ich erlaubte mir, ihm zu gleichen. Allerdings in ungewöhnlicher Weise. Meine nicht nur zu sexuellen Exzessen, sondern auch zu Albernheiten neigende Tante Luise hatte den wohl bizarren Einfall, mich nackt photographieren zu lassen, gegen meinen Willen, als ich mich im jugendlichen Alter von etwa drei Jahren sonnte. Ich wurde von hinten photographiert, und Tante Luise setzte meinem entblößten Hinterteil die randlose Brille ihres Ehemannes auf. Das mich, wie man sich denken kann, in späteren Jahren beschämende, die Tante jedoch belustigende Bild blieb in ihrer Wohnung erhalten, bis ich es bei Gelegenheit eines der autobiographisch pflicht- und wahrheitsgemäß erwähnten Exzesse, als die Tante orgasmuserschöpft darniederlag, an mich raffte und zu Hause vernichtete. Genau so wie ich, das heißt mein bebrilltes Hinterteil aussah, sah jener Sport-Titan respektive Kultfigur aus, allerdings von vorn.

Ich weiß nicht, welcher der Ständigen Begleiter der ständige Ständige Begleiter war. Ich vermute das unklar und daß ein Kampf tobte, in den ich unversehens als dritter hineingezogen wurde, und zwar infolge der Perspektive.

Eigentlich war es mir, wie ich schon erwähnt habe, auf der der januarischen Winterfrischluft naturgemäß gnadenlos ausgesetzten VIP-Tribüne auf die Dauer zu kalt, ab und zu hatte ich jedoch das Gefühl, Hermann-Konsul gegenüber, der mir ja die VIP-Karte verschafft hatte, undankbar zu sein, wenn ich nicht Interesse am Skisport zumindest heuchelte. So quälte ich mich aus der Wärme des Zeltes für eine Viertelstunde in die Kälte der Tribüne, und dort kam ich einmal hinter die in Pelze gehüllte Prinzessin von Montegrotto zu sitzen, deren Ständige Begleiter sie im Augenblick entgegen ihrer Bezeichnung nicht begleiteten. Möglicherweise hielten sich die beiden auch lieber im Zelt auf und aßen Austern.

Daß auf der VIP-Tribüne und um deren Eingang herum ständig von Journalisten geblitzlichtet wurde, ist klar, und das fiel mir nicht auf, schon weil es – meinte ich – nicht mir galt. Die VIPs stört das Blitzlichtern nicht, im Gegenteil, wenn es einmal für einige Zeit aussetzt, werden sie unruhig. Es fiel mir aber auf, daß ein solcher journalistisch-blitzender Mensch mich abfing, als ich die Tribüne verließ, und aufgeregt fragte, wer ich sei.

»Zugger«, sagte ich, nachdem ich kurz überlegt hatte.

»Oh! Ah!« sagte der Journalist und schrieb das in sein Büchlein.

Ich dachte mir noch nichts dabei. Als ich, wie erwähnt, mit Simone am nächsten Tag die volkstumsschwangere Lobby des Hotels *Weißes Rössl* betrat, um Herrn Professor Mönsch zu treffen, war ich jedoch inzwischen offenbar Promi geworden. Einige Journalisten stürzten herbei und lichteten mich ab, auch Simone, und ein eher lackaffiger Träger eines rosaroten Jodelsmokings führte uns, nachdem er mit starker Hand die Zeitungsleute vertrieben hatte, in die VIP-Launtsch, wo uns Professor Mönsch mit deutlich säuerlicher Miene erwartete.

Er hatte die bundesrepublikanische Analpho-Postille in Händen und sagte: »Ich weiß nicht, ob es gut ist, wenn *er* …«, er deutete auf mich, »das macht.«

»Warum nicht, Herr Professor?« fragte Simone.

»Hat es das schon einmal gegeben, daß ein VIP Ghostwriter für einen anderen VIP ist?«

»Wie? was?« fragte ich.

Mönsch deutete auf ein ziemlich großes Photo auf der letzten Seite des Blattes: ich, die Prinzessin von Montegrotto küssend. Die Unterschrift lautete sinngemäß: *Ganz neue Liebe? Wohin pocht nun das Herz der schönen Blaublütigen? Der neue Glückliche ist der bekannte Insektenpulver-Tycoon Zugger.* Kleingedruckt darunter auch die Nachricht, daß sich der *Tycoon* Zugger offensichtlich einer Schönheitsoperation unterzogen habe, vielleicht bei Professor Mönsch, was ihm jugendlich-frisches Aussehen verliehen habe. Ich war selbstredend geschmeichelt, daß man meine gesichtliche Erscheinung im positiven Sinn unter *nachher* einordnete und den wahren Zugger quasi unter *vorher*. Es liefen dann in der Folge auch Bilder des wahren Zugger durch die Presse, und ich mußte meine Selbstbeschmeichelung nicht zurücknehmen. Der Wanzenpulver-Tycoon sah zerknittert aus und war viel älter als ich, und vor die Wahl gestellt, hätte ich mich für *mein* Gesicht entschieden, auch wenn ich mich nicht für ein Ölbild halte.

Doch das Rätsel blieb: Wie kam es zu dem Photo?

Durch die Perspektive, gepaart mit dem schon trüben Licht des kitzbühelischen Winternachmittags. Ich erinnerte mich sogar an diese Perspektive; die rechts vor mir sitzende Prinzessin wandte sich halb um, um einen ihrer mitgebrachten Hunde zu küssen. Es war wohl einer der Haupthunde ihres Halbständigen Dompteurbegleiters. Der Hund wollte nicht geküßt werden und drehte den Kopf weg, weshalb das zierlich vorgestülpte durchlauchtig-montegrottische Kußmäulchen ins Leere zielte. Gleichzeitig bückte ich mich, um meinen linken, lästigerweise stets nach unten rutschenden, dadurch die Wade der in Kitzbühel herrschenden arktischen Witterung preisgebenden Strumpf nach oben zu ziehen. Ich erinnere mich auch an die beiden Gedanken, die mich in dem Augenblick durchkreuzten. Erstens: Warum weigert sich der Hund? Die Prinzessin ist doch ganz hübsch? Nun, vielleicht vom Hund her gesehen zu wenig behaart. Zweitens: Ich werde dieses verdammte Paar Strümpfe wegwerfen und mir ein neues, besser haftendes kaufen.

In dem Moment blitzte es, und auf dem Photo schaute es eben dann so aus, als begnade die Prinzessin mich, den sich ihr scheinbar Entgegenbeugenden, mit dem Kußmunde.

Skandal also.

Dazu kam, daß jener legendo Schnallentreiber seine schon verblassende Legendärität mit Hilfe solcher, offenbar sorgfältig vorbereiteter und *medial* gezielt verwerteter Launen seines Geschlechtslebens aufrechterhielt. Er beglückte wechselnde Damen, zeugte gelegentlich Kinder, heiratete ab und zu, wurde wieder geschieden, und daß alles immer genau registriert wurde, besorgten seine hervorragenden Verbindungen zur Presse.

Seltsamerweise anders der vielleicht im Grunde seines Wesens gutbürgerliche Hundedompteur. Er hatte, als er der Prinzessin von Montegrotto emotionisch verfiel, eine nunmehr greinende Ehefrau nebst Kindern im heimischen Artisten-Wohnwagen zurückgelassen, nur die Hunde mitgenommen und sich, unbeschadet der auch weiterhin dem Sport-Legendär geltenden Zuwendung der Prinzessin, dem *Amour fou* vollinhaltlich zugeworfen. Der ohnedies windige Schnallentreiber störte den Hundedompteur in seiner erotischen Hingabe offenbar nicht, doch daß ein weiterer Amorspfeil in Gestalt des vermeintlichen Zugger, also in der meinen, das Herz seiner Prinzessin traf, war ihm zu viel.

X

Ich wohne direkt am Kanal. Ich bin begeisterter Flachländer und vermeide Gegenden mit wechselnden oder gar stark wechselnden Gefällen und Steigungen. Ich heiße Uddo Uddsen, und mein Vater, der Schleusenwärter Wibbo Uddsen, stammte dorther, wo das Flachland am flachsten ist, aus Wübbelsfleth. Dort wachsen die Bäume schräg, die Kühe stehen gegen den Wind geneigt, und es hat sich deshalb eine Rinderrasse herausgemendelt, die auf der einen Seite kürzere Beine als auf der anderen hat. Die Häuser in Wübbelsfleth und überhaupt in dem ganzen Landstrich sind so flach, daß man sie fast schon als unterirdisch bezeichnen kann. Die Wübbelsflether sind von blendender Blondigkeit und Hünen, allerdings sehr kleine solche. Ein Mensch mit einer Größe von über einen Meter vierzig könnte sich in Wübbelsfleth nicht halten. Das heißt, er müßte sich windhalber stets an irgend etwas festhalten, und das würde ja bürgerlich geregeltes Leben unmöglich machen. Mein Großvater, Kubbo Uddsen, legte um die vorletzte Jahrhundertwende einen Komposthaufen an, der mit der Zeit auf einen Meter sechzig wuchs. Seitdem heißt das Gebiet dort die *Wübbelsflehter Schweiz.*

Mein Vater war der jüngere Sohn und bekam daher den Hof nicht vererbt. Er wanderte aus und wurde, wie gesagt, Schleusenwärter am Kanal in Brunsbüttel. Dort am Kanal wurde ich geboren. Es handelt sich um den früheren *Kaiser-Wilhelm-* und, nachdem der Kaiser abgeschafft worden war, *Nord-Ostsee-Kanal.*

Auch ich bin der jüngere Sohn und durfte also die Schleusenwärterei in Brunsbüttel nicht übernehmen. Da mein Herz jedoch an meinem Kanal hängt, den ich sozusagen als meine Wiege betrachte, suchte ich mir eine kanalnahe Beschäftigung und wurde also Fährmann auf einer der vierzehn Kanalfähren, die die *Wasser- und Schiffahrtsdirektion Nord* zu unterhalten verpflichtet ist, aufgrund des *Kanalvertrages* von, glaube ich, 1887. Ich betreibe also die Fähre in Oldenbüttel. »Hol über!« schreit niemand mehr. Sie hupen.

Es war sieben Uhr am Morgen, und leichter Dunst lag über dem Kanal. Es hupte der Fahrer eines dunkelgrünen *Renault Scénic.* Ich kannte ihn. Er war der Verwaltungschef des Krankenhauses von Rendsburg. Wie er geheißen hat, weiß ich nicht mehr, sofern ich es je gewußt habe. Den setzte ich noch über.

Längere Zeit kam dann keiner. Oft war das so. Ich saß da und las die Zeitung. Falls Sie es nicht wissen sollten: Das Übersetzen ist kostenlos. Auch das ist im *Kanalvertrag* geregelt. Es war ja so, daß der Kanal das schöne Land Schleswig-Holstein in der Mitte auseinandergeschnitten hat und nicht etwa organisch in Schleswig hier und Holstein dort, sondern quasi in Schle-Hols und swig-tein oder irgendwie so. Und daß man seine Vettern und Cousinen dort noch ungeschröpft besuchen kann, drüben, hat man eben im *Kanalvertrag* festgelegt, daß ... und so weiter. Auch Fuhrwerke. Alles kostenlos. Manchmal gibt einer ein Trinkgeld.

In der Regel verfliegt der Nebel im Lauf des Vormittags. An jenem Tag nicht. Um halb neun kamen herüben zwei Lieferwagen, der eine mit zwei Kühlschränken in großen Pappkartons, der andere leer. Ich setzte sie über. Drüben wartete, zu Fuß, der alte Adolf Bahlmann, der mit der blauen Beule am Hirn. Das war keine Beule vom Hinfliegen oder dergleichen oder gar von Rauferei, sondern die hatte Bahlmann schon immer; nur wurde sie mit der Zeit blauer, was Bahlmann nicht störte. »Ich war schon zweimal verheiratet, und was soll ich schön sein fürs dritte Mal, das ich gar nicht heiraten mehr will nicht.« Bahlmann stieg ein, und ich ließ zurücktuckern.

»Neblich, oder?« sagte Bahlmann.

»Wird Herbst«, sagte ich.

Gegen Mittag wurde der Nebel dichter. Die Dickschiffe, die durch den Kanal schoben, tuteten hohl und heulend. Nach Vorschrift, klar. Nachmittags war schon das andere Ufer nicht mehr zu sehen. Die Kähne tauchten wie aus dem Nichts auf, wie Fliegende Holländer. Und das eigentlich bei hellichtem Tag.

Gut. Es ist oft nebelig bei uns, und, wie schon in der Unterhaltung mit Bahlmanns Adolf erwähnt, es wurde ja Herbst, und da gehört der Nebel förmlich zu.

Am Abend telephonierte ich mit Karle, wegen Kartenspiel am nächsten Tag. Karle wohnt in Jevenstedt. Auch Nebel, »daß man die Hand vors Gesicht nicht sieht«. Ist natürlich übertrieben. Die Hand habe ich noch gesehen, sogar den Pflock vorn, doch die Schranke schon nicht mehr. War dann auch nicht mehr viel los, und ich bin schlafen gegangen, denn morgen, habe ich mir gedacht, wird es spät. Bei Karle wird's immer spät, und man kommt erst weg von ihm, wenn er so einen Rausch hat, daß er seine Hühner wiehern hört.

Der nächste Tag war ein Sonnabend, logisch, denn Skat bei Karle ist immer sonnabends. Ich dachte zunächst, die Fenster müßten dringend geputzt werden, doch es war der Nebel. Er war seit gestern um eine Drehung dicker geworden und klebte außen an den Fenstern wie Folie. Drüben hupten ein paar, doch unter diesen Umständen war ans Übersetzen nicht zu denken. Ich fragte mich auch, wie die in ihren Autos überhaupt bis an den Kanal gekommen waren. Im Blindflug wahrscheinlich. Solche Typen gibt es. Es waren die letzten Autos, bis auf das eine.

Gegen Mittag sah ich auch den Pflock nicht mehr. Um zwei Uhr stand wie aus dem Boden gewachsen ein Pferd vor der Tür. Daß ich es nicht herankommen habe sehen bei diesem Nebel, war mir klar. Unklar war mir, warum ich es nicht gehört hatte. Das Pferd, das wahrscheinlich irgendwo ausgerissen war, mußte ja wohl die Straße langgekommen sein und die Hufe geklappert haben. Nichts davon gehört. Hat der Nebel schon angefangen, die Geräusche zu verschlucken?

Der Fernseher ging nicht mehr, auch das Licht flackerte zeitweise, blieb ab und zu ganz weg. Das Radio lief noch, und da sagten sie, daß dieser sich nun schon tagelang über den ganzen Norden Europas ausbreitende Nebel meteorologisch absolut rätselhaft sei. Die in Süddeutschland, besonders die Bayern und die anderen komischen Gemsenfreunde dort, rieben sich die Hände. Bei ihnen scheine die Sonne.

Nicht mehr lang.

In der folgenden Woche verdichtete sich die Nebeldecke bis auf eine Höhe von tausend Metern. Wie das jetzt in der Reihenfolge genau war, weiß ich nicht mehr. Es kam das allerletzte Auto, ein Lieferwagen mit Lebensmitteln. Das Pferd blieb im Nebel stecken, die Luft wurde so feucht, daß die Fische außerhalb des eigentlichen Wassers herumschwimmen konnten. Es gab dann auch schon die gelben, später die grünen Schlieren, vor denen man sich in acht nehmen mußte. Eines Tages, daran erinnere ich mich, wollte ich das Fenster aufmachen. Außen alles grau. Wenn das Fenster nach außen aufgegangen wäre, hätte ich es gar nicht öffnen können. Es ging nach innen auf. Der Nebel drückte herein wie eine Gummiwand, wölbte herein, ballonförmig. Er war so fest, daß ich ihn mit den Händen wieder hinausdrücken konnte. Ich mußte dann auch den Kamin verstopfen, und aus dem Haus hinaus nur schnell und Nebel aus der Tür schieben. Atmen fiel schon schwer. Das Pferd tat mir leid, es erstickte eines Tages. Vorher unterhielt es sich damit, daß es die in der Nebelluft herumschwimmenden Fische fraß. Sich weiter vom Haus zu entfernen war gefährlich. Ich versuchte einmal, ins Dorf zu kommen, erstens, um einzukaufen, und zweitens, um zu sehen, was dort los war und überhaupt. Der Fernseher ging ja nicht mehr, das Radio auch nicht. Auch kein Telephon. Also wollte ich ins Dorf. Lebe ich doch schon an die vierzig Jahre hier am Kanal und kenne, bilde ich mir ein, jeden Weg und jeden Steg. Glauben Sie, daß ich nach hundert Schritten nicht mehr wußte, wo ich war? So ein Nebel? Ich irrte an Zäunen entlang – ist das der Zaun vom Viehdoktor? Nein. Es ist der Zaun vom Haus der Witwe von Bluso Blustings – oder doch der Zaun vom alten Notar? Nein, der hat einen Jägerzaun, so einen blöden mit gekreuzten Latten – bumms rumpelte ich gegen einen Laternenmast. Ich kam an eine Kreuzung. Zum Kuckuck, ich muß da in den vierzig Jahren doch tausendmal vorbeigekommen sein! Was war das für eine Kreuzung? Mit Mühe konnte ich die gelben Schilder lesen. Ich war ganz woanders, als ich gemeint hatte. Ich hätte, dachte ich, einen Kompaß mitnehmen sollen. Es wurde dann noch finsterer, das heißt Nacht. War ohnehin kaum noch vom Tag zu unterscheiden. Ich war dann schon ganz schön nervös, noch dazu, wo man so schwer atmete in dem Gumminebel. Und vor lauter Nervosität wurde ich noch nervöser und stampfte und stapfte herum in diese und jene Richtung – daß ich mein Haus wieder fand, verdanke ich dem Pferd, das ich, da lebte es noch, wie aus Meilenferne wiehern hörte. Dabei stand es zwei Meter von mir weg. Und zwei Meter dahinter, Gott sei Dank, mein Haus.

Der Fahrer des Lieferwagens wurde wahnsinnig. Ich kannte ihn, weiß allerdings nicht, wie er hieß. Er war vor dem Nebel jeden Tag um die Zeit gekommen, ließ sich übersetzen, weil er drüben irgendwo was liefern mußte. Am späteren Nachmittag kam er dann leer zurück. Was man halt so redet, wenn man sich jahrelang kennt und doch nicht kennt. »Schöner Tag, der Tag, nich?« oder »Wieder mal Schietwetter, oder?« oder »Blöd gelaufen gestern, hätte zwo zu null werden können, wenn nicht ...« – »Genau, genau!« – »Also tschüs dann« und so fort. Ich habe immer gemeint, wahnsinnig wird einer so langsam, erst unmerklich, wird vielleicht etwas seltsam, dann schneller, und es fällt schon mehr und mehr auf, dann verbreitete Verblödung und zum Schluß erst Zwangsjacke ... Nun, vielleicht ist das der sozusagen Wahnverfall-Normalvorgang, und wie es beim Lieferwagenfahrer war, war das die Ausnahme.

Er kam daher mit seiner Karre, so einem alten Opel mit Kastenaufbau. Keuchte schon und starb ab, wie er vor dem Haus, das heißt: vor der Schranke anhielt. Er stieg aus. »So'n Nebel«, sagte er ganz ruhig noch. »Kannste laut sagen«, antwortete ich. »Ist wohl nichts mit dem Übersetzen?« fragte er. »Kannste dir denken«, sagte ich.

Da schrie er plötzlich wie ein Stier, fuhr sich mit den Fingern in Ohren und Nasenlöcher, bleckte die Zähne, rollte die Augen, hüpfte auf einem Bein. Offenbar war er ohne Vorwarnung auf den Schlag wahnsinnig geworden.

»He«, sagte ich, »tritt nicht auf meine Tabakpflanzen.«

Da brüllte er noch lauter, sprang, ich glaub, ich lüg nicht, einen Meter hoch aus dem Stand, peste los wie Rakete und zischte in den Kanal. Und ward nicht mehr gesehen, wie's im Liede heißt.

Nun gut, dachte ich mir, was willste da machen. Er ist wahrscheinlich nicht der einzige, der unter diesen Umständen wahnsinnig geworden ist.

Wenige Tage später hätte er gar nicht mehr lospesen können, da hätte er mit voller Pulle gegen den Nebelbrei mit Händen rudern müssen, so wie ich, als ich den Lieferwagen leer räumte. Ein Glück, der Lieferwagen, sonst wäre ich schon verhungert. Etwas einseitig ist die Ernährung zwar schon jetzt. Drei Schachteln mit je hundert Büchsen Sardinen in Tomatensoße, eine Schachtel mit achtzig Büchsen Heringsröllchen. Zwei Kisten mit Schlackwurst in Büchsen, sechsundsechzigmal (habe es gezählt) Erbsen in Büchsen, drei Säcke Reis, eine Kiste Kartoffeln, geschält, in Gläsern, eine Schachtel roher Schinken in Scheiben, eingeschweißt, und so weiter. Und Bier. *Jever* sogar. Ich hoffe, daß ich damit über die Runden komme, bis der Nebel wieder weggeht. Sonst muß auch ich danach die Fische aus'm Nebel fressen.

*

Auch dies mit dem Nebel durfte ich einmal auf dem Tschurtschenhof ausgewählten Gästen vorlesen. Beim Vorlesen wählte ich immer jene Stellen aus, die nicht mein wahres Leben betreffen. Ich weiß ja noch nicht, ob das jemanden etwas angeht. Nur der schönen Franziska, ich nenne sie *Die schwarze Rose von Pigenó,* habe ich das ganze Manuskript eines Tages zu Füßen gelegt, und sie hat es gelesen und gesagt, ich sei schriftlich viel größer als körperleiblich.

Doch zurück zu den ausgewählten Gästen, das war wieder einmal jenes Freundesehepaar des Herrn von Sichelburg, und der Herr geriet bezüglich der *Büchsen* und *Schachteln* ins Meditieren: »Da sind keine tausend Kilometer und keine tausend Jahre Geschichte zwischen Nord und Süd, und doch sagt man dort *Büchsen* und hier *Dosen* und dort *Schachteln* und hier *Kartons.* Und *Büchsen* und *Schachteln* sind bei uns unschmeichelhafte Umschreibungen der *Weiberleut'* ... Welche Vocabel wiederum im Norden ungeläufig ist. Aber wie geht der Nebel weiter?«

*

Irgendwann muß er doch wieder weggehen. Oder?

Wenn er aber nie mehr …?

Die gelben und die grünen Schlieren machen mir Sorgen. Die kommen durch die Luft, das heißt, durch den Nebel daher oder besser *im* Nebel, wie Rotz im Wasser, und streifen am Haus und bleiben manchmal kleben wie unordentliche Fahnen.

Mein Zeitvertreib ist mein Roman. Ich hatte einen Lektor kennengelernt noch vor'm Nebel, Hermann heißt er. Er ist mit Gattin und Töchterchen drüben auf der anderen Seite vom Kanal mit seinem Auto angekommen, hat Signal gegeben, wollte herüber. War auf einem Ausflug durch unser schönes Schleswig-Holstein begriffen, sonst hat er ein Seminar gehalten in jener Woche, ist ein Jahr her, im Nord-Kolleg von Rendsburg. Wahrscheinlich überflüssig wie alle Seminare. Die Meinung habe ich jedoch für mich behalten.

Hatte also an dem Tag seminarfrei und also Ausflug mit Gattin und Töchterchen und ist so blöd auf die Fähre gefahren, daß er das andere Auto, das auch rüberwollte, gerammt hat. Kein großer Schaden, und der andere Fahrer hat gesagt: »Ach was, die eine Beule, bei meiner alten Schrottlaube.« War Bengt Knorrfink aus Borstenhögen hinten, ein gemütvoller Zeitgenosse, kenne, das heißt, kannte ihn gut. Was wohl aus ihm geworden ist bei dem Nebel?

Nun gut, Knorrfinks Bengt regte sich nicht auf, doch der Lektor – wußte da logisch noch nicht, daß er Lektor war – regte sich auf, obwohl sich, wie die Sachlage war, eher Knorrfinks Bengt aufregen hätte müssen. Regte sich also der Lektor auf. Ich hatte das Gefühl, er regte sich hauptsächlich darüber auf, daß er niemandem die Schuld geben konnte außer sich selbst. Auch seine Frau lachte hämisch und sagte etwas von: »Siehste, und immer sagst du, *ich* kann nicht fahren.«

Und das Töchterchen lachte auch.

Da gab der Lektor seinem – man beachte: nicht etwa dem Knorrfinks Bengt –, sondern sei'm eignen Auto zu der neuen Beule noch einen mächtigen Tritt. Ich glaube, da war seitens des Lektors allerdings sozusagen die Frau gemeint. Das heißt, innerpsychologisch hat der Lektor seiner Frau einen Tritt geben wollen oder eine Ohrfeige, aber erstens von wegen Erziehung und tut man das überhaupt nicht, klar, und vor fremden Leuten schon gar nicht, und also der Tritt stellvertretend vors Auto, und so mächtig, daß der Lektor hintenüber ins Wasser fiel, und Knorrfinks Bengt und ich haben ihn schnell, bevor ein Lektor mittels Ertrinken weniger auf der Welt gewesen wäre, wieder herausgezogen. War dann selbstverständlich triefnaß. Und die Frau hat noch mehr gelacht. Das gibt, habe ich mir gedacht, eine Ehescheidung, außer man ist in der Familie vielleicht an sowas gewöhnt.

Kurz und gut, ich setzte über. Knorrfinks Bengt tippte an seine Mütze und fuhr ab. Der Lektor begann zu schlottern. Es war zwar noch mildes Wetter, doch schon Herbst.

»So können Sie nicht weiterfahren«, sagte ich. Und auch die Frau. Ich fragte: »Wohnen Sie weit weg?«

»Nein«, sagte er, »im Nord-Kolleg. Für eine Woche.« Und schlotterte noch mehr.

»Dann soll die Frau Gemahlin doch hinfahren und trokkene Sachen holen, und Sie können inzwischen bei mir im Haus bleiben.«

Im Haus schlotterte er zwar immer noch, doch etwas weniger als draußen. Und er erzählte mir, daß er Lektor sei, und es dauerte dann doch gut eine Stunde, bis die Frau mit den trockenen Sachen wieder da war, und da fragte mich der Lektor – wohl aus Dankbarkeit –, ob ich nicht einen autobiographischen Roman schreiben will. Es gäbe, er habe, sagte er, den Überblick, schon praktisch alle beruflichen autobiographischen Romane, nur einen von einem echten Fährmann noch nicht. Eine Marktlücke.

Charon des Nordens, meinte er, könne man das Buch nennen.

»Schon«, sagte ich, »doch selbst wenn ich alles schreibe, was mir je bei diesem langweiligen Job untergekommen ist, gibt das keine zwanzig Seiten. Nicht einmal, wenn ich das dazurechne, daß ich schildern könnte, wie Sie heute ins Wasser gefallen sind.«

Dann, sagte er, gäbe es noch eine andere Marktlücke. Den Kriminalroman.

»Wie? Was?« fragte ich, »wo es Kriminalromane wie Sand am Meer gibt? Wie es noch die Leihbücherei drüben gegeben hat, eine ganze Wand voll.«

»Ja, schon, ha!« sagte der Lektor, »doch die neuen Kriminalromane sind speziell, und zwar sozusagen geographisch.«

Früher, erzählte er dann, haben Kriminalromane durchwegs in London gespielt. Höchstens noch: Paris. Später dann ist New York dazugekommen. Und dann sind auf einmal alle Dämme gebrochen. Die Donna Leon mit ihrem Inspektor in Venedig. Hat nicht lang gedauert, dann ist ein typischer Inspektor für Rom auf dem Büchermarkt aufgetaucht. Und Florenz. Und sogar einer, man glaubt es nicht, in Schweden. Bis dahin hat man gar nicht gewußt, daß in Schweden, wo alles so brav und sozial ist, auch Leute umgebracht werden. Und sogar in Brüssel, und wer weiß noch, wo überall sonst noch ein origineller Privatdetektiv oder Inspektor am Werk ist. Nicht zu glauben: auch in Südtirol. Ein Detektiv mit dem für unsereins Nördlichere kaum auszusprechenden Namen Tschenett.

Inzwischen sei kriminologisch oder kriminalistisch praktisch alles abgedeckt. Erst letztes Jahr, sagte Lektor Hermann, inzwischen wußte ich ja, wer er war und wie er hieß, habe sein Verlag mit dem Privatdetektiv Beat Säuberli, der in Liechtenstein wirkt, wieder eine Lücke geschlossen. Der erste Säuberli-Roman *Zwergenmord* war schon ein ganz schöner Erfolg. Der zusätzliche Witz bei der Sache sei, sagte Hermann, daß Beat Säuberli, eine erfundene Figur selbstverständlich, weder eigentlich Privatdetektiv oder gar Kriminalinspektor sei, sondern Rauchfangkehrer. Da kommt es ihm nämlich zugute, daß er die Morde und die Mörder von oben durch den Kamin beobachten kann.

Nur eben, so der Lektor, Schleswig-Holstein sei noch nicht erfaßt. Und ein Fährmann, der doch die Vorgänge links und rechts des Kanals beobachten könnte ...?

Als die Frau mit den trockenen Sachen kam, waren wir handelseins. Der Krimi, der erste der Serie des Schleusenwärter-Detektivs Gorm-Pedder Peddersen, heißt *Alibi über Bord,* und das Manuskript soll ich bis Ende nächsten Monats fertig haben. Ich muß jetzt nur noch sehen, daß ich den Inhalt an den Titel irgendwie angleiche. Die Geschichte geht jedenfalls so, daß jene in Venedig lebende Kriminalschriftstellerin von dem von ihr eigenhändig erfundenen Commissario Guido Brunetti ebenso eigenhändig erdrosselt wird, weil er es leid ist, von ihr immer durch die übelsten Mordfälle gejagt zu werden. Er wäre viel lieber im Lebensmitteldezernat, um Weinfälscher zu verfolgen. Der Mord passiert hier auf dem Kanal, und zwar so, daß die Schriftstellerin auf dem einen Schiff mitfährt, das Richtung Ostsee geht, während Brunetti heimtückisch auf dem anderen Schiff, das Richtung Nordsee fährt, als Hilfskoch angeheuert hat. Er hat, schlau, wie er ist, genau ausgerechnet, wann sich die Schiffe begegnen, und sie geht, ahnungslos, wie sie ist, auf Deck spazieren. Die Schiffe fahren so langsam, das weiß ich, daß das stimmt, daß Brunetti Zeit hat, von seinem Schiff aufs andere zu springen, die Schriftstellerin zu erdrosseln und dann grad noch auf sein Schiff zurückzuspringen. Allerdings verliert er beim Zurückspringen sein Lieblingstaschentuch, das ihm eben die Schriftstellerin aus Anlaß des

Erscheinens des hundertsten Brunetti-Romans geschenkt hatte, ein goldgesäumtes Taschentuch mit einem eingestickten Marcus-Löwen, der die Züge der Schriftstellerin trägt. Dieses Taschentuch wird beim Schleusenwärterhaus angeschwemmt, läßt Brunettis Alibi zerbersten, und das Verbrechen wird aufgeklärt.

Ich weiß selbstverständlich, daß auch ein olympiadischer Meister-Hüpfer den Abstand nicht überspringen kann, in dem Schiffe auf dem Kanal aneinander vorbeifahren. »Aber das macht nichts«, sagte Hermann, »einer der berühmtesten Romane der Kriminalweltliteratur, *Sowiesoviel Uhr ab Paddington* – legen Sie mich nicht auf die Uhrzeit fest, könnte sein vier Uhr vierzig von Agatha Christie, sozusagen der Goethin oder Homerin unter den *Whodunnit*-Autoren –, beruht auf der Annahme, daß aus einem von zwei aneinander vorbeifahrenden Zügen im anderen ein Mord beobachtet wird. Auch das geht technisch nicht. Offenbar ist Mrs. Christie nie Zug gefahren oder hat nie hinausgeschaut, wenn ein anderer Zug kreuzte. Trotzdem ist *Sowiesoviel Uhr ab Paddington* – für Paddington verbürge ich mich, einen der schönsten Bahnhöfe Londons, wenngleich nicht der schönste, der schönste ist für mein Gefühl *Saint Pancras Station* – ist ein Welterfolg geworden. Weil, ja weil eben der Kriminalroman ein Märchen ist. Und sieben Geißlein haben ja auch nicht in einem einzigen Uhrenkasten Platz. Lassen Sie ruhig Ihren Brunetti hüpfen.«

Wenn der Nebel noch einige Tage vorhält und ich nicht Schaden durch die vielen Ölsardinen erleide, die im Moment mein Hauptnahrungsmittel sind, wird das Manuskript fertig, und ich kann es zur Post geben, und vom Vorschuß fahre ich gleich einmal nach London, um den Bahnhof Saint Pancras anzuschauen und auch Paddington.

Nun bemerke ich, daß der Nebel inzwischen durch die Ritzen ins Haus dringt. Nicht so gummidicht wie draußen, viel feiner. Er verdunkelt. Erst hatte ich gemeint, meine Brille sei beschlagen. Aber war nicht. Beunruhigend war gestern abend, daß die Nebelfäden die Kerzenflamme erstickt haben. (Elektrizität gibt es schon länger nicht mehr.) Zum Glück habe ich genug Zündhölzer. Man muß aufpassen, daß man die Nebelfäden nicht einatmet. Manche davon sind gelb, manche sogar schon grü

26

Das war noch, bevor ich mit Hermann-Konsul nach Kitzbühel fuhr, da schrieb ich dies und zeigte es Hermann-Lektor. Ich traf ihn in der wirklich stillen Zeit – der früher so genannte Advent ist ja längst die hektischste des ganzen Jahres –, nämlich *zwischen den Jahren*, wie es so heißt. Da sind alle erschöpft vom Beschenktwerden, und keiner hat mehr Geld, um ins Café zu gehen, und die meisten Läden und Geschäfte sind unter dem Vorwand der *Inventur* geschlossen, in Wirklichkeit haben sie nur Angst vor den vielen Umtauschern. Da ich niemandem etwas zu schenken brauche, hatte ich noch Geld fürs Café, und da ich nichts geschenkt bekam, war ich unerschöpft, und so verabredete ich mich mit Hermann-Lektor in der *Kulisse* in der Bazillienstraße, welches Café offen hatte, denn, sagte Herr Sachsenhauser, der Chef, es wird ja wohl niemand seine Schwarzwälder-Kirsch, die er im Geschenkkaufstreß vorige Woche hinuntergeschlungen hat, umtauschen wollen. Sagte es und ging vor zum *Ludwig am Dom*, um die erdölfarbene Krawatte, die er von seinem Stammgast Weinzierl Kurt geschenkt bekommen hat, umzutauschen. Wie zu erwarten, hatte *Ludwig am Dom* zu.

»Das Ende verstehe ich nicht«, sagte Hermann-Lektor, »was heißt *grü?* Und gehört da nicht ein Punkt hin, und … hm … ah … ahao … jetzt verstehe ich. Trotzdem. Es ist zu unwahrscheinlich. Daß dein Lektor Hermann heißt … na ja. Ich habe schon bessere Jokes gehört …«

»Ich kann ihn umbenennen. Ich nenne ihn *Joke.* Vorname Joke.«

»Vorname Joke?«

»Ich hatte einmal die Ehre, ein ausnehmend sechzehnjähriges weibliches Kind zu kennen, das mit Vornamen *Joy* hieß. Warum dann nicht *Joke* für einen Mann? «

»Meinetwegen kannst du bei Hermann bleiben«, sagte Hermann, »doch das da ist nicht nur unwahrscheinlich, das ist … das ist quasus absurdus, daß ein Lektor *so* von einem ihm totalo Unbekannten ein noch nicht einmal geschriebenes Buch annimmt, nein, so naß kann ein Verlagsmensch gar nicht sein.«

»War ja nur ein Vorschlag«, sagte ich und steckte die Blätter wieder ein.

»Oder«, er wurde auf einmal irgendwie nervös und verknotete seine Finger, »das ist doch womöglich … Du verstehst, Udo.«

»Kein Wort.«

»Da sind Dinge passiert, früher.«

»Ununterbrochen passieren Dinge. Zum Beispiel ist Weihnachten hereingebrochen vor ein paar Tagen.«

»Der Text, den du mir gezeigt hast, das mit dem Nebel, ist der wirklich von dir? Nicht womöglich von …«

»… von?«

»Diesem und jenem.«

»So haben Abergläubische im Mittelalter vom Teufel gesprochen, wenn sie ihn nicht mit Namen nennen wollten.«

»Ich meine nicht den Teufel. Ich meine … so wie mit Robert Musil.«

»Musil?« sagte ich, »Musil? Du weißt, ich bin ungebildet, und du meinst wahrscheinlich nicht den schiefnasigen Musil, den ich von meiner Zeit mit dem Gurkenkönig kenne, aus der Großmarkthalle: Musil, der Tulpenmogul.«

»Nein. Musil ist ein Literaturtitan, einer von denen, die jeder kennt und keiner gelesen hat.«

»Außer dir?!«

»Danach. Danach habe ich seinen *Mann ohne Eigenschaften* gelesen. Angelesen. Schwierig und tausend Seiten dick.«

»Ich könnte natürlich meine Nebelgeschichte strecken. Wenn jener Proust sein Aufwachen auf hundert Seiten ansteigt, dann ist mein Nebel ohne weiteres für fünfhundert gut.«

»Du kennst die Sache mit Musil nicht? Ich frage mich, ob so etwas überhaupt erlaubt ist. Ich bin kein Jurist, ich vermute jedoch, daß es da einen Paragraphen gibt – vorsätzliche Verlagsverunsicherung oder so. Wurde damals nicht verfolgt, und die Geschädigten hatten kein großes Interesse daran, weil peinlich. Inzwischen wahrscheinlich verjährt. Ist lang her.«

»Und was hat dieser Musil angestellt?«

»Der Musil hat gar nichts angestellt, weil der da längst schon tot war. Eine Satirezeitung hat ein paar Seiten aus dem Tausend-Seiten-Buch vom Musil mit Schreibmaschine abschreiben lassen, so als wäre es ein Manuskript, und hat das meuchlings an alle möglichen Verlage geschickt. Aber schon besonders tückisch: unter irgendeinem fingierten Namen und mit einem Brief, so ungefähr, ›habe ein Manuskript, circa tausend Seiten, und erlaube mir‹ und so fort. Auf schäbiges Papier und bis an den Rand vollgetippt. Und ein Stempel oben links am Brief *Ecrivain liberté* – statt *libre*. Höllenhunde!«

»Und kein Verleger und kein Lektor hat bemerkt, daß das von dem weltberühmten Musil ist?«

»Und auch nicht der Rolls-Royce unter den Literaturkritikern, dem sie das auch zur Begutachtung geschickt haben. Der hat sich am meisten blamiert, weil der dem Autor jedes literarische Talent abgesprochen hat.«

»Und die Verlage?«

»Ein paar haben nur unsere üblichen Standardablehnungsschreiben mit vorerst ausgeplantem Verlagsprogramm und besten Wünschen für das weitere Schaffen geschickt. Ein paar haben sich nicht entblödet, den Text totalo herunterzumachen. Peinlich, peinlich. Besonders der Verlag, in dem das

Musil-Buch in echt erschienen ist. Und *den* vernichtenden Brief hat ausgerechnet der dortige Cheflektor unterschrieben, der als ausgemachter Musil-Kenner gilt.«

»Gegolten hat?«

»Nein, nein. Noch gilt. Im Grunde steckt man so etwas weg. Hat ja auch jener Jœthe Zaddar weggesteckt.«

»Und kein einziger hat ...?«

»Doch. Und das war das Peinlichste. *Einer* hat, ohne offenbar zu merken, daß Musil dahintersteckt, großes Talent vermutet, ganz ehrlich und gut begründet. Der konnte das Buch allerdings nicht nehmen, weil es ein Verlag für Pornoliteratur war.«

»Ich schätze«, sagte ich, »du hast einen abenteuerlichen Beruf.«

»Ich danke bestens«, sagte er, »für solche Abenteuer. Du siehst, daß man auf dem Huto sein muß. Und der Käse mit dem Nebel da ist wirklich von dir?«

»Ich schwöre es bei den Augen meines verstorbenen Lieblingsmeerschweinchens.«

XI

Unter gewissen Umständen ist es erwartbar, daß der Formwerdungskreis zu bestimmten Möglichkeiten erweitert werden kann, zudem der zu der Kreisförmlichkeit notwendige Aufbau (Auf-Bau) das Ungewisse ermöglicht. Die Sinneswahrnehmung dieses Prozesses ergibt sich somit aus der Formeleinheit (formellen Einheit bzw. Ein-Heit). Dieses Mittel der dekonstruktiven Gewaltanwendung wird in der Regel vom nächsthöheren Einheitswert bevorzugt. Kompromisse und Natürlichkeit werden von der Basisvermittlung einbezogen, auch wenn dabei Streit- und/oder Fragestellungen zur Ermittlung verschiedener Wärtigkeiten (im Sinne von gegen-wärtig) vermißt werden. Bevorzugt werden dabei Austausch und die Gegebenheiten zur Erläuterung der Novitäten. Neutralistisches und Neuistisches (im Gegensatz zu bloß Neuheitlichem) wird dabei übermittelt. Das gerät in den Windschatten der Beraubung der Gegenwartstheorie. Die Ermittlung der Aufschlußbereitschaft der zukünftigen Wertungsgesellschaft wird durch rechtsextreme scheinbare (scheinbare) Neuheitsentschlüsselungen in Frage gestellt. Diese Gesellschaftstheorie in Form eines Bereiches der Neuheitserschließungen wird an bestimmten zeitlichen Wendungsorten beeinträchtigt, und zwar mittels der Überprüfung der einzelnen Vorwürfe (Vor-Würfe) der meistgesuchten, evolutionsrelevanten Objekte. Diese Vorfälle der Gewalttätigkeit der erfahrungsgemäßen Schichten sind gewissermaßen die Berichtigung einzelner Fragestellungen als nicht nahegeführte Erläuterungen. Dies ist auch der Bestand der Theorie der behaupteten Zusammenführung. Zusammenschluß und Tätigungsvorgang werden in einem Kompromiß der Neuigung angepaßt. Es ist auch eine Antwort der versammelten Orte (im Sinne von *Orten)* und beträchtigt (im Sinn von Betracht) die Basisentwicklung. Bestandteil und Aufnahmebereitschaft der einzelnen Fallentwicklungen sind ein Aspekt der Zeitfrage und meist nur konstruiert. Diese Zweckbeeinträchtigung in der Evolutionsvielheit wird nur durch Förderung verschiedener Über-Natürlichkeiten auf ihren Einfluß hin zu überprüfen sein, und zwar bei Betracht von Formelergebnissen und Prozeßerläuterungen.

*

Es ist einige Jahre her, da hatte ich eine stark ansprechende Studentin kennengelernt, die kam aus dem Elsaß, war beischlafbegabt und zweisprachig aufgewachsen, eigentlich dreisprachig, betrachtet doch der Elsässer seinen Dialekt als eigene Sprache. Da sie selbst für die unmittelbaren Nachbarn der Elsässer völlig unverständlich ist, wird sie als Geheimsprache verwendet, so von meiner Elsässerin, wenn sie mit irgend jemandem daheim telephonierte und es mich nichts anging. Ich lernte Elsässisch von ihr. Ein Wort: *Baeckeoffe.* Das ist ein Gericht, mit dem sie mich manchmal beglückte. Mehr oder weniger. Es ist eine Art zur Gourmandise hinaufstilisierte Resteverwertung.

Ähnlich übrigens lernte ich das gleichgelagerte Letzeburgisch, das in Luxemburg neben Deutsch und Französisch für eine eigene Sprache gehalten wird und, soweit ich sehe, auch ist. Da war ich nämlich einmal und ging durch die schöne und ziemlich geldverschlingende Stadt und bemerkte ein Gebäude, in dem eine Ausstellung von Bildern eines Malkünstlers war, der sich der Darstellung von Kühen widmete … Nun ja – und über dem Eingang stand *Spuerkaes.* Aha, dachte ich, das *Musée Spuerkaes.* Dann sah ich ein anderes Gebäude ohne Museum, das hieß auch *Spuerkaes,* und dann noch eins und noch eins, eines schöner als das andere, und zum Schluß einen Palast, auf dessen Giebel in goldenen Lettern *Spuerkaes* stand. Gehört offenbar nicht zu den Darbenden, der Monsieur Spuerkaes, den man wahrscheinlich Spührkäs ausspricht. Aber es war dann wie mit dem alten *Kanitverstaan.* Der Spührkäs wurde Spuurkaas ausgesprochen und war die Sparkasse.

So kann ich also Letzeburgisch und Elsässisch und übrigens auch Spanisch. Da habe ich nämlich in meiner Gurkenkönigszeit einmal eine Zeitlang einen Volkshochschulkurs gemacht. Ich gebe zu: wegen einer bestimmten Teilnehmerin. In einer Lektion kam das Wort *el sacapunto* vor. Das heißt Bleistiftspitzer. Der Lehrer sagte: »Dieses Wort brauchen Sie sich nicht zu merken ...« Und einzig dieses Wort habe ich mir vom Spanischen bis heute gemerkt. Als sich nämlich mein spanisches Zielobjekt emotional einem anderen – natürlich, was sage ich, größeren – Teilnehmer zuwandte, erlosch mein Sprachinteresse, und ich ging nicht mehr hin.

Baeckeoffe. Spuerkaes. Sacapunto. Ich bin ein einwörtiger Sprachmeister. Und nun zurück zu der mir teilzugewandten Elsässerin. Leider war ich nur ihre erotische Notverpflegung. Hauptsächlich widmete sie sich erstens einem älteren, eigentlich schon alten ehemaligen Musikkritiker aus Wien, der offenbar nicht müde wurde, von seiner Bedeutung im Musikleben Wiens der zwanziger Jahre zu salbadern, seit der österreichischen Nazizeit in London lebte und sich von der dort vor sich hin grantelnden Ehefrau bei Hélène erholte. Er war sehr faltig, den Bildern nach zu schließen, brachte jedoch immer ein Perlenkollier oder dergleichen mit. Persönlich kannte ich ihn selbstverständlich nicht, doch Hélène mußte immer seine Photographie im Silberrahmen von Tiffany auf den Sims stellen, wenn er kam. So als ob er immer dort stehe.

Das Bild wurde ausgetauscht (nur das Bild, nicht der Rahmen), wenn Thromm kam. Thromm war ein Drittel so alt wie der Alt-Kritiker und dreimal so dick. Er stammte aus einer Glückspilzfamilie. Seine Urgroßmutter hatte, um die künftigen Glückspilze zu sammeln, ein Waldgrundstück jenseits des Potomac am Rand von Arlington gekauft. Für vierzig Dollar. Wo sich nicht nur Füchse und Hasen, sondern sogar Maulwürfe und Regenwürmer gute Nacht sagen. Sagten. Dann wurde das *Pentagon* dort errichtet. Der Preis, den die Familie erzielte, war wiederum vierzig Dollar, allerdings pro Quadratmillimeter. Davon lebte Thromm. Seine Leidenschaft war Hélène und außerdem seine drei Häuser in Irland, auf Sizilien und in Jütland, die alle exakt gleich aussahen und eingerichtet waren, und dann sein Sport-Morris in einer ganz speziellen Farbe, die im Werk nur für Thromm verwendet wurde. Vertragliche Vereinbarung. Thromm war guter Kunde bei Morris. Er kaufte jedes Jahr zwei oder drei Autos, denn erstens fuhr er ständig zwischen Irland, Sizilien und Jütland sozusagen im Dreieck, und zweitens beunruhigte es ihn, wenn sein Morris einen Kilometerstand von über zehntausend aufwies. Dann gab er ihn zurück, er mußte unverzüglich umgespritzt werden, damit ja kein anderer Fahrer die Farbe entweihen konnte, der neue in die Spezialfarbe versetzt. Grün. Ein ganz besonderes Grün. »Das Grün eines Laubfrosches, der in einer Flasche der Kellerei Fürst-Iphofen sitzt.«

Auch Thromm kannte ich nur von der Photographie, und das auch nur undeutlich, weil die Photographie eigentlich den frosch-iphofenergrünen Morris zeigte, darin Thromm, eine lederne Autofahrerkappe auf dem Kopf, kaum Platz habend, weil so dick, daneben Hélène, ebenfalls mit Weltkrieg-I-Pilotenhelm, noch weniger Platz habend, und hintendrauf auf dem Renn-Floh zwei riesige Koffer geschnallt.

»Auf der Fahrt von Palermo nach Aarhus«, sagte Hélène.

Noch eine Leidenschaft hatte Thromm: Fußball, und zwar nicht, wie man annehmen möchte, American Football, sondern in seiner Sprache: *soccer*, europäischer Fußball. Er hatte – dreimal, je einmal für jede Adresse – alle erdenklichen Fußballzeitungen abonniert und konnte sich über ein überraschend siegreiches Abschneiden des F. C. Rattenwerder mehr erregen als über Hélène/nackt. Überhaupt, sagte Hélène, genüge es ihm meist, wenn sie ihn streichle.

Der Altkritiker und Thromm wußten selbstverständlich nichts voneinander und nichts von mir. Sie waren für Hélène leicht auseinander- oder, besser gesagt, voneinander getrennt zu halten, weil der Altkritiker immer mit großem Getöse und nach endlosem Hin und Her, »kommt er, oder kommt er nicht« anreiste, nie überraschend, und Thromm immer nur unten mit dem Morris an den Gehsteig nahe vor die Haustür heranfuhr und hupte. Er verließ seinen Morris ungern. Er wartete dann, Fußballzeitung lesend, bis Hélène mit ihrem Koffer herunterkam, einstieg und mit ihm nach Irland, Sizilien oder Jütland fuhr. Kam sie nicht herunter, etwa, weil grad der Altkritiker da war, fuhr er allein weiter. Das Hupen störte den Alten nicht, denn der war nicht eigentlich schwerhörig, sondern gehörverzögert. Er hörte alles mit einer Verzögerung von einer halben Stunde. Wenn er, mißtrauisch, wie er war, fragte, wer da gehupt habe, und womöglich zum Fenster schlurfte, war Thromm schon wieder weg.

Ich war für Hélène pflegeleicht, denn sie machte mir von vornherein klar, daß ich nur erotischer Dämmstoff war, der die Lücken abdichtete. Im übrigen schätzte sie es, daß ich sie gelegentlich in meinem Taxi gratis beförderte.

Als ich sie nach langem wieder aufsuchte, wohnte sie noch dort, wo ich sie wußte. »Ach«, sagte sie, ganz freundlich, »tauchst du auch wieder einmal auf.«

»Ja«, sagte ich, »aber nur, damit du mir das bitte ins Französische übersetzt.«

Hélène übersetzte meinen dekonstruktivistischen Aufsatz ins Französische:

»Par suite de certaines circonstances il est à attendre que le cercle de tour de la formitude puisse s'élargir à des possibilités déterminées, comme d'ailleurs la construction (construction) nécessaire à la formalité circulaire rend possible l'incertitude.«

Und so weiter. Et cetera.

Wir haben nach der Übersetzung aber dann doch. So ist eben Hélène.

*

»Wo hast du denn das her, Udo?« fragte Hermann-Lektor, ließ dabei einige Sätze meines Essays auf der Zunge zergehen, »was für eine Sprache. Da ist doch sofort alles glasklar. Wo hast du das her?«

»Ich kenne eine Französin, Hélène, ...«

»Oh, là, là!«

»Arbeitet für die Medien. Das ist der Text eines Vortrages im französischen Radio.«

»Von Michel Diridari? Erkennt man sofort an der, wie soll ich sagen, gestimmten Gespanntheit der Sprache.«

»Hier«, sagte ich, »ich habe mir erlaubt, auch gleich die Übersetzung anzufertigen.«

»Hoi-hoi! Woher kannst du denn Französisch?«

»In der Schule aufgepaßt.«

»Ah oh – ja ...«

»Ich kann es vermitteln, daß du den Text für eure Kulturzeitschrift bekommst.«

»Ja ... oh ah –«

»Original Diridari ...« (mit Betonung auf der letzten Silbe, klaro, weil französo), »weil du's bist.«

»Das werde ich dir nicht vergessen, Udo.«

So erschien der Krypto-Käse (ein Ausdruck, den Wim gebrauchte, als ich ihm die Sache erzählte) in den von Hermann-Lektors Verlag herausgegebenen *Apostrophen.* Leider wurde das Honorar an Prof. Michel Diridari in Paris überwiesen. Mir gab Hermann-Lektor zwanzig Euro fürs Übersetzen. »Mehr ist es auch nicht wert«, sagte Wim.

27

Der – künftige? überhauptige? – Leser weiß es vielleicht, ich wußte es nicht. Der Wim erklärte es mir. *Dotcoms.* »Als *Dotcoms*«, sagte er, »werden Firmen der sogenannten *New Economy* bezeichnet. Das kommt von *dot*, was auf englisch *Punkt* heißt. Frag nicht einen, der Mezzo-englisch spricht, also etwa sagt: ›Ich *searche* seit Wochen nach einem Klodeckel in *pink*‹, was *dot* heißt, denn er weiß es nicht. Er schreibt ja auch *partys* und nennt seinen Abfall- und Sperrmüll-Laden *English Antics*, nicht ahnend, daß *antic* nicht *antik* bedeutet, sondern *Plunder*. Und die Mehrzahl von *party* schreibt man *parties*. Also zurück zu den Dotcoms: *dot* heißt Punkt, und gemeint ist der Punkt im Internet-Kennzeichen der betreffenden Firma.«

»Hermann-Konsuls Firma oder das, was er betreibt oder was ihn betreibt oder wo er dranhängt, ich kenne mich nicht aus, ist, habe ich von Patricia gehört, eine Dotcom.«

»Also Trash-Shit-dot – ist gleich Punkt, und dahinter *com* für commercial, und das Ganze ist *New Economy*.«

»Und was ist *New Economy*?«

»Man kann die Erklärung kurz oder lang fassen.«

»Kurz, bitte.«

»Betrug als Geschäftsprinzip.«

»Danke«, sagte ich.

Nicht nur der Leser hat, auch ich habe im Laufe des Lesens beziehungsweise Schreibens der vorangegangenen Seiten Hermann, den Konsul, aus den Augen verloren, obwohl er, in einen echten Herrenpelz gehüllt, zwischen den Hotels herumwieselte. Ich hätte auch nicht viel Zeit für ihn gehabt, denn ich war in den Tagen bis zur feierlichen Abschlußveranstaltung voll mit meiner neuen und, wie man sich denken kann, ungewohnten Promität beschäftigt. Reporter kamen, sogenannte Soßeijetie-Journalisten, und wollten mich nach meinem Gefühlsinnenleben befragen. Ich sagte: »Ein Kavalier genießt und schweigt.« War ja nicht ganz falsch. Ich genoß zwar nicht die Prinzessin von Montegrotto, wohl aber meine Promität. Der Sportmogul Schnallentreiber erklärte in den Medien, daß er enttäuscht von mir sei, von seinem alten Freund Zugger, und daß er ihn aus den Reihen der Ehrenvorstände des berühmten Fußballer-Vereins *Miesburger Kackers* hinausbeißen werde. Alles das stand in dem bedeutendsten Schwachhirn-Blatt deutscher Schrumpfsprache. Auch Frau Zugger kam zu Wort. Nicht *meine* Frau, denn ich habe und hatte ja nie eine, schon gar nicht als *Zugger*, es war die mir bis dahin völlig ungeläufige legale Ehefrau jenes im Augenblick auf Kreuzfahrt in der Antarktis weilenden Wanzenpulver-Zuggers. Sie sagte: »Ich verstehe meinen Mann nicht mehr. Ich erkenne ihn nicht wieder.« Freilich erkannte sie mich auf den Bildern nicht wieder …

Der echte Zugger erfuhr auf seinem im Packeis herumkurvenden Luxus-Liner selbstverständlich sofort von dem Skandal. Die verknüpfte Medien- und Soßeijetie-Welt verknödelt ja in Windeseile die Nachrichten, je uninteressanter, desto schneller, um den Globus. Zugger-Wanzenpulvertycoon dementierte internetlich, doch der, wie ich bei dieser Gelegenheit einflechte, stockwütende und langsam ins Othellische schwellende Hundedompteur und Prinzessin-von-Montegrotto-Liebhaber erklärte dazu, das sei eine Lüge. Der Zugger sei selbstverständlich nicht in der Antarktis, sondern hier in Kitzbühel. Der wolle nur vertuschen. Daraufhin ließ sich doch tatsächlich – offenbar scheute das Blatt keine Kosten – ein Journalist per Hubschrauber auf jenes Kreuzfahrtschiff einfliegen und interviewte den echten, den Wanzenpulver-Zugger, und stellte dann allerdings fest, daß der echte Zugger der falsche sein müsse, denn der sehe ganz anders aus als der die Prinzessin küssende Zugger. Freilich, denn der war ja ich.

Ein Durcheinander, also. Allerdings warnte mich Simone: »Der Hundedompteur ist zu allem fähig.« Es war nämlich so, daß der Hunde-Kuß auf jenem Photo eine, wie die Zeitung schrieb, *tiefgehende Krise* zwischen Hundedompteur und Prinzessin ausgelöst habe. Simone, die sich als Lektorin eines auf die Veröffentlichung unsterblicher Werke von Eintagsfliegen spezialisierten Verlages in der Soßeijetie auskannte, meinte, daß der Prinzessin von Montegrotto die Sache grad recht gekommen sei, um wieder ordentlich in die Zeitungen und die Medien zu kommen, sie sei in letzter Zeit zwar noch unmerklich, doch für das seismographische Pablitzitie-Gefühl solcher Leute schmerzlich fühlbar etwas seitlich geglitten, denn unlängst habe die Affaire eines Prinzen Spulfried von Haigerloch mit einer Schwirrwuchtel der Regenbogenszene nahezu alles andere von der Platte gedrückt.

»Du wirst dich damit befassen müssen«, sagte Simone, »denn das schillert in die Memoiren Professor Mönschs hinein, die du ja schreiben sollst. Der Prinz von Haigerloch gilt als einer der flachsten Ärsche mit Ohren im ganzen Gotha, er ist dort als *Gerichtsreferendar in Ruhe* bezeichnet, was besagt, daß er nicht einmal das juristische Assessorexamen bestanden hat. Der Krawallprinz verkörpert aufs schönste die gängige Charakteristik des Hochadels: ein ständig leichtes Zittern von Händen und Füßen und ein unstillbarer Geschlechtstrieb. Prinz Spulfried war schon ein paar Mal verheiratet, zum Entsetzen der Familie stets mit unstandesgemäßen Damen, und jetzt hat er sich mit vollem Gewicht jener Wuchtschnalle zugewandt, die du in geeigneter und, bitte, höchst dezenter Weise in die Memoiren Mönschs einbauen mußt. Sie ist nämlich sein Aushängeschild. Er hat sie wohl zwanzigmal schönheitsoperiert. Sie heißt Oliane Knopfwitz, und es gibt sie eigentlich gar nicht, denn von den geradegebogenen Knien über vergrößerten Busen, korrigierten Hintern, geliftete Wangen, aufgespritzte Lippen, gestraffte Augendeckeln ist nichts mehr echt an ihr. Sie besteht sozusagen aus Ersatzteilen. Alles chirurgisches Erzeugnis von Professor Mönsch.«

Es kam nicht mehr dazu, die Memoiren des Verschönerungisten mußte ein anderer schreiben, wie aus dem weiteren Verlauf meines Aufenthalts in Kitzbühel hervorgeht. Ich erwähnte schon, daß verschiedene Zahnräder der mir im Augenblick mißgünstigen Weltmühle ineinandergriffen, und ich müßte alles gleichzeitig schildern können. Ein Zahnrad davon hieß Hermann-Konsul, und das drehte sich, ohne daß ich vorerst davon erfuhr. Das drehte sich ohne jede *mediale* (»falsch gebrauchtes, aber *medial* geläufiges Fremdwort«, sagt Wim) Aufmerksamkeit. Im Gegenteil. Ich denke mir, daß jedes Aufsehen vermieden wurde. Jene dunklen Herren, die meinen Freund Konsul Hermann T. Werner bei unserer Ankunft im Foyer des Hotels erwartet hatten, blieben nicht die einzigen. Es kamen noch dunklere. So Firmen oder Imperien oder Mogulitäten insbesondere der Medien-, Mode- und *Leifsteil*-Branche sind nämlich häufig aus leichten Latten lose gefügt, und Buchkredite, zum Beispiel, werden dadurch den in dem Punkt, nämlich wenn es um Summen oberhalb Sechsstell geht, ganz gottverlassenen und unverständlicherweise ahnungs- und arglosen Banken dadurch entlockt, daß Guthaben auf ausländischen Konten erfunden werden. Nicht selten sogar die Konten und ab und zu sogar die Banken.

»Bei kleinen Leuten, also dem Bereich, dem sowohl du, Stephan, angehörst, als auch ich, Wim, angehöre, der Kleinemannpopulation, sind die Banken hellhörig. Wenn du einen Kredit von zweihundert Euro willst, schaut dir der Sachbearbeiter – ›machen Sie, bitte, aaa …‹ – bis in den Schlund und Magen, ob du kreditwürdig bist. Beantragst du einen Kredit von zweihundert Millionen, kommt eine andere Körperöffnung ins Spiel, und da kriecht nicht der Sachbearbeiter, sondern schon der Hauptgeschäftsführer hinein und hinterläßt die Summe, ohne die Feder zu lesen oder gar die Bilanz, die im übrigen eh gefälscht ist. Kleinvieh macht Mist, denken sich die Banken offenbar, daher rümpfen sie bei Kleinvieh die Nase. Bei dir und mir. Großvieh scheißt Gold. Meinen sie.«

Hermann-Konsuls aus leichten, erstklassig gestylten und diseinten Latten gefügtes Imperium, das im Glanz dastand, noch als wir nach Kitzbühel abfuhren, rasselte zu einem Haufen Kleinholz zusammen, als einer der allerdunkelsten von jenen dunklen Herren ganz unten eins von den Hölzchen herauszog. In wenigen Minuten. So schnell geht es bei *Dotcoms.* Normalerweise übersteht natürlich der Dotcomist sowas mit links, weil er genug von dem Geld, das nicht ihm gehört, auf die *Halleluja-Bank Inc.* in Barbados gebracht hat. Bei Hermann-Konsul scheint die Sache jedoch tiefere Schichten getroffen zu haben, und der unterirdische Finanz-Vulkanismus spuckte ihn ins kommerzielle Nirwana.

Eine gewisse Größe ist ihm, weiland Freund Bodenhaftung, nicht abzusprechen. Davon später.

Dunkle Herren interessierten sich auch für mich, freilich ohne daß ich es bemerkte. Es handelte sich um *Troglodytes Sav.* oder Gorillas, allerdings menschliche, zumindest menschenähnliche. Der Hundedompteur hatte sie angeheuert.

Die Situation spitzte sich zu. Der Leser muß auf übersturzbachende Ereignisse gefaßt sein, und es wäre mir recht, wenn dieser Leser sich das nun Folgende filmartig vorstellen würde, wobei das Bild hin und her springt zwischen dem Café oben hinter dem Kirchberger Tor, wo ich mit Simone und Hermann-Lektor sitze, dann in den hellerleuchteten Saal des Hotels *Greif* in der Hinterstadt, im ersten Stock, in dem Hermann-Konsul (»jetzt kommt es darauf auch nicht mehr an«) Champagner und Kaviar auf verschiedene anwesende andere *Dotcoms* und sonstige Glanzmenschen versprüht. Er hatte nicht vor, das war nachher klar, die Zeche zu bezahlen. Und wieder wechselt bitte das Bild in die dunkle Stelle, nicht Straße, nicht Gasse, nicht Platz, ein paar Bäume, ein Zaun an der Hinterseite des Hotels *Greif*. Dort lauert einer. Der andere Gorilla sitzt, von mir nicht bemerkt, im Café nahe unserem Tisch. Zurück zu dem Saal im *Greif*. Ich erwähnte schon mehrmals, daß mich Weltgeist-Schicksal, oder ist es eine andere gnädige Macht, mit dem Umstand beglückt, daß anderer Leute Besoffenheit zu meinem Vorteil, ja zu meiner Rettung ausschlägt. Hermann-Konsul gerät dank pausenloser Hineinschüttung von Champagner in sich selbst langsam in diesen für meine Rettung günstigen Zustand. Er steht noch aufrecht. Die Gorillas hatten ausspioniert, daß ich aus dem Café zu Professor Mönsch ins *Weiße Rössl* gehen wollte, Abkürzung hinter dem Hotel *Greif* vorbei, vielleicht fünf Minuten zu gehen, wenn es hochkommt. Im Café: Die Kamera auf mich, wie ich meine Geldtasche herausziehen will, aber Simone sagt: »Laß – wenn es dir nicht peinlich ist, daß eine Dame zahlt, übernehme ich das quasi als Spesen.« Der Gorilla hört das, wirft seinerseits nur die Zeche rasch hin und eilt hinaus. Ich merke nichts. – Saal im *Greif*: Hermann-Konsuls Gesicht zeigt kamikazischen Ausdruck. – Finsteres Eck: Der eine Gorilla kommt und flüstert dem anderen zu: »Jetzt, gleich taucht er hier auf.« – Café: Ich verabschiede mich. Gorilla – Lauer. Ich gehend, ahnungslos. Nervenzerreißende Spannung, weil der Zuschauer weiß: Gefahr! Von der er da im Film nichts weiß. Am liebsten würde das Publikum hinaufrufen: »Vorsicht!« Geht aber nicht. – Saal im *Greif*, Hermann-Konsul ergreift ein Glas Champagner, trinkt es auf einen Zug aus und schreit: »Das war's dann!« Vorsorglich ein Fenster geöffnet. Ich im Finstern gehend. Gorillas auf dem Sprung. Trommelwirbel/dumpf, Cello schabend, einzelne Pochtöne der Bläser. Die Gorillas stürzen sich auf mich, Hermann-Konsul nimmt Anlauf und schnellt aus dem Fenster. Aufschrei. Hermann-Konsul, zur Leiche werdend, mäht die beiden Gorillas zu Boden. Einer ebenfalls Leiche, der andere Schädelbruch. Schreie oben. Tatütata. Auflauf, Menschen. Toll. Ich verdrücke mich, packe schnellstens meinen Koffer und verschwinde aus Kitzbühel und der Promität.

28

Ich muß langsam zu einem Ende kommen. Es wird Herbst im Überetsch. Ich hatte gehofft, daß die schöne doppelt blondgekräuselte Amélie sich inmitten des gelb, golden, rostrot und tiefrot verfärbten Laubes der abgeernteten Weinberge photographieren läßt, inmitten der aufgehäuften Äpfel ihre Äpfelchen und anderes Sehenswertes der Nachwelt als Triumph überetschischen Herbstes hinterlassend. Leider nichts. Voriges Jahr noch hatte sich – ein berühmter Objektkünstler hat sich der Sache photokünstlerisch angenommen – die Blonde den prallen Weintrauben etwas weiter unten im Weinberg sozusagen hingegeben. Auch da durfte ich den Prosecco reichen. Verbarg spielerisch Brüste und Schoß hinter prallen Trauben, pralle Süße traf auf pralle Aprikosenhaut, und dann wickelte der Objektkünstler die schöne Amélie in die schwarzen Netze, die im Sommer die Reben vor den Vögeln schützen – die Bauern im anderen Weinberg in einiger Entfernung unterbrachen das Wimmen und staunten mauloffen über den hier wohl einmalig dargebrachten weiblichen Körperglanz. Leider aber, wie gesagt, fand keine herbstliche Weinberg-Bacchanalität statt, und inzwischen ist es wahrscheinlich dem Vögelchen zu kalt.

Der Herbst ist schön und, wie vermutlich zahlreiche Poeten gedichtlich vor sich her gesungen, traurig, weil bald der Winter kommt, der hier im Überetsch nicht weiß, sondern grau ist. Im November jetzt dann versickert das Leben in Eppan, die Fenster werden vernagelt und die Trottoirs (für meine norddeutschen Brüder und Schwestern: Bürgersteige) hochgeklappt. Solange noch der *Girlaner Hof* offen hat, führe ich die schöne, leider einen Kopf größere Franziska mit den sensationellen Haaren dorthin aus, wenn ich frei habe. Einmal in der Woche. Wenn ich frei habe, bin ich Herr und nicht mehr Hilfskoch, der die Zucchini putzt, und da bleibe ich natürlich nicht dort, wo ich Zucchini geputzt habe, sondern werfe mich in die aus meiner Prominenz übriggebliebene Kleidage, lasse mich von der schönen Franziska unter den Arm nehmen und führe sie übers Tal hinüber in den *Girlaner Hof*, dessen Wirt-Chefin an blonder Gestalt ebenfalls ein Gegenstand meiner Verehrung ist, wie überhaupt das Überetsch der Nährboden für atemberaubende Schönheitlichkeit zu sein scheint, was mir auch der in dieser Hinsicht kundige Herr von Sichelburg bestätigt.

Sehr gern sitze ich mit der schönen Franziska, die ihr schwarzes Botticellihaar aufsteckend gebändigt hat, auch in der edlen *Laurin-Bar* des gleichnamigen Hervorrag-Hotels und versuche, nicht zu auffällig ihre schwarze, blutdruckfeindliche Klarsichtbluse zu bewundern, oder besser gesagt, was darunter zu ahnen ist und was jener Maler im Glanzzustand der Vollenthüllung erblicken und aufs Papier bannen darf. »Aber mehr darf er nicht«, sagt Franziska und lacht.

Ist es doch das, was man mit dem etwas angestaubten Ausdruck *Seelenverwandtschaft* bezeichnet, daß auch sie einen autobiographischen Roman schreibt? Ich war völlig niedergeblüfft, als sie mir das sagte, hatte ja keine Ahnung von ihren diesbezüglichen Absichten gehabt. »Ja«, sagte sie, »und es ist natürlich eine Liebesgeschichte.« Natürlich. Und ich, sagte sie, käme darin auch vor. Allerdings nicht als Hauptperson.

Wenn ich doch das Waldhorn blasen könnte. Herr von Sichelburg ist ein großer Freund der, wie er sagt, »echten Musik«, und so durchströmt oft der Klang eines Streichquartetts den Tschurtschenhof, und in der Zeit, als die hochbeinige Franziska noch bei uns mit ausgesucht froh machenden Beweglichkeiten den Gästen das Essen und das Trinken servierte, wehte oft ein gewisses Musikstück eines Hochromantikers namens Weber durch die Räume, vom Waldhornisten gespielt und von einem Orchester begleitet, und verbreitete musikalische Erotizität, die den göttlichen Gliedmaßen der Botticelli-Franziska ähnlich war, und immer wenn ich in der folgenden Zeit dieses Musikstück hörte oder auch nur etwas vom Waldhorn gespielt, zog das franziskalische Zauberbild durch mein – sagte man früher so?: Gemüt.

»Wenn ich das Waldhorn blasen könnte«, sagte ich zu Franziska. Wir saßen wieder einmal an meinem freien Tag in der *Laurin-Bar.*

»Ich mag es auch gern«, sagte sie. Ihre von der Natur, wenn nicht sogar vom Weltgeist verschwenderisch ausgeformten Edelbeine umspannten schwarz-spinnwebische Strumpfcréationen, und ihre Hände spielten mit der Teetasse. »So weich«, sagte sie, »so süß, aber nicht süßlich. Es kommt mir auch immer ein wenig die wohlige Gänsehaut. Da und dort.«

Oh ja. Da und dort.

»Wenn ich Waldhorn spielen könnte, würde ich bei Vollmond vor deinem Haus zu deinem Fenster hinaufblasen.«

»Mit Orchester?« fragte sie, sie ist oft erfrischend nüchtern, »da wären die Nachbarn wahrscheinlich nicht begeistert.«

Ich versprach solches zu unterlassen. Abgesehen davon, daß ich das Waldhorn gar nicht blasen kann. Es käme auch Dudelsack in Frage. Den kann man allein, ohne Begleitung, ohne Orchester pfeifen.

Der Wim hat einen gekannt, der war ein großer Freund der symphonischen Musik und ausgreifender Sammler von – damals noch nicht *CDs*, sondern Schallplatten. Er kaufte eines Tages, so erzählte der Wim, daß ihm sein Bekannter erzählt habe, eine Schallplatte mit den beiden Symphonien von Haydn Numero 99 und 100. Die Interpretation gefiel dem Bekannten von Wim ausnehmend gut, und da auf der Plattenhülle ganz klein der Reklamevermerk stand, daß es auch weitere Symphonien von Haydn in ebendiesem Wohlklang gebe, bestellte sich jener Bekannte dann alsbald die Symphonien Numero 101 und 102. Das mit den Symphonien und mit den

Nummern stimmt, das habe ich mir, um es in meinen autobiographischen Roman einarbeiten zu können, von Wim aufschreiben lassen. Diese Nummern jetzt erfinde ich jedoch: Sagen wir, die erste Platte hatte die Nummer 222 444, die zweite, die bestellte, die Nummer 222 445, und als der Bekannte und Musikfreund auch die Symphonien Numero 103 und 104 bestellte, ging er davon aus, daß diese Platte die Nummer 222 446 hat.

Hatte sie jedoch nicht, und 222 446 war eine ganz andere Platte, nämlich eine mit geballter Dudelsackmusik. Wims Bekannter ärgerte sich zunächst, vor allem, weil sich der Plattenhändler weigerte, die Platte zurückzunehmen. Dann las der Bekannte, was auf der Hülle geschrieben stand, und das war, daß diese hier eingespielte Dudelsackmusik die ganz unverfälschte schottische solche ist, kein volkstümlicher Verschnitt für die Touristen, sondern dudelsackisches 17. oder gar 16. Jahrhundert und heilige Melodien, die die Clans in den Highlands spielen, und eine erklang bei der Heldenschlacht von Culloden oder tröstete den Bonnie Prince Charlie in den Verstecken auf seiner Flucht – Töne gewordener Tartan also.

Das begann den Bekannten von Wim zu interessieren, er hörte die Platte an, hörte sie immer öfters an, drang in die für Außenstehende, also Nicht-Schotten, oft schwer unterscheidbaren Stücke ein, kaufte sich weitere Dudelsackplatten, ließ sich Bücher über Dudelsackologie aus Edinborough schicken, dann Noten, dann einen Dudelsack, und so kam es, wie es kommen mußte. Der Bekannte von Wim pfiff den ganzen Tag auf seinem Dudelsack, und das hielt die Familie nicht aus, zumal sich der Bekannte auch noch in Kilt und Plaid hüllte und, um die Lieder besser verstehen zu können, Gälisch lernte.

Endlich wanderte er nach Schottland aus, und dort kam es zur Katastrophe. Völlig in schottenkarierte Tartanisierung gekleidet, stapfte er, Dudelsack blasend, durch das für die Highlander historisch schmerzende *Glen Coe,* das *Tal der Tränen,* und pfiff *The Gunn's Salute.*

Um die daraus folgende Katastrophe zu verstehen, muß man wissen, ich meinerseits weiß dies von Wim, daß im Jahr 1464 der Clanchief der *Gunns of Kilerman* George Gunn durch die Hinterlist des mit ihnen seit Generationen verfeindeten Clans *Keith* getötet wurde. Die Hinterlist bestand darin, daß die Keiths ausgerechnet ein Versöhnungstreffen zwischen den beiden Clans zum feindseligen Vorhaben benutzten. Es war ausgemacht worden, daß von jeder Seite nur »zwölf Pferde« teilnehmen sollten, zur Vorsicht – gemeint war natürlich »zwölf Reiter«. Was die Gunns nicht erwarteten, war, daß die Keiths zwar abredegemäß mit zwölf Pferden kamen, aber daß auf jedem Pferd zwei Keiths saßen. Sofort kam es statt der beabsichtigten Versöhnung zum Streit, die Gunns mußten der Übermacht der Keiths weichen, und der Clanchief George Gunn blieb tot auf dem Platz.

Dreißig Jahre später rächte der Enkel jenes George dessen Tod, indem er den Enkel des tückischen Mörders, den *Keith of Ackergill,* samt Sohn und zwölf Knechten nächtens bei Drumusoy in Sutherland überfiel und abschlachtete.

Und nun vergegenwärtige man sich, daß jener unglückselige Bekannte Wims, der sich zwar in das Schottische nebst Tartan, Karo und Dudelsack weidlich eingearbeitet hatte, wohl leider jedoch nicht in die letzten Feinheiten, in den blaugrünen *Keith*-Tartan gekleidet, auf seinem Dudelsack die dem Clan *Gunn of Kilerman* heilige *Pipe Music: The Gunn's Salute* pfiff. Ein sogenanntes Sakrileg, wenngleich nur, oder vielleicht ebendeshalb geradezu erschwerend, familiärer Art. Und ein eben hinzukommender Angehöriger des Clans Gunn of Kilerman, der einen Baumstamm dabeihatte, weil er auf dem Weg zum alljährlichen Baumstammwerfen bei den Glenfinnan Highland Games war, erschlug den Frevler.

»Das zeigt wieder einmal«, sagte Wim, »daß man nicht in

fremde Welten sich hineinbewegen soll, wenn man sich darin nicht auskennt, wie dort geboren.«

Wim fuhr damals, weil der Ermordete ein sehr guter Bekannter von ihm gewesen war, zur Strafverhandlung gegen den Gunn-of-Kilerman-Mann. Der konnte von seinem Verteidiger nur mit Mühe davon abgehalten werden, die Tat in vollem Lichte einzugestehen und als heroische Notwehr für die Clan-Ehre hinzustellen. Statt dessen ließ er sich auf die mehr Erfolg versprechende Verteidigungsstrategie einstimmen, die die Sache als Unfall darstellte: Der senkrecht getragene Baumstamm sei versehentlich auf den Kopf von Wims Bekannten gefallen. Und umgefallen sei der Baumstamm, diese Einkerbung in die Verteidigung ließ sich Mr. Gunn of Kilerman Esq. nicht nehmen, weil er durch den Anblick respektive durch das Anhören eines Keith, frech den *Gunn-Tune,* also das den Gunns heilige Lied pfeifend, förmlich zu Tode erschrocken und dadurch nebst Baumstamm ins Schwanken und endlich ins Straucheln gekommen sei. So endete das Verfahren mit einer milden Strafe wegen unerlaubten Senkrechttragens eines Baumstammes, was durch ein Gesetz König Malcolms IV. von 1161 verboten ist.

*

Ich bin insofern nicht ganz weit von Franziska und mir in der *Laurin-Bar* abgekommen, als ich ihr, nachdem sie Bedenken gegen eine ohnedies nur ferngedachte Serenade mittels Waldhorn geltend gemacht hatte, diese Dudelsackgeschichte erzählte und gleichzeitig versicherte, daß ich auch zum Dudelsack sowenig greifen würde wie zum Waldhorn.

Wir saßen dann noch eine Zeitlang bei den Klängen des Klaviers und fuhren dann wieder nach Eppan, dieser Brutstätte überetschischer Schönheits-Titaninnen. Und dennoch, so Herr von Sichelburg, entfliehen nicht wenige Herren hiesiger Ansässigkeit unter Zurücklassung der Ehefrauen nach Thailand, um sich dort oft monatelang den dünnbeinigen, busenlosen asiatischen Geschlechtsinsektinnen hinzugeben. Dreißig, sagte Herr von Sichelburg, könne er mir aufzählen. Nannte allerdings keine Namen. Und diejenigen, sagte er, die nicht nach Thailand reisten, lebten allerdings nicht selten, libidinös gesehen, *à la carte.*

Ja – wo soll das hinführen? Es führt dorthin, wo es schon ist. Nur, was ist *es*?

*

Es regnet. Der Ernte schadet es nicht mehr, denn die ist vorbei. Das Gold, Gelb und Rot flammt zwischen dem Grün heraus, die Lärchen weiter oben am Gantkogel und Penegal werden zu Pilgern in fahlem Kleid. Ich muß das wahrscheinlich näher erklären: Die Lärche ist der einzige Nadelbaum, der sich entnadelt und dessen Nadeln, bevor sie abfallen, sich verfärben. (Oder täusche ich mich? Gibt es womöglich eine Alaskische Zurgel-Araukarie, die auch im Herbst vergilbt? Nicht einmal der Wim wußte das.) Zwischen den grün bleibenden Fichten und Tannen verfärben sich einzelne oder grüppchen- und seltener gruppenweise stehende Lärchen, und da, ich weiß nicht, warum, weiter unten mehr Lärchen stehen, sich nach oben hin verlieren, erscheint das wie ein stummer Pilgerzug fahlgelb gekleideter Kapuzenpilger hinauf zu einem geheimnisvollen, heiligen Berg. Es sind ja alles mehr oder weniger heilige Berge hier, wo die Nörggelen (mit zwei G! wie ich, Kuggler, bin ich ein Nörggele? Klein genug wäre ich) und die Murmenter hausen und wo König Laurin regiert, den die Saligen Fräulein umtanzen. Ist Amelie, die von mir umwunderte Amelie, so eine *Salige*? Schwebt sie in den Mondnächten, nur mit einem Schleier bekleidet, um den Montiggler Weiher? Dem König Laurin bin ich längst auch schon begegnet, allerdings nur in gemalter Form. Es war Franziska, die mich zum ersten Mal in die *Laurin-Bar* mitgenommen hat, an einem meiner freien Tage. Obenherum an den Wänden der Bar zieht sich ein Fries mit der wundervoll gemalten, allerdings sehr unglücklichen Geschichte vom König Laurin und seinem Rosengarten. Ein Pianist spielte. Es war sehr eng, und ich hatte Gelegenheit, mich in, ich bitte: angemessen dezenter Weise kniekörperlich ihren in schwarze Zierstrümpfe gehüllten Schenkeln zu nähern. Sie gestattete, daß sich ihre Aura über mich senkte, während der Pianist, er hieß Eckhard Henscheid und sei, heißt es, weltberühmt, den *Steinway* betrieb.

Ja, glückliche Momente, doch auch Franziska gehört in den Ausschließlichkeitsbereich eines fremden Herrn, den ich im übrigen nicht kenne. Daß sie jenem mit Herrn von Sichelburg dämmerschoppenden Maler Modell gestanden hat, wußte ich zu meinem Schmerz schon seit dem Sommer. »Er wird ein Portrait von Ihnen angefertigt haben?« ächzte ich hervor. Sie lachte. »So kann man es auch sagen.« Den Rest konnte ich mir denken. Später sah ich eine der Zeichnungen in einer Ausstellung. Ich hätte sie gekauft, doch sie war mir zu teuer, und ich mußte mich mit der entsprechenden Postkarte begnügen. Vielleicht lasse ich diese Abbildung auf den Umschlag drucken.

Wenn ich Maler wäre! Vielleicht würde sie auch mir den Stift beflügeln? Ich glaube nicht, daß sie darauf eingehen würde, wenn ich sage: »O Franziska, enthüllen Sie sich nur für einen Augenblick, damit ich nachfolgend einen Hymnus in Vers oder Prosa abfassen und in meine sonst, glauben Sie mir, unvollständige Autobiographie einflechten kann.« Sie würde wahrscheinlich ihren Kopf mit der niagarischen schwarzen Haaresflut schütteln.

Warum braucht ein Schriftsteller kein Modell? Nun ich bin ja ohnedies bisher am Schriftstellertum nur vorbeigeschrammt, und mein einziges Werk, die Memoiren des sich selbst zum Fenster des Hotels *Greif* in Kitzbühel hinausgeschleudert habenden Hermann-Konsuls, wurden als sodann unverkäuflich eingestampft, vermute ich.

Vielleicht steige ich um auf Maler? Talent dazu ist, hört man, heutzutage nur noch bedingt erforderlich. Man muß nur etwas Unverwechselbares erfinden, so wie der eine, ich habe vergessen, wie er heißt, der eigentlich gar nichts besonderes malt, nur alles auf dem Kopf stehend. Oder diese Malerin aus Wien, die hauptsächlich sich selbst ausstellt, was, glaube ich, nichts für mich wäre, weil zu langweilig, so tagelang in der Galerie zu stehen. Auch die Wurfkunst ist schon erfunden, habe ich gelesen: Die besteht darin, daß das Kunstwerk vom Künstler geworfen wird, und nur in den wenigen Sekunden, in denen es fliegt, bevor es zerschellt, ist das Kunstwerk vollendet. Es ist ein Symbol, stand zu lesen, für die Flüchtigkeit der Existenz. Danach verkauft der Künstler die Scherben. Ich habe mir den Kopf zerbrochen, es ist mir allerdings nichts Neues auf dem Kunstgebiet eingefallen. Leinwände statt bemalen aufschlitzen? Gibt es schon. Alles nur in einer Farbe malen? Gibt es schon. Nackte Mädchen gegen Leinwände quasi stempeln? Ein Verfahren, das mir sehr gelegen käme ... Gibt es schon. Roßknödel in Säcke nähen? Gibt es schon. Oder weiße Mäuse auf seinem Ärmel auf- und abkrabbeln lassen? Gibt es schon. War ein Wiener, der weiße Mäusemeister, erinnere ich mich, gelesen zu haben. Als Gunst an Damen verteilte er seine »schönsten blauen Strahlen«, und seine Frau malte er stets nur von hinten, weshalb sein Stil *popoïd* genannt wurde. Auch schon vorbei. Das Originellste, scheint mir, ist heutzutage das ganz ordinäre Malen von irgendwas, Mensch oder Berg oder Pferd, daß es aussieht, wie es aussieht. Doch ebendazu fehlt mir das Talent. Talentfreiheit fällt da ziemlich schnell auf. Bei der Schriftstellerei weniger, habe ich bemerkt.

Ich soll ja in meinem autobiographischen Roman nicht schreiben, was ich werden oder sein wollte, aber nicht bin, sondern das, was ich, dem Himmel sei's geklagt, vorerst nur geworden bin, nämlich Hilfskoch. Man kann auch sagen, Stellvertretender Chefkoch. Wenn der Koch Engelbert ins Dorf hinunterfährt, weil er wieder einmal die Petersilie vergessen hat, bin ich solange der Chefkoch. Zwischenfrage von Ihrer Seite, nehme ich an: »Warum schickt der Chefkoch Engelbert nicht den Hilfskoch? Petersilie besorgen kann der doch wohl selbständig? Oder bedarf es ungeheurer kochischer Grund- und Aufbaukenntnisse, um die richtige Petersilie aus dem weitgestreuten Petersilienangebot herauszufinden?« Nein, Petersilie ist Petersilie, höchstens frisch oder nicht frisch, und das merkt selbst ein Hilfskoch. Nein, er schickt nicht mich, er fährt selbst.

»Warum?«

Eben genau darum, was Sie vermuten.

Alma heißt sie. Mir wäre sie zu rund.

Und einmal war Engelbert krank. Da war ich auch Chefkoch. Herr von Sichelburg hat sich dabei von der besten Seite gezeigt und hat mir nichts nachgetragen, und seine Gäste müssen sehr stark an dem Haus hängen. Nur einer ist abgereist. Dabei war ich so stolz auf meine Création: *Forelle an Erdbeeren*. Gut, es war gelogen, als ich auf Engelberts Frage: »Können Sie kochen?« »Ja« sagte. Ich dachte da an meinen Kommilitonen Fuchsgerber, stud. iur., der sagte: »Wenn dich einer fragt, kannst du dies? Kannst du jenes? Immer: *ja* sagen. Sonst kommst du nicht weiter.«

Das galt vorrangig bei der Studentischen Arbeitsvermittlung. Vielleicht erinnert man sich daran, daß ich einmal Jura studiert habe. Das setzte ich so mehr oder weniger fort, nachdem die schöne und sorglose Zeit beim Gurkenkönig aufgrund von dessen Abplötzlichung zu Ende gegangen war. In den Semesterferien mußte ich arbeiten und gelegentlich auch an Wochenenden und so. Ich hatte zwar ein Stipendium, doch das reichte naturgemäß nicht, also mußte ich dazuverdienen.

Man konnte sich selbstverständlich auf dem freien Markt umsehen, das war jedoch sehr schwierig und brachte meistens nichts. Die Studentische Arbeitsvermittlung funktionierte gut. Sie bestand aus nicht viel mehr als aus einem Schalter und einer mehr oder minder, meistens mehr langen Schlange von Studenten davor und einem mißtrauischen Menschen dahinter, der den Rollvorhang ab und zu aufschob und herausschrie: »Zwei Mann für Laubkehren?!« Der kam dran, der vorn stand, logo, lehnte man ab (»Ein Mann, kräftig, für ein Gestüt?!«, was hieß: Mist auskehren), mußte man sich wieder hinten anstellen. Manche hatten Glück (»Wem das Glück lacht, der kann auch im Stehen … und so weiter«, war einer von Fuchsgerbers Sprüchen) und bekamen Jobs wie: Trauzeuge machen, Edelpekinesen ausführen et cetera. Einmal, sage und schreibe: »Vier Mann mit Führerschein …«, die mußten Neuwagen nach Persien überführen, drei Wochen unterwegs, tip-top Bezahlung samt Auslandstagegeld. Leider war ich der fünfte in der Reihe. Und als er »Aushilfe Glockenspiel – schwindelfrei?!« schrie, war ich der erste, und ich mußte, als mittelalterlicher Knappe verkleidet, die ruckartigen Bewegungen beim Rathausglockenspiel am Marienplatz mitgestalten, weil der hölzerne Originalknappe repariert werden mußte.

»Zwei Mann für Miederfabrik?!« – da war ich der zweite und also dabei, bekam den Zettel mit Adresse und so weiter. War selbstverständlich ein Hallo bei den anderen Wartenden: »Höhö … Miederfabrik …« Haben aber dann kein einziges Mieder gesehen. Wir mußten den Humus wegschaufeln, der dort lag, wo die neue Halle aufgerichtet werden sollte. Da lernte ich Schaufeln: einstechen, hochwuchten, hinüberhalten, hochhalten, ruckartig die Schaufel nach unten ducken und schnell wegziehen, daß die Ladung, der Erdanziehungskraft folgend, niedersaust, dorthin, wo sie soll. »Es gibt für alles eine richtige Theorie«, sagte Fuchsgerber, »selbst fürs Schippen.«

Ich weiß nicht, was aus dem Fuchsgerber geworden ist. Er war damals schon ein höheres Semester. Ich habe Wim nach ihm gefragt, er wußte auch nichts.

Mit Grausen denke ich an den Elektromeister Bierl zurück. Der hatte offenbar auch nach dem Prinzip von dem Immer-ja-Sagen gehandelt, als er den Auftrag annahm, für den die Größenordnung *Siemens* angemessen gewesen wäre: Elektrifizierung des Hallenneubaus einer Kartonagenfabrik. Meister Bierl, dessen Kapazitäten für die Errichtung einer Steigleitung in einem Einfamilienhaus grade noch ausgereicht hätten, war mit der Kartonagenhalle sackgassatisch überfordert, vor allem natürlich immer hinten dran, zeitlich gesehen. Der Betonfußboden wurde schon gegossen, da hatte der Meister Bierl die Leitungen, die unterboden vorgesehen waren, noch nicht gelegt. Wir verlegten, zungehängend, vor der Betonmaschine her, oder wir mußten nachträglich aufschlitzen, eine Wahnsinnsarbeit. Meister Bierl mußte, um einigermaßen über die Runden zu kommen, Hilfskräfte einstellen, Werkstudenten eben: »Vier Mann mit Elektrokenntnissen?!« Ich stand ganz vorn, und der *geneigte* Leser kann sich bitte ausmalen, wieviel Elektrokenntnisse ich hatte. Daß eine Steckdose zwei Löcher hat. Doch ich schrie selbstverständlich: »Hier!« Seitdem weiß ich, daß man sich fühlt wie mit nicht mehr zusammenhängenden Knochen sackhaft ausgefüllt, wenn man einen Tag lang mit dem Schlagbohrer Beton geschlitzt hat.

In den politischen Basisdiskussionen vom Sozialistischen Studentenbund – ich bin manchmal hingegangen – hat mir diese Kenntnis nichts geholfen, weil die anderen, die nie Beton geschlitzt haben, in der Theorie besser waren.

Mein Daseinsgeschick wendete sich dann sowohl allgemein als auch vom Jurastudium hinweg, an dem ich, muß ich zugeben, nicht mit vollem, nicht einmal mit halbem Herzen hing, höchstens mit halber Niere, als der Aufruf kam: »Einmal mit Führerschein?!« und ich ganz vorn stand. Da wurde ich also Taxifahrer. Vorgesehen waren drei Nächte als Aushilfe, doch der Grieche, dem die Nummern gehörten, erkannte, daß ich der einzige von seinen Aushilfsfahrern war, der ihn nicht beschiß, und er überredete mich zunächst, daß ich für den ganzen Monat blieb – ja, und dann für ganz. Ein Edeljob war es nicht, aber, wenn ich so denke, ich wäre, ich habe ja erzählt davon, als Werkbote bei der *Südbremse* lebenslänglich hängengeblieben, so war das doch als Taxifahrer eine Stufe drüber. Und außerdem zielte damit, wie der Leser weiß, das Daseinsgeschick pfeilartig auf die Wiederbegegnung mit Hermann-Lektor und damit … und so weiter und so fort.

Einmal Promi und zurück könnte ich meinen autobiographischen Roman nennen. Ich weiß nicht, was davon leichter war, das *Hin* oder das *Zurück*. Das *Hin* hat mir, wie man aus meinen selbstschonungsfreien Schilderungen zu entnehmen vermag, eigentlich keine sonderlichen Schwierigkeiten gemacht, und das *Zurück* ist praktisch in Fallgeschwindigkeit erledigt gewesen. Ein paar Mal aufgeplumpst und nach rechts und nach links – Einfallswinkel ist gleich Ausfallswinkel –, aber immer Richtung abwärts, bis ich eben hier am Hilfskoch-Tiefstpunkt ausgerollt bin und im Moment an meinem freien Abend mit der schönen Franziska, einer sogenannten Rassefrau, und zwar von der besten Rasse, im warmerleuchteten *Girlaner Hof* bei einer Kalbsleber mit Salbei sitze und ihr, der Franziska, diese meine Geheimographie erzähle. Weil es sonst hier niemand zu wissen braucht. Nur Engelbert, der Chefkoch, weiß zwangsläufig etwas davon. Engelbert, der Chefkoch … hat mich damals gefragt: »Können Sie kochen?«

Eingedenk der Lebensmahnung des cand. iur. Fuchsgerber habe ich: »Ja« gesagt. Dabei war meine damalige kochkünstliche Höchstleistung das Rührei. Daß ich inzwischen arg viel mehr beherrsche, möchte ich der Ehrlichkeit meiner Aufzeichnungen zuliebe nicht behaupten, auch wenn mir Engelbert manchmal schon selbsttätiglich ein Cordon bleu überläßt, das heißt dessen Anfertigung, und wenn ich auch gelegentlich, wie geschildert, auf das Menü insgesamt losgelassen werde, wenn der Engelbert almaïsch unterwegs ist. Nur so weit, daß ich ein Kochbuch schreiben könnte, bin ich nicht, und, fürchte ich, werde ich auch nach der nächsten Saison nicht sein. Obwohl – ich hätte eine glänzende Idee für ein Kochbuch: Titel *Tod mit Sauce* – nicht gut? oder *Angerichtet für die Hinrichtung … Strang an Remoulade*, irgend etwas in der Richtung, kurzum, ein Kochbuch aller bekannten Henkersmahlzeiten. Ich habe es damals vorgeschlagen, als ich mich nach der Flucht aus Kitzbühel verstecken mußte, wobei mir Hermann-Lektor wirklich tatkräftig geholfen hat. Das sei nichts, hat Hermann gesagt: »Stell dir einmal bildlich vor, Udo – verzeih, wie heißt du? Stephan, also, stell dir vor, die Alte kocht ihrem Angetrauten ein *Steak à la Capone*, und er fragt: ›Woher hast du das Rezept?‹ Und sie sagt: ›Aus dem Henkerkochbuch!‹ … zu makaber, obwohlo – die Idee ist gut. Im Ansatz.«

Ich fragte auch, ob ich irgend etwas ghostwriten dürfe. Vielleicht die Kindheitserinnerungen von jenem Schnatterdick oder wie er heißt. »Ich kann mir denken, daß der eine ganz furchtbare Kindheit gehabt hat, weil er gar so krumm denkt. Vielleicht mußte er unter der Kellertreppe leben wie der heilige Alexius.«

Auch für einen Roman über den heiligen Alexius konnte sich Hermann nicht erwärmen, schon weil es den Roman bereits gibt, von einem gewissen Kuno Raeber, welchen Roman zwar kein Mensch verstehe: »So verschlüsselt! Verschließt sich dem Leser.« Was, dies nebenbei bemerkt, und soviel ich inzwischen von literaturistischem Herumreden gelernt habe, soviel wie Verschwachsinnung heißt. Und der Schwabbelteich schreibt, wenn schon, seine Kindheitserinnerungen selbst, genauer gesagt, läßt es von seinen eigenen Assistenten schreiben, die erstens sonst eh nichts zu tun haben und zweitens von der Universität bezahlt werden, während ich, im Fall der Fälle, welcher also nicht eintreten wird, aus seiner eigenen Philosophentasche bezahlt werden müßte oder vom Verlag, welchem Zahlungsmodell jedoch der dunkelgrüne Geiz des Verlegers entgegenstehe.

»Jedochus«, sagte Hermann, »ich hätte eine quaso umgekehrte Ghostwriturie für dich, und du mußt dich ja ohnedies verstecken.«

Ich verstand nicht ganz. Das mit dem Verstecken stimmte allerdings. Ich weiß nicht, ob die ständige Beschäftigung mit Hunden verblödet oder ob einer, der die Hundedompteurs-Laufbahn beschreitet, von Natur aus nicht anders als blöd sein kann oder ob der bewußte Hundedompteur, der Ständige Begleiter der Prinzessin von Montegrotto, speziell-persönlich von blöder Innenstruktur war, jedenfalls begnügte er sich nicht damit, mich, den falschen Zugger (in der entsprechenden Presse als *Alt-Playboy* bezeichnet), zu verfolgen, sondern auch den echten, immer noch auf Kreuzfahrt in der Antarktis begriffenen Zugger. Es lag vielleicht auch an dieser medial angeschrubbten Prinzessin, die sich neckisch-kryptisch über jenes Kuß-Photo ausdrückte, einesteils, um ihren Hundedressierer am Kochen und andernteils, um die Regenbogen-Zeitschriften aufmerksam zu halten. Kurz und gut – oder schlecht, ich konnte nicht darauf vertrauen, daß die zwei, später vier und dann gar sechs Gorillas, die der Dompteur auf mich hetzte, alle von herabstürzenden Bankrottiers erschlagen werden, und so wechselte ich rasch hintereinander mehrmals die Wohnung oder mehr: den Aufenthaltsort, schlief bei Hermann-Lektor, kroch bei Simone unter und so fort. Es war kein Leben und fast schon wie bei jenem Salman Rushdie, und es mußte eine Lösung gefunden werden, und die war das von Hermann vorgeschlagene umgekehrte Ghostwriting.

Es war nämlich so, daß vor zehn Jahren ein Buch in dem Verlag erschienen war, bei dem Hermann jetzt arbeitet, von einem damaligen Jungautor namens Telramund Schnorzer.

»Umwerfend«, sagte Hermann, »angeblich. Ich habe es nicht gelesen, aber den Rolls-Royce unter den Kritikern hat es umgeworfen. ›Ein neuer James Joyce‹ und so ähnlich. Ein anderer Kritiker hat sich sogar zum Vergleich mit Dante verstiegen. Der ungekrönte Kaiser unter den Rezensenten schrieb: ›Die gestimmte Gespanntheit der Schnorzerschen Sprache verstummt in ihrer Beredtheit.‹ Platz eins auf der Bestenliste wochenlang. *Das Schnarchen des Neffen* hieß das Buch. Vom berühmten Franz Mindersmüller erstklassig verfilmt. In dreißig Sprachen übersetzt, ein beneidenswerter Erfolg.«

Doch dann lief es nicht so, wie man gehofft hatte. Schnorzer, der nach Schilderung Hermanns, der ihm mehrfach begegnet war, obwohl er, Hermann, damals noch in einem anderen Verlag gearbeitet hatte, ungefähr so ein Zwerg ist wie ich, dazu noch fadenscheiniger – »so ein Verhuschter«, sagte Hermann, »so einer, der ständig vor Angst hinter seinen Augengläsern blinzelt. Vor was er Angst hat? Davor, daß er vorhanden ist. Er war praktisch vor Ängstlichkeit durchsichtig. Kein Mensch bemerkte ihn. Von dem ersten Honorar kaufte er sich rote Schuhe, daß man wenigstens die sah, wenn er anwesend war. Dann kamen die großen Honorare. Dick, ganz dick. Horrendo, Udo, giganto.«

Da wurde Schnorzer zwar nicht, wie soll man sagen – was ist das Gegenteil von fadenscheinig? Fadendüstig? Sei's drum. Es drehte sich sein Fadenschein um und äußerte sich nun als, ich würde sagen, wenn es den medizinischen Ausdruck gäbe, als Großarthritis.

Er kaufte sein Heimatdorf im Bayrischen Wald. Ich nenne, wie immer, den Namen nicht und erfinde einen. Ratzenloh.

Kaufte Ratzenloh. Stellte den Antrag zum Umbenennen in Schnorzenloh, wurde abgelehnt; aber Schnorzer ließ doch gelbe Ortstafeln mit schwarzer Schrift *Schnorzenloh* anfertigen und statt der alten Ortstafeln anbringen. Das Landratsamt schritt ein. Schnorzer versuchte, das Landratsamt zu zertrümmern. Ging nicht. Schnorzer riß nur den Amtsbriefkasten ab und zertrampelte ihn. Eine beachtliche Spende an das Kreiskrankenhaus flachte die Sache ab, und es wurde gestattet, daß ganz neue Ortstafeln aufgestellt wurden mit der Aufschrift *Ratzenloh. Geburtsort Telramund Schnorzers.* (Auch die schon heruntergeminderte Forderung der Umbenennung – entsprechend *Lutherstadt Wittenberg* – in *Schnorzerdorf Ratzenloh* wurde abschlägig beschieden.) Schnorzer kaufte das Gasthaus. Er kaufte das ehemalige Postamt und den aufgelassenen Bahnhof. Er kaufte das Widum und dann die Kirche. Er ließ Schnorzer-Gedenktafeln an seinem Geburtshaus anbringen, an dem Haus, in dem er später aufwuchs, an den Geburtshäusern seiner Eltern und Großeltern, an der Schule und an der Stelle, wo er sich beim Fahrradsturz einen Zahn ausgeschlagen hatte. Er ließ ein Standbild von sich errichten, zweimal Lebensgröße, das steht am Dorfplatz. Er kaufte einen Fesselballon in Form seines Kopfes und ließ ihn an Feiertagen über dem Dorf aufsteigen. Und er ließ seine Kloschüssel vergolden.

Kurzum, es war nicht auszuhalten.

Und dann schrieb er »in voller Überschätzung seines Talentes« (so einer der späteren Kritiker) seinen zweiten Roman: *Die Explodierte.*

»Wir warnten Schnorzer«, sagte Hermann bei jener Besprechung, in der er mir anbot, Schnorzers negativer Ghostwriter zu werden, »wir warnten. Es ist schwer, wenngleich, wie man manchmal sieht, nicht unmöglich, mit dem ersten Roman einen Treffer zu landen. Mit dem zweiten genauso zu treffen oder den ersten womöglich noch zu übertreffen, ist ausgeschlossen. Das ist nicht einmal Grass gelungen. Schnorzer war jedoch absolut uneinsichtig. Er hielt sich inzwischen für den literarischen Nabel der Welt. Und es kam, wie es kommen mußte. Sie haben *Die Explodierte* in die Jauche getaucht, noch bevor das Buch erschienen war. Ein Flop, so groß wie der Ur-Furz. Telramund Schnorzer wurde zertrampelt.«

»Und dabei«, fragte ich, »war es ein gutes Buch?«

»Das wäre zu schön gewesen. Leider nein. Es war wirklich Mist. Nur, was heißt das schon. Normalerweise ist es ganz wurstus, ob die Kritikulaken ein Buch loben oder es in ihrem Maul zerreißen, Hauptsache ist: sie schreiben, habe ich dir ja schon einmal erklärt, Udo ...«

»Stephan. Wenn's dir leichter fällt: Stefano.«

»Pardonus. Stephan. Und es ist gar nicht ausgeschlossen, daß die Leute grad dann die Bücher kaufen, wenn die Verrisse besonders scharf sind. Zum Teil mit Recht, übrigens. Aber in diesem Fall ... seltsamo. Das Publikum ging schrittgleich mit der Kritik. Für zehn ausgelieferte *Explodierte* bekamen wir von den Buchhandlungen elf zurück.«

Der Verlag hatte Schnorzer nicht nur gewarnt, er hatte das Manuskript zunächst sogar abgelehnt. Schnorzer wuchs jedoch über seine Selbstüberschätzung noch hinaus. »Ich kaufe den Verlag!« hatte er geschrien. Aber der Verleger wollte nicht verkaufen. Nachdem Schnorzer dann eine Zeitlang getobt hatte »... wie das Rumpelstilzchen ...«, ist er geschrumpft und hat dem Verlag angeboten, die Herstellungs- und Vertriebskosten und auch die Kosten für die Werbung, ».... die ich mir gigantisch vorstelle ...« (so Schnorzer), zu übernehmen.

Der Verleger war dann damit, da risikolos, einverstanden. »Und wieviel sollen wir drucken, fürs erste?«

»Zweihundertfünfzigtausend«, sagte Schnorzer.

Da war es eine Zeitlang still im Zimmer. (Hermann, der dabei war, erzählte mir die Szene.) Dann sagte der Verleger:

»Wissen Sie, Herr Schnorzer, wieviel zweihundertfünfzigtausend Bücher sind?«

»Wenn ich keine Phantasie hätte, wäre ich nicht Autor«, antwortete Schnorzer kühl.

»Gut«, sagte der Verleger und rechnete und sagte dann eine Zahl, eine große Zahl, die Schnorzer ohne Wimpernzucken akzeptierte. Wie später zu erfahren war, machte er dafür nicht nur alle Reserven aus dem Erfolg seines ersten Buches locker, er nahm Kredite auf sein Dorf auf und verpfändete sogar sein überlebensgroßes Denkmal.

»Da ist noch eine Sache«, sagte dann der Verleger, »zweihundertfünfzigtausend Exemplare sind viel, sehr viel. Ich weiß nicht, ob Sie sich, Herr Schnorzer, Sie sind vielleicht zu jung dazu, an die Lebenserinnerungen der Tochter Stalins erinnern, deren deutsche Rechte der Hadermur-Verlag voreilig gekauft hatte. Eine Fehlentscheidung. Hadermur hat eine halbe Million gedruckt und ist auf den meisten sitzengeblieben. Der Verlag ist daran nicht nur finanziell, sondern auch räumlich erstickt. Die Büros waren mit Tochter-Stalin-Memoiren förmlich zugemauert. Es heißt, der Verleger sei auch noch von einem umstürzenden Stapel erschlagen worden. Fragen Sie mich nicht, ob es wahr ist. Horror ist meistens wahr …«

»Wenn Sie Angst haben«, sagte Schnorzer von so weit oben herab, wie ihm bei seiner Körpergröße möglich war, »dann schreiben Sie in den Vertrag hinein, daß ich die nicht verkaufte Restauflage nach einem Jahr übernehme. Die paar Hundert werde ich dann unter meine Dorfbewohner verteilen.«

XII

»So der normale püschologische Autobiostuß interessiert heute kein Känguruh mehr«, sagte Simone, »du weißt, so das spießige Vaterhaus und die besch… scheidene Beziehung zu den Eltern und *Glück beim Händewaschen* im Internat und seelisch und und und … War einmal. Ist nicht mehr. Wenn du heute mit sowas landen willst, ist *Pop* angesagt. Pop-Literatur. Ethno-techno-Rhythmus.«

Wenn ich schon diesen bebratenen Frühling nicht leiden kann. Total bebraten, sag ich euch. Winter ist bronzo, Sommer ist bronzo, Herbst meinetwegen auch noch. Aber Frühling? Bebraten, um nicht zu sagen hoffnungslos umgetopft. Schon das Wort. Frühling. Was schon ein Ling ist, weiß das einer? Weiß keiner. Recht hat er, wenn er nix weiß. Nixweiß. Ich heiß nixweiß. Ach wie gut, daß niemand weiß, daß ich nix weiß. Nix weiß heiß …

»Ja, ungefähr in dieser Richtung«, sagte Simone, »weiter so.«

Und früh. Wie ich dieses Wort schon gepfennigt habe. Als ob früh einen Sound hätte, der einen wie mich anglocken könnte. Total Karbid, so ein Wort. Und ausgerechnet an so einem Karbidtag mit Blumen und so und Blüte, und so muß ich Volläpfler auf die Ideeze kommen, meine Umgängig, mit der ich im Moment umgehe, seit vier Wochen schon, nach Hause mitzunehmen. Ongilia heißt sie. Für mich heißt sie Heißtnichtmehr. Hinschaunixmehr. Abgewässert. Out. Aut. Autsch.

»Du mußt nur aufpassen, Udo ... Quatsch, jetzt sage ich auch schon Udo, Stephan wollte ich sagen«, meinte Simone, »daß du nicht die *coolen* Ausdrücke verwendest, die *jetzt in* sind. Weil du einrechnen mußt, wann dein Poptechnoethnorock-Käse erscheint, nämlich frühestens im nächsten Herbst, und da sind die *coolen* Ausdrücke von jetzt längst uncool und andere da, die man vorerst noch nicht kennt. Also erfinde.«

Daß mein Hintermann, generationsmäßig gesehen, falls ihr den Auscooldruck noch nicht kennt: Hintermann istgleich Pfater. Pff. Schreibt's euch hinter die Hörrohre. Daß mein Hintermann eine Bleixe hat, Dodalia heißt sie, neben der Ehebleixe, meiner Mutter oder Hinterfrau, daß er, der Alte, also nicht mehr meine Hinterfrau zerringelt, sondern die Bleixe Dodalia, habe ich schon gewußt. Aber daß er so schnurf ist, so – nein, arschlingsecht, habe ich nicht blombiert. Blombiert doch keiner, oder? Wo der Hintermann schon, weiß nicht, schon sargwärts pantoffelt. Torpediert er doch mit seinem ganzen grausträhnigen Silber-Charisma auf Ongilia, meiner Ongilia hinein und hinauf, und, ich glaube es nicht, könnt es aber, wie wir als Ministranten – haha, war ich, haha, was man nicht alles abfedert im Lauf der schönen Jugend –, könnt es ohne weiteres glauben, schliddert doch die Ongilia neunmalneun auf das Silbercharisma meines Halbopas ab, und heimwärts plop, plop, daß das Sofa im Hobbyraum knarzt, wo er sonst nur seine Eichhörnchen-Ställe bastelt.

Ich gefrier mir da doch nicht die Hose, denke ich, und ich habe doch längst geknotet, wo die Spaßbiene meines Erzeugers, ebenjene Dodalia, ihre runden Titrierungen wakkeln läßt, Adresse und so, alles bei mir kapari, und E-Mail und maile ihr also schon, aber so einen Charismus, daß der Kamin zeckt. Und donnert sie, die Dodalia, doch augenblicklich darauf ab. Ahnt nicht, daß ich der Sohn von ihrem

Ihren bin. Und nichts von Hobbyraum bei ihr, hat sie ja gar nicht, hobbyt nix, bastelt keine Eichhörnchen-Ställe. Bastelt ihre Beine in die richtige Lage. Wie finden Sie meine Beine? Offengestanden gut. Haha. Ein Schearz unter Kavalieren.

Bebt der Hintermann doch volle drei Monate auf die ehemalige, also meine ehemalige, seine derzeitmalige Ongilia hinauf, daß er keinen Plott davon mitbekommt, daß seine Dodalia anderweitig sattgefüttert wird. Aber wer mitbekommert? Daß das?

Der Ipsi von meiner Frau Mutter. Er heißt Waldemar und hat schwarzes Haar ...

»Nein«, sagte Simone, »diese alte Kamelle vom Waldemar mit schwarzem Haar kennt der Jüngling nicht. Da ist andere Musik angesagt.«

Ich pumpte die Luft mit meiner Hauptblutgruppe auf, die Band, die mich absolut andämmert. Die Jawldroddls, fast so henwi wie die *Ghundertpimpfs*, wenn ihr euch noch erinnert, oder die Jennsids, auch schon abgeschwitzt, aber noch keewee. Und abends war eine Heqvendoov im Onestone, und ich wollte wieder einmal Koma-Trinken, obwohl die dort sich in die Hosen machen, wenn man noch nicht titeen ist, aber, also, Trick 17 durchschauen die, mußt du schon deinen Trick 18 anwenden, wenn du zu deinem Jet-Red kommen willst. (Falls du so back bist, daß du noch nicht klarst, was ein Jet-Red ist: Weißer Rum, Dunkles Weizen, ein Schuß Fernet Branca, mit Brennspiritus auffüllen, nach vier davon vögelst du einen Traktor oder bist schon ohne Rinde.)

Drei Jet-Reds hatte ich abfrisiert, da quatscht dieser Typ von seiner Duftine, und beschreibt und wässert seinen Geist voll auf, und je mehr er wässert, desto mehr wird mir klar, daß das meine Mutter ist. »Heißt sie Gunda?« brüllte ich. »Ja«, brüllte er…

»Hältst du das durch?« fragte Simone, »weil an sich vielversprechend. Solche Poprockdrives müssen nicht lang sein. Die Kids haben keinen langen Atem zum Lesen. Sechzig, siebzig Seiten sollten es sein, die wir dann mit typographischen Tricks auf hundertfünfundzwanzig aufblustern. Aber, wie gesagt, stehst du das durch?«

»Nein«, sagte ich, »das halte ich nicht nur im Kopf nicht aus, nicht einmal im Hintern.«

29

Telramund Schnorzer schmollte. Der, wie man so sagt, erfolgverwöhnte Telramund Schnorzer war beleidigt. Das Schlimmste daran war, daß Telramund Schnorzer nicht wußte, mit wem er beleidigt sein sollte: Mit dem Verlag? Mit den Kritikern? Mit dem Publikum? Womöglich ... mit sich selbst? Am besten mit allen.

Er zog sich in sein Haus in Ratzenloh zurück, eigentlich eher Palast oder Schloß oder ummauerte Festung, und war monatelang für niemanden mehr zu sprechen, verkehrte mit der Außenwelt nur noch durch seine Agentin, Frau Sauerländer, die einzig Zugang zur Festung hatte, allerdings auch nur bis ins *Foyer* durfte. Und in der Zeit schrieb er sozusagen aus Trotz sein drittes Buch.

»Es hieß – heißt noch, wurde jedoch nie gedruckt, *Die Büchsenöffner*«, sagte Hermann, »praktisch ein *Kamasutra*-Kommentar. Von einer Direktheit ... also ungefähr: *für Jugendliche unter 85 Jahren ungeeignet.* Wir haben zunächst in der Tat überlegt, ob wir es machen und als Werbung alle Kritik-Giftspritzer von den Schmutzkaskaden zur *Explodierten* gebündelt in die Medien werfen. Mit dem Slogan *Das schlechteste Buch der Saison. Vorsicht! Ansteckend!*«

»Und?«

»Ja. Der Ruf unseres Hauses war uns dann doch wichtiger. Und um Schnorzer vor dem Wahnsinn zu bewahren, in den er sich zu begeben Miene machte, schlugen wir ihm vor, das Geschäft mit der *Explodierten* nochmals anzukurbeln. Er war einverstanden, allerdings nur, wenn eine Werbekampagne aufgezogen wird, die seiner Gigantomanie entsprechen würde. *Gigantomanie* sage jetzt ich, sagte nicht er. Er sagte nur: *Klotzen, nicht kleckern.*«

Schnorzer hatte in seinem Zorn zunächst den Plan gefaßt – gegen irgend etwas mußte sich ja sein Zorn richten –, sein Ratzenloh, soweit es ihm gehörte, also zu einem Drittel etwa, niederreißen und zur Kuhweide applanieren zu lassen. Die sechsstellige Summe für die Sprengungen und den Abbruch hatte er sich schon durch Bankkredite beschafft, und dieses Geld schoß er jetzt in die gigantische Werbekampagne.

»Und die läuft jetzt«, sagte Hermann.

»Und was kann ich für dich in dieser Sache tun?«

Es war das umgekehrte Ghostwriting, das mir Hermann anbot. Ich wurde Telramund Schnorzer.

Ich wurde Telramund Schnorzer. Ich wäre ja, sagte Hermann-Lektor, schon alles mögliche gewesen, Leichtiv und Zugger und gar nicht echter Kuggler, was er ja alles aus meinem Manuskript hier wisse, und da könne ich doch »guto und gerno« auch eine Zeitlang Telramund Schnorzer sein, denn der echte Schnorzer weigere sich, weil er förmlich nur noch aus doppeltvergorenen Angstzuständen bestehe, seine Einsiedelei zu verlassen, der Verlag brauche jedoch einen Schnorzer zum Vorzeigen, für die Präsentationen, Interviews, Lesungen und so fort. Frau Agentin Sauerländer habe ein Photo von mir durch die Sicherheitsklappe in der Mauer hineingereicht, und Schnorzer habe sich mit mir einverstanden erklärt.

So wurde ich zu Telramund Schnorzers negativem Ghostwriter, gab Interviews, stellte mich auf der Buchmesse hin, las aus dem Buch vor – ich erspare es dem Leser, davon im einzelnen zu berichten, er kann sich ja das Buch, es ist nur noch antiquarisch oder per Ramschtisch zu haben, anschaffen und lesen … empfehle es aber nicht.

Und meine Gorilla-Verfolger verloren die Fährte.

Ich kann nicht mehr sagen, wo ich überall aus *meinem* Werk las. In Großstädten, in mittleren Städten, in Kleinstädten, in Dörfern. Ich las in Volkshochschulen, in Bildungszentren, in Bibliotheken, in Buchhandlungen. Ich mußte immer dieselben Passagen lesen, konnte sie schon auswendig. Hermann-Lektor hatte sie ausgesucht. Ich brauchte schon gar nicht mehr hinzuschauen, hielt das Buch nur noch so vor mich hin. Manche Passagen quälen mich noch heute im Traum.

Anfangs kamen noch Zuhörer, oft an die hundert, dann jedoch immer weniger. Schnorzer, der über seine Agentin die Tournée ferngelenkt steuerte, hatte immer große Säle gemietet. Nach etwa zwanzig Lesungen begann es peinlich zu werden. In Dingolfing war es ein Saal für sechshundert, und es saßen zwölf drin. Ich konnte sie schon zählen, so wenig. In Neubrandenburg – so weit kam ich herum – waren es vier, von denen einer sich jedoch geirrt hatte, er wollte zu einem Dia-Vortrag über Tibet, der am nächsten Tag stattfand. Inständig bat ich ihn zu bleiben. Doch es war nichts zu machen.

In Bramsche bei Osnabrück war es dann soweit. Es wäre, wenn ich mich nicht verzählt habe, die hundertvierte Lesung gewesen. Es war inzwischen November, ein Wetter so wie jetzt, wo ich das in meiner Kammer auf Schloß Plotzbach schreibe. Grau in grau, Nebel zieht herum, der aschenfarbene Trübsinn schleicht von unten in die Hosenröhre sowie oberhalb in die Seele. Nur daß in Bramsche bei Osnabrück nicht einmal Berge sind wie hier, die durch felsendämonischen Anblick den Trübsinn wenigstens ins Heroische wenden. Die Lesung sollte im *Varus-Schlacht-Museum* im Ortsteil Kalkriese stattfinden. Ich war immer schlecht in Geographie und in Geschichte auch, aber daß die Römer – »Als die Römer frech geworden, zogen sie nach Deutschlands Norden«, kennen Sie vielleicht – im Teutoburger Wald von den Germanen eins auf mehrere Deckel bekommen haben und daß – »Varus, Varus, wo sind meine Legionen?« – der römische General Varus hieß, war auch mir geläufig. Daß der Teutoburger Wald bei Bramsche liegt oder sich hinzieht oder vielmehr Bramsche beim Teutoburger Wald und daß in Bramsche ein Museum existiert, das die Niederlage des Varus zum Gegenstand hat, davon hatte ich natürlich keine Ahnung. Wahrscheinlich wissen das nur die Bramscher, von denen, um das vorwegzunehmen, keiner kam.

Ich trage es den Bramschern nicht nach, daß ich ihnen mangels Publikum dort das Schnorzersche Werk nicht nahebringen konnte. Schon beim Hinausfahren nach Kalkriese, der Stellvertreter des stellvertretenden Kulturreferenten – man sieht, wie ich oder genauer Telramund Schnorzer eingeschätzt wurde – chauffierte mich durch das Sauwetter. »Wenn auch nur *ein* Schwein kommt«, dachte ich, »glaube ich fortan an den Osterhasen.«

Der Stellvertreter des stellvertretenden Kulturreferenten wurde nervös und blinzelte durch den Scheibenwischer hinaus, der zeitweilig kaum nachkam. »Es kommen sicher welche«, hauchte er, »ein gewisses Stammpublikum, ein gewisses ... nur, es ist schwer mit der Kultur« – jeder Kulturreferent sagte das, ich habe ja genug kennengelernt – »es ist auch leider heute ausgerechnet ein Fußballspiel im Fernsehen« – immer ist ein Fußballspiel im Fernsehen, wenn eine literarische Lesung angesagt ist, man hat den Eindruck, die Fußballspieler haben es förmlich auf die Hinwegzerrung des Publikums von literarischen Lesungen abgesehen – »aber die, die kommen, Herr Schnorzer, können Sie sicher sein, sind dafür um so interessierter.« Es soll Autoren geben, habe ich von Simone erfahren, die bringen immer die paar Um-so-Interessierteren selbst mit.

Und so war denn meine, in Wirklichkeit Telramund Schnorzers Niederlage in Bramsche der des Varus durchaus vergleichbar, nur daß die Bramscher dafür wohl kein Museum errichten werden.

Wir, der Stellvertreter des stellvertretenden Kulturreferenten, sagen wir, er hieß Kubalski, sonst muß ich ja immer den endlosen Schwanz hinschreiben, und ich, saßen also im leeren Saal der Gastwirtschaft des Varus-Schlacht-Museums und schauten auf die Uhr. Es war inzwischen finster geworden, November, wie gesagt, und die Stuhlreihen gähnten uns an, und der Herr Kubalski rannte immer wieder in die feuchte Luft hinaus, ob nicht doch einer kommt. Es kam keiner. Es kam nicht einmal draußen einer vorbei, den man mit einem Freibier hereinlocken hätte können, so gottverlassen war die Gegend, so gottverlassen das Wetter.

»Sie brauchen nicht immer wieder hinauszurennen«, sagte ich, »dadurch locken Sie auch keinen an.«

Er weinte fast.

Auch das half nichts.

Um sieben Uhr hätte die Lesung beginnen sollen. Als um halb acht Uhr immer noch kein Publikumist oder keine Publikumistin eingetroffen war, löschte Kubalski das Licht und sagte, es sei zwar besch... eiden mit der Kultur vor allem in der Provinz, so etwas sei ihm jedoch noch nie passiert.

»Denken Sie sich nichts«, sagte ich, »es ist auch in der Metropole bescheiden mit der Kultur, jedenfalls der Literatur-Kultur. Bei der Lesung in Düsseldorf vorige Woche waren achtzehn Leute da, davon zwei Schwerhörige. Ausnahmsweise war es nicht das Fußballspiel im Fernsehen. Aber Autorennen.«

Wir fuhren dann in mein Hotel zurück und schauten das Fußballspiel an, das die Leute von Bramsche angeblich davon abgehalten hatte, das neue Werk des Bestsellerautors (haha) Telramund Schnorzer aus authentischem Mund (hahaha) kennenzulernen. Kubalski blühte auf, als die Seite, für die er Anteil nahm, ein Tor schoß. Mir gibt Fußball nicht viel. »Sie sprangen hin und sprangen her«, sagte ich, »und hatten keine Heimat mehr.«

Ob das zu den merkwürdigen Zufällen gehört, was jetzt zu berichten ist, die, wie der Wim sagen würde, »das Leben auf der Welt von hinten her regieren«, oder nur, weil vom Weltroßknödelgeist so weit bei den Schicksalshaaren hergezogen, weiß ich nicht.

Der Dichter oder, wie jetzt der Lektor Hermann Dr. Werner zu sagen pflegt, nach dem Flop der *Explodierten* nämlich, »der Dichterling Schnorzer« hieß, ja eben, Schnorzer. Und die Prinzessin von Montegrotto, die inzwischen im sonnigen Monte Carlo oder Rio oder wo – bei so hochetagigen Personen drücke ich mich angemessen aus: – weilte, verliebte sich in die männliche Glanzperson namens Snorrdse Thorwasdson, jenen isländischen Schneeathleten, der damals in Kitzbühel, wie man sich vielleicht erinnert, beim großen Hahnenkammrennen als letzter unten ankam. Obwohl Isländer, konnte er nur unterhalb der Schneegrenze Erfolg erzielen und seine Maskulinität entfalten, sodaß er auf die Idee kam, auf Wasserski umzusatteln, was den Vorteil hatte, daß er seinen Skaldenbrustkorb, mit Wikinger-Blondlocken reich bewachsen, zur Schau stellen konnte, welchem im Warmmeer dahingleitenden Eismeertriton die Prinzessin von Montegrotto verfiel, was sogleich in der *Bunten* breit ausgearbeitet wurde.

Schnorzer – Snorrdse ...? Ist das verwechselbar? Noch dazu, wo das eine der Nach-, das andere der Vorname ist, allerdings bei Isländern, wie mir Wim erklärte, der eigentliche und wichtigere Name, während Thorwasdson nur bedeutet, daß der Vater des Schnee- und später Wasserskifahrers mit dem Namen Thorwasd behaftet war, was in meinen Ohren mehr wie die Bezeichnung für ein Abführmittel klingt.

Wer nun glaubt, der Hundedompteur habe von der Verfolgung Zuggers, also des echten völlig unschuldigen und des falschen unschuldig-schuldigen Zugger oder Pseudo-Zugger abgelassen, weil sich seine Eifersucht nunmehr auf den abführmittlichen Thorwasdson fokussierte, der täuscht sich. Der Dompteur verfolgte uns alle beide und dazu noch den von ihm mit dem Snorrdse verwechselten Schnorzer, dem damit sein Klotzen mit dem Geld zum Verhängnis wurde. Schnorzer hatte sich nämlich in die *Bunte* eingeschleust, das heißt, er hatte noch zu der Zeit, als er öffentlich auftrat und nicht in seiner Einsiedelei verbarrikadiert lebte, zu Zeiten seines großen Erfolges mit dem *Schnarchen des Neffen*, eine Groß-Party gegeben, verschiedene Fürsten und Prinzen von Knallinger zu Fallinger, einige Busenwunder, das übliche Naddl-Moddl und so fort eingekauft, und das stand dann alles gegen Geld mit Bild und Text in der *Bunten*, dem Hauptblatt der soßeijetlichen Schwellkörper. Und, und das ist sehr wichtig in dem Zusammenhang, die *Bunte* hat sage und schreibe ein Register. Damit jeden Donnerstag, wenn die *Bunte* erscheint, der Promi, sofern er des Lesens mächtig ist, nachschauen kann, ob er ja vorkommt. Und die gesammelten Register sind per Internet greifbar, und diesen Zugriff vollführte der Hundedressierer, als er von der Neuverfallenheit seiner Montegrotto-Principessa erfuhr, und, aus Eifersucht oder von Natur aus schusselig, klickte er in jene Party Schnorzers hinein, weil er sich vertippt hatte, und da wurde er auf *Links* verwiesen, die ihn in ein Gestrüpp von Informationen schleuderten, aus dem er mit der totalen Kenntnis wieder herauskam, daß Snorrdse – in Wirklichkeit ja Schnorzer – in jener Einsiedelei im Bayrischen Wald lebte, in deren unmittelbarer Nähe auch wir, Lektor-Hermann, Schnorzers Agentin und ich, uns befanden.

*

Die gigantische Werbekampagne war ein Schuß ins Ofenrohr, wie man, glaube ich, sagt. Nichts als Ruß flog auf. Dazu kam, daß Schnorzer, neuen Kredit aufnehmend, die Kritiker bestechen wollte, das jedoch so plump und offensichtlich machte, daß es das Gegenteil bewirkte. Es war das erste Mal, meinte der Verleger, daß durch eine Werbeanstrengung mehr Remittenden hereinkamen als verkaufte Bücher hinaus.

»Ich glaube«, sagte Hermann-Lektor, »wir haben insgesamt mehr Remittenden, als wir von der *Explodierten* überhaupt gedruckt haben. Ein physikalisches Rätsel.«

Daß meine Lese-Tour die Pleite nicht verhinderte, brauche ich nach dem oben Geschilderten nicht noch zu betonen. Als sich, schon im Juni, Juli, das zuhörisive Desaster der Lesungen Schnorzers – also meiner – abzeichnete, wurde im Verlag eine Konferenz einberufen. Es standen sich zwei Meinungen gegenüber: Um die Sensibelseele des ohnedies angeschlagenen Dichter-Krepierleins zu schonen, verschweigt man ihm die Tatsachen und gaukelt ihm beruhigende Besucherzahlen vor, eventuell gestützt durch getürkte Zeitungsberichte und manipulierte Photographien. Dem stand die andere Meinung entgegen, die vor allem Frau Sauerländer, die Agentin, vertrat: Irgendwann werde es Schnorzer zwangsläufig doch erfahren, und dann sei der Schock noch schlimmer. Vor allem, wenn die unverkauften Exemplare bei ihm dort angeliefert werden.

Es wurde ein Mittelweg beschlossen. Frau Sauerländer, die, wie erwähnt, als einzige Zutritt zum Meister hatte – der allmählich zum Klein-Meister schrumpfte, in diesem und in jenem Sinn –, äußerte sich bei den regelmäßigen, etwa vierzehntäglichen Rapporten gebremst begeistert über die Verkaufs- und Besucherzahlen, ließ jedoch zunehmend ein Rinnsal von Sorge einfließen. Ende September bremste sie geschickt die Begeisterung. Im November drosselte sie den Optimismus auf kleinste Flamme. Zwischen Weihnachten und Neujahr stimmte sie dann das finale Wehgeschrei an. Von der Bramscheschen Varusschlacht freilich zu berichten, ersparte sie dem Meister.

Er nahm es, zum Erstaunen aller, ohne Regung und Rührung auf. Es hing wohl damit zusammen, daß sich Schnorzer, was noch niemand wußte, damit zu beschäftigen begann, eine neue Religion zu gründen. Es handelte sich um die Anbetung eines Geruchs-Gottes. Schnorzer sagte, im Alten Testament stehe immer wieder, daß der Geruch der Brandopfer Jehova ruhiggestellt habe. Die an sich unerklärliche Geschichte mit Kain und Abel, nämlich daß aus der betreffenden Genesisstelle nicht hervorgeht, *warum* Gott das Opfer Abels wohlgefällig, dasjenige Kains zuwider war, müsse doch zu denken geben. Es steht nur da, *daß* es so war. Warum? Eben, schrieb Schnorzer – in einem Manuskript, das man später fand –, weil Kain etwas verbrannte, was Jehova im wahrsten Sinn des Wortes nicht riechen konnte; besser: mochte. Wer weiß, was für einen Müll der Kain da verbrannte. Und das noch dazu als Opfer deklariert, wo es Abfallbeseitigung war. Und das ganze Alte Testament hindurch: der Wohlgeruch der Opfer schmeichelte Jehovas Nase. Wenn man sich nicht überhaupt, schrieb Schnorzer, den ganzen Jehova, mit allem Respekt gesagt, als Große Nase vorzustellen hat. Die katholische Kirche, schrieb Schnorzer, habe mit der Verwendung des Weihrauches schon einen richtigen Weg eingeschlagen, sei ihn jedoch nicht zu Ende gegangen.

Im Februar des folgenden und, während ich dies schreibe, vergangenen Jahres sollte nochmals versucht werden, den Verkauf der *Explodierten* anzukurbeln. Es lagen ja noch zweihundertfünfzigtausend Exemplare minus der achthundert verkauften dem Verleger auf der Brust. Ich zog noch einmal los, doch das Ergebnis war noch kläglicher als das vorige Mal.

Und nun ereilte den Autor das von ihm vertraglich herausgeforderte Schicksal, denn der Verleger machte Ernst und von der Klausel Gebrauch und ließ die unverkauften *Explodierten* dem Autor ins Haus liefern. Per Tieflader. Ich hatte mir bis dahin kein Bild davon gemacht, welche Menge zweihundertfünfzigtausend Bände ausmachen. (Minus achthundert, also um genau zu sein zweihundertneunundvierzigtausendzweihundert, was das Kraut auch nicht magerer gemacht hat.) Ein

Kran hob die Paletten ab und wuchtete sie über die Mauer. Was für ein Gesicht Schnorzer machte, war leider nicht zu sehen.

In dem Dorf, das praktisch Schnorzer gehörte, gab es nur ein Gasthaus, und das gehörte eben auch Schnorzer. Das heißt: Wer weiß, vielleicht schon der Bank, bei der er den immensen Kredit für die Werbung für die *Explodierte* aufgenommen hatte. Mehrere Banken, wahrscheinlich. Dort in der verödeten Stube saßen wir, Hermann-Lektor, Frau Sauerländer und ich. Der Verleger hatte darauf bestanden, daß Hermann den Büchertransport begleitete. Es war zu befürchten, daß Schnorzer von der Abmachung plötzlich nichts mehr wissen wollte. Zur Unterstützung nahm Hermann dann mich mit, und Frau Sauerländer, zu der Schnorzer, wie es schien, seinen letzten Rest von Vertrauen aufbrachte, sollte im Fall der Fälle vermitteln. Sie war eine nicht mehr ganz junge längliche Dame mit blauen Haaren, die in verschieden langen Stacheln nach allen Seiten ragten, und hatte viele weiße Zähne, war aber sonst offenbar vernünftig.

Wir warteten, was passiert. Der Tieflader war wieder abgefahren, die Paletten mit den Bücherpaketen standen nun innerhalb der Ummauerung von Schnorzers Festung. Wohl oder übel hatte er sich dazu verstehen müssen, die Arbeiter für kurze Zeit einzulassen. Es passierte zunächst gar nichts.

»Ich habe keine Ahnung«, sagte Frau Sauerländer, »was er so alles treibt. Auch ich darf nur bis in die *Haall.* In die inneren Gemächer oder gar in sein Sanctuarium läßt er mich selbstverständlich nicht. Ich weiß nur, daß er einen größeren Raum des Hauses seiner neuen Religion geweiht hat. Eine Hauskapelle sozusagen. Es stinkt furchtbar. Ich weiß nicht, ob verbrannte Autoreifen seinem neuen Jehova wohlgerüchig sind. Vielleicht ist es auch etwas, was nur wie verbrannte Autoreifen riecht und ungeheuer heilig ist.«

Ich erkannte den Hundedompteur sofort. Er mich nicht,

zum Glück. Er schaute mich zwar sehr fragend und mißtrauisch an, als er mit dem ehemaligen Schiffskoch Engelbert den Gastraum betrat, und fragte drohend: »Kennen wir uns nicht vielleicht?«

»Uns«, sagte ich, dachte: Frechheit siegt, »*uns* kennen wir sicher, soweit halt der Mensch sich selber kennt. *Einander* nicht.«

Er verstand es nicht genau, und Frau Sauerländer übersetzte. Ich sagte dann noch: »Leichtiv ist mein Name.« Weit weg von den zwei G. Er schaute triefäugig, brummte etwas und drehte sich dann weg.

Frau Sauerländer wunderte sich, sagte: »Ich dachte, Sie heißen …«

»Psst«, sagte ich.

Was dann kam, ging sehr schnell. Ich müßte das zweite Mal einen Film zu Hilfe nehmen. Die Vorgänge, sehr kurze Vorgänge im Inneren von Schnorzers Einsiedel-Burg, waren natürlich unseren Blicken entzogen, konnten auch nachher, soviel ich weiß, nie rekonstruiert werden. Ich habe mich dann auch nicht mehr groß dafür interessiert. Ich weiß nur, daß der Hundedompteur einen doppelten Obstler (ich nehme an, der Leser kennt diese flüssige Guillotine, die unter der Bezeichnung alpenländischer Obstler grassiert) bestellte, den er in sich hineinhämmerte, als wolle er sich mit Zement ausgießen, dann bestellte er, die Kellnerin hatte sich kaum ganz umgedreht, einen weiteren doppelten Obstler und stemmte ihn auf den ersten drauf. Nur der Angehörige eines jahrtausendelang der Unbill alpenländischer Natur ausgesetzten Bergvolkes überlebt so etwas. Und nicht genug damit, er bestellte den dritten doppelten Obstler.

Ich beobachtete ihn genau. Es war deutlich zu bemerken, daß die zwei anderen doppelten Obstler bereits von unten dagegen drückten und daß der Hundedompteur den dritten förmlich hinunter oder seitlich an den anderen vorbei in sein

Gemüt drücken mußte, welches Gemüt sich dann schlagartig in ein Ungemüt verwandelte und kalte Glut seine Augen von hinten her aus dem Gesicht schob.

Ich habe nie mehr ähnlich Grausiges gesehen. Die nackte Gewalt des ungezähmten doppelten Obstlers.

»So, jetzt«, sagte er zu Engelbert, der erbleicht, aber gefaßt dasaß und dann wie schutzsuchend an uns heranrückte.

Wir schauten aus dem Fenster.

Der Hundedompteur wiegte wie der Held von *High Noon* hinüber zu Schnorzers Mauer. Er sprang sie an wie der Tiger die Beute. Immerhin ein Artist, dachte ich. Die Mauer war gut zwei Meter fünfzig hoch. Schon auf den ersten Anlauf gelang es dem Hundedompteur, unmerkliche Unebenheiten zu fassen, und sogleich zog er sich ganz hinauf, kletterte drüber und verschwand.

Wir öffneten das Fenster. Andere Gäste waren nicht da, wie gesagt, doch die Kellnerin und der Pächter traten auch herzu.

Zunächst eine Stille wie eine schwarze Gewitterwand. Dann ein Schrei.

»Das war Schnorzer«, flüsterte Frau Sauerländer.

Danach Türenschlagen und ein lauter Wortwechsel, von dem man nichts verstand.

Dann die Detonation. Tausende von Schnorzers *Die Explodierte* flogen brennend durch die Luft. Die Druckwelle warf uns zu Boden. Frau Sauerländer schrie und flüchtete hinter den grünen, aus dem 18. Jahrhundert stammenden bäuerlichen Spätbarock-Kachelofen.

Ich rappelte mich hoch und watete durch die Glasscherben zum Fenster zurück.

»Vorsicht, Udo!« schrie Hermann-Lektor.

Die Einsiedelei brannte. Mehrere kleine Explosionen folgten, spuckten vulkanartig immer neue Lava von Schnorzer-Büchern in die Höhe. Ein Baum fackelte rot nach oben und sank in Asche zusammen. Die Feuerwehr raste heran.

Und so weiter.

Es wurde keine Spur mehr von Telramund Schnorzer gefunden und auch keine des Hundedompteurs. Es war wohl so, daß sich der chemische Religionsdampf Schnorzers durch die Fehlzündung in des Hundedompteurs Pistole – wir hatten keinen Schuß gehört, doch Engelbert wußte, daß eine Schußwaffe im Spiel war – entzündet hatte und die verheerende Explosion herbeiführte.

Frau Sauerländer nahm den Lektor Dr. Werner mit in die Stadt zurück.

Engelbert – das ist übrigens wohlgemerkt sein Vorname und auch, weil *Sudler* für einen Koch nicht gerade ein klassischer Familienname ist, sein sozusagen Künstlername – erklärte, daß er aufgrund dieser eben stattgefundenen Ereignisse ebenfalls sofort zwar nicht drei, aber immerhin einen doppelten Obstler brauche, und da er dann promillisch schon über die Grenze sei, wahrscheinlich, ob ich ihn nicht vielleicht chauffieren könne. Gern. Und Autofahren kann ich ja wirklich im Gegensatz zu Kochen.

So fuhren wir also nach Süden. Zunächst schlief Engelbert. Nach fünfzig Kilometern wachte er auf, und ich fragte ihn, warum er denn mit dem Hundedompteur mitgekommen sei.

»Ich erzähle es ungern, und ich werde es bald vergessen. Und ich habe mich vorher bei einem Rechtsanwalt erkundigt. Es ist ein Grenzfall, wohl nicht strafbar. Ich sollte Schnorzers Zunge dann herausschneiden und pökeln. Er wollte die Delikatesse der Prinzessin von Montegrotto bringen. Übrigens: Können Sie kochen? Ich trete nächste Woche meinen Dienst als Küchenchef auf dem Tschurtschenhof in Eppan an und brauche noch einen Hilfskoch.«

»Ja«, sagte ich.

*

Der Tschurtschenhof macht Winterpause. Ob ich nächstes Jahr wieder komme? Wim war für diese Saison der letzte Gast. Viel Gepäck habe ich nicht, es hat hinten auf dem Motorrad Platz. Wim nahm mich mit über den Brenner. Wir fuhren noch einmal langsam durchs Dorf. War da nicht die schöne schwarzhaarige Franziska neben dem Café *Caramel*? Sie winkte.

Wim gab Gas, und in zehn Minuten waren wir auf der Autobahn.

XIII

Ich bin mein Enkel. Ich bin der Sohn eines der Kinder, deren Mutter ich noch nicht einmal kenne. Bin ich der Sohn meines Sohnes, heiße ich Kuggler. Bin ich der Sohn meiner Tochter, heiße ich ... Wer weiß, da Heiraten heute schon *out* ist (Es wollen nur noch zwei Bevölkerungsteile heiraten, komisch: Homosexuelle und katholische Priester. Und die dürfen nicht.), heiße ich womöglich auch Kuggler. Oder doch irgendwie anders. Vielleicht Ballmann oder Jägermeier, vielleicht Weckenbarth oder womöglich Baron von der Westen und Taschen. Mit Vornamen Amator. Und finde auf dem Dachboden ein staubbedecktes, vergilbtes, vom Zahn der Zeit und der Maus angefressenes, mit hellbraunem Spagat zusammengebundenes Papierbündel, nehme es mit hinunter, klopfe es erst am Balkon, so gut es geht, von Staub frei, schnüre es dann auf und lese: *Ich habe Herrn – beinahe hätte ich seinen wahren Namen hingeschrieben ...*

»Stephan Kuggler? Wer ist das?«

»Opa. Weißt du doch.«

»Ach Opa? Hat der gedichtet?«

»Zeig her. Tatsächlich. Das ist ja ein ganzer Roman.«

»Ob man das ... Wer weiß?«

Und ein Verlag hat es dann interessant gefunden. Ein Zeugnis aus der guten alten Zeit, in der nur jedes halbe Jahr ein Terror stattgefunden hat. Der Verlag hat es sorgfältig lektoriert, gelegentlich mit Anmerkungen in Fußnoten versehen an den Stellen, die *heute nicht mehr ohne weiteres verständlich sind,* und auf der Rückseite ein Bild von mir.

»Immerhin sechstausend sind verkauft worden«, sagte die Lektorin, eine Enkelin Hermann-Lektors, »und«, aber das sagte sie nur vertraulich und intern, »das Buch ist gefahrlos.

Der Autor ist tot. Er kann nicht mit einem neuen Manuskript daherkommen.« So bin ich, so wäre ich, letzten Endes doch Schriftsteller geworden.